김진수
선집

김진수
선집

한영현 엮음

현대문학

김진수.

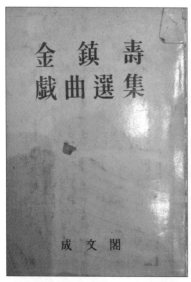

1959년 성문각에서 출간된 『김진수희곡선집』.

1968년에 선명문화사에서 출간된 『연극희곡논집』.

1953년 《신천지》에 실린 수기 〈다시 서울에 돌아와서〉.

1954년 8월 《조선일보》에 게재된 〈아동극 소고〉.

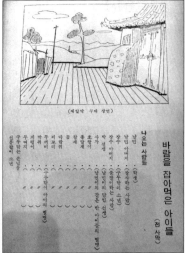

1936년 '극예술연구회' 현상 희곡상을 수상한 「길」. 　　　1952년 작품 「바람을 잡아먹은 아이들」.

1950년 작품 「불더미 속에서」.

〈한국문학의 재발견-작고문인선집〉을 펴내며

한국현대문학은 지난 백여 년 동안 상당한 문학적 축적을 이루었다. 한국의 근대사는 새로운 문학의 씨가 싹을 틔워 성장하고 좋은 결실을 맺기에는 너무나 가혹한 난세였지만, 한국현대문학은 많은 꽃을 피웠고 괄목할 만한 결실을 축적했다. 뿐만 아니라 스스로의 힘으로 시대정신과 문화의 중심에 서서 한편으로 시대의 어둠에 항거했고 또 한편으로는 시대의 아픔을 위무해왔다.

이제 한국현대문학사는 한눈으로 대중할 수 없는 당당하고 커다란 흐름이 되었다. 백여 년의 세월은 그것을 뒤돌아보는 것조차 점점 어렵게 만들며, 엄청난 양적인 팽창은 보존과 기억의 영역 밖으로 넘쳐나고 있다. 그리하여 문학사의 주류를 형성하는 일부 시인·작가들의 작품을 제외한 나머지 많은 문학적 유산은 자칫 일실의 위험에 처해 있는 것처럼 보인다.

물론 문학사적 선택의 폭은 세월이 흐르면서 점점 좁아질 수밖에 없고, 보편적 의의를 지니지 못한 작품들은 망각의 뒤편으로 사라지는 것이 순리다. 그러나 아주 없어져서는 안 된다. 그것들은 그것들 나름대로 소중한 문학적 유물이다. 그것들은 미래의 새로운 문학의 씨앗을 품고 있을 수도 있고, 새로운 창조의 촉매 기능을 숨기고 있을 수도 있다. 단지 유의미한 과거라는 차원에서 그것들은 잘 정리되고 보존되어야 한다. 월북 작가들의 작품도 마찬가지다. 기존 문학사에서 상대적으로 소외된 작가들을 주목하다 보니 자연히 월북 작가들이 다수 포함되었다. 그러나 월북 작가들의 월북 후 작품들은 그것을 산출한 특수한 시대적 상황의 고려 위에서 분별 있게 이해되어야 할 것이다.

　이러한 당위적 인식이 2006년 한국문화예술위원회의 문학소위원회에서 정식으로 논의되었다. 그 결과 한국의 문화예술의 바탕을 공고히하기 위한 공적 작업의 일환으로, 문학사의 변두리에 방치되어 있다시피한 한국문학의 유산들을 체계적으로 정리, 보존하기로 결정되었다. 그리고 작업의 과정에서 새로운 의미나 새로운 자료가 재발견될 가능성도 예측되었다. 그러나 방대한 문학적 유산을 정리하고 보존하는 것은 시간과 경비와 품이 많이 드는 어려운 일이다. 최초로 이 선집을 구상하고 기획하고 실천에 옮겼던 한국문화예술위원회의 위원들과 담당자들, 그리고 문학적 안목과 학문적 성실성을 갖고 참여해준 연구자들, 또 문학출판의 권위와 경륜을 바탕으로 출판을 맡아준 현대문학사가 있었기에 이 어려운 일이 가능하게 되었다. 이런 사업을 해낼 수 있을 만큼 우리의 문화적 역량이 성장했다는 뿌듯함도 느낀다.

　〈한국문학의 재발견-작고문인선집〉은 한국현대문학의 내일을 위해서 한국현대문학의 어제를 잘 보관해둘 수 있는 공간으로서 마련된 것이다. 문인이나 문학연구자들뿐만 아니라 더 많은 사람이 이 공간에서 시대를 달리하며 새로운 의미와 가치를 발견하기를 기대해본다.

2012년 3월

출판위원 김인환, 이승원, 강진호, 김동식

  흔히 문학을 거론할 때 우리는 '소설'과 '시' 분야에만 주목하는 경향
이 있다. 그것은 이 두 장르가 문학장場에서 차지하는 비중, 관심 등과 관
련된다. 소설과 시에 비해 희곡과 수필 등의 장르가 제대로 조명되지 못
하는 이유도 이런 데서 기인한다.

  그러나 희곡은 다소 소홀하게 취급되기는 했으나 대학의 전공 분과
로서 존재하며 굳건하게 명맥을 유지해왔다. 그것은 희곡의 발전을 위해
헌신했던 선배들의 값진 노력 덕분이라고 할 수 있다.

  그 중심에 바로 연극인 김진수가 서 있다. 김진수는 1930년대부터
1960년대까지 활발하게 활동하면서 희곡의 한계와 나아가야 할 방향을
지속적으로 탐구함으로써 문학장의 중심부에 희곡을 자리매김하려고 노
력한 인물이다.

  그는 신파연극을 비롯해 지나친 대중 취향의 연극이 연극계를 좀먹
고 있던 시대를 살아왔다. 통속성을 내세워 흥행만을 노리던 상업화 시
대에 연극은 존재 가치마저 상실할 위기에 처해 있었다. 이때 그는 희곡
의 예술적 성취와 역사적 사명감을 역설했으며 이것이 곧 문학으로서 희
곡이 담당해야 할 중요한 몫이라고 여겼다. 그에게 연극은 단순히 웃고
즐기는 오락이 아니라 시대와 역사를 거시적으로 조망하고 그 의미를 선
취하는 문학이자 예술이었던 것이다. 그의 희곡 창작과 평론 활동이 유
기적인 연관 관계에 놓여 있는 것도 이 때문이다. 그는 평론을 통해서 연
극계의 쇄신을 강력하게 촉구하는 동시에 창작 희곡으로 자신의 주장을
증명하고자 했다. 그런 점에서 창작 희곡과 평론 등은 연극인 김진수 삶

의 결정체라고 할 수 있다.

그가 연극의 쇄신을 위해 헌신했던 구체적인 내용을 살피고 그의 문학적 성취를 재조명해야 할 필요성이 여기에 있다.

연극의 옥석을 가리고 연극계의 새로운 변화를 요구했던 진심 어린 바람들이 그의 작품에 오롯이 담겨 있다. 그러나 우리는 그동안 그 구체적인 내용을 살피고 재고하는 데는 소홀했다. 단순히 작품 몇 편에 대한 소개와 연구가 전부이다. 희곡 작품과 평론 활동 그리고 교육자로서의 활동까지 포함한다면 그의 활동 영역과 범위는 상당히 광범위한 데 비해 평가는 지나치게 부실하게 이루어져왔던 것이다.

연구 작업을 진행하면서 연극인 김진수가 얼마나 열정적으로 연극계의 발전을 위해 전방위적으로 노력했는지 확인할 수 있었다. 그 노력이야말로 현재의 희곡이 면면히 그 예술적 성취와 문학적 의의를 이룩해올 수 있었던 밑거름이었다.

김진수가 고민했던 연극계의 다양한 쟁점과 문제는 과거의 일이라기보다는 현재에도 여전히 기억하고 적용해야 할 현안이다. 그의 사상과 글을 소환하여 다시 음미하고 재검토해야 할 이유도 여기에 있다. 또한 이러한 작업을 통해 문학의 한 영역으로서 희곡이 지니는 의의를 좀더 확고하게 규정하는 데 기여할 수 있지 않을까 기대해본다.

2012년 3월
한영현

* 일러두기

1. 이 선집은 김진수의 주요 작품들을 1부 희곡, 2부 연극 평론, 3부 작가 수기 및 지인들의 회고담으로 묶었다. 희곡과 평론 선택에 있어서는 다음의 두 가지 원칙에 근거했다. 첫째, 일제 식민 경험과 해방, 6·25전쟁 등의 역사적 과정을 잘 반영하는 작품들로 선별했다. 1930년대부터 1950년대까지 각 연대별 대표 희곡과 그것을 이해하고 해석하는 데 지표로 삼을 만한 대표 평론을 선택하여 수록했다. 둘째, 연대별로 작품을 선택하는 데 있어 작가의 작품 경향을 고려했다.

2. 작가의 수기는 작품 경향을 살펴볼 수 있는 것으로, 지인들의 회고담은 작가의 삶을 엿볼 수 있는 글로 선택했다.

3. 글의 분위기를 살리고자 대화나 사투리 등은 최대한 원문대로 표기했다. 다만, 원문을 훼손하지 않는 수준이라면 국립국어원의 표준국어대사전을 기준으로 삼아 한글맞춤법에 따라 고쳤다. 예컨대 '알았읍니다→알았습니다, 할가→할까, 말이예요→말이에요'로 바꾸었다.

4. 한자는 한글로 바꿔 표기하되, 한글만으로 뜻을 파악하기 어렵다고 판단되는 경우에는 한자를 병기했다. 또한 의미를 파악하기 어려운 단어는 뜻풀이를 달았다.

5. 김진수 작가의 작품과 평론 및 수기, 연보는 1959년에 출판된 『김진수희곡선집』과 1968년에 출판된 『연극희곡논집』을 출전으로 삼되, 미진한 부분은 확인 작업을 거쳐 보완했다.

차례

제 1부 희곡

길(전4막)

나오는 사람들

국보

장씨(국보의 아내)

영식(그들의 맏아들)

영구(그들의 둘째 아들)

영자(그들의 맏딸)

명선(영식의 동창)

부덕(영식의 아내)

도명(영식의 아들)

찬영(금융조합 서기)

맹산집(국보의 첩)

배 주사

중매 노파

중개인

성칠(동리 사람)

기타 통행인, 아동

때

현대(1930년대)

곳

평양 시외

제1막

무대

국보의 집 사랑방.

오른쪽에 안방으로 통하는 문이 있다. 방 안에는 문갑文匣, 조그만 철궤鐵櫃가 적당한 자리에 놓여 있고, 화로, 재떨이, 담뱃대, 문갑 위에는 연적硯滴, 모필毛筆, 치부책, 주판, 벽에는 옛 사람의 글귀가 붙어 있다.

국보는 돋보기 안경을 쓰고 문갑 앞에 앉아서 장부를 뒤적거리고 있다.

잠깐 사이.

찬영 등장.

찬영	(장부에 정신이 팔려 있는 국보에게) 찬영이에요. 어르신네께서는 여전히 바쁘시군요.
국보	음. 자넨가? 어찌된 일인가? 지금 시간에.
찬영	조합 일로 시내에를 다녀오는 길이에요.
국보	그래, 수고했네. 그런 줄 알았으면 자네에게 부탁을 할걸. 장 별

리 집에를 다녀오지 않았지?

찬영   말씀이 없으셔두 제가 누구라구 그 댁에를 안 들러요. (편지를 내놓으며) 이 편지를 보세요.

국보   자네는 물 샐 틈이 없다니까. (편지를 받으며) 무슨 말은 없던가?

찬영   너무하신다구요. 만나뵙구 싶어서 죽겠다구—저를 붙잡구 막 야단이셨지요.

국보   (이야기에 팔려서 편지 볼 생각은 잊은 듯이) 만나구 싶어서 죽겠다구? 만나는 건 좋아. 나두 매일 만나구 싶지. 그러나 고것이 처음에는 안 그러더니 요즈음은 내가 찾아갈 때마다 돈! 돈! 돈 얘기만 꺼내는 데는 딱 질색이란 말이야. 이번에두 나를 만나자는 건 틀림없이 돈 때문일 게야.

찬영   그럼 어르신네께서는 아주머님께 가는 마음이 변하신 게 아니에요?

국보   마음이 변하다니—돈이 문제야. (화가 난 듯이 편지를 꺼내 읽으려 한다)

찬영   저는 조합에를 들어가봐야겠어요. 나오는 길에 또 들르지요.

국보   그럼 또 들르게.

찬영   앉아 계십시오. (퇴장)

국보는 편지를 읽는다.

국보   (편지를 보다가) 이게 무슨 수작이야? 돈! 돈! 말끝마다 돈타령이란 말이야. 집이라두 한 채 사줬으면 그만이지. 게서 더 뭘! 그렇게 돈을 써야 하는 외도라면 공연히 시작을 했지. 그러나 아무리 지랄 발광을 한대두 내 돈을 그렇게 호락호락하게 먹지는 못할걸.

이때에 오른쪽 안방으로 통한 문으로 영식이가 슬그머니 등장한다. 외출이나 하려는 행색이다. 그러나 모자도 쓰지 않고 이발도 하지 않아서 머리는 보기 흉하게 길었다. 양복도 보잘것없다.
국보는 영식이를 발견하자 좋지 못한 안색이다.

국보   (영식이를 보고) 유령같이 웬일이냐? 떡 버티구 서서.

영식   ……. (꿈쩍도 하지 않는다)

국보   보기 싫어!

영식   ……저 아버지.

국보   또 돈 얘기지? 네 말은 듣기 싫어!

영식   쓸데는 써야 하지 않습니까?

국보   인젠 없어. 내 돈을 그만큼이나 없애구두 아직 모자라서 그러냐?

영식   아버지, 제가 아버지의 돈을 얼마나 없앴습니까?

국보   그럼, 내 돈을 없애지 않았단 말이냐?

영식   제가 아버지의 돈을 쓴 건―.

국보   닥치지 못해, 이 자식! (장부를 들춰 보며) 전문학교 때 학비를 쓴 돈만 해두 일천육백팔십 원이야! 그뿐이냐? 고등보통학교, 보통학교 때에 쓴 것까지 합하면 이천 원이 넘어. 그러구두 내 돈을 없애지 않았단 말이냐?

영식   그런 대금이 제 학비로 없어지긴 했지만―그 돈은 아버지께서 짐짓 쓰신 것이 아닐까요? 아버님께서는 저를 법학전문학교에 보내시고는 동리 사람들에게 얼마나 자랑을 하셨어요. 우리 아들이 법학전문학교만 졸업을 하면 판사 검사두 무서울 것이 없다고―. 그때에는 제 학비가 그렇게 아깝지는 않으셨지요.

국보 공연히 돈을 썼지. 나는 네가 이렇게 될 줄만 알았다면 없다, 없어.

영식 잘됐군요. 저두 공부시켜주셨다는 것을 그렇게 은혜로는 생각지를 않으니까요.

국보 무엇이 어쩌구 어째? 이 배은망덕하는 놈의 자식! 공부를 실― 컷 시켜놓으니까 한다는 수작이.

영식 공부를 시켰기 때문에 저라는 인간은 이렇게 됐는지두 몰라요.

국보 남의 집 자식들은 공부를 시켰어두 그렇지가 않더구나.

영식 하다못해 군청 서기 노릇이라두 하구 재판소 같은 데라두 붙어다니는 사람들 말씀이십니까? 그보다두 아버님께서는 판사 검사를 더 부러워하시지요.

국보 네가 판사 검사? (어조가 달라지며) 네가 판사 검사만 돼봐라. 서장이나 군수가 다 뭐겠니? 나는 무서울 것이 없겠다. 그러나 네 자격에. 나는 판사 검사두 바라지 않어. 그저 집안에 들어앉아 있기만 해두 좋겠다. 슬렁슬렁 이 애비의 하는 일이나 거들며 살림꾼이라두 돼줬으면 걱정이 없겠단 말이다. 글쎄 취직을 해서 돈은 벌어들이지 못한대두 집안에서 이 애비의 하는 일까지야 거들지 못할 게 뭐란 말이냐?

영식 저는 법학 공부 한 것을 밑천으로 무지한 농민을 속이구 가난한 백성의 등을 쳐먹는 그런 일에는 글 한 자를 쓸 수가 없어요.

국보 그래 네 애비가 하는 일인데두 못 하겠어?

영식 그 일만은 못 하겠어요.

국보 그러면서 내가 모은 돈은 쓰겠다구?―못 쓴다. 못 써.

영식	아버지가 긁어모은 재산이 어떠한 돈입니까? 옳아요. 우리가 함부로 써서는 안 될 돈이지요.
국보	그런 걸 아는 자식이 어째서 날 보구는 돈타령만 하는 거냐?
영식	아버지. 첩이나 얻어 데리구 쓰는 돈은 아깝지 않으시지요?
국보	애비 앞에서 말이 무슨 말이냐?

    잠깐 사이.

국보	(철궤에서 돈을 꺼내가지고 영식이에게 던져주며) 양복이나 한 벌 지어 입어라. 그 모양은 정 못 보겠다.
영식	(돈을 집으며) 양복도 해 입어야 되긴 하겠지만.
국보	모자두 하나 사 써라. 그게 무슨 대가리냐? 모자두 없이 돌아다니는 꼴은 목불인견*이다.

    장씨 등장.
    안방에서 나온다.

장씨	(영식이에게) 동리 사람들이 너보구 뭐라는지 아니? 머리가 그게 뭐냐?
영식	내 얘기보다두 아버지 어머니의 얘기가 동리 사람들의 입에 더 오르내릴걸요.
국보	내 얘기가 어쨌단 말이냐? 저 자식은 제 애비의 일이라면 배때기가 아파서.

---

* 눈뜨고 차마 볼 수 없음.

22

영식	한 마지기의 토지가 아버지의 이름으로 이동이 되어 넘어오는 날이면 그 이면에 얼마나 많은 원성과 눈물이 따르고 있다는 것을 아버님께서는 모르시지요.
국보	모른다. 나는 내 돈을 주었다 받아냈을 뿐이야. 네가 내 앞에서 끝까지 그럴 테면 양복이구 뭐구 없다 없어. 내 돈을 냉큼 이리 내놔라.
장씨	(국보에게) 아이구 참아요. (영식이에게) 너두 잠자코 있어.

성칠 등장.

국보	(성칠에게) 이 사람 성칠인가? 그렇지 않아두 나는 자네 집에를 찾아가서 끝장을 낼려구 하던 차인데. 잘 올라왔네. 오늘이 기한이지? 돈은 가지구 왔나?
성칠	저―, 미안한 말씀이옵지만 돈이 되지를 않아서.
국보	뭐야. 돈을 못 가지구 왔어?
성칠	한 달만 더 참아주셔야 되겠어요.
국보	그건 안 돼.
성칠	그러시면 어떻게 하시겠습니까?
국보	계약대루 해야지.
성칠	천지에 집 한 칸 있는 걸 내놓으라면 젊은 처자를 데리고 어데로 가랍니까?
국보	여기서 여러 말 할 것 없이 자네 집으로 내려가서 얘기를 하세. (장부를 찾아 들고 성칠이를 잡아끈다)
성칠	계약에는 그랬습죠만 제 생각을 좀…….

성칠이는 무리하게 국보에게 끌려 나간다.

영식   (그들이 나가는 것을 보고 있다가) 또 집 한 채가 늘게 됐군. (장씨
        에게) 돈이 얼마예요?

장씨   성칠이 저 사람이 돈을 얼마를 썼다더라? 칠백쉰 냥(칠십오 원)
        이라던가?

영식   집값이야 칠십오 원이 더 되겠지요.

장씨   더 되지. 돈 이자가 있지 않으냐?

영식   어머님께서는 집을 쫓겨날 사람이 불쌍하지 않으세요?

장씨   불쌍은 무슨 불쌍? 너는 또 생각이 달라지는 게로구나?

영식   …….

장씨   애 영식아, 너 그런 생각을 좀 고치지 못하겠니?

영식   나보다두 아버지께서 생각을 좀 고치셔야 해요.

장씨   세상을 살아가는 데는 그렇지가 않어. 네 아버지두 살기 위해서
        그러시는 거야. 딴생각할 것 없이 돈 모으구, 자식 낳구 한평생
        편안히 살다 죽으면 그만이야.

영식   …….

장씨   그런데, 애 네 생각은 어째서 그러니? 도명이 에미의 일만 해두
        그럴 수가 있니?

영식   어머님께서는 도명이 에미를 데려오시구 싶어서 그러세요?

장씨   …….

영식   그러시다면 데려오시지요.

장씨   네가 싫다는 걸 내가 데려다간 뭘 하겠니.

영식   어머님의 며느리가 아니세요?

장씨   네 처는 아니구?

| 영식 | …….

| 장씨 | 늘 하는 말이지만 너는 도명이 에미를 어쩔 작정이냐?

| 영식 | …….

| 장씨 | 속 시원히 말이라두 좀 하렴.

| 영식 | 저는 그 사람을 가엾다고는 생각해요.

| 장씨 | 너는 어쩌구? 나는 네가 더 가엾어 뵈는데.

| 영식 | 제 얘기야 말할 것두 없지요.

안에서 "오빠! 오빠" 찾는 영자의 목소리 들린다.
영식이는 안으로 퇴장.
장씨도 영식이를 따라 퇴장.
잠깐 사이.
영식이 앞서고 영자 등장.

| 영자 | (영식이를 따라 나오며) 오빠, 시내에 들어가시지요? 이 편지 좀 전해주세요. 명선 씨한테 가는 편지예요. (편지를 준다)

잠깐 사이.

| 영자 | 오빠, 어찌되었어요?

| 영식 | 이것뿐이다. (지폐장을 준다)

| 영자 | (따져보고) 십오 원! 이거라두 되겠지요. (돈을 준다)

| 영식 | 이것으론 양복을 해 입어야 한다구 말썽이 많았는데―

| 영자 | 명선 씨는 지금 병중에서 신음을 하시는데. 그 돈으루 명선 씨를 도와드려야 해요.

영식	…….
영자	명선 씨는 얼마나 갑갑하시겠어요. 오빠, 입원이라두 하시게 해야 하지 않아요?
영식	걱정 말아라. 나두 생각을 하구 있다.
영자	그럼 오빠 빨리 들어가세요. 그리구 명선 씨에게 제 말을—아니 오빠 잠깐만 기다리세요. (안방으로 들어갔다 나온다. 손에는 봉투와 보자기를 들었다) 오빠 저 이것 명선 씨에게 전해주세요.
영식	그래. 알았다. (안방을 향하여 어머니에게) 어머니 다녀오겠어요.
장씨	(안에서 나오며) 양복 값은 가졌지? 이번에는 잊지 말구 양복을 맞추구, 모자꺼정 사 쓰고 와야 한다.

영식 퇴장.

장씨	(영자에게) 나 모르게 너희들은 무슨 얘기들이냐?
영자	엄마는 모르셔두 될 얘기.
장씨	내가 몰라서 될 얘기가 뭐란 말이냐? 명선인지 한 사람의 얘기는 아니지?
영자	…….
장씨	나한테 얘기를 하지 못하겠니?
영자	…….
장씨	네 오라비는 아직두 명선이하구 사귀어 다닌단 말이냐?
영자	…….
장씨	너는 알지?
영자	남자들이 제 동무 얘기를 나 같은 계집애한테 해줘야지요.
장씨	그럼 아직두 사귀어 다니는 게로구나?

영자   어머니! 오빠가 명선 씨하구 같이 다니면 어때요?

장씨   너두 명선이 편이냐? 이 계집애야, 명선이 그 녀석은 안 돼. 똑
       같은 실업쟁이들이 일두 없이 밀려다니면서 무슨 수작들인지.

영자   ······.

장씨   너의 오빠두 그런 녀석하구 밀려다니기 때문에 생각이 그렇게
       됐을 거야.

영자   ······.

장씨   젊은 놈이 그런 법이 있단 말이냐? 그렇게 혼자 있으면서두 반
       해 다니는 계집 하나 없는 모양이니—재미가 무슨 재미겠니?
       영자야, 너보구두 무슨 말이 없더냐? 여편네가 정 싫으면 딴생
       각이라두 있을 게 아니냐?

영자   아무 생각두 없는 것 같아요. 일찍 결혼한 것을 후회만 하시겠
       지요.

장씨   일찍 장가를 들어서 그 처가 싫으면 다른 여자라두 있을 게 아
       니냐?

영자   오빠가 첩을 얻게요?

장씨   할 수 없지. 네 오빠가 집안에 맘을 붙이구 살림에 재미만 붙일
       수 있다면 첩 아니라 기생이라두 불러들이라구 하겠다.

영자   자식에게다 첩을 얻으라는 부모가 어데 있어요. 게다가 기생
       까지.

장씨   너무 답답해서 하는 소리야. 네 오빠의 일두 걱정이지만 너는
       어찌겠니?

영자   나보구두 시집을 가라는 말씀이지요?

장씨   그렇지 않아두 너의 아버지는 돈 많은 사위를 고르는 모양이
       더라.

영자	돈 많은 사람의 첩으로요?
장씨	아버지의 말이 그렇지. 네가 첩이 뭐란 말이냐?
영자	누가 첩으로 가기는 한다는데요?
장씨	네 일두 걱정이다. 그래 너는 시집을 영 안 갈 테냐?
영자	…….
장씨	아버지는 네 중매쟁이꺼정 내세운 모양이더라.
영자	맘대로들 하세요.

중매 노파 등장.

장씨	(중매를 보고) 아이고 어서 오세요.
중매	(영자를 보고) 오늘은 이 색시두 집에 있어. 아버지는 어디 가셨나?

중매 노파는 방으로 올라와 앉는다. 그러자 영자는 자리를 피한다.

중매	(영자에게) 저 색시는 내가 싫은 게지. (나가는 영자를 보면서) 왜 그런지 모르겠어. 요즈음 학교 공부를 한 색시들은 나를 보기만 하면 쥐 새끼가 꽹이 싫어하듯 숨어버린단 말이야. 그런데 댁의 큰아드님 말이유, 어딜 가는지 댁으로 오는 길가에서 만났는데 그 사람두 나를 이상하게 본단 말이야!
장씨	그래서 걱정이 아니우.
중매	아직 끝장이 나지 않았지요? 한번 가서는 그냥 소식이 없지요?
장씨	소식이 뭐겠소.
중매	딸 애기는 시집이나 보내면 그만이지만―그 사람두 팔자를 고

	쳐야 해요. 말이 난 김에 며느리 중매, 사위 중매를 한꺼번에 할까요?
장씨	한꺼번에야 어떻게 하겠소. 계집애부터 해야지요. 그런데 그 계집애가 말을 안 들어서 걱정이 아니우.
중매	부끄러워서 그러는지두 몰라요. 그렇지 않으면 연앤지 뭔지 하는 좋아하는 사람이라두 있는지 모르지요.
장씨	우리 영자가 연애를 해요?
중매	내 연애 얘기는 댁의 색시 얘기가 아니에요. 그렇게 얌전한 색시가 연애를 하다니.
장씨	나는 그년만은 똑똑한 신랑을 짝지어줘서 내가 데리구 있으면서 살림을 시키려고 하는데.
중매	그럼 데릴사위를 맞을려구요? 댁의 영감은 돈 많은 신랑감을 구해달라구 그러던데 데릴사윗감이야 어디 돈 많은 사람이 있어야지?
장씨	우리 집안에 누가 있어야지요. 다 늙은 영감밖에—그래서 데릴사위는 아니라두 살림을 맡길 만한—사람이나 똑똑한 신랑을 맞으려고 하는데.

　　찬영 등장.

찬영	안녕하십니까? (중매를 보고) 아주머니 오셨어요? 어르신네께서는 어디 가셨어요?
장씨	누가 와서 같이 나갔어.
중매	(찬영에게) 이 사람아, 이상한 소문이 들리던데 그게 참말인가?
찬영	이상한 소문이라니요?

중매	자네는 맹산집에를 부지런히 다닌다지?
장씨	저 사람이 맹산집에는 뭣하러?
찬영	(중매에게) 아주머니 어데서 그런 말을 들었어요?
중매	나 모르는 일이 있는 줄 아나.
찬영	생사람을 잡는 무서운 세상이야. 아주머니 똑똑히 알지두 못하면서 말을 함부루 하지 마세요.
중매	무서운 세상이라네. 숨어서 할 일이 있는 세상인 줄 아나?
찬영	(교활하게 화제를 돌려서) 그런데 아주머니, 요즈음은 수지가 맞으시지요? 나두 아주머니의 덕을 좀 보려고 하는데요. 제가 총각인 줄은 아시지요?
중매	총각이 맹산집에는 뭣하러 다니느냔 말이야. 맹산집보구 색시를 얻어달라지. 나야 자네 배필을 구할 자격이 있어야지. (장씨에게) 영감님의 말대루 돈 많은 사위가 제일이에요. (자리에서 일어나며) 나는 가봐야겠군.
찬영	가시겠어요?
장씨	좀더 앉았다 가시질 않구.
중매	또 들르지요. (나간다)
찬영	(나가는 중매를 보고) 왜 그렇게 수다스러울까? 있는 말, 없는 말.
장씨	맹산집 얘기지? 불 안 땐 굴뚝에서 연기 나겠나?
찬영	아닌 게 아니라 어르신네의 심부름으루 몇 번 찾아가기는 했어요.
장씨	심부름은 무슨 심부름? 자네는 그렇게 할 일이 없는가? 영감두 영감이지만 자네가 그럴 줄은 몰랐어.
찬영	어느 날 어르신네와 같이 시내를 들어갔다가 거리에서 그 어른을 뵈었어요. 그다음부터 어르신네께서는 저에게 심부름을 시

키셨어요.

장씨   자네같이 얌전한 사람이 그런 심부름이 뭐야? 심부름뿐이구 다른 일은 없나? 색시라두 보구 다니는 것이 아닌가? 첩질이나 하는 년이라 그 또래 계집이야 많겠지.

찬영   저를 색시한테나 미쳐서 다니는 그런 바람둥이루 보세요? 제 얘기를 하는 건 쑥스러운 일이지만 이 동네에서만 해두 저에게 딸을 주겠다는 댁이 한두 집이 아니에요. 연애편지를 보내는 여학생은 없는 줄 아세요?

장씨   그래 맘에 드는 색시가 있어?

찬영   몇 군데서 말은 있지만―제가 이 댁 모르게야 그런 일을 혼자 할 수가 있어요? 제가 댁의 신세를 얼마나 졌다구. 그리구 제가 어르신네나 어머님의 사랑을 얼마나 받구 있다구요.

장씨   고향이 어디랬지?

찬영   황해도 봉산 땅이에요.

장씨   부모는 다 돌아가셨다지?

찬영   네.

장씨   공부는―무슨 학교를 다녔다던가?

찬영   상업학교를 다녔어요.

장씨   동생들두 없나?

찬영   저 혼자 외삼촌 댁에서 자라며 공부두 외삼촌이 시켜줬어요.

장씨   의지할 데가 없겠군.

찬영   말해 뭣해요. 누구 하나 믿을 사람이 없지요. 그래서 저는 결심을 단단히 했어요. 부모가 있어요? 친척이 있어요? 제가 잘되건 못되건 간에 기뻐해줄 사람두 걱정해줄 사람두 저뿐이 아니에요. 천지에 이 몸 하나뿐이지요.

장씨	옳은 말이야.
찬영	그래서 저는 제 자신을 위해서라두 돈 하나는 모으려고 해요. 믿을 것이 없는 놈이 돈이나 믿구 살아야 하질 않겠어요? 제가 아직 결혼도 하지 않고 금융조합에 취직을 한 것두 그 까닭이에요. 금융조합이란 데가 월급은 그렇게 많지 않지만 돈을 가지구 그러는 데라 몇 해 동안에 제 앞으루 한 천여 원의 밑천은 세워 났어요.
장씨	사람이 오죽 착실해야지.

국보 등장.
손에는 장부를 들었다.

찬영	(국보에게) 지금 돌아오십니까?
장씨	어떻게 됐어요?
국보	집을 뺏기로 됐지. 영식이 이 자식은 나갔나?
장씨	시내로 들어간다구 나갔어요.
국보	돈은 어째구?
장씨	가지구 나갔어요. 양복을 해 입어야지요.
국보	우리 집안은 그 자식 때문에 야단이야. 시장해서 못 견디겠는 걸! (일어서서 퇴장하려고 하며 찬영에게) 자네 잠깐만 앉아 있게. (금고와 장부를 가지고 퇴장한다. 장씨도 따라 퇴장)

무대에는 찬영이만 남아 있다.
찬영이는 생각에 잠겨 있다.
갑자기 아이들이 떠드는 소리, 발걸음 소리 들리며 영구가 무대 앞으로 씨근거리며 나와서 지나가려 한다.

찬영   (영구를 발견하고) 영구, 영구.

영구   (씨근거리며 우뚝 서서) 왜 그래?

찬영   뭣하느라구 그렇게 뜀박질을 하면서 야단이야?

영구   골목대장 몰라? (노래를 부른다)

       어머님 날 보구 꾸지람 마소.
       옷고름 맨 것이 그리 죄 되오.
       이래 봬두 골목에선 힘이 세다고
       골목대장 골목대장 불러줍니다.

영구   (노래를 부르고 나서) 어때? 대장 나리야. 금융조합 서기 따위는
       비켜.

찬영   골목대장 나리, 내 말을 좀 들어봐.

영구   말은 무슨 말. 또 담배 심부름이야?

찬영   골목대장 나리에게다 담배 심부름이 뭐야. 저 영식이 형이랑 영
       자 누이랑 말이야.

영구   난 몰라. (나가려고 한다)

찬영   (영구를 붙잡으며) 그러지 말구 내 말을 좀 들어봐. 영자 누이 지
       금 집에 있지?

영구   몰라.

찬영   영자 누이는 집에서 뭣하구 있어?

영구   어머니하구 쌈하구, 편지 쓰구, 아버지한테 욕먹구.

찬영   영자 누이한테는 찾아다니는 사람이 있지? 그 사람을 영구는

알지?

영구   총각이 처녀 얘길 하면 배꼽이 떨어진대.

찬영   골목대장두 그러나, 묻는 말이면 활발하게 대답을 해야지.

영구   나한테 절을 하란 말이야.

찬영   절을 할게.

영구   귀를 잡구. 코를 땅에다 대구.

찬영이는 영구가 하라는 대로 절을 한다.

영구   (절을 받고) 하하하 골목대장 절 받았다.

찬영   말을 해.

영구   뭘 말이야?

찬영   영자 누이의 얘기. 좋아하는 사람이 있나? 없나? 말이야.

영구   (찬영이의 말을 흉내내서) 있나? 없나?

찬영   있나? 없나? 말이야.

영구   하이칼라 멋쟁이 메가네를 붙인* 작자!

찬영   이름은 뭐야?

영구   금융조합 서기! 김찬영! 아니야 아니야. 이름은 몰라.

찬영   그 작자는 영자 누이한테 자주 찾아와?

영구   여우가 있구, 호랑이가 있는데 어딜.

찬영   영자 누이가 그 사람하구 같이 다니는 것을 보지 못했어?

영구   왜 못 봐. 난 봤어.

찬영   편지두 자주 오지?

| * 안경을 쓴. '메가네(めがね)'는 일본말로 '안경'이라는 뜻.

영구	영자 누이 고건 날 보구 심부름만 시키는걸. 편지를 감춰두었다가 주면 죽겠다구 야단이지.
찬영	영구, 내 말을 들어봐. 난 영구가 좋아하는 것을 무엇이든지 사다 줄 테야. 누나의 편지 한 장만 훔쳐다 주면 말이야.
영구	싫어. 경은 누가 치구.
찬영	누이 모르게 살짝 꺼내다 보구 갖다 두면 누가 알어?
영구	그래두 안 돼.
찬영	영구가 좋아하는 하모니카를 사다 주는 데두.
영구	새총이나 하나 사다 준다면.
찬영	그래. 총을 사다 주지. 내일이라두 시내에 들어가서 사다 줄게. 편지를 한 장만 내와.
영구	총부터 사다 줘야지.
찬영	내일 사다 준다니까.
영구	그럼 꼭 사다 줘야 해. (안방으로 퇴장)

영구는 편지를 가지고 나온다.

찬영이가 편지를 받으려 할 때 영식 등장. 이발도 하지 않고 모자도 쓰지 않았다. 손에는 책을 한 권 들었다.

영식을 보자 영구는 겁을 집어먹고 편지를 감춘다.

영식	(그들의 이상한 행동을 보고) 영구야. 너 거기서 뭘 하니?
찬영	(영식이를 보고 무안한 듯이) 안녕하십니까? 저는 실례를 하겠습니다. (퇴장한다)
영식	영구야, 이것 봐. 너 줄려구 이걸 사 왔다. (책을 준다)
영구	이게 뭐야? (종이에 싼 책을 보고) 총이나 사다 주지. 누가 이런 걸

보겠다나. '누, 가, 바, 보, 냐' 이게 무슨 책이야? '누가 바보냐.'

영식   누가 바보냐?

영구   우리 아버지. (보던 책을 내던진다)

이때에 안방으로부터 "영구야, 영구야—" 하고 찾는 영자의 목소리 들리며 영자 등장.

영자   오빠, 언제 오셨어요?

영식   지금 막 오는 길이다.

영자   (영구에게) 얘 영구야, 너 내 책상에서 편지를 내왔지?

영구   난 몰라. (감추고 있던 편지를 내동댕이치고 뛰어나간다)

영자   (편지를 집으며) 큰일이에요. 인젠 편지까지 도적해냈지요.

영식   …….

영자   그런데 오빠, 명선 씨가 어때요?

영식   의사의 말대로 입원을 시켰는데 차도는 그만하더라.

영자   며칠이나 입원을 해야 된댔어요?

영식   의사의 말은 한 십여 일 걸리겠다구 했지만 병세를 봐야 되겠지. 그런데 명선이가 이 편지를 주더라.

영자   (편지를 받으며) 저의 편지도 전하셨지요?

영식   응.

영자는 편지를 뜯어 읽기 시작한다.

잠깐 사이.

영식   편지가 그렇게 기냐?

영자	……. (편지만 읽는다)
영식	Love letter! 말만 들어두—글자 한 자를 씹어보구, 한마디 말의 문구를 생각하구, 좀더 길었으면—그렇지?
영자	아이 오빠, 또 놀리시는 거예요? (편지 보기를 그만둔다)
영식	놀리긴? 내가 너희들의 연애를 뭐하려구 놀린단 말이냐? 어서 편지를 읽어라.
영자	걱정 마세요. 저는 명선 씨의 편지는 몇 번씩 읽는걸요. 편지만 받아도 명선 씨의 사상과 인격에 억눌리는 것 같아서 한 번만 읽구선 견디지를 못해요. 그런데 오빠, 어떻게 생각하세요? 저희들의 사랑을.
영식	행복이겠느냐? 불행이겠느냐? 그보다 내 물음에 대답을 해봐라. 불행이라면 너는 어쩌겠니?
영자	행복과 불행의 기준이 뭐예요?
영식	내 경우 같으면 불행이라고 할 수 있겠지.
영자	오빠 경우는 예외구. 우리의 경우는 그 주관에 있다고 할 수 있지 않을까요? 그런데 오빠, 저희들의 연애의 산파 역은 오빠지요?
영식	그런지두 모르지. 나는 명선이에게 너를 소개했구 명선이의 얘기를 네게 했으니까. 그 뒤부터 너는 명선이를 사랑하게 됐지.
영자	오빠를 좋아하는 저는 오빠의 고민을 가엾게 생각하면서 우리들의 힘이 돼주려고 하는 명선 씨를 사랑하지 않을 수가 없었어요.
영식	나두 네가 명선이 같은 애인을 가졌다는 것을 다행으로 생각한다.
영자	그래두 저는 아직 명선 씨를 잘 이해하지 못하는 것만 같아요. 오빠, 저는 어째야 해요.

영식	너는 명선이만 따라가면 그만이야. 그러노라면 명선이라는 인간을 자연히 알게 될 것이다.
영자	그렇지만 명선 씨가 저를 보잘것없는 계집애라고 버리시는 날이면?
영식	그 말 한마디로 네가 명선이를 이해하지 못했다는 것이 폭로되구야 말았구나. 그런 명선이가 아니야.
영자	…….
영식	명선이는 너의 애인이구, 나에게는 없어서는 안 될 친구야. 너는 명선이의 사상과 인간성을 봐야 한다. 학생 시대부터 명선이는 사상이 철저했어.
영자	저는 명선 씨를 따라가겠어요.
영식	그때에는 나두 명선이의 기상과 사상을 존경하면서 서로 동지가 됐지만―.
영자	그렇던 오빠가 지금은 어째서 그렇게 됐어요?
영식	결국은 약한 탓이었겠지. 내게 조금이라두 힘과 용기가 있었더라면 이같이는 되지 않았을 것이다.
영자	그보다 오빠가 그렇게 된 원인을 제가 말해볼까요? 실연의 설움과 조혼의 비극이 그 소극적 원인이구요.
영식	적극적 원인은?
영자	이해 없는 부모와 완고한 가정! 아니에요?
영식	잘 알았다. 가뜩이나 성격이 약한 데다가 객관적 정세까지 그러고 보니 그 틈에 끼어서 병신이 안 될 수가 있어야. 너두 알다시피 이 세상에는 나 같은 불효자두 없을 게다. 그러나 아버지가 하시는 일을 생각해봐라. 지구 덩어리가 어떻게 돌아가는지? 사회가 어떻게 되어가는지? 그런 것은 알지도 못하시면서

그저 돈! 돈! 나에게다 공부를 시킨 것두 그 끔찍스러운 아버지의 사업을 계승시키려구 한 것일 게야. 좀더 무지한 농민을 속여먹구 가난한 백성들의 등골을 긁어먹자는 수단에 지나지 않았어.

영자   오빠, 우리에게는 명선 씨가 있질 않아요? 저는 명선 씨를 따라가겠어요.

—막—

제2막

무대

맑게 갠 여름날.

대동강변 모래밭 보트장 부근.

일대에는 수영객, 산보객이 지나다니기는 하나 대동강변으로서는 한적한 곳이다.

왼쪽에서 3분지 2 가량 모래밭에 임시로 지어놓은 듯한 휴게소가 보인다. 휴게소라야 엉성한 마루 위에 지붕을 덮었을 뿐 아무 꾸밈도 없는 빈약한 건물이다. 사면 기둥에는 '××비이루'* '대동강 보트장' '어죽 쑤어 팝니다' 등의 광고가 붙어 있다.

오른쪽에는 그대로 모래밭, 보트장, 수영장으로 통하게 되어 있다. 배경은 멀리 능라도, 부벽루, 모란봉. 지나다니는 산보객, 음식장수 등.

| * 맥주.

모래밭에는 수영복을 입고 장난치는 아이들.
간간이 기생들의 노랫소리 들려오는데.
풍경은 아름답고 날씨는 명랑하다.

영식, 영자 휴게소 난간에 앉아서 무심히 강안江岸 풍경을 바라보고
있다.

영식   명선이가 오겠다구는 그랬지?

영자   네, 꼭 나오신다구 그랬어요.

영식   어제 퇴원을 했다니까 몸이 불편해서 못 나올지두―.

영자   모르시겠다는 말씀이시지요?

영식   음.

영자   명선 씨가 오빠같이 그렇게 약속을 어기시는 줄 아세요?

영식   그렇다면 나의 인식 착오.

영자   오빠, 또 저한테 지셨어요.

영식   음, 졌다. 그러나 명선이가 나오지 않으면 네가 진 거지.

영자   (어리광 비슷하게) 아이 난 모르겠어요.

영식   애, 너는 명선이한테두 그렇게 응석을 피우니?

영자   (아양을 떨며) 오빠, 저는 오빠께 감사하다고 인사를 하지 않으
        면 안 될 일이 있어요.

영식   명선이를 너에게 소개해주었다고?

영자   저는 오빠의 양복을 볼 때마다…….

영식   양복 값으로 명선이를 입원시켰다고?

영자   명선 씨도 오빠의 우정을 퍽 감사하게 생각하셔요. 오빠, 제가
        돈이 생기면 양복을 한 벌 고급품으루 지어드릴게요.

영식	양복 같은 거야……. 그보다두 나는 너희들의 생활이 시작되기만—그날이 와서 너희들이 곧 생활의 기초를 잡게 된다면—.
영자	…….
영식	나는 명선이의 병이 그렇게 속하리라고는 생각지 못했었는데.
영자	오빠가 그렇게 애써주셨는데.
영식	병에 시달려서 과히 상하지나 않았지?
영자	그런 건 모르겠어요.
영식	너무 기뻐서 잘 보지두 못한 게로구나.
영자	오빠 또 놀리셔요.
영식	너무 반가워서 울지나 않았니?
영자	아이 오빠두, 싫어.
영식	퇴원을 하구 명선이는 무슨 말이 없더냐?
영자	오빠에게 미안하시단 말을 하시면서…….
영식	무슨 새로운 약속이라두 없었니?
영자	취직을 해야 되겠다고 그러셨어요.
영식	그건 너무 현실적 문제였구나.
영자	현실을 떠날 수 없는 것이 인간 아니에요? 병원에서 오는 길에 자동차 안에서 명선 씨는 저의 손목을 꼭 잡고 "저는 몸이 회복되는 대로 취직 운동을 해야겠어요"라고 말을 할 때 저는 미안스럽기도 하고 명선 씨가 가엾기까지 했어요. 명선 씨는 말을 이어서 "생활력이 없이는 아무 일도 할 수 없지 않아요?" 저에게 위협이나 하듯이 그러셨지요.
영식	그래 너는 뭐랬니? 가만있지는 않았겠지?
영자	명선 씨에게는 눈물을 보이지 않으려고 애쓰기에도 바빴는데요. 저로서는 명선 씨의 그 비장한 말씀에 무슨 위안의 말이라

두 해드렸어야 했지만—.

영식   너무 약해. 명선이를 사랑한다는 너로서는.

영자   강해지겠어요. 명선 씨를 따라.

영식   …….

영자   오빠, 우리는 명선 씨의 가정을 생각해봐야 해요. 그의 동생과 어머니가 어떠신지?

영식   …….

영자   그런 어머님은 드물 거예요. 그렇게 애써 공부를 시켰지만 명선 씨는 아직까지 취직도 못 했지요. 그래서 그 동생이 인쇄소에를 다닌다지 않아요. 그렇지만 명선 씨보고는 때를 못 만나서 그런 게라고 하면서 짜증의 말 한마디 없다지 않아요.

영식   가정에 얽매이지 않았다고 해서 명선이의 고통이 없겠니?

영자   그야 명선 씨가 취직을 하시겠다는 것만 보아도 알 일이 아니에요?

영식   그만큼이라두 네가 명선이라는 인간을 이해했다면 마음 든든한 일이기도 하지만—.

멀리서 기생의 〈배따라기〉* 한 가락이 은은히 들려온다.

영식   (무심하게) 몇 시나 됐니?

영자   (시계를 보고) 한 시 사십오 분이에요.

영식   명선이가 왜 안 올까?

영자   세 시까지는 기다려봐요.

| * 평안도 민요의 하나. '배따라기'는 '배떠나기'의 의미로 풀이됨.

영식   세 시까지?

　　　사이.

영식   오빠, 갑갑하셔요?
영식   ……. (무엇을 생각하고 있다)
영자   오빠, 무엇을 생각하고 계셔요?
영식   ……나 말이냐? 저 강물을 바라보고 있었다.

　　　기생의 〈배따라기〉 들려온다.

영자   오늘 날씨는 참 좋아요. (시계를 본다)
영식   …….
영자   오빠, 우울하신가 봐. 암말도 없이.
영식   나도 애인이나 기다리고 있다면…….
영자   오빠, 정순 언니의 생각이 나시는 게지.
영식   정순이?
영자   (죄송한 듯이) 오빠!
영식   나는 정순이를 영원히 잊어버려야 해.
영자   오빠는 언니 때문에 정순 언니의 사랑을 받아들이지 못했지요?
영식   정순이는 아직도 나를 원망하고 있을까?
영자   오빠는 왜 그렇게 약하셨어요?

　　　사이.

영식	보트나 타러 가자. 명선이두 오지 않는데.
영자	(시계를 보며) 그 사이에 명선 씨가 오시면.
영식	(일어서며) 보트장으로 오라고 주인에게 부탁하고 가자.
영자	그럼 가셔요. (따라 일어선다)
영식	여보.
주인	(소리만) 네. (대답과 같이 등장) 왜 그러십니까?
영식	누가 찾아오는 사람이 있으면 저 아래 보트장으로 보내주시오.
주인	네, 어죽두 거의 다 됐는데요.
영식	어죽두 보트장으로 보내주시오.
주인	네, 알았습니다.
영식	동무가 오면 같이 가져와요.
주인	네.

영식, 영자, 오른쪽으로 퇴장.
휴게소 주인은 비를 가지고 마루를 쓸고 있다.
수영복을 입은 아이들 지나간다.
멀리서 기생들의 〈배따라기〉.
맹산집이 앞서고 찬영이 등장.
맹산집은 여자들이 흔히 들고 다니는 가죽으로 만든 주머니를 들었
다. 짙은 화장을 했으므로 나이 보아서는 젊게 보인다.

맹산집	여기가 좋아. 여기 앉아서 좀 놀다 갈까?
찬영	그러시지요.
주인	(그들을 보고) 어서 오십시오.

맹산집과 찬영이는 마루에 올라앉는다.

주인　　날이 무척 덥습니다. 아까 어떤 손님이 그러던데 몇 도라더라?

찬영　　팔십 도*쯤 되겠지요. 오늘 같은 날은 손님이 많지요?

맹산집은 담배를 꺼내 피우기 시작한다.

주인　　웬걸요. 날이 이렇게 더운데ㅡ. 보트장에나 손님이 들끓지. 이
　　　　런 데야 당신네들과 같이 소풍이나 나왔다가 오다가다 들르는
　　　　손님네가 있을 뿐이지요. 지금도 어떤 젊은 사람이 계집을 데리
　　　　고 와서 한 시간 동안이나 얘기를 하다가 보트장으로 내려갔습
　　　　지요. 당신네들두 맘대루 얼마든지 놀다 가세요. 여기서 갑갑하
　　　　시면 보트를 타시구, 보트가 싫으시면 낮잠이라두 자시구.

맹산집　　(주인에게) 말두 많아라.

주인　　네, 네. (맹산집에게) 이 아주머니는 약주두 한잔하실 것 같은데.
　　　　정종두 있구 비이루두 있지요.

맹산집　　(찬영이에게) 더운데 어죽을 먹기 전에 비이루나 한잔할까?

찬영　　글쎄요.

맹산집　　내 앞에서 사양을 해? (주인에게) 비이루를 가져와요.

주인　　네. (비이루 상을 차려 내온다)

찬영　　자, 아주머니 한잔 드시지요.

맹산집　　자네가 먼저 들어야지.

|　　 * 화씨를 말한다. 섭씨로는 26.6도쯤이다.

그들은 술잔을 든다.

잠깐 사이.

맹산집   자네두 알지만, 그 영감 말이야. 세상에 그런 영감은 없을 게야.
          내가 무슨 인심이 좋아서 그런 영감의 첩 노릇을 하는 줄 아나?
          (손가락으로 돈을 만들어 보이며) 이거야.

찬영   얼마예요?

맹산집   삼 년씩이나 몸을 바쳤는데두 천 원짜리두 못 되는 집 한 칸! 말
          이 되나. 내가 자네를 이렇게 데리구 다니는 것두 내 편이 돼달
          라구 해서 이러는 거야.

찬영   제가 아주머니를 이렇게 따라다니는 것두 아주머니께서 제 편
          이 돼달라구 그래서 그러는 거예요.

맹산집   나는 자네의 편이야.

찬영   저두 아주머니의 편이에요.

맹산집   그럼 됐어. 무슨 수가 없을까? 그 영감의 돈을 녹여낼―.

찬영   글쎄요. 저는 생각이 있기는 한데.

맹산집   생각이 있어? 무슨 생각인가? 어서 말을 해보게.

이때 부덕이, 도명이를 앞세우고 모래밭으로 나온다. 도명이는 손에
캐러멜을 들고 부덕이는 그리 신식이 아닌 파라솔을 들고 조그만 보
퉁이를 들었다.

찬영   (그들을 보더니) 쉬―. (손짓으로 맹산집의 말을 중지시킨다)

도명   엄마, 우리 여기서 놀다 가 응?

부덕   여긴 안 돼, 저기 술꾼이 있어서.

도명이, 그 말은 들은 체도 하지 않고 휴게소 앞으로 가더니 물끄러미 그들을 바라본다.

맹산집   술을 먹지 않다가 몇 잔 했더니 취하는데.

부덕   도명아, 이리 오너라.

도명   왜 그래?

찬영   (맹산집에게) 오늘은 날씨가 참 좋은데요!

도명   (어머니의 곁으로 오면서) 여기서 놀아!

배 주사 등장.

배주사   (맹산집에게) 아니, 맹산댁이 아니시우?

맹산집   배 주사, 어찌된 일이유? 올라와서 술이나 한잔 드슈.

배주사   내가 맹산댁의 술을 얻어먹어요? (찬영이를 보며) 미안합니다.

맹산집은 배 주사에게 술을 권한다.

도명   (모래밭에 앉아서 장난을 하다가) 엄마, 여기서 놀아!

부덕   여기는 술 먹는 사람이 많아서 안 돼.

도명   싫어, 나는 사람 많은 데가 좋아.

배주사   그렇지 않아두 나는 맹산댁을 만나려고 했는데.

맹산집   배 주사가 나를?

배주사   조용히 할 말이 있는데―여기서 말을 해두 괜찮을까?

맹산집   괜찮아요. 말해봐요.

배주사   다른 얘기가 아니구 돈 벌 얘기예요. 시재時在* 돈이 사천 원만

	있으면 수가 날 일인데, 맹산댁은 돈을 마련할 수가 있지요?
맹산집	얘기나 들어봅시다.
배주사	내 아는 사람이 갑자기 만주로 떠나게 돼서 음식점 하던 것을 처분하겠다는데 그것만 손에 넣어놓으면 맹산댁은 팔자를 고치게 돼요.
맹산집	장소는 어딘데?
배주사	수옥리예요.
맹산집	색시두 있겠지?
배주사	있구말구요. 그야 맹산댁 수단에 달렸지. 사천 원이면 거저예요. 그 주인이 만주로 가게 돼서 버리고 가는 셈이지요.
맹산집	그런 자리라면 맡고 싶기는 한데, 시재 돈이 있어야지.
배주사	아니, 맹산댁이 그만 돈두 주선하지를 못해요? 부자 영감을 물었다면서. 그러지 말구 이 기회에 한밑천 떼내요.
맹산집	생각을 좀 해봐야지.
배주사	생각은 무슨 생각. 그 만주로 떠난다는 친구는 저 아래서 지금 기생을 불러 데리구 노는데, 거기서 같이 얼리지요. 천천히 모래찜터루 내려오세요.
맹산집	우리두 여기서 놀다가 모래찜터루 내려가려고 했는데.
배주사	그럼 거기서 만납시다. (퇴장)
찬영	(맹산집에게) 누구예요?
맹산집	배 주사라는 사람인데 몇 해 전에 곁에서 같이 살던 사람이야.
부덕	도명아, 재미있니?
도명	(옷을 벗어 던지며) 엄마, 물에 들어가 놀아!

* 당장에 가지고 있는.

찬영	그 배 주사의 말이 믿을 만해요?
맹산집	글쎄. (부덕이를 보면서 말을 꺼린다)

도명이는 옷을 벗어 던지고 오른쪽으로 뛰어간다.

부덕	(벗어 던진 옷을 주워가지고 도명이의 뒤로 따라가며) 도명아, 도명아, 깊은 데 들어가면 안 돼. (퇴장)

잠깐 사이.

맹산집	(찬영이에게) 자네는 어떻게 생각하나? 괜찮을 것 같지?
찬영	…….
맹산집	내가 술장수를 한다면 그 영감이 돈을 내놓을까?
찬영	그 영감의 배짱이 어떻다구요.
맹산집	그렇기두 해. 원래 구두쇠 영감이 돼서.
찬영	거저는 안 될걸요.
맹산집	그 영감이 돈을 안 내놓는단 말이지?
찬영	이 편에서 돈을 내놓게 해야 돼요.
맹산집	어떻게 그 영감한테서 돈을 내놓게 한단 말이야?
찬영	내가 나서야 해요. 아주머니, 그 영감 댁에는 딸이 있지요? 그리구 저는 총각이지요?
맹산집	처녀와 총각이 어쨌단 말이야? 그래 자네가 그 댁에 장가를 든단 말이로군. 부잣집에 처녀장가! 무슨 얘기 같군그래. 난 배 주사한테나 가봐야지. 임잔 처녀 궁둥이나 따라가구. (일어선다)
찬영	(맹산집을 붙잡으며) 아주머니 제 말을 들어보세요. 저는 그 댁에

장가를 들어야겠어요.

맹산집   누가 장가를 들지 말랬나?

찬영   제가 그 댁에 장가를 드는 데는 아주머님께서 발을 걷고 나서야
         돼요.

맹산집   날 보구 중매질을 하라구.

찬영   아주머니, 나를 그 댁에 장가만 들게 해주세요. 제가 국보 그 영
         감의 사위가 되련다니까 아주머니는 그저 제가 영자 그 처녀한
         테나 미쳐서 그러는 줄 아세요? 여자보다두 (손가락으로 동그라
         미를 해 보이며) 이거예요. 아주머니, 내 얘기를 짐작하셨지요?
         저를 국보 영감의 사위로만 들어앉게 해주시면 아주머니 술장
         사 밑천이 문제겠어요?

맹산집   그렇구말구. 자네가 그 영감의 사위만 된다면 나는 장모가 아닌
         가? 이 사람!

찬영   제 장모가 되시려면 아주머니는 중매를 잘하셔야 해요.

맹산집   내가 영감을 맡지.

찬영   한 가지 꺼리는 일은 영자 그 처녀가 좋아하는 남자가 있는 모
         양이에요. 그 집안에야 영감밖에 없지요? 영감의 말 한마디면
         그것두 문제없을 거예요.

휴게소주인   (무대 뒤에서) 어죽을 내오랍니까?

맹산집   내와요.

         휴게소 주인, 어죽 상을 내놓는다.

찬영   (맹산집에게) 시장하시지요?

맹산집   시장해야 음식은 맛이 있는 법이야.

그들, 어죽을 먹기 시작한다.

찾는 사람이 있는 양 사방을 둘러보며 명선 등장.

주인   (휴게소 앞에서 사람을 찾는 명선이를 보고) 찾는 사람이 있는 게 로군.

명선   동무가 기다린다고 했는데.

맹산집과 찬영이는 명선이를 노려본다.

주인   동무는 두 사람이지요? 여자하구 남자하구. 여기서 기다리다가 보트장으로 내려갔는데 그리로 가보슈.

명선   고맙소. (오른쪽으로 퇴장)

주인   (명선이의 뒷그림자를 보면서) 계집은 하나인데 사나이는 두 녀석 씩이나?

맹산집   (주인에게) 걱정두 팔자요. 물이나 좀 주슈.

주인   네. (물그릇을 내다 놓고는 들어간다)

맹산집   그 영감의 재산이 얼마나 될까?

찬영   제가 조사를 해봤는데요 4, 5만 원은 넘어요. 이 찬영이의 배짱 을 두구 보세요. 그 돈이 며칠 못 가서 우리 돈이 된단 말이에요.

맹산집   그 돈을 어떻게 쓸까? 만주루 뜰까? 만주가 좋대. 아무두 모르 는 고장에 가서 임자하구 나하구 맘대로 돈을 쓰며 돌아다니잔 말이야.

부덕이와 도명이 등장.

도명	(찬영이를 보고) 저 사람들 아직두 있네. (그들의 앞으로 가서 찬영이를 쳐다본다)
찬영	(술안주 하던 것을 도명이에게 집어 주며) 얘, 너 몇 살이냐?
도명	…….
찬영	이거 받아먹어.
도명	…….
부덕	도명아, 이리 오너라. (모래밭에 앉아서 보를 끄르며) 도명아, 여기 있다. 이리 와.
찬영	(부덕이 쪽을 보면서 도명에게) 받아먹어, 착하지.

도명이는 찬영이가 주는 것을 받는다.

맹산집	일어설까? 모래찜터루 가보지.
찬영	그럴까요.
맹산집	영감한테는 언제 가볼까?
찬영	내일이라두 곧 가봐야지요.
맹산집	그럼 그렇게 알구ㅡ. (일어서면서) 여보, 여보ㅡ. (주인을 찾는다)

그들이 일어서는 것을 보고 도명이는 부덕이에게로 간다.
부덕이는 도명이에게 먹을 것을 집어 준다.
휴게소 주인 등장.

주인	왜들 가시렵니까? 좀더 놀다 가시지 않구.
맹산집	얼마요?
주인	구십오 전입니다.

맹산집은 돈을 계산하고 찬영이와 같이 퇴장.

주인   (그들을 보고) 고맙습니다. 안녕히 가십시오.

부덕이와 도명이는 그들이 가는 것을 바라보고 있다.
잠깐 사이.

도명   엄마, 우리두 가.
부덕   응 가자.

이때에 기생의 〈배따라기〉 멀리서 들려온다.
휴게소 주인은 마루를 치운다.

주인   (마루를 치우다 맹산집이 놓고 간 주머니를 발견하고) 한잔한 김에
이것을 다 놓고 갔어. (주머니를 기둥에다 걸어놓으며) 이렇게 걸
어 놔두면 찾아가겠지. (빈 그릇을 거둬가지고 퇴장)

지나가는 통행인.
도명이는 장난으로 휴게소로 가서 마루로 올라간다.

도명   아무도 없네. 엄마 여기서 놀다 가.
부덕   금시 가자구 그러더니.
도명   싫어. 난 안 가. 엄마두 이리 와.

부덕이도 휴게소 마루에 걸터앉는다.

도명이는 마루에 드러눕는다.

도명   재미나는 얘기나 해줘.

부덕   이런 데서 옛말을 하면 사람들이 웃어.

도명   ……. (노래를 부르기 시작한다)

뜸북 뜸북 뜸북새

논에서 울고

뻐꾹 뻐꾹 뻐꾹새

숲에서 울 때

우리 아빠 말 타고

서울 가시며

비단 구두 사가지고

오신다더니

기럭 기럭 기러기

논에서 울고

귀뚤 귀뚤 귀뚜라미

슬피 울건만

서울 가신 아빠는

소식도 없고

나뭇잎만 우수수

떨어집니다.

도명   (노래를 부르고 나서) 아무도 오는 사람이 없네……. 엄마, 우리

아버진 이런 데 놀러 오시질 않으셔? ……아버지가 보고 싶어
서 죽겠네.

부덕   …….

도명   (일어나 앉으며 큰 소리로) 아버지! 아버지—. (지나다니는 통행인
을 보고) 사람들은 많이 왔다 갔다 하는데 우리 아버지는 안 보
이겠지. 엄마. 엄만 왜 가만있어? 엄만 아버지가 싫어?

부덕   …….

도명   엄마두 아버지가 싫지 않지?

부덕   …….

도명   엄만 나를 데리구 아버지한테 왜 안 가?

부덕   …….

도명   엄만 혼자 사는 게 좋아?

부덕   도명아, 이리 오너라. (도명이를 이끌어 안으려고 한다)

도명이는 피한다.
이때에 무대 뒤에서는 노랫소리 들려온다. 영자의 노래다.
그들 휴게소 마루에 올라앉는다.

부덕   (영자의 노래를 듣고 있다가) 도명아, 덥지? 물에나 또 들어갈까?
(일어서며) 나 먼저 간다.

도명   (일어서 나가는 부덕이를 보고) 엄마! 엄마—. (뛰어서 따라간다)

부덕이와 도명이 퇴장.
사이를 두고 영자와 명선이 등장.
명선이는 셔츠 바람이다. 영자는 명선이의 양복을 어깨에 메고 손에

는 핸드백을 들었다. 아래옷은 물에 젖었다.

영자   아이 따가워. 덥기는 해두 여름날 대동강 놀이는 재미있어요.

명선   영자 씨는 여학교 시대에 스포츠를 상당히 좋아하신 모양이야.

영자   테니스는 좀 쳤지요.

명선   그러니까 보트를 젓는 데두…….

영자   호호호—. 명선 씨가 서투니까 제가 선수같이 보였겠지요.

명선   제가 입원만 안 했어두 영자 씨쯤이야.

영자   문제 아니란 말이지요?

명선   하하하—.

    잠깐 사이.

영자   어떠세요? 몸이 불편하시지 않으세요?

명선   머리는 좀 이상한 것 같지만……. 오래간만에 대동강 바람을
       쏘이고 나니 기분이 좋은데요. 어째 제 얼굴이 병자 같습니까?

영자   처음 뵈올 때와는 좀 달라진 것 같지만 그렇지두 않아요.

명선   그까짓 낯짝 같은 것이 상했다는 것쯤이야—사상에 좀이 먹어
       들어가고 정신이 썩어 들어간다면 걱정이겠지만……. 영식이
       는 어찌되었어요? 뒤에 따라오는 줄 알았는데.

영자   배에 그냥 남아 계시더니…….

명선   이 사람이 슬그머니 떨어졌어.

영자   오빠의 태도는 언제나 그래서 야단이에요. 생각이 도무지 없는
       사람같이—. 아마 오빠의 사상에는 좀버러지가 상당히 들어 있
       는가 봐요. 정신을 빼앗긴 사람 같지 않아요?

56

명선	영식이가 정신의 도적을 맞았다구요? 사상적 파산을 당했단 말이지요?
영자	오빠는 내 눈에도 가엾어 보이기만 해요. 저도 명선 씨만 아니었더라면…….
명선	저 때문에 영자 씨가……?
영자	강해졌어요.
명선	영자 씨, 얼마나 강해졌어요? 그럼 저하구 씨름이나 한번 해볼까요?
영자	아이 우스워라. 씨름을 어떻게 해요?
명선	(영자에게로 가까이 앉으며) 옷이 이렇게 다 젖었어요.
영자	보트를 저을 때 물이 튕겼나 부지요.

　　잠깐 사이.
　　휘파람 소리 들리며 영식이가 도명이의 손목을 잡고 등장.

영자	(도명이를 보고) 그게 누구예요? 오빠.
도명	아버지, 엄마 어디 갔어?
영자	도명이가 아니에요? 도명아, 누구하구 나왔니?
도명	엄마하구.
영자	오빠 언니가 나왔어요? 어디 있어요? 언니를 만나봤어요?
영식	저 아래 모래밭에.
영자	도명아, 우리 엄마한테 가볼까?
도명	싫어. (영식이에게 달려든다)

　　영자 퇴장.

잠깐 사이.

명선   이 애가 자네의 아들이로군?

영식   그래. 자네는 이런 아들이 보고 싶지 않은가?

명선   천재를 낳지 못할 바에는 나는 원치 않아. (도명이에게) 이 사람
        이 네 아버지냐?

도명   ……. (머리를 끄덕인다)

명선   너 아버지가 좋으냐? 어머니가 좋으냐?

도명   (영식이를 쳐다보며) 아버지!

명선   이 사람 보게. 아버지가 좋다네.

영식   애 도명아, 너 어머니가 좋지?

도명   ……. (머리를 흔든다)

명선   이 사람, 자네는 어떤가? 자네는 이 애가 좋은가? 이 애 에미가
        좋은가?

영식   이 사람 그만두게.

도명이는 혼자서 모래 장난을 한다.

영식   (명선이에게) 군은 취직을 하련다지?

명선   영자 씨에게 들었나?

영식   가능성이 있는가?

명선   이력서는 몇 군데 내놨지만 알 수가 있어야지. 나는 생활을 위
        하여서는 수단을 가리지 않으려네.

영식   언제 자네는 그렇게 생활의 노예가 됐나?

명선   내가 취직을 한다고 생활의 노예가 됐다면 자네는 뭔가?

영식   나는 덧붙이 인간이야. 뜨내기꾼이란 말일세. 나 같은 인간에게
        생활이 무슨 생활이겠나.

명선   인젠 자네는 인간의 생활까지 포기를 할 작정인가?

영식   그렇다면 자네는 동정을 하려는가?

명선   에잇 이 사람! 그렇게 싸구려 동정이 원이면 이 도명에게나 구
        해보게.

    영자가 앞서고 그 뒤로 부덕이 등장.

도명   (부덕이를 보고) 엄마! 엄마—.

부덕   …….

도명   (부덕이에게 손짓을 하며) 엄마, 이리 와.

    부덕이와 영자는 오른쪽 모래밭에서 어쩔 줄을 모르고 서 있다.

도명   아버지, 저리 가—. (영식이를 잡아끌며) 저—기 엄마랑 있는 데.

영식   응.

명선   도명아, 나두 같이 갈까?

도명   같이 가.

    도명이는 영식이의 손목을 붙잡고 모래밭을 거닐면서 노래를 부른다.

        우리 아빠 말 타고
        서울 가시며
        비단 구두 사가지고

오신다더니…….

명선　노래를 잘 부르는데.

영자　(오른쪽 모래밭에서 부덕이에게) 노래를 잘 부르는데요?

부덕　밖에 나가 놀면서 제 동무들이 부르는 걸 듣고 배운 모양이야.

영자　언니, 집에 계시기 갑갑하시지요?

부덕　죽지 못해서 살아가는 셈이지.

영자　오빠두 집에서 혼자 여간 갑갑해하시지 않아요.

　　잠깐 사이.

영식　(모래밭에 앉아서 도명이를 데리고) 엄마가 너를 때리지나 않던?

도명　엄마가 나를 왜 때려?

부덕　(영자에게) 그래두 도명이 아버진 사나인데 재미 붙일 곳이 있겠지?

영자　오빠가 나에게는 숨기는 일이 없는데, 그렇지도 않은가 봐요.

부덕　사람 사는 것이 무슨 재미일까?

영자　언니는 도명이라두 데리구 노는 재미가 있는데.

부덕　나 한 사람 때문에 도명이 아버지는 그렇게 됐어.

영자　…….

부덕　"나는 아무래두 좋으니 당신 맘대로 하라구"—나는 도명이 아버지보구 몇 번이구 말을 했는데두……. 도명이만 없어두 나는 벌써…….

영자　언니는 딴생각을 해선 안 돼요.

부덕　제 사나이한테 쫓겨다니는 년을 부모는 달가워하는 줄 알어?

영자　…….

부덕	(명선이를 가리키며) 저 사람은 누구야?
영자	오빠의 친구예요.
부덕	그럼 그 사람이지? 누이가 좋아하는?
영자	언니두. 난 몰라요.
부덕	저 사람은 부인이나 버릴 사람은 아니겠지.
명선	(왼쪽 모래밭에서 영식이에게) 자네는 저기 저 부인을 어떻게 생각하나?
영식	가엾다고는 생각하지.
명선	동정두 하나?
영식	하지.
명선	그러면서 어째서 가까이하지는 않나?
영식	(귀찮은 듯이) 나는 모르겠네. (도명이를 보고) 도명아, 너 나하구 씨름이나 해볼까?
도명	씨름? (영식이에게 달려든다)

영식이는 도명이와 맞붙어서 모래밭 위에서 돌아간다. 영식이가 깔리기도 하고 도명이가 넘어가기도 한다.

부덕	(씨름하는 것을 보고 있다가) 정신이 없는 사람 같지.
영자	아이 오빠두 우스워죽겠네.

영자는 명선이한테로 온다. 씨름하는 것을 보다가는 하하하—웃기도 한다.

도명	(영식이를 아래 깔고) 아버지 또 졌지?

영식   응, 졌다.

도명   졌으면 절을 해.

영식   응 절을 할게.

영식이는 옷을 털고 일어나서 도명이에게 절을 한다.
모두 웃는다. 그러나 부덕이만은 웃지를 않는다.
이때에 찬영이와 맹산집, 배 주사 등장.

맹산집   여기다 놓고 갔을 텐데……

이윽고 그들, 영식이와 영자를 보자 말뚝과 같이 된다.
각각 놀라는 표정.
도명이만이 영문도 모르고 영식이 옷의 모래를 털어준다.
맹산집은 두루 살피다가 휴게소 기둥에 걸려 있는 주머니를 보고 마
루로 올라가 벗겨가지고 내려온다. 모두의 시선 그리로 쏠린다.

도명   (주머니를 들고 가는 맹산집을 보고) 저 사람 아까 여기서 술 먹던
        사람이야.

그 말에 맹산집은 놀란다.
영식이와 영자와 찬영이의 시선이 맞부딪친다.
맹산집과 부덕이의 시선도 부딪친다.
그들의 증오의 감感과 경이의 표정이 극도에 달한 가운데.

—막—

제3막

무대

국보의 집 내정內庭.

정면 중앙에 방.

오른쪽에는 국보의 방으로 되어 있는 사랑방으로 통하는 문.

왼쪽에 또 방 하나. 그러나 방문은 닫혀 있다.

그 방과 떨어져 담쟁이 둘러싸고 있는 대문이 있다. 마당에는 왼편으로 앵두나무가 두서넛 그루 서 있는데 잎이 무성하다. 그 옆으로 평상 한 개, 가구, 장독대가 있다.

영자는 혼자서 수심 띤 낯빛으로 앵두나무 옆에 앉아 있다. 서서 거닐기도 하고 앵두나무 잎을 따서 바람에 날리기도 한다.

영식 (슬그머니 대문으로 들어와서 집안을 둘러보고 영자에게) 아무도 안 계시냐?

영자 오빠, 지금 오셔요?

영식 다들 어디 가셨니?

영자 오빠, 왜 그러셔요?

영식 누가 밖에 왔기에.

영자 누구예요?

영식 너를 만나러 온 사람.

영자 명선 씨예요? 오빠. 왜 들어오시지 않구. (대문으로 뛰어나가려 한다)

영식 애, 영자야, 명선이보구는 밖에서 기다리라고 했어. 오늘은 무슨 일이 없었니?

영자 왜요? 오빠 무슨 말을 들었어요?

영식 아니. 내가 무슨 말을 들었겠니?

영자 오빠, 찬영이 고 독사 같은 놈이 고자질을 했는지 엄마가 아시는 모양이에요.

영식 뭐야?

영자 우리가 대동강에 갔던 것 말이에요.

영식 그래서 어떻게 됐니?

영자 아버지는 오빠 탓만 하셨지요. 명선이 같은 사람하구 얼려 다닌다구.

영식 어머니는 아무 말이 없구?

영자 엄마야 저보구만 성화지요. 시집을 가야 한다구.

영식 너희들의 비밀은? 너와 명선이와의 관계 말이다.

영자 아직 모르시는가 봐요. 아시기만 해봐요. 나를 그저 두시겠어요?

영식 명선이에게는 그런 얘기까지라두 다 해야지. 그리구 네 태도두.

영자 저는 명선 씨를 만나보겠어요. (대문 가로 가면서) 명선 씨! 명선 씨—. 왜 들어오시지 않구 문밖에 계세요?

명선 (대문 안에 들어서면서) 영식이의 편지를 받아 봤어요.

영자 오빠가 편지를 했어요?

명선 편지라야 별말은 없었지만……

영식 (명선이에게) 영자가 만나보고 싶어서 왔다구 말을 해.

영자 오빠, 손님한테 실례가 아니에요?

영식 실례라면 이 자리를 피해주지. (방 안으로 들어간다)

64

영자는 마당에 있는 평상에 앉는다.

명선이도 앉는다.

명선	어머님은 어데 가셨어요?
영자	시장에를 가셨어요.
명선	아버님은?
영자	모르겠어요.
명선	댁에는 아무도 안 계시는군요?
영자	오빠밖에는 아무도 없어요.
명선	영자 씨의 부모는 저를 원수같이 미워하신다지요?
영자	……. (괴로운 얼굴빛이다)

잠깐 사이.

명선	영자 씨의 부모는 영자 씨보고 결혼을 하라고 그러신다지요? 그리고 나라는 사람하고는 교제를 못 하게 하신다지요?
영자	……. (눈물 어린 소리로) 그러나 명선 씨를 사랑하는 저는—.
명선	우리들의 사랑이야 말해 뭘 하겠어요.
영자	저 때문에 명선 씨까지 불행하게 되신다면.
명선	영자 씨, 그만한 사실 앞에 울기만 해서야 되겠어요?
영자	제가 약한 탓이에요.
명선	영자 씨, 생각해보세요. 우리들은 흔히—우리들의 고민의 대상을—영식이도 늘 말하는 것이지만—'완고한 부모! 이해 없는 가정! 불건전한 사회!'라고 상투적으로 말하지요. 따라서 우리의 불행도 거기에서 기인하는 것이라고들 하지 않아요?

영자	…….
명선	영자 씨, 어떻게 생각하세요?
영자	…….
명선	왜 말이 없으세요? (말을 하며 영자에게로 가까이 다가앉으며 손목까지 잡는다)
영자	……. (행복감에 눌려 명선이가 하는 행동을 그대로 받으며) 저는 뭐가 뭔지 모르게 되고 말았어요. 이대로 알지 못하는 나라로 도망이라도 갔으면……? 어머니두 안 계시구, 아버지두 안 계시구, 가정두 없구, 사회두 없는 우리만의 세계로 말이에요.
명선	그런 세계가 있을까요?
영자	있는지? 없는지? 그것두 모르겠어요.
명선	그런 세계가 있다고 합시다. 그렇지만 얼마 못 가서 아버지를 만들구, 어머니를 만들구, 가정을 만들구, 사회를 만들어가지구 고민하는 것이 인간이 아닐까요?
영자	명선 씨, 그럼 나는 어쩌면 좋아요? 부모를 버릴 수가 없구, 가정을 떠날 수가 없구, 사회를 부정할 수가 없다는 말이지요.
명선	영자 씨는 왜 그렇게 약자의 권리만을 주장하면서 피하려구만 하세요?
영자	명선 씨를 사랑하기 때문이에요.
명선	영자 씨는 아무 의식이 없이 저를 사랑하는 것은 아니지요?
영자	제가 오빠의 소개로 명선 씨를 알아 사랑을 느끼자 저는 우리들의 연애를 무슨 유희로나 향락으로는 생각지를 않으려고 했어요. 그렇지만 저라는 인간이 약한 데다가 어데까지든지 불리한 객관적 정세는 명선 씨에게 눈물만을 보이게 하겠지요.
명선	그야 지금의 영자 씨를 싸고도는 가정의 조건, 부모의 태도—

그런 것이 가혹하다고는 할 수 있지요. 그러나 객관적 정세가 불리하면 그만큼 우리는 한 걸음 더 나아가서 자아를 인식하고 주위의 정세를 비판할 수 있는 여유는 있어야 하겠지요.

영자   ······.

명선   저는 영자 씨를 사랑합니다. 우리들의 사랑은 언제까지든지 변하지를 않겠지요. 그러나 저는 이런 생각을 하지요. 영자 씨가 저를 사랑하는 그 애정이나 제가 영자 씨를 사랑하는 애정! 다시 말하면 우리들의 사랑이에요. 그것을 경우에 따라서는 경계를 해야 할 것이라고······.

영자   경계라니요?

명선   사랑하기 때문에—보다 더 우리들의 사랑을 합리화하려는 수단이지요. 우리들은 흔히 사랑이라는 감주甘酒에 도취하기가 쉽지 않아요? 그래서 때로는 현실을 도피하려는 용렬한 행동을 하기도 하구, 그러다가는 자아의 입장까지 망쳐버리는 경우가 있지 않아요? 심지어는 인간의 권리까지를 포기하는 비극도 연출하구요. 그런 모순된 비극을 빚어내면서 어떻게 완전한 사랑을 꾀할 수가 있어요?

영자   제가 명선 씨와의 사랑을 어떻게 경계를 해야 해요?

명선   영자 씨, 지금의 우리들이 사랑의 간판만을 떠받들어가지구 가정과 부모에게 선전포고를 한댔자 거기에 무슨 신통한 해결책이 있겠어요?

영자   ······.

명선   그렇다구 해서 모든 것을 단념하구 현실을 도피한댔자 참패자의 설움밖에 무엇이 남겠어요?

영자   그러나 저에게 있어서는 당면한 문제가—부모의 명령에 쫓아야 할까? 명선 씨의 사랑을 따라야 할까?

명선 (영자를 껴안으며) 너무 흥분하지 마십시오.

영자 저는 어떻게 해야 좋겠어요? 명선 씨.

명선 영자 씨. 영자 씨는 이런 것을 생각해보셨어요? 우리의 가정은 어떠한 처지에 있느냐? 우리들의 부모는 무엇을 요구하고 있느냐? 그들은 무엇 때문에? 왜? 그렇게 됐느냐? 이 시대는 우리에게다 무엇을 주느냐?

영식 (방에서 나오다가 명선이의 말을 받아서) 눈물과 한숨! 타락과 낙망!

명선 (영자에게 말을 계속해서) 그런 것을 바르게 인식만 했다면 우리는 어느 정도 타협을 하면서라도 이 현실로 뛰어 들어갈 수가 있지 않아요?

영식 (명선에게) 그래 어떻게 하기로 했나?

명선 우리들의 태도만은 결정을 했다고 할까?

영식 둘이서 도망이라두 하려구?

명선 자네라면 도망을 하겠나?

영식 나두 도망할 용기는 없어. 그럼 싸움이라두 해볼 텐가?

명선 싸움보다 더 진보적 전술일 게야.

영식 이 사람 그렇게 머뭇머뭇하다가는 적에게 포로가 되네. 찬영이라는 문제의 인간은 영자를 맛 좋은 미끼로 알고 노리고 있다지 않나.

명선 내가 만약 영자 씨를 적의 미끼로 내준다면…….

영자는 그 말에 놀란다.

영식 (경멸하는 어조로) 자네의 진보적 전술이란 그거란 말인가?

명선	좌우간 우리는 생활을 하고 있는 인간이지? 그런 만큼 이 사회를 떠날 수가 없단 말이야. 현실을 부정할 수도 없지? 여기에서 우리의 새로운 전술은 안출되지 않을 수 없었다네.
영식	"인간은 모름지기 현실을 초월할 수 없느니라—." 자네는 언젠가도 말을 했지, 생활의 노예라고—.
명선	결과를 봐주게. 그때에야 우리의 태도를 이해할 수 있을 게야.
영식	그건 합법적 수단이 아닐까?
명선	정당한 수단이라고 인식한 이상에는 그런 술어가 우리의 행동을 방해하지는 못할 게야.
영식	나의 오핼까?
명선	오해 여부가—합법적이면 어쩌구—비합법적이면 어쩌겠나?
영식	나는 모르겠네. 영자에게나 인식을 잘 시켜주게.
명선	영자 씨는 자네보다 영리하니까.

이때 오른쪽에서 문소리.

영식	(방 안으로 해서 오른쪽로 뛰어가며) 쉬—, (작은 목소리로) 아버지다. 아버지! 쉬—.
영자	(명선이에게) 아버지가 돌아오신 모양이에요.
명선	그럼 저는 가야겠군요. (급하게 왼쪽으로 퇴장)

그 뒤로 영자도 퇴장.

영식	(방에서 뛰어나오며) 명선이! 명선이—! (그들을 따라 퇴장)
국보	(사랑방에서 소리만) 영식아. 영식아. (안방으로 들어오며) 이 자

식이 어딜 갔어?

사이를 두고
장씨, 그 뒤로 영구 등장.
영구는 보퉁이를 들었다.

장씨   (국보에게) 애들은 다 어디 갔어요?
국보   누가 할 말인지 모르겠군.

영구는 짐을 놓고는 뛰어나간다.

장씨   영자 이 계집애는 어딜 갔나?
국보   집안 꼴이 이게 뭐야?
장씨   이래서야 돈은 해서 뭣하구 자식은 해서 뭣하겠소?
국보   집안 꼴이 이렇게 되는 것이 누구 탓이란 말이야?
장씨   누구 탓이긴 누구 탓이에요? 자식들이 못돼서 그런 걸 가지구.
국보   자식들이 왜 못되게 됐어?
장씨   영식이를 누가 공부를 시키자구 그랬어요? 아이구 영식이가 학교 졸업만 하면 하늘의 별이라두 딸 것 같더니―잘됐지. 잘됐어.
국보   영식이를 누가 철두 나기 전에 장가를 보내자구 했어? 아이구 며느리만 얻어놓으면 큰 복덩어리가 들어오는 것 같더니―잘됐지. 잘됐어.

이때 무대 뒤 사랑방으로부터 "계십니까? 계십니까―?" 찾는 소리 들린다.

장씨   (국보에게) 밖에서 누가 찾는가 봐요.

국보, 퇴장.
잠깐 사이.
영자, 시름없이* 등장.

장씨   (영자를 보고) 어디 갔댔냐?

영자   저—기요.

장씨   저—기가 어디냐?

영자   동무 집에요—.

장씨   네 오라빈 모르니?

영자   몰라요.

장씨   너희들은 어쩌자구 그러니? 너희 아버진 지금두 걱정만 하시다 나갔다.

잠깐 사이.

장씨   애, 네 생각은 어째서 그러니?

영자   …….

장씨   글쎄 너 하나만 예—하구 말을 들으면 될 일을 가지구. 너는 찬 영이 그 사람이 싫어서 그러니?

_____
| * 근심과 걱정이 가득해 맥이 없이.

영자	저는 죽어두 시집을 안 갈 테예요.
장씨	너는 찬영이라는 신랑감이 부족해서 그러는 것 같다마는 그 사람이 어째서 그러니? 지금 젊은 사람치구 그만한 사람두 드물어. 사람이 오죽 얌전하구 착실해야지. 학식으루 말해두 금융조합 같은 데서 서기 노릇을 한다니 그만했으면 상당하지. 법학전문학교 공부를 했으면 뭣하겠니? 네 오래비를 보지 못하니?
영자	어머니! 듣기 싫어요.
장씨	한 가지 아쉬운 것이야 그 사람이 남 보기에 돈이 없구 지벌은 보잘것없지만 사람이 어떻게 착실한 사람인지 조합 서기루 있으면서 돈두 제 앞으루 천여 원이나 저금을 했다지 않니? 그런 것만 봐두 네 신랑감으룬 훌륭한 사람이야.
영자	…….
장씨	혼인이란 무엇보다두 사람을 봐야 하는 법이야. 그 사람이 뭣하려구 아침저녁으루 우리 집에를 들러서 집안 걱정까지 다 해주겠니? 그 사람은 지금두 꼭 우리 식구같이 그러는 줄 너두 알지? 얘 영자야, 그러지 말구 어서 네 생각을 좀 돌려봐라.
영자	어머니, 그런 사람을 어머니 사위로 맞아들이면 어머니 걱정이 하나 더 늘어요.
장씨	네가 결혼을 해서 잘살구 못사는 것이야 너의 팔자소관에 달린 거구. 시재 자식을 잘살게 하구 싶어서 그러는 부모의 말은 자식으로서 들어야 할 게 아니냐?
영자	어머니, 오빠를 보시면서두 저에게 결혼을 강요하세요? 제가 그 사람하구 결혼만 하면 오빠보다두 더 불행하게 돼요.
장씨	누가 너보구 그런 걱정까지 하라기에 그러니? 그러지 말구 이 에미의 말을 들어라. 자식을 못살 구멍에 잡아넣으려는 부모가

어디 있겠니?

영자   …….

장씨   우리 집안이 망하구 흥하는 것두 인제 너한테 달렸어. 너 봐라. 우리 집안에 사람이 있나? 네 오빠란 것은 살림에는 정신이 없는 사람이구, 영구는 처음부터 사람 구실을 못 할 병신이구―. 너희 아버지는 몇 날 남은 줄 아니? 게다가 첩까지 얻어가지구 그러는 영감을 어떻게 믿는단 말이냐? 믿을 사람이라곤 너밖에는 없어. 너만 말을 들으면 찬영이 그 사람은 두말없을 게고―. 찬영이 같은 사람이 너하구 결혼을 해가지구 손을 맞잡구 살림을 한다면 물 샐 틈이 없을 게다.

    국보 등장.

국보   (영자를 보고) 너 어찌된 일이냐?

영자   …….

국보   네 오빠는 어딜 갔니?

영자   모르겠어요.

국보   요즈음은 같이 밀려다니지두 않는 게로구나.

영자   …….

국보   내가 말을 안 한다구 너희들은 그냥 그럴 테냐? 너희가 이 최국보의 자식이 아니면 몰라두 사람의 자식들이 그래선 못쓰는 법이야. 자식들이라두 너희들 같아선 먹이는 쌀이 아까워서 죽겠다. 이 계집애야, 너두 정신을 차려야 해.

장씨   지금두 하는 말이지만―글쎄 저년은 죽어두 시집을 안 간다지 않겠어요.

국보   난 죽어두 시집을 보낼 테야. 돈이나 많은 신랑감이 있으면 이
        번에는 놓치지를 않을 테야.

그 말에 격분을 참지 못하는 영자는 자리를 피한다.

장씨   당신은 글쎄 사위를 고르는 데두 그렇게 돈! 돈! 하지만 우리가
        돈 많은 사위는 해서 뭣한단 말예요? 사람을 봐야 해요.
국보   또 시작이로군. 임잔 그저 찬영이가 맘에 있어서 그러지.
장씨   찬영이 그 사람이 어째서 그러시우?
국보   어림두 없는 수작 말어. 양반은 얼어 죽어두 겻불은 안 쬐는 법
        이야. 돈 있는 놈이 아니면 내 사위는 못 돼.
장씨   아이구 인젠 그 돈타령 좀 그만둬요. 찬영이 그 사람은 돈이 없
        는 줄 아세요? 그 사람이 조합에서 일을 하면서 모은 돈이 천여
        원이나 된대요.
국보   천여 원이나 돼? 가만있자, 그 사람이 조합으로 온 지가 얼마나
        됐나? 이 년두 못 되지 아마? 사람이 착실하기는 한 모양이야.

영식 등장. 흥분한 얼굴이다.
영식이를 보자 국보의 표정도 달라진다.

장씨   너 어데 갔댔니?
영식   …….
장씨   영자를 만났냐?
영식   네. 만났어요, 어머님께서는 영자를 찬영이한테다 시집—아니
        찬영이라는 사람을 데릴사위로 맞아들일려구 하신다지요?

장씨	영자한테서 들은 게로구나?
국보	이 자식, 우리 집안일에 네가 무슨 참견이냐? 너는 입이 백 개가 있어두 말을 못 해.
장씨	얘 영식아, 너는 맞서기만 하면 쌈이로구나? 저 방으로 물러가라.
영식	누가 쌈을 만들어줘요?
장씨	너는 집안일에는 도무지 상관을 않는다구 그랬지. 집안 살림이 어떻게 되든 모른다고 그랬지?
영식	저는 집안일은 몰라요. 상관도 없어요. 그러나 나의 동생인 영자가 그렇게 된다는 데는 가만있을 수가 없어요.
국보	영자는 내 딸이야.
영식	그러나 아버님 제 동생인 영자는 벌써…….
국보	듣기 싫다. 이 자식!
영식	아버님의 마음대로 시집을 보내지 못할 몸이 돼버렸어요.
국보	무엇이 어쩌구 어째?
영식	영자는 벌써 사랑하는 남자가 있어요.
장씨	그게 정말이냐?
국보	그년이 벌써 그래? 어떤 놈이 우리 영자를―.
장씨	아이구 떠들지나 말아요. 동네 소동스럽게.
국보	이년을 냉큼 잡아오지 못해? 영자야. 영자야―. (분이 나서 부들부들 떨면서 퇴장)
장씨	얘 영식아, 영자가 딴 남자가 있어? 그게 정말이란 말이냐?
영식	…….
장씨	그년이 그럴 줄은 꿈에도 몰랐는데 누구냐? 영자하구 그러는 놈이?
영식	…….

장씨   너는 영자가 바람 피우는 것을 처음부터 알았겠구나?

영식   …….

장씨   알면서도 어른들한텐 숨겨왔단 말이냐?

영식   알려드려서 쓸데가 없겠으니까 알려드리질 않았지요.

장씨   애, 너두 말을 너무한다. 자식들의 일을 우리가 알아서 쓸데가
      없어? 그래서야 부모는 해서 뭣하는 거구 자식은 해서 뭣하겠
      니? 남이라두 그렇진 못하겠구나.

영식   부모가 부모 구실을 해야지 그렇지 못하면 남보다 더한 법이에요.

장씨   애, 우리가 너희들한테 부모 구실을 못한 것이 뭐란 말이냐?

      국보 등장.
      그 뒤로 영자 등장.
      국보는 분이 난 그대로이고 영자는 될 대로 되라는 태도다.

국보   저년이 입을 열지 않는단 말이지?

장씨   애 영자야. 그러지 말구 말을 해라.

영자   …….

국보   어떻게 해야 고년의 주둥아리를 까놓는담.

      잠깐 사이.

영식   그렇게들 알고 싶으세요? 영자가 사랑하고 있는 남자는—아버
      님께서두 어머님께서두 잘 아시는 명선이라는 저의 동창이에요.

      모두 놀란다.

국보   명선이? 그 호래자식 말이냐?

장씨   우리 영자가 그런 놈을—.

국보   (영자를 노려보며) 애 이년아, 네년 때문에 우리 집안은 망했다. 망했어.

장씨   아이구 이 일을 어쩐단 말이야. (영식에게) 너도 같어. 당초에 그런 녀석하구 밀려다닐 것이 뭐냐?

국보   이런 망신이 있어. 애 이년아, 아무리 사나이 기갈이 들었기로서니 그런 망나니를 골라잡았단 말이냐?

장씨   그러기 내 뭐랍디까? 왜 내 말대루 안 했소. 돈! 돈! 부자 사위 타령만 하더니 잘됐소.

국보   듣기 싫어. 누가 그런 자식을 낳으라구 했어!

장씨   ……

국보   자식이구 뭐구……. 난 자식두 없는 놈이야.

장씨   아이구 그저 그 명선이란 놈을 어떻게 해야 좋단 말이야? 명선이란 말만 들어두 치가 떨리겠지.

영식   싫겠지요. 무섭겠지요. 명선이는 당신네들의 원수니깐요.

국보   어쩌구 어째? —저 자식이 충동질을 했을 거야.

영식   네, 찬영이를 반대하는 저는 아버지를 충동질을 못 하는 대신 영자를 충동질을 했어요. (장씨에게) 어머님께서두 단념하셔야 해요. 찬영이를 데릴사위로 데려올 생각은 버리세요.

국보   저 자식이 그냥—어디 해보자. 내가 찬영이를 사위루 맞아들이겠다.

이때에 찬영이 대문으로 등장하여 살그머니 방 안의 기색을 엿본다.

영구가 우쭐대며 들어오다가 찬영이와 마주친다.

영구	(방 안을 향하여 대문을 가리키며) 저—기 누가 왔어.
장씨	누가 왔단 말이냐?
영구	어떤 여자가 저—기 문밖에서 찬영이하구 얘기를 하면서 우리 집을 자꾸만 기웃거렸지. 아마 영자 누이의 중매쟁인가 봐.
영식	(영구에게) 애, 너 나가서 들어오질 못하게 해라, 빨리.
국보	사람의 집이라고 찾아온 사람을 쫓아 보내는 법이 어디 있어.

영구, 슬금슬금 퇴장.

장씨	영구야. 영구야.
영구	(대문 밖에서 찬영이와 맹산집을 보면서) 누구야? 왜 남의 집안을 들여다보는 거야.
맹산집	이 바보 자식! 네가 국보 영감의 둘째 아들이로구나?
영구	가! 가! 우리 집에는 들어가지 못해.
맹산집	(대문 안에 들어서며) 뭣이 어째구 어째? 내가 왜 이 집에를 못 들어와. 나보구 누가 가라구 그랬어?

맹산집은 대문 안으로 들어오고 찬영이는 대문 밖으로 사라진다.
맹산집을 보자 모두 놀란다. 국보는 달려 나와 맹산집을 달랜다.

국보	(맹산집을 보고) 아니 임자가 어떻게?
맹산집	영감을 보러 왔지요.
국보	철없는 것이 임자가 온 줄을 모르구.
맹산집	그래, 나라는 인간이 이놈의 집에를 들어오지 못할 사람이란 말 예요?

국보	글쎄. 저것들이 임자 줄을 모르구. 중매쟁이루 알구 그런 거야. 그러지 말구 저 방으로 가서 나하구 얘기나 해. (맹산집을 붙잡으려 한다)
맹산집	(붙잡으려는 영감을 뿌리치며) 왜 이래. 여기서 얘기를 해요. 꽁무니를 뺄 것 없이.
국보	조용하게 할 말이 있어. 저 방으로 가자니까.
맹산집	(못 견디는 체하며, 국보에게 끌려갈 기색을 보이며) 여보 어쩌겠소. 아무리 천한 것이 계집이래두 그런 법이 있단 말예요? 내가 누구를 믿구 독수공방을 지키는 줄 알어? 요즈음은 그래 한번 찾아오지두 않구? 이번에는 안 될걸……! (영자를 노려보며) 이 애두 이젠 시집을 보내야겠군. 이 애의 중매는 내가 하지……. 내 말을 들어줘야 해요.

맹산집은 국보를 따라 오른쪽 사랑방으로 간다.

| 장씨 | (맹산집의 뒷모양을 보고 앉았다가) 아이고 골치야. (안방으로 들어간다) |

영식이와 영자는 마당에서 이야기를 한다.

영자	오빠, 이 일을 어쩌면 좋아요? 첩쟁이까지 저를 못살게 굴지 않아요?
영식	…….
영자	인젠 꼼짝두 못 하게 됐는가 봐요. 오빠, 완고한 부모, 사랑하는 명선 씨—그 틈바구니에 낀 저는 어떻게 해요?

영식	나두 모르겠다.
영자	나는 죽어두 찬영이 그런 사람하고는 결혼을 안 해요.
영식	너의 입에서는 그런 말이 나오겠지. 그러나 경제력이 없는 명선이가 이런 사실을 안다고 하면 그 고통이 어떻겠니?
영자	…….
영식	너두 알다시피 명선이는 당장 취직이라두 해가지구 생활의 보장을 얻어가면서 무슨 일을 해보려구 하지만―당초에 그런 사람에게 일자리를 주는 데가 있어야. 물론 명선이는 우리가 경제적 조건을 내세우면 달게 받지는 않겠지만―그래도 내 생각 같아서는 너와의 문제만 해결된다면 경제적으로두 유리할 줄 알아서 너와의 관계를 추진시켜온 것이 아니겠니?
영자	…….
영식	나는 명선이에게 미안해서 죽겠다.
영자	그래서 그런지 명선 씨는 나와의 문제를 한편으로는 양보를 하면서 근본적으로 해결책을 생각하구 있는 것 같아요. 오빠, 저는 명선 씨를 만나봐야겠어요. 오빠두 같이 가세요.
영식	가자.

그들은 행장을 차리고 퇴장.
그들이 나가는 기색을 알고 국보는 사랑방에서 나온다.
그 뒤로 맹산집도 따라 나온다.

국보	이 자식들은 또 어디로 간 모양이지?
맹산집	그럼 나는 영감의 말만 믿어요. 그래서 나는 영감을 좋다구 그러지. 호호호―, 돈은 사천 원이에요.

국보	그래 알았어.
맹산집	찬영이의 일두 빨리 끝장을 내줘요. 내가 영업을 시작하기 전에 찬영이를 아주 우리 사람으로 만들어놔야 해요.
국보	걱정 말아.

찬영이, 대문으로 살짝 들어온다.

맹산집	어서 오게. 어디서 기다렸나?
찬영	저—기서요.
맹산집	이 사람, 이 장인 영감한테 절이나 한자리 하게.
국보	이 사람이 권하는 일이구, 내 생각에두 자네가 맘에 들어서 작정을 했네. 자네 생각에는 어떤가?
찬영	아니, 그게 무슨 말씀이세요? 영자 씨와 제가……. 그게 정말이십니까? 저야 생각 여부가 있겠습니까?
맹산집	그렇지. 생각 여부가. 그저 좋구 기쁘지.
국보	그럼 우리는 그렇게 알구 일간 끝을 맺어줄 터이니 그렇게 알란 말이야.
찬영	결혼식 같은 것은 어찌되는가요?
맹산집	너무 급하게 서둘지 말아. 결혼식은 내가 차려줄 터이니. 자네는 인젠 우리 사람이 됐어. 나는 자네를 믿겠네.
찬영	네 말씀만 하세요.
맹산집	금융조합의 서긴지 한 것두 인젠 집어치워야 해. 이 영감의 일두 자네가 맡아 봐야 하질 않겠나. 그리구 나두 영업을 시작하게 됐는데.
찬영	아주머님께서 영업을 시작하세요?

맹산집 나는 자네를 믿구 영업을 시작하는 거야.

찬영 네─. 영업은 무슨 영업인데요?

맹산집 식당을 하나 사가지구 요릿집을 해보려구.

찬영 잘 생각하셨어요. 요즈음 세상에 돈 버는 장사는 요릿집밖에 없
어요.

국보 그래서 내가 돈을 주겠다고 했네. 요릿집을 시작만 하면 돈이야
잡겠지. 세상이 어떻게 돌아가는 놈의 세상인지 요릿집만 성해
가지?

찬영 그렇게 비뚤어져가는 세상이 우리에게는 좋아요. 돈을 잡기두
쉬우니까요.

맹산집 옳은 말이야. 영감이 사위는 잘 골랐어요.

장씨가 방에서 나온다.
맹산집을 보자 좋지 않은 표정.

찬영 (장씨를 보고) 어머니 안녕하세요?

장씨 …….

맹산집 나는 가봐야겠군.

국보 그럼 그렇게 하지. 내 곧 들어갈 테니까.

맹산집 그럼 기다리겠어요. (손가락으로 동그라미를 만들어 보이며) 이것
두 빨리 해줘야 해요. (나간다)

찬영 그럼 안녕히 계십시오. 어머님께서두 안녕히 계세요. (나간다)

잠깐 사이.

국보   (장씨에게) 왜 그렇게 장승처럼 서 있어?

장씨   …….

국보   걱정 말아. 찬영이는 임자의 사위가 되게 됐어—.

―막―

제4막

무대

국보의 집 내정.

정면 중앙에 방. 오른쪽에 국보의 방으로 되어 있는 사랑방으로 통하
는 문.

왼쪽에 또 방 하나. 그러나 방문은 닫혀 있다.

그 방과 떨어져 담장이 둘러싸고 있는 대문. (3막과 같은 무대)

방안에서는 국보가 파산의 설움에 지쳐서 신음하고 있다. 국보의 한
숨에 지친 신음소리 들리는데 장씨와 중매 노파 얘기를 하고 있다.

중매   ……내 말만 들었다면 이렇게 됐겠소?

장씨   …….

중매   찬영이라는 사람하구 그 첩쟁이는 협잡질을 해가지구 뛰었다지
        요? 얼마나 해먹었어요?

장씨   우리 집안이야 쫄딱 망하구 말았지요.

중매   그것들이 그렇게 큰 협잡을 어떻게 했을까? 법이 없는 세상두

아닌데.

장씨 법이 무슨 법인지 도장 하나만 가졌으면 못할 일이 없다지 않아요.

중매 무서운 세상이야. 글쎄 내 말을 왜 안 들었어요?

장씨 누가 그렇게 협잡꾼인 줄이야 알았나요?

중매 혼사하면서 우리 중매쟁이의 말 안 들으면 번번이 속지요.

장씨 아무리 속는대두 우리같이 요렇게 알거지가 되게 속는 일이야 어디 있겠소.

국보 (방 안에서 신음하며) 누가 오지 않았어?

장씨 오긴 누가 와요.

국보 이런 놈의 신세가 있나. 사람이 이렇게 망하게 됐는대두…… (기침 소리) ……검정개 한 마리 얼씬하지 않는단 말이야. (기침)

잠깐 사이.

중매 소문에 이름이 뭐라더라? 명선이? 그자는 그 뒤 소식을 모르우?

장씨 모르지요. 글쎄 자식들이라두 제 맘대로들 하라구 내버려뒀다면 좋질 않았겠소.

도명이, 동네 아이들과 싸움을 하고 울면서 들어온다.

도명 (장씨에게) 할머니, 애들이 때려. 엄마, 엄마—. (찾으며 왼쪽 방으로 들어간다)

중매 (도명이를 보고) 아니 저 애는 누구예요?

장씨 우리 손주지요. 제 애비가 집에 없으니깐 제 에미가 저걸 데리구 오질 않았겠소.

중매   그럼 댁의 며느리두 와 있단 말예요?

장씨   제 남편은 없어두 제 시가 댁이라구, 집안이 이렇게 됐다는 소
       문을 듣구 저걸 앞세우구 찾아왔어요.

중매   애기 아버지한테선 소식이나 있나요?

장씨   소식이 다 뭐예요.

중매   그럼 어디 가 있는지두 모르겠구려?

장씨   어디 가서 죽었는지 살았는지두 모르지요.

중매   그 사람이 나가긴 언제 나갔지요?

장씨   제 누이 결혼식을 하기 전이니까 일 년이 지났지요.

중매   제 매부 되는 사람 때문에 집을 나간 게로군.

장씨   찬영이 그놈 때문이지요. 글쎄, 그것들이 부모가 하는 일이 정
       그렇게 싫다면 죽어두 못 가겠다구 끝까지 버티구 말을 안 들었
       다면 집안이 이렇게 되기야 했겠소.

중매   지금 사람들이 경우는 밝아요. 죽이느니 살리느니 그러는 걸 보
       구, 죽지 못해서 말을 들었겠지요.

       부덕, 왼쪽 방에서 나온다.

부덕   (중매 노파를 보고) 아주머니, 오셨어요.

중매   애기 에미가 수고를 하는군.

부덕   어머니, 저 누이가 병원에라두 가보겠다구 그러는데요.

장씨   그냥 배가 아픈 모양이로군.

부덕   배는 그렇게 아프지 않지만—갑갑해서—의사에게 한번 보이
       기라두 했으면 좋겠다고 그래요.

영자, 방에서 나온다. 얼굴은 병자와 같이 한껏 파리했고 배는 뚱뚱하다.

영자   어머니, 나 병원에를 가겠어요.
장씨   의사에게 보이고 싶은 게로군. 그럼 나하구 같이 가자.
영자   저 혼자두 괜찮아요.
부덕   그럼 제가 같이 가지요.
장씨   그래라. (주머니에서 돈을 꺼내주며) 가지구 가거라.

영자, 그 뒤로 부덕, 돈을 받아가지고 퇴장.

중매   몇 달이나 됐는지. 배가 대단히 불렀어요?
장씨   구월이었으니까 일곱 달인가요.

잠깐 사이.
영구, 술병을 들고 등장.

영구   엄마 술 받아 왔어.
장씨   아버지한테 갖다 드리렴.
영구   (국보에게) 아버지 술. 돈두 없이 받아 오라더니 자구 있네.

중매 노파도 국보에게로 간다.

영구   아버지.
국보   응?

영구　아버지, 술.

국보　뭐? 찬영이가……. 찬영이, 그 녀석이 지금 막 여기 있었는데.

중매　(국보에게) 뭘 그러시우?

국보　아니 찬영이가 내 첩년하구…….

중매　꿈을 꾸지 않았소?

국보　꿈이라니?

영구　아버지, 술이에요.

국보　(중매 노파에게) 술이나 한잔합시다.

　　장씨는 술상을 차려 온다.

　　국보는 술상을 받고 중매 노파에게도 술을 권한다.

　　영구는 도명이를 데리고 마당에서 장난을 하고,

　　장씨는 시름없이 앉아 있다.

국보　……. (술잔을 들며) 찬영이란 놈이 내 첩년하구 둘이서 지폐장
　　을 한 짐 지구 나를 찾아와서는 죽을 죄루 잘못했으니 살려달라
　　구 한단 말이야.

중매　그래서 어떻게 됐어요?

국보　그것들은 둘이서 만주루 도망을 하려다가 만주에는 도적이 많
　　다고 돌아왔다나. 나는 지폐 뭉텅이를 얼싸안구 좋아서 지폐장
　　을 계산하다가 영구 자식이 깨우는 바람에―.

중매　꿈이 참 좋은 꿈이야.

국보　꿈대로 되기만 한다면 얼마나 좋아.

중매　기다려봐요.

국보　정말 내 꿈이 맞는다면―.

부덕 등장.

도명   (부덕이를 보고 달려 나가며) 엄마! 어디 갔댔어?

장씨   (부덕이를 보고) 벌써 다녀오니?

부덕   병원으루 들어가는 걸 보구 저는 돌아왔어요.

장씨   왜 혼자 돌아왔니?

부덕   저 혼자 진찰을 받는다구 나보구는 먼저 가라구 그랬지요.

장씨   그래두 기다려서 같이 오질 않구.

부덕   내가 같이 간 것을 싫어하는 것 같기두 했어요. (안방으로 들어간다)

도명이와 영구도 따라 들어간다.

중개인 등장.

손에는 신문을 들고 무슨 큰 소식이나 가지고 온 것같이 수선을 떤다.

중개인   (장씨에게) 잡혔어요, 잡혔어! (국보에게) 잡혔어요! 도적놈이 잡
        히구야 말았어요.

국보   뭐야?

중개인   (신문을 펴 보이며) 이 신문을 좀 봐요, 여기예요.

국보를 가운데로 하고 중매 노파, 장씨, 중개인이 긴장된 가운데 신
문을 본다.

중개인   (신문을 읽는다) "사기적 결혼으로 재산 횡령! 금융조합 서기 체
        포! 도색 유희의 주인공도 암중 활약!"

중매   신문에까지 다 났군그래.

중개인   이런 일이 신문에 나질 않구 어쩌겠어요.

국보   (장씨에게) 안경 좀 가져와. (중개인에게) 분명히 잡히기는 했지?

    장씨는 안경을 가져온다.

중개인   신문이 거짓말을 하겠소. 보세요. (신문을 국보에게 준다)

국보   (안경을 끼고 신문을 보기 시작한다) "××금융조합 서기 김찬영 이는 고리대금업자 최국보의 장년한 딸이 있는 것을 기회로 국 보의 애첩인 맹산집—." 아이구, 보이지가 않아서 못 보겠네. (중개인에게) 이 사람, 자네가 밝은 눈으루 좀 보게. (신문을 중개 인에게 준다)

중개인   (신문을 집어 들고 보기 시작한다) "××금융조합 서기 김찬영이 는 고리대금업자 최국보의 장년한 딸이 있는 것을 기회로 국보 의 애첩인 맹산집과 음모를 하여서 사기 결혼을 성립시켜 국보 의 데릴사위로 들어갔던 바, 찬영이는 일 년도 되기 전에 감몽世 夢과 같은 신혼 생활을 청산하여버리고 국보의 인장을 사기적으 로 이용하여 위임장을 만들어가지고는 수만 원의 재산을 횡령 하여 맹산집과 손을 맞잡고 도주 여행을 꾀하였던 바, ×일 × 시 범인 김찬영이는 문제의 여주인공 맹산집과 같이 진남포 해 안을 거닐고 있다가 경찰의 손에 체포되었다는데 최국보의 손 해액은 범인을 취조 중이므로 자세한 것은 모른다 하며 그 범죄 이면에는 맹산집의 활약이 상당히 크다고 한다."

국보   잡히기는 분명히 잡혔지?

장씨   돈을 찾게 될까?

중개인   아직 몰라요. 찾게 될지? 그놈들이 아직 돈을 가지고 있기만 하면야 찾게 되겠지요.

국보 　걱정 없어. 내 돈은 찾게 돼.

중매 　꿈이 맞은 게 아니에요? 지폐 뭉치를 찾으면 영감 한턱해야 해요.

국보 　그놈들이 진남포에서 잡혔다지?

중개인 　진남포에서 잡혔어두 이 관내 경찰서로 압송이 됐을 거예요.

국보 　그렇다면 내가 경찰서에 가서 알아봐야 하질 않나?

장씨 　경찰서구 뭐구 그 몸으루 어떻게 알아본단 말이에요.

국보 　그놈들이 잡혔으니 어쨌든 재판은 해야 할 거야. 재판을 하려면 변호사가 있어야지? 이런 때 큰소리하려구 영식이 그 자식을 법률 공부를 시켰는데—이 자식은 어디 가서 죽었는지, 살았는지?—아니야, 변호사 같은 건 쓸데없어. 내가 다니면서 증인 노릇두 하구 변호사 노릇두 할 테야.

중개인 　영감님이 어떻게 다니세요?

국보 　아니야, 재판소에 나가서 쓰러진대두 내가 다닐 테야. 변호사두 믿을 수가 없어.

중매 　한번 속으시더니 정신이 드시는 모양이지.

국보 　변호사를 대려면 돈이 있어야 해.

대문 밖에서 경관의 소리.

경관 　여보시오. 여보시오!

중개인 　누구를 찾으십니까?

경관 　이 댁이 최국보 씨의 댁인가요?

중개인 　네.

경관 들어온다.

국보   (경관을 보고) 나리님 오십니까? 누구를 찾으십니까?

경관   당신이 최국보라는 사람이오?

국보   네, 이 사람이 바루…….

경관   범인이 체포되어 서로 압송되어 왔는데 서류 작성상 조사할 일
이 있어서 왔습니다. 맹산집이란 여자는 영감의 첩이라지요?

국보   네, 부끄러운 일이지만 이 사람이 자초지종 얘기를 하지요. 일
을 꾸미기두 찬영이가 이 사람의 첩년하구 꾸몄지요. 우리가 찬
영이를 사위로 삼은 것만 해두 그 첩년 때문이지요.

경관   영감께서는 범행에 대하여 전혀 몰랐던가요?

국보   그놈들이 그렇게 짜가지구 그러는 줄이야 전혀 몰랐지요. 하루
아침에 속아 넘어가구 말은걸요. 내가 정신이 나갔지. 그놈에게
다 도장을 왜 맡겼겠어요, 하루아침은 내가 시내에 볼일이 있어
서 급하게 가려고 하는데 토지개간 수속건에 대하여 면소에 수
속을 하려면 내 도장이 필요하다구 그러질 않겠어요. 그때에는
토지구 뭐구 우리 집안 살림을 그 사람에게다 맡기다시피 한 때
였지요.

경관   그래서 도장을 내주었군요.

국보   어찌할 수가 있어야지요. 시간은 바쁘구 해서 얼결에 도장을 내
줬지요. 그랬더니 그놈은 그길로 대서소에 가서 위임장을 써가
지구 내 도장을 눌러가지구는 논밭을 저당을 잡히구 돈을 해먹
었지요.

경관   찬영이의 범행에 있어서 무슨 다른 증거는 없지요? 맹산집 외
에 공모자가 있다던가. 찬영이는 본래 본적지에 부인이 있고

자식까지 있는 사람인데 댁에서는 그런 것을 알구 사위를 삼았던가요?

그 말에 모두 놀란다.

국보   그 사람이 본부인이라니? 우리는 총각인 줄만 알았는데요!
경관   고향에서 찬영이에게 온 편지라두 없어요?
국보   편지가 다 뭐예요?
경관   영감께서 경찰서루 좀 가시지요.
국보   네, 갑시다. (장씨에게) 내 의관을 가져와.

장씨는 국보의 의관을 내온다.
국보, 옷을 입고 경관의 뒤를 따라 나간다.
그 뒤로 중개인, 중매 노파 퇴장.
잠깐 사이.
우편 배달부 등장.

배달부   편지요. (편지를 집어 던지고 퇴장)

장씨는 편지를 들고 국보의 방으로 들어간다.
영자 등장.
부덕, 안방에서 나온다.

부덕   (영자를 보고서) 지금이야 돌아오우?
영자   언니, 내 배가 많이 불렀지요?

부덕　애기가 자라니까 배가 부르지.

영자　내 배가 그렇게 불렀어요? 길거리에만 나서면 지나다니는 사람들이 내 배만 바라보는 것 같아요.

부덕　그렇길래 배가 불러가지구는 나다니지들 않지. 몸이 고단할 텐데 건넌방으로 들어가서 좀 누워요.

영자　괜찮아요.

부덕　병원에 가서 보이니까 어때요?

영자　…….

부덕　별 이상이 없다지요?

영자　의사에게 내 몸을 보이질 않았어요. 그저 의사에게 물어봤어요.

부덕　의사의 말이 뭐랬어요?

영자　괜찮을 거라구 말했어요.

부덕　…….

영자　언니, 저는 애기를 낳아야 해요?

부덕　그럼 때만 되면 낳아야지.

영자　…….

부덕　인젠 몸조리를 잘해야 해요. 그래야 해산할 때에도 고생스럽지가 않지. 나다니면 속이나 더 상하지 뭣해요. 오늘두 곧 다녀오질 않구. 병원에서 나와가지구 어딜 돌아다녔을까?

영자　언니, 나는 집에 돌아오고 싶지가 않았어요. 집에서 기다리는 것이라야 파산에 울고 있는 가엾은 늙은이들의 분풀이밖에 더 있어요?

부덕　집안이 그렇다구 딴생각을 해서는 안 돼요.

영자　죽는 것이 약한 일인 줄은 알면서두 죽음의 유혹을 받지 않을 수가 없으니 가엾은 인간이 아니에요? 저는 명선 씨의 댁을 찾

93

아갔다가…….

부덕   그 사람한테는 뭣하려구 찾아가요?

영자   거기서 헛걸음을 치고 돌아서서 발길을 옮겨놓으면서두 곰곰이 생각을 해봤어요. 마음을 굳게 가지구 죽음의 유혹을 물리칠려 구……. 그런데두 가엾은 자신의 그림자가 눈에 뜨일 때마다 죽음의 유혹은 먼 산의 아지랑이같이 나불나불 나를 부르겠지요. 글쎄 내가 뭣하려구 명선 씨를 찾아가겠어요. 내가 명선 씨를 찾아갈 몸이에요? 명선 씨는 집에 있으면서두 나를 만나주지 않았을 거예요.

장씨, 편지를 들고 방에서 나온다.

장씨   이게 무슨 편지냐?

부덕   (편지를 받아 보고) 누이한테 온 편지예요. (편지를 영자에게 준다)

영자는 편지를 받아 보고 너무나 뜻밖이라 어쩔 줄을 모른다.

장씨   누구에게서 온 편지냐? 네 오빠가 편지를 했니?

영자   ……. (편지를 뜯어 보다가) 이 편지 언제 왔어요? 어째 이렇게 늦게 배달이 됐을까? 어머니, 이 일을 어째요? 명선 씨가 찾아 오시겠다고 그랬어요. 오빠에게서 온 편지두 가지구 온댔어요.

부덕   도명이 아버지한테서 그리로 편지가 왔대요?

영자   명선 씨가 찾아오시면 어머니 어떻게 해요.

장씨   어떻게 하긴―. 나는 인젠 너희들의 일은 모르겠다. 영식이는 아직 명선이하구는 통하는 게지?

영자   (부덕에게) 지금 몇 시나 됐을까요? 명선 씨가 곧 오실 텐
       데⋯⋯. 아까 명선 씨가 집에 안 계신 건 여기 오시느라구 집을
       나오신 때였을 거야. 언니도 반가우시지요, 오빠의 소식을 알게
       돼서⋯⋯.

국보 등장.
지나친 흥분에 상기된 얼굴로 아무 말도 없이 허청허청 자기 방으로
들어간다. 신음소리 들린다.

장씨   (국보에게) 어떻게 돼요? 돈은 찾게 돼요?
국보   ⋯⋯. (신음소리뿐)
장씨   못 찾게 됐어요?
국보   ⋯⋯.
장씨   어떻게 됐어요?
국보   어떻게 되긴?
장씨   돈 말이에요.
국보   돈은 웬 돈?

일동은 그 말에 놀란다.

장씨   돈을 못 찾게 됐단 말이에요?
국보   귀찮아. (신음소리)
장씨   말을 좀 하세요. 답답해서 견디겠소?
국보   망하구 말았어. 그놈들이 돈은 한 푼두 없다는 거야. 재판을 해
       야 해, 재판을─. (방문을 닫아버린다)

장씨와 부덕이도 방으로 들어간다.

영자 혼자서 명선이를 기다리며 안절부절 내정을 거닐고 있다. 움이 트려고 하는 나뭇가지를 꺾기도 한다.

이때 명선이가 찾아온다.

명선 ……. (영자가 혼자 있는 것을 보고 다행하단 듯이) 영자 씨!

영자 아이구! 명선 씨. 저는 명선 씨를 기다렸어요.

명선 저의 편지는 받아 보셨군요.

영자 네.

명선 아무도 안 계신가요?

영자 방 안에 계셔요. 안심하세요. 이제는 명선 씨를 시비두 안 하실 거예요.

    잠깐 사이.

명선 영자 씨.

영자 ……. (나뭇가지를 손으로 만질 뿐)

명선 나뭇가지에 새싹이 움트려고 하지 않아요?

영자 …….

명선 저는 신문을 봤어요.

영자 말하기두 싫어요.

명선 영자 씨가 말을 안 해도 저는 다 알고 있었습니다.

영자 …….

명선 이제는 일이 다 될 대로 됐지요?

영자 …….

명선　영자 씨도 자유의 몸이 되고.

영자　제가 자유의 몸이 됐다고요?

명선　이제는 그렇게 완고하던 부모두 영자 씨에게 머리를 숙일 거
　　　예요.

영자　그러나 명선 씨는 저를―. 저는 명선 씨에게 용납을 받지 못할
　　　인간이 되고 말지 않았어요? 어째서 명선 씨는 저를 이렇게 되
　　　도록 내버려두셨어요?

명선　제가 영자 씨를 내버려두었다구요? 저는 영자 씨를 내버린 것
　　　이 아니고 좀 잔인한 행동이었을는지는 모르지만―저는 영자
　　　씨를 당분간 영자 씨가 벗어나지 못할 가정과, 또 등지고는 살
　　　지 못할 이 사회에다 하나의 제물로 바쳤다고 할까요? 영자 씨
　　　는 하나의 제물이었어요. 그런 만큼 저는 결과가 그러리라는 것
　　　도 잘 알고 있었어요.

영자　그렇지만 저에게는 상처가 너무나 컸어요.

명선　영자 씨의 상처는 제가 고쳐드리지요.

영자　명선 씨―. (눈물을 보이지 않으려고 참으며) 몇 달 동안 저는 명
　　　선 씨를 뵙지 못하겠어요.

명선　영자 씨가 원이시라면―. 그러나 영자 씨. 자신이 한번 그런 상
　　　처를 입었다고 해서 그 상처만을 들추어가지고 더 큰 상처를 만
　　　드시지는 마세요.

영자　명선 씨―.

명선　영식이도 돌아오게 해서―. 그렇노라면 저의 일두 해결이 되겠
　　　지요. 그러면서 시간이 가노라면 영자 씨도 상처가 낫게 될 것
　　　이고…….

영자　오빠에게서 편지가 있었다지요?

명선	네, 편지가 있었어요. 영식이는 이 시대의 더러운 현실과 가정이 싫어서 하나의 수난자로서 숨어버리기는 했지만—영식이도 다시 돌아오기만 하면 그때에는 강해지겠지요.

부덕이 방에서 나온다.

명선	(부덕이를 보고) 실례합니다.
부덕	(명선이에게) 오셨어요?
영자	(명선에게) 오빠는 어데 가 계신댔어요?
명선	절에 가 있어요.
부덕	도명이 아버지가 절에 가 계신댔어요?
명선	네.
부덕	그 사람은 절간에나 가서 중 노릇이라두 하는 것이 평생 소원이었을 거예요.
명선	영식이에게는 제가 돌아오라고 하지요.
부덕	중 노릇이나 하러 간 사람을 데려다가는 뭣해요?
명선	하하하— 그렇게 노염이 가셨어요?
부덕	저는 혼자 사는 것이 좋아요. 팔자에 없는 남편을 기다려서 뭣해요. 그 사람은 돌아오지두 않을 거예요.

이때에 경관 등장.
영자와 명선이는 경관을 보자 몸을 피하여 마당 가에서 거닐고 있다.

경관	(부덕이를 보고) 댁에 최영자라는 사람이 있지요?
부덕	(국보의 방문을 열고) 아버님, 경관이 찾아왔어요.

국보 나온다. 장씨도 나온다.

경관   (국보에게 서류를 내주며) 보십시오. 보면 아실 겝니다. (퇴장)
국보   (나가는 경관을 보고) 수고하십니다. (종잇장을 들고 떨고 있다)

영자는 국보의 손에서 종잇장을 받아서 본다.

장씨   (영자에게) 또 뭐냐?
영자   호출장이에요.
국보   뭐야? 호출장!
장씨   이번에는 너를 오라구 그랬구나.
영자   …….
장씨   뭣하려구 배까지 부른 사람을 부를까? (영자에게) 가봐야겠구나.

잠깐 사이.
영자는 명선에게 눈짓을 하며 할 수 없다는 듯이 갈 차비를 차린다.
이윽고 국보와 장씨도 명선이가 있는 것을 알게 된다.

장씨   (명선이에게) 이 사람, 우리 집에를 왔네그려.
명선   네.
국보   (영자의 준비가 다 된 것을 보고) 어서 가봐라. 이년아, 너는 내 돈
        을 찾아가지구 와야 한다.

영자는 명선이에게로 온다.
명선이는 영자와 같이 퇴장.

장씨와 국보는 그들이 나가는 것을 물끄러미 바라보고 있다.

—막—

—1936년 作

제국帝國 일본의 마지막 날(전4막)

나오는 사람들

이문일(봉사대원)

이영구(봉사대원)

김덕수(봉사대원)

최경목(봉사대원)

김춘수(봉사대원)

박영석(봉사대원)

김봉호(봉사대원)

배창일(봉사대원)

조근수(봉사대원)

이경식(봉사대원)

간노(일본 부대 고원雇員)

마쯔시다(일본 부대 고원雇員)

마쯔오(일본군 중위)

야에가시(일본군 견습사관)

오오쯔가(일본군 오장伍長)

다찌바나(여자 군속)

고오노(간호부)

마쯔모도(여자 군속)

여자 군속 A, B, C

노무자 A, B

그 밖에 군인, 군속, 봉사대원 다수

때

1945년 8월 일본이 패망할 무렵

곳

○ ○ ○ 일본 부대

제1막

부대 구내.

근로봉사대 작업장.

화물열차의 철로가 오른편 앞쪽에서 왼편 안쪽으로 통하게 되어 있고, 철로를 가로 건너는 길이 왼편 앞쪽에서 오른편 안쪽으로 통한다.

철로와 통로는 ×자 모양으로 되어 있다.

길을 사이로 하고 철로 저쪽 오른편에 창고가 있고, 왼편은 화물차가 들이닫는 플랫폼이다. 플랫폼 왼편에도 창고가 있다.

길옆과 철로 가에는 잡초와 나무숲이다.

근로봉사대의 철물鐵物 운반 작업이다.

무거운 철물을 어깨에 메고 가까스로 창고에서 플랫폼으로 운반하는 봉사대는 철물에 눌리어 쓰러질 듯하다.

창일   (오른편 창고에서 철물을 어깨에 메고 나오며) 어기영! 어기영!

덕수   (뒤따라 나오며 창일이에게) 집어치워, 재수 없게 타령은 무슨 타령이야.

영구   (덕수를 보고) 기운두 세지. 배두 고프지 않아요?

창일   배가 왜 안 고파, 배는 고프지. 허리는 끊어지는 것 같지, 어깨 뼈는 쑤시지. 그래서 타령을 하는 거야. (더 기운이 없이) 어기영! 어기영! (비틀거리며 왼편 폼으로 들어간다. 다른 대원들 뒤따라 들어간다)

     무대 잠깐 빈다.

덕수   (폼 창고에서 돌아나오며) 몇 시나 됐을까?

영구   (시계를 보며) 세 시간밖에는 안 됐어요.

창일   그럼 아직 세 시간이 남았게?

문일   제기랄―. 아이구 허리야. (털썩 주저앉는다)

춘수   빌어먹을―. 배가 고파서 꼼짝하지를 못하겠는데 아직 세 시간이야. (앉으며) 좀 쉬어서 합시다. 사람이 살구 볼 일이지. 우리가 일을 안 한다구 전쟁을 못 하겠수? (하모니카를 꺼내 분다)

     영구는 책을 꺼내 보기 시작한다.

덕수 (연설 조로 촌장의 흉내다) "지금 대동아 전쟁은 드디어 결전기에
      이르렀다. 이때를 당하여 우리 국민은 남녀노소를 막론하고 이
      시국을 가만히 보고만 있을 수는 없다. 국민개병國民皆兵! 우리 국
      민은 누구나 병정이다. 우리 동리를 대표하여 성스러운 직장! 아
      니 싸움터로 나가는 여러분은 어깨에 총은 메지 않았어도 훌륭
      한 군인이다. 여러분은 나라를 위해서는 생명을 아끼지 않는 우
      리 황군의 정신을 잃지 말고 죽기까지 나라를 위하여 봉사의 책
      임을 다하고 오기를 바란다. 여러분의 어깨에 우리 일본의 흥망
      성쇠가 달렸다는 것을 잊지 말고 힘껏 싸우기를 바란다." (목소
      리를 바꾸어) 자네들은 촌장의 연설을 잊었는가? 우리가 다이닙
      뽕노(대일본大日本의) 헤이따이상(병정兵丁)이라는 거야. 헤이따이
      상!

영석 (덕수를 보면서) 꼴 좋다. 다이닙뽕노 헤이따이상! 하하하! 자네
      꼴을 좀 보게. 그래가지고 다이닙뽕노 헤이따이상이야? 헤이따
      이상이면 헤이따이상답게 기운을 좀 내보지. (비웃는 웃음)

덕수 수수밥 덩이라도 한 덩이 더 주면서 그런 소리를 하라고 해. 제
      기랄―. 이거야 배가 고파서 견디겠나.

영석 헤이따이상이 배고파 쓰러지면 천황 폐하께옵서 야스구니진자
      精國神社*로 모셔갈걸.

경목 (영구에게) 이 사람은 또 책이야.

      춘수는 하모니카를 분다.

* 야스쿠니신사. 일본 도쿄에 있는 신사로, 메이지 이후 국가를 위해 순국한 자를 기념하여 제사 지내는 곳.
  제2차 세계대전이 끝날 때까지 황실의 보호를 받았다.

104

경목   나는 보통학교에나 그냥 있었다면 좋았을걸. 공연히 돈을 좀 벌
           어보려구 학교를 그만두자마자―.

춘수   끌려나왔단 말이지요?

문일   ……. (하이네의 시를 왼다)

           즐거운 봄이 돌아와서
           여러 가지 꽃이 필 때에
           내 가슴 속에도
           사랑의 싹이 돋았다.

           즐거운 봄이 돌아와서
           여러 가지 새가 노래할 때
           나는 참다못하여
           그에게 사랑을 호소했다.

영석   또 하이네로군?

문일   하이네두 가엾게 됐지. 노래를 잊어버린 카나리아라더니…….
           하이네는 뭐란 말이야?

    문일이는 시를 읊고 춘수는 하모니카를 분다.
    이때 마쯔모도 지나가다가 하모니카 소리를 듣고 그들에게로 온다.
    봉사대원들 마쯔모도를 보고 슬슬 피한다.

마쯔모도   (피하려는 춘수를 보고) 하모니까상 안녕하세요.

춘수   (이상스럽게 마쯔모도를 돌아보면서) 네. 안녕하세요.

마쓰모도 (춘수에게로 가까이 가면서) 하모니까를 아주 잘 불어요. 나도 학
        생 시대에는 음악을 좋아했지만.
춘수   그럼 노래나 하나 불러보세요.
마쓰모도 노래가 다 뭐예요. 하모니까 소리를 들으니 옛날 학생 시대의
        생각이 났지요.
춘수   (하모니카를 불면서) 그래서 나는 이렇게 하모니카나 불면서…….
마쓰모도 재미있는 사람이야. 나한테 하모니까를 좀 빌려주세요.

    춘수는 마쓰모도에게 하모니카를 준다.

마쓰모도 당신들은 이 부대에 오래 있어요?
춘수   십이월까지니깐—.
마쓰모도 그래요? 내가 하모니까를 불 테니 노래를 부르세요. (하모니카
        를 분다)
춘수   내가 노래를 불러? (마쓰모도를 보면서) 노래는 거기서 불러야
        지. 하모니카를 이리 주세요.

    마쓰모도 하모니카를 준다.

춘수   내가 부는 대로 노래를 부르세요.

    춘수가 부는 하모니카 소리에 맞추어 마쓰모도는 노래를 부른다.
    노랫소리에 끌려 몸을 피했던 봉사대원들 나온다.
    이때 여자 군속 A, B 지나가다가 마쓰모도를 보고.

여군A   마쯔모도상 여기서 뭣해요?

마쯔모도   구매부에 가는 길에.

여군B   마쯔모도상은 여간이 아니야.

마쯔모도   (여자 군속을 보면서) 당신들두 구매부에 가는 길이죠? 그럼 같이 가요.

    마쯔모도는 여자 군속과 같이 간다.

영석   (마쯔모도의 뒷모양을 보면서) 노래를 아주 잘 부르던데.

문일   괜찮어.

경목   (춘수에게) 이 사람한테 반한 모양이야.

춘수   학생 시대가 그립댔지요.

영석   나이 젊었으니까—. (춘수에게) 자네두 학생 시대가 그립지?

문일   (시를 낭독한다)

    즐거운 봄이 돌아와서

    여러 가지 새가 노래할 때

    나는 참다못하여

    그에게 사랑을 호소했다

이때 근수는 혼자 일을 하느라고 철물을 메고 지나간다.

덕수   (근수를 보고) 근수 저 사람은 어쩌자고 저럴까? 근수 이 사람, 다리두 아프지 않은가?

근수   다리가 왜 안 아퍼. 그렇지만 지금은 일 시간이야. 간노상이 알아봐. 너희들은 몽둥이 찜이야.

경목   근수 저 사람 때문에 마음 놓고 시간 도적질도 못하겠단 말이야.

이때 왼편 창고 뒤에서 "꼬라!" 고함 소리 들린다. 간노의 목소리다.

창일   (간노의 목소리를 듣고) 쉬ㅡ, 호랑이다. 호랑이야.

경목   간노지? 또 야단이다.

창고 뒤에서 놀고 있던 봉사대원들은 고양이 앞의 쥐가 되어 기운 없이 나온다.

봉호   (간노에게 쫓겨 나오며) 쉬ㅡ. 호랑이다. 호랑이야.

쫓겨 나오는 봉사대원들 지나간다.

경목   우리도 일어서지, 호랑이의 몽둥이 찜을 겪기 전에.

영구   그럽시다. 난 호랑이의 몽둥이는 무서워. 이런 말을 듣지 못했지요? 글쎄 호랑이 그놈이 오늘 아침에 몽둥이로 사람을 때려 죽였다는 거야.

경목   사람이 죽었어? 누가 죽었단 말이야?

영구   노무자지 누구겠어요?

문일   맞아 죽었겠지? 사람을 죽이기까지 한담!

영구   일판에서 간노 그놈한테 잘못 뵈기만 하면 그만이야.

덕수   그렇게 잠자코 맞아 죽는담! 해내지를 못하고.

경목   해내다니? 어떻게! 그놈에게는 총과 칼이 있어.

문일   간노 그놈은 부대에서두 사람 잘 죽이기로 유명한 모양이야.

영구   천하 무식한 사람이 급사*에서 고원**이 됐다면 알조***지 뭐예요.

영석   간노 그놈한테 매맞아 죽은 노무자야말로 명예의 전사를 한 셈
이로군! (말투를 바꾸어) 황송하옵게도 천황 폐하께옵서는 극악
무도한 당신의 충신 간노 그놈의 몽둥이에 개죽음을 당한 가엾
은 인간을 도오조(비옵나니) 야스구니진자로 모셔가시옵소서.

이때 무대 뒤에서는
"꼬라!(이 자식들아!)"
"나니 시데룬다(뭣들을 하고 있어)"
"고로시데 야루조(죽이고 말 테다)"
라는 간노의 고함 소리가 들린다.
고함 소리에 놀라 봉사대원들은 쫓겨 나온다.
뒤따라 간노는 몽둥이를 들고 무대에 나타난다.

간노   (덕수와 영구들을 보면서) 꼬라, 이 자식들 거기서 뭣을 하고 있
어?

봉사대원들 툭툭 털면서 일어선다.

간노   (봉사대원들을 노리면서) 자식들이 아직 내 몽둥이 맛을 모르는
게지.

* 잔심부름을 시키기 위해 부리는 사람.
** 사무를 돕기 위해 두는 임시 직원.
*** 알 만한 일.

봉사대원들은 일터로 쫓겨 들어간다.

근수가 혼자서 철물을 메고 나온다.

간노   (근수를 보고) 너한테는 말을 했는데―봉사대들이 왜 그렇게 놀기만 좋아해!

근수   (벌벌 떨며) 네. 저는 이렇게 일하고 있지 않습니까? 간노상께서 두 아시다시피 제가 언제 놀았습니까?

간노   그래. 너는 내 말을 잘 듣는 사람이야. 다른 사람들이 모다* 나쁘단 말이야.

근수   저는 다른 사람들보고도 간노상의 말을 받들어 부대 일을 열심으로 해야 된다구 말을 했습지요. 그렇지만 놈들은 "허리가 아파서 일을 못하겠다" "배가 고파서 죽겠다―" 불평만 지껄이며 내 말을 들어야지요.

봉사대원들 짐을 메고 지나간다.

간노   "허리가 아프다―" "배가 고프다―" (봉사대원들을 노리면서) 누가 그런 건방진 소리를 한단 말이야. 조선 놈들은 할 수 없는 놈들이거든―. 황국신민이 됐으면 황국신민답게 죽었소―하고 내 말대루 일이나 할 것이지 건방지게 불평이 무슨 불평이야. (근수에게) 너는 그런 불평분자를 알지?

근수   저를 빼구는 모다 불평분잡지요. 저는 꿈에라도 부대의 불평을 말해본 일은 없으니까요.

| * '모두'의 옛말.

간노   모다 불평을 말한다ㅡ. 이놈들 두고 보자.

이때 야에가시 나타난다.
근수는 야에가시를 보자 일터로 들어간다.
간노는 야에가시에게 경례를 한다.

야에가시 (간노에게) 어떤가? 조센진 봉사대의 작업 성적이?

간노   좋지 못한뎁쇼.

야에가시 그래도 만주 노무자 같은 것보다야 낫겠지? 역사가 있는 것들
        이니까.

간노   천만요. 저도 그만했으면 황국신민이 다 된 줄 알았습지오만
        웬걸요. 당초에 틀려먹었어요. 조선 놈들이란 말이 어떻게 많은
        지ㅡ이 사람도 그놈들에게는 말문이 막힌단 말이거든요. 그뿐
        인가요. 모두가 불평분자라는 데는 딱 질색이란 말이거든요. 일
        을 너무 과하게 시킨다는 둥, 음식물이 나쁘다는 둥ㅡ어쩔 수
        없는 놈들이에요.

야에가시 조선 놈들이 그렇게 말썽을 부릴 줄은 몰랐는데ㅡ. 삼십여 년
        동안이나 우리가 조선 놈들에게 뭣을 했단 말이야? 그런 만큼
        자네는 놈들의 감독을 철저히 하란 말이야. (퇴장하려 한다)

간노   예, 알아들었습니다. (경례를 하고 들어간다)

이때 다찌바나 여자 군속이 나타난다.

다찌바나 (야에가시에게 경례를 하고) 시깐도노(사관님) 여기 계셨어요? 나
        는 시깐도노께서는 또 외출이나 하셨다구.

야에가시 (다찌바나를 보고 발길을 멈춘다) 다찌바나는 어딜 그렇게 까불며 돌아다녀?

다찌바나 시깐도노두. 제가 까불기는 무얼 까불어요. 시깐도노는 왜 그렇게 뚝뚝하세요.

야에가시 내가 뚝뚝해? 그럼 좀 명랑한 말을 할까. 다찌바나는 봄철에 바람난 계집애같이 어딜 그렇게 싸돌아다녀?

다찌바나 ……. (새침한다)

야에가시 노했어?

다찌바나 시깐도노께서는 가을철에 실연당한 총각같이 왜 그렇게 우울하세요?

봉사대원들 짐을 메고 지나간다.

야에가시 다찌바나 오늘은 날이 대단히 덥지?

다찌바나 날이 어떻게 더운지 사무실에는 가만히 들어앉았을 수가 없어요.

야에가시 그래서 일도 없이 돌아다니는군.

다찌바나 (보에서 과일을 꺼내면서) 시깐도노 과일이나 잡수세요. (사과를 한 알 꺼내준다) 구매부에를 갔더니 벌써 사과 배급이 나왔지요.

야에가시 벌써 사과가 나왔는가? (받아서 먹는다)

이때 봉사대원들은 그들을 부럽게 보면서 지나간다.

다찌바나 시깐도노의 배급두 제가 받아 왔어요.

여자 군속 A, B 배급 보따리를 들고 나타난다.

여군A   (아에가시에게 경례를 하고) 시깐도노 안녕하세요?

아에가시 또 배급이냐? 너희들은 배급이나 받아 나르는 것이 일이로구
　　　　나?

여군A   그럼 우리가 무슨 할 일이 있어요. 이런 일밖에.

여군B   시깐도노 수박을 보세요. 벌써 수박이 나왔어요.

　　여자 군속들은 앉아서 배급 보자기를 끄른다.

여군A   (아에가시에게 먹을 것을 권하며) 우리 부대에는 먹을 것이 많아
　　　　서 좋아요.

여군B   나는 이런 것을 먹을 때마다 집 생각이 나서 죽겠어. 지금 우리
　　　　집에서야 이런 것을 구경이나 하겠어요? 나두 집에 있을 때에
　　　　는 굶기가 일쑤구—하다못해 풀 잎사귀를 다 뜯어 먹은걸.

여군A   언니두. 그 대신 우리가 이렇게 호강을 하지 않아요. 나두 집에
　　　　있을 때에는 농사를 짓느라구 이 손으로 김을 다 매구 일이 바
　　　　빴지만—, 부대로 징용을 나와서는 일이래야 이렇게 배급이나
　　　　받아 나르느라구 슬렁슬렁 돌아다니면 하루해는 지고 마는
　　　　걸—, 시깐도노 안 잡수세요?

　　야에가시는 과일을 받아먹는다. 여자들도 과일을 먹는다.
　　봉사대원들 지나다니면서 그들을 본다.

다찌바나 (과일을 먹으며) 시깐도노 전쟁은 어떻게 되는 거예요?

야에가시 ……. (무엇을 생각한다)

여군A 그런 건 알아 뭣해. 나는 언제나 우리나라가 전쟁만 했으면 좋겠어.

여군B 시깐도노 우리나라는 전쟁을 하고 있어요? 후방에서는 국민들이 전쟁을 위하여 먹을 것을 먹지 못하고 입을 것을 입지 못하고 그야말로 이를 갈고 있을 텐데—, 우리 부대만 해두 전쟁을 하는 것 같지두 않어요.

야에가시 우리 부대는 전투 부대가 아니라는 것을 알아야 해.

이때 마쯔오 중위 나타난다.
모두 마쯔오에게 경례를 한다.

마쯔오 (경례를 받고) 너희들은 거기서 뭣들을 하고 있느냐?

일동 …….

마쯔오 너희들은 전쟁을 하고 있다는 것을 잊었단 말이냐? 우리나라는 지금 이기느냐, 지느냐? 아슬아슬한 고비에 부닥치고 있다는 것을 모르느냐 말이야.

여군A 쥬우이도노 저희들은 구매부에 가서 배급을 타가지고 오는 길이에요.

다찌바나 쥬우이도노 오늘은 구매부에 배급이 많이 나왔어요.

마쯔오 배급을 받았으면 바로 돌아갈 것이지—길거리에 쩍 벌리고 앉아서 입질은 무슨 입질이야.

여군A (사과를 한 알 손에 들고) 쥬우이도노 이 사과 먹음직하지요.

마쯔오 (야에가시를 보고) 야에가시 너는 네 자리로 가!

야에가시 네! (경례를 하고 물러간다)

여군A   쥬우이도노 목이 갈하실 텐데 사과를 한 알 들어보세요. (사과를
        준다)

마쯔오는 사과를 받아먹는다.
봉사대원은 그들을 보면서 짐을 메고 지나간다.

여군A   쥬우이도노 오늘은 날이 대단히 더우시지요?
마쯔오   그래. 더위가 상당한데.

이때 노무자 A, B 들것을 들고 그들의 앞으로 지나가려 한다.

여군A   (마쯔오에게 노무자를 가리키며) 저게 뭐예요?
마쯔오   ……. (보기만 한다)
여군B   (그냥 지나가려는 노무자에게) 그게 무엇이냐? (마쯔오에게) 부대
        의 물건을 빼내는 게 아니에요? 저런 노무자는 모두 도적놈이
        에요.

노무자 A, B 머뭇머뭇하면서 그냥 지나가려 한다.

여군A   꼬라! 어디루 도망을 가. (노무자에게로 달려든다. 들것에 씌운 거
        적을 들춰본다. 순간) 아이구머니ㅡ. (고함 소리와 같이 기절해서
        넘어진다)

들것에는 시체가 누워 있다.
노무자 A, B는 들것을 땅에 내려놓고 마쯔오와 여자 군속들을 번갈

아 쳐다본다.

그들의 눈초리에는 분노와 원한이 가득 찼다.

봉사대원들도 지나가다가 그들을 들여다본다.

노무자A (마쯔오에게) 이보세요, 나리. 사람이 이렇게 죽었소. 이 사람은
　　　　 일하다가 간노상의 몽둥이에 맞아 죽었단 말이오.

마쯔오　 시끄럽다. 어디 갖다 버려라.

노무자B (기절해 넘어진 여군 A를 보고) 이 사람도 죽었지요? 같이 담아다
　　　　 가 버릴까요?

여군A　 (벌떡 일어나며) 무엇이 어쩌고 어째? 내가 죽기는 왜 죽어. 더러
　　　　 운 것들. 어서 가.

　노무자 A, B는 할 수 없이 들것을 들고 나간다.

여군A　 아이구 분해, 더러운 것들한테 속았네.

다찌바나 그렇게 맥이 없이 넘어가?

마쯔오　 그렇게 담력이 없단 말이야, 대일본 제국의 계집이.

　여군 A는 부끄러운 끝에 운다.

여군B　 언니 모자나 벗어놓구 울어요.

마쯔오　 간노는 사람을 아주 잘 죽인단 말이야.

여군B　 뭐 몽둥이로 때려죽였다지요?

마쯔오　 맨손으루 사람을 죽이는 간노의 배짱두 어지간해. 어쨌든 간노
　　　　 는 우리 부대에 없어서는 안 될 인물이야. 노무자 감독에는 아

주 그만이거든―.

이때 여군 C 마쯔오에게 결재 서류를 가지고 온다.
마쯔오는 서류를 보더니 퇴장한다.
여군 A, B 배급품을 보에다 싼다.
그때에 봉사대원들 우르르 밀려 나온다. 일에 지치고 배가 고파서 기
운이 없는 봉사대원들은 여자 군속의 배급품을 탐스럽게 노린다.

여군A   (봉사대를 피하며) 일들이나 하지 않구 왜 이럴까? (여군 B에게)
        어서 가요.
덕수   (과일을 보면서) 그것 하나 먹었으면 좋겠다.
영석   그것 하나 팔지 않겠수?
여군A   싱겁게, 누구를 장사꾼인 줄 아는가 봐.
덕수   팔지 않겠으면 한 알 그냥 줘보지.

여자 군속이 보에 싸는 과일을 한 알 손에 뺏아 든다.

여군A   (덕수에게) 왜 이래. 시끄럽게.
덕수   그럼 돈을 줄까?
여군A   이건 아무나 먹는 사과가 아니야.
덕수   먹는 사람이 따로 있단 말이지? (사과를 한입 떼 먹으며) 이렇게
        먹으면 그만이지 못 먹을 건 뭐야?

영석이도 여군 B에게서 사과를 뺏는다.

여군B   (영석이에게) 이것들이 왜 이래. 막 불한당이야.

영석   사과 값을 내면 그만이 아니야. 사과 값이 얼마냐?

여군B   이 원만.

영석   이 원? 배급 값이 얼만데?

여군B   배급 값이 무슨 상관이야.

영석   사과 한 알에 배급 값이 팔 전이라더라. 이 도적놈들아, 사과 값
        을 받아라. (동전 팔 푼을 던져준다)

이때 무대 뒤에서는 "꼬라!" 간노의 고함 소리 들린다.

고함 소리와 같이 '꽝!' 하고 사람 넘어가는 소리.

뒤따라 "아이고!" 비명이 들린다.

떠드는 소리와 같이 봉사대원들 부상당한 창일이를 떠메고 나온다.

봉호   (뛰어나오며) 창일이가 다리를 다쳤다.

창일   ……아이구 다리야—. (비명을 연발한다)

덕수   뭐야? 창일이가 다리를 다쳤어?

경목   많이 다쳤니?

창일   아이구 다리야. 나는 죽었다. (울음소리다)

간노   (뒤따라 나오며) 일을 하지 않구 뭣들을 떠드는 거야?

봉사대원들, 간노를 뚫어지게 바라본다. 그러나 해내지는 못한다. 무
언의 반항이다.

창일   아이구 다리야.

경목   의무실에를 가야지.

덕수와 경목이는 창일이를 떠메고 나간다.
무대에 남아 있는 봉사대원들은 간노를 노린다.

간노   (여자 군속들을 보고) 오늘은 배급이 많이 나왔지?

여군A   (사과를 한 알 주면서) 배급을 받아가지고 오는 길이에요. 한 알
        드세요.

간노   (사과를 받아먹으며 봉사대원들을 보고) 이 자식들아 거기서 뭣을
        하고 있어? 일을 하지 않구.

봉사대원들, 쫓겨 나간다.

간노   (봉사대원들이 들어가는 것을 보고 사과를 먹으며) 사과 맛이 좋은
        데―.

막이 내린다.

제2막

봉사대원들의 합숙소.
부대 내 빠락크* 건물의 내부.
가운데로 통로가 있고 좌우로 사람이 누워 잘 만하게 나무판을 깔아
놓았다.

| * 바라크(barrack). 조잡하게 세운 건물이나 병영을 이르는 말이다.

나무판 위에는 암빼라*를 깔았는데 거기에서 봉사대원들은 기거를 한다. 담벼락에는 나무판을 붙인 시렁**이 있는데 봉사대원들의 짐이 놓여 있다.

다리를 상한 창일이는 방 한구석에 누워 있는데 고오노 간호부가 곁에서 상처에 치료를 하고 있다.

창일   (잠을 자다가 잠꼬대를 한다) 우리 어머니한테 데려가—. 아이구 아이구 다리야.

고오노   나하구 같이 가요.

창일   당신이 누구요? (자세히 본다) 오! 고오노상. 내가 잠이 들었던 가 보지요?

고오노   잠꼬대를 다 했는데.

창일   뭐라구 그랬어요?

고오노   어머니 얘기.

창일   하두 어머니 생각이 나더니—. 내 친구들은 아직도 돌아오지 않았지요?

고오노   아직 시간이 안 됐어요.

창일   아이구. (일어나려 한다)

고오노   (병자를 일어나지 못하게 하며) 몸을 진정해요.

창일   영구야, 문일아, 춘수야—. 우리가 고향을 떠나올 때에는 촌장 영감이 나라를 위하여 끝까지 싸우고 오라고—촌장 영감 나는

---

* 암뻬라(アンペラ). '금방동사니'라는 식물의 이름. 여기에서는 금방동사니의 줄기로 엮은 거적을 일컫는다.
** 물건을 얹어놓기 위하여 방이나 마루 벽에 두 개의 긴 나무를 가로질러 선반처럼 만든 것.

나라를 위하여 일을 하다가 다리가 부러졌소ー. (사이) ー몸 상하지 말고 무사히 돌아오라고 눈물 흘리시던 어머님ー. 어머님 나는 다리를 꺾었습니다. 네 다리를 꺾은 놈이 누구냐ー. 어머니 내 다리를 꺾은 놈이 눈앞에 있는데두 나는 그놈한테 말 한마디 못 하구 혼자 울고 있습니다. (간호부가 곁에 있는 줄을 알고 무안한 표정이 된다)

고오노　너무 흥분하지 말아요.

창일　내가 무슨 말을 했나?

고오노　당신의 어머님은 연세가 몇이시우?

창일　쉰둘.

고오노　아버님은?

창일　우리 아버지는 내가 세 살 때에 집을 떠나서 어디론지 가버리셨지.

고오노　당신 외아들이우?

창일　어째서 우리 집안 얘기를 그렇게 물으시우?

고오노　재미있는 사람이야. 나이 몇 살이지요?

창일　내 나이? 스물두 살. 나이 한 살이 더 많다고 해서 병정으로도 못 나가구 이 꼴이 됐단 말이야.

고오노　꼭 어린애같이.

창일　영삼이ー 진국이ー 송수…… 내 친구 놈들은 다이닙뽕 데이고 구노 군징(대일본 제국의 군인)으로 뽑혔노라구 큰소리하며 나가더니 지금은 어떻게 됐는지? 모자에 별표를 붙이고 어깨에는 총을 메고ー나같이 다리가 부러져가지구 이 꼴이 되지는 않았겠지? 내 생일이 여드레만 더 늦었어도…….

고오노　그렇게 헤이따이상(군인)이 부러우?

잠깐 사이.

창일　우리 어머니는 내가 생일이 며칠 늦기 때문에 나이 지나서 군인
　　　으로 뽑히지 않게 됐다니깐 어찌나 좋아하시던지. 아이구 다리
　　　야―.
고오노　주사를 한 대 할까요? (주사를 놓는다)
창일　(주사를 맞고 나서) 물 물! 아 목말라.

간호부는 물을 떠 온다.

창일　미안합니다. (물을 받아 마시고) ……당신은 고향이 어데요?
고오노　내 고향? 히로시마〔廣島〕.
창일　히로시마? 우리 동리 나까무라라는 순사도 고향이 히로시마라
　　　고 했어. 어떻게 사람을 못살게 굴던지―히로시마라면 이가 갈
　　　리는데―. 히로시마에도 고오노상같이 그렇게 마음씨 고운 사
　　　람이 있었어요?
고오노　사람은 다 같겠지. 내가 뭐?
창일　일본 내지〔內地〕*는 살기 좋다던데―당신 같은 사람이 고향을 왜
　　　떠났소?
고오노　일본 내지가 뭣이 살기 좋아. 나도 먹을 것이 없어서 군대로 나
　　　왔는데―. 아버지가 군인으로 나가시고 오빠마저 전쟁판으로
　　　나가게 되니 집에는 사람이 있어야지. 어머니하구 나하구 여자
　　　들만이 어떻게 농사를 지을 수 있었겠어요. 할 수 없이 어머니

| * 외국이나 식민지에서 본국을 이르는 말.

는 외삼촌 댁으로 가시고 나는 군대로 나왔지. 그놈의 공출만 없었어도 두 입이 먹고살아갈 수는 있었지만―일할 사람도 없는데 공출까지 빼내구서야 먹을 것이 남아야지.

창일   일본 내지에서도 그렇게 못살아요?

고오노   먹을 것이 없어서 풀뿌리로 목구멍에 풀칠을 해야 했는데. 나라에서야 전쟁에 이기기까지는 국민은 굶어도 좋다구 군대만 위했지 국민이야 생각이나 했나?

창일   나는 일본 나라에서는 우리 조선 사람이나 만주 사람만 못살게 그러는 줄 알았지.

고오노   그야 우리 일본 사람에 비하면 조선 사람이나 만주 사람이야 더 심했겠지. 그렇지만 일본 사람이라구 별수 있었을라구. 물자가 없는데―. 아이구 얘기가 너무 길어졌어. 어때요, 아픈 것이 좀 멎었어요?

창일   주사를 맞았더니 아픈 것이 좀 나은 것 같아요. (일어나서 보퉁이를 찾는다)

고오노   뭣을 그렇게 찾아요?

창일이는 보퉁이를 찾아 끄르고 엿을 꺼낸다.

창일   고오노상 이 엿을 좀 먹어봐요.

고오노   아니 좋아요.* 시간이 늦어서 가봐야 할 텐데.

창일   내가 떠나올 때―배가 고플 게라고 어머니께서 만들어주신 엿이에요.

| * 상냥한 거절의 의미로 보인다.

123

고오노   그런 정성스런 엿을 내가 함부로 먹어도 돼요?

창일   히로시마에는 이런 엿이 없지요?

고오노   엿이 다 뭐예요.

창일   맛이 어떤가 먹어봐요. (엿을 간호부에게 준다)

고오노는 마지못해 엿을 받는다.

창일   맛을 좀 보세요.

고오노   (엿을 입에 넣으며) 맛이 좋아요.

창일   촌 노인이 만든 엿이 무슨 맛이 있겠소. (말을 하며 엿을 먹는다)

고오노   (엿을 먹으며) 조선 어머니들은 끔찍이 인정이 있는가 봐.

사이를 두고 봉사대원들 돌아온다.

봉사대원들을 보고 엿을 먹고 있던 간호부는 부끄러워서 어쩔 줄을
모른다.

봉사대원들도 뜻밖에 엿을 먹고 있는 간호부를 보고 말이 없다.

고오노   (엿 먹던 입을 닦으며 봉사대원들에게) 수고들 하세요.

봉사대원들은 간호부를 보고 히히─웃는다.

춘수는 하모니카를 분다.

덕수   (고오노에게) 천만에요. (창일이에게) 어떤가?

창일   아픈 것은 좀 멎었어요. 이 고오노상이 친절하게 주사까지 놓아
         주어서.

덕수   (간호부에게) 주사는 무슨 주사요?

고오노   강심제예요. 출혈이 너무 심했기 때문에 심장이 약해졌을까 해
        서―의깐도노(의관醫官님)는 주사 얘기가 없었지만 내가 가만히
        가져왔지요.

덕수   (간호부에게) 수고했수.

고오노   (사이를 두고 창일이에게) 운동을 하지 말고 안정하세요. (주사기
        를 꾸려가지고 나가며) 또 들르지요. (나간다)

경목   (나가는 간호부를 보고) 안녕히 가세요.

    간호부가 나가는 것을 보고 웃는 사람도 있다.

경목   (웃는 사람들에게) 떠들지 말어. 너희들은 간호부가 고맙지 않단
        말이냐?

    웃고 떠들며 봉사대원들, 제자리로 간다.
    옷들을 갈아입는다.
    춘수는 하모니카를 불고 노래를 부르기도 한다.
    어떤 대원은 짐을 끄르고 음식물을 꺼내 먹기도 한다.

문일   (시 낭독 어조로) 오늘 하루의 노동도 무사히 끝났도다.

영구   (문일이에게) 하이네 너는 또 시냐? (책을 꺼내 본다)

경목   (문일이의 시를 받아서) 오늘 하루의 노동은 피로와 주림으로 끝
        이 났다.

문일   ……바직바직 이 대지를 내리쪼이는 폭양과도 같이 전쟁의 불
        꽃은 내 청춘을 불태우도다.

경목   (문일이를 따라) 새빨간 혀끝을 날름거리는 독사와도 같이 간노의 몽둥이는 우리를 노리고 있도다.

춘수는 신이 나서 하모니카를 분다.

영석   (봉호에게) 봉호야 바늘을 좀 빌리자.

봉호는 짐에서 바늘을 꺼내다가 미숫가루 뭉텅이를 떨어뜨려 영구의 머리에 가루를 들씌운다.

영구   (책을 보다가 가루 벼락을 맞고) 이게 뭐야? (툭툭 턴다)

대원들은 웃는다.

봉호   (영구에게) 미안해서 어떻게 해.
영구   (책에 흩어진 가루를 입으로 핥아 먹으며) 미숫가루가 아까운데.
봉호   (영석이에게) 바늘이 어디 들었을까 찾을 수가 없어.
영석   미안한데. (미숫가루를 긁어모은다)

춘수는 하모니카를 불다가 짐을 내려 풀고 엿을 꺼낸다. 그때 짐에서는 군속의 셔츠가 나온다.

문일   (춘수의 짐에서 나온 셔츠를 손에 들고) 너 이 샤쯔 웬 거냐?
춘수   (셔츠를 뺏아 입으며) 어때? 어울리지?
봉사대원들   애, 멋있다.

춘수   (문일이의 코에다 셔츠를 내대며) 어떠니? 냄새가?

문일   (재채기를 하며) 여자 냄샌데. 알았다. 마쯔모도.

영석   마쯔모도가 준 샤쯔란 말이냐?

춘수   이 샤쯔 얘기는 비밀이야. 소문이 퍼지기만 하면 나는 대번에
       영창이야. 마쯔모도두 무사하지 않을 게구.

영석   열 번 영창살이를 한대두 좋으니 그런 샤쯔를 한번 입어봤으면
       춤을 추겠다. (다 찢어진 셔츠를 벗어 던진다. 경목이에게 부딪힌다)

경목   에 구려. 세탁이나 좀 해 입지.

영구   에잇 시끄러워. (책을 본다)

봉호   (영구에게) 책은 봐서 뭣하니? 남은 연애만 하는데.

영석   영구야 하모니카를 불 줄 알아야지.

문일   우리 영구의 천재적 두뇌와 강철 같은 의지를 몰라주는 경박한
       여성이여? 너의 이름은 시마노 무스메(섬 색시)니라.

영구   시끄러워. 닥치지 못하겠니? (책을 본다)

봉호는 혼자 고향 노래를 부른다.

영석   (창일이에게) 다리가 좀 어떤가? 다리를 아주 못쓰게 되지는 않
       았지?

창일   말해 뭣해요, 제격제격하는 다리를. 고오노상이 아니면 큰일났
       을 거예요. 간노 그 호랑이 같은 놈이 몽둥이를 가지고 으르는
       통에 그 무거운 쇳덩어리를 메고 달아나다가 발판에 가 걸려서
       그만ㅡ. 에잇 분해! (울음 섞인 발악이다)

봉사대A 나두 그 통에 호랑이의 몽둥이를 한 개 건사했는데.

봉사대B 나두 맞았다네.

덕수   어쨌든 간노 그놈은 고약한 놈이야. 말보다 몽둥이가 앞서는 데야 견딜 장사가 있어야지. 그 언젠가 누가 쇠뭉치를 떠메고 가다가 무거워서 경례를 미처 못 했다는 거야. 그랬다고 자식이 막 화가 나서 몽둥이로 막 패줬다던가? 그 자식은 인간이 아니야.

영석   그래도 부대에서는 그 자식이 군속 중에서는 아주 모범 인물이라지?

문일   사람을 때리는 데야 모범이구말구.

봉호   사람을 죽이는 데는 모범이 아니구? 몽둥이로 때려죽인다는데.

덕수   인제 그놈을 보기만 해도 무서워서 못 견디겠단 말이야. 마음 놓구 일을 할 수가 있어야지. 까딱했다가는 그놈의 몽둥이가 들어오는 판이니—.

봉사대C   경례를 잘못했다고 몽둥이 찜을 당한 게 나다. 낫살이나 먹은 것이 그런 애들한테—챙피한 꼴이란—. 나는 억울해서 이놈의 부대에서는 일을 못 하겠다. 도망이라두 하든지 해야지.

덕수   그럴 것 없어. 때려 부숴야 해. 그놈을 때려죽이고 우리도 죽잔 말이야.

경목   우리가 죽기는 왜 죽어. 그런 개 같은 자식을 한 놈 없앴다고 그 대신 우리두?—그놈의 목숨하구 내 목숨하구 맞잡아? 그건 밑지는 장사야.

봉호   그놈만 살짝 없이해버리고 에헴—. (손으로 수염을 쓰다듬으며) 시침을 뚝 딴단 말이거든요.

경목   섣불리 덤비다가는 우리만 손해야.

   이때에 근수가 돌아온다.

영석   (근수를 보고) 쉬—. 오늘 식사 당번이 누구야? 아직 밥이 안 됐
      니? (근수에게) 자네는 어디 갔다 지금이야 돌아오나?

근수   산보를 하고 오는 길이야. (도로 나가려고 한다)

덕수   또 어디를 가는가?

근수   산보를 좀더 하구 와야겠네.

경목   저녁이 다 됐을 텐데—저녁을 안 먹겠나?

근수   다녀와서 먹지. 영석이 이 사람 내 나갈 테니 하던 얘기를 계속
      하게. (나가려고 한다)

덕수   근수 이 사람 자네는 왜 그러는가?

근수   내가 어쨌단 말이야.

덕수   이 간사한 자식! 너는 우리들을 팔았지? 우리의 험담을 부대에
      다 고자질을 했지?

영석   야에가시한테 간노한테 발라 마치느라구.*

봉사대C 이 사람들 어째서 그러나? 남의 부대에 일해주러 와서 그럴 것
      이 뭔가?

덕수   이 자식아 우리는 간노 그놈을 때려죽이려고 한다. 간노한테 가
      서 또 고자질을 해라. "간노상이 사람을 잘 때려죽인다고 해서
      선계鮮系 봉사대원 중에 좋지 못한 무리들이 해치려고 하오니 미
      리 짐작하시와 봉변을 당하는 일이 없도록 하십시오—"라고 빨
      리 가서 고자질을 하란 말이야.

봉사대C (덕수에게) 참아.

     근수는 밖으로 뛰어나간다.

| * '말을 갖다 바치느라고'의 의미로 풀이됨.

봉사대C   (나가는 근수를 보고) 근수 이 사람! 근수!

　　　근수는 대답도 없이 나간다.

식사당번   (뒤에서 나오며) 저녁이 됐다. 저녁들을 먹게. (말하고 들어간다)

봉사대C   할 수 없다. 맘대로들 해라.

덕수   　(나가는 근수를 향하여) 저 자식을 가만둬? 저런 자식두 때려 치

　　　　 워야 해.

영석   　간노한테루 갔겠지?

덕수   　걱정 없다. 이 판에 두 놈 다 없애버리자.

식사당번의소리   　저녁을 안 먹겠나? 수수밥이 굳어지기 전에 들어오게.

　　　봉사대원들, 안으로 들어간다.

　　　무대에는 창일이만 남는다.

　　　사이 두고 봉호가 창일이의 저녁을 가지고 나온다.

봉호   　(잠이 든 창일이를 깨우며) 저녁이다. 저녁이야. 저녁을 좀 먹어

　　　　 보지 않겠니?

창일   　(깨우는 바람에) 아이구 다리야. 벌써 저녁이야?

봉호   　벌써 자니? 시간이 어떻게 됐다구.

창일   　…….

봉호   　저녁을 좀 먹어라.

창일   　간노가 입영을 한다구 그랬는데.

봉호   　간노 그놈이 입영을 해?

창일   　간노가 입영한다는 소리를 듣고 나는 혼자서 자꾸만 울었어.

봉호   그게 정말이야?

창일   내가 꿈을 꾼 모양이야.

봉호   그렇겠지. 꿈이었겠지, 싱겁게.

이때 봉사대원들, 나온다.

봉호   (봉사대원들에게) 가장 반가운 뉴스를 여러분께 알려드리겠습니다. 섭섭하게도 이번에 간노 씨가 소집영장을 받고 입영을 하게 됐습니다.

봉사대원들   간노가 입영을 해?

경목   그럴 게야. 지금 일본은 군인이 모자라서 쩔쩔매는 판이라는데 간노 같은 그런 인재를 후방 부대의 군속으루 그냥 두겠어?

봉사대C   그 자식이 입영해서 없어지면 나는 춤을 추겠다.

봉호   그렇게 됐으면 좋겠지만—.

경목   그럼 거짓말이란 말이야?

창일   꿈 얘기를 가지구—. (봉호를 가리키며) 저 사람이 공연히—.

경목   나는 간노 그놈이 없어지는 줄 알구 기뻐했더니 (창일이에게) 꿈이야?

덕수   걱정 말어. 우리의 손으루 그놈의 원수를 갚으면 그만이야.

봉사대원들, 제자리로 가서 떨어진 옷과 신발을 꿰매기도 한다.
경식이는 열심으로 헝겊바께쯔(말에게 물 먹이는 그릇)를 뜯고 있다.

덕수   (경식이에게) 이봐. 뭣하는 거야?

경식   신발이 다 떨어져서 신을 것이 있어야지.

영석 그건 부대의 물건이 아닌가? 훔쳐온 게로군?

경식 ……. (뜯기만 한다)

경목 어째서 저런 일을 할까?

덕수 이봐! 그것을 있던 자리에 갖다 버리지 못해?

영구 빨리 갖다 버려요. 우리까지 도적놈을 만들지 말구.

경목 자네가 그 신을 신고 다니면 부대에서 가만있을 줄 아는가? 자네가 부대의 물건을 훔쳤다구 소문만 나봐. 자네 한 사람의 수치가 우리 전체의 수치라는 것을 알아야 해.

영석 없으니깐 도적질도 하지. 오기 전에 우리가 듣기에는 부대에는 배급이 많다고 하더니. 이게 뭐야. (다 떨어진 신발을 집어 던진다) 게다가 먹는 것은 수수밥 덩이를 목을 축여가며 넘겨야 하지.

경목 (경식이에게) 그렇다고 도적질을 해야 해? (경식이에게) 이 사람 갖다 버려. 양반은 죽어도 겻불은 안 쬔다구—깨끗이 살구 깨끗이 죽어. 그런 일을 가지구 동족을 팔고 명예를 더럽힐 게 뭐란 말인가? 어서 버려.

경식이는 맥이 없이 물건을 들고 나간다.
다른 대원들은 고향 노래를 부른다.
오오쯔가, 나타난다.
경목이의 구령으로 경례를 한다.

오오쯔가 인원은 이상이 없지?

경목 예. 이상이 없습니다.

오오쯔가 (장내를 둘러보며 이 구석 저 구석 살피다가 창일이를 보고) 네가 부상을 당했니?

창일　예.

오오쯔가　상처가 어떠냐?

영석　다리가 뚝 부러져가지구 제격제격 놀아요.

오오쯔가　그렇게 상처가 과해? 그러면 치료를 잘해야 되겠군. —그런데 알릴 일이 몇 가지 있다. 모두 잘 들어. 첫째, 내일부터는 작업 시간이 한 시간 연장됐단 말이야. 아침 여섯 시 반에 등청登廳하여 저녁 여섯 시 반에 퇴청退廳. 이렇게 시간이 변경됐단 말이야. 둘째, 요즈음 선계 봉사대원 중에는 부대에 대하여 불평불만을 가진 분자가 많다는데 부대에서는 철저히 조사하여 그런 분자는 아는 대로 엄중하게 처단을 내릴 테야. 셋째, 요즈음 부대의 물건이 잘 없어지는데 함부로 훔치거나, 마음대로 사용하는 자가 있으면 조사하여 엄중히 처벌할 테야—. 모두 알아들었니? 내 얘기는 그만.

경목이의 구령에 따라 일동은 경례를 한다.
오오쯔가, 경례를 받고 나간다.

영석　(오오쯔가의 흉내로) 아—내일부터 출근 시간이 한 시간 연장됐단 말이야. 모두 알아들었니? (말을 고쳐서) 우리는 소나 말이란 말이야.

봉호　(손가락을 꼽아보며) 한 달! 두 달! 석 달! 넉 달! (생각하다가) 넉 달하구 스무하루가 남았지? 넉 달 스무하루. 삼사는 십이. 일백 사십일 일이 아직 남았단 말이지!

경목　일백사십일 일이 있어야 우리는 돌아갈 수가 있단 말이냐? 그 전에 전쟁이 끝나지는 않을까?

영석   전쟁이 끝나면 일본이 망하는 날이게?

봉사대C   일본이 망하면 우리는 어찌되누?

춘수는 하모니카를 불며 나간다.
경식이 맥없이 돌아온다.

경목   (경식이를 보고) 버렸나?

경식   ……. (머리만 끄덕인다)

야에가시와 간노, 나타난다.
간노는 살기가 등등하다.
덕수의 구령으로 경례를 한다.

간노   꼼작들 말구 가만있어.

경목   무슨 일이 있습니까?

간노   조사할 일이 있다. 모두 짐을 내놓구 꼼짝 말구 있어.

봉사대원들, 불안 중에 짐을 내놓는다.
웬일인지 몰라 서로 얼굴만 쳐다본다.
간노는 짐을 조사하기 시작한다.
경식이의 짐에서 카메라가 나온다.

간노   (카메라를 손에 들고) 그러면 그렇지, 어딜 간다구. (짐을 가리키
        며) 이 짐이 뉘 짐이냐?

경식   ……. (말이 없다)

간노   이 짐의 주인이 없단 말이냐? (카메라를 야에가시에게 준다)

봉사대원들, 경식이에게 빨리 나서라고 눈짓을 한다.

경식   (마지못해서) 제 짐이올시다.

간노   (몽둥이로 후려갈기며) 이 자식 이것이 네 짐이야?

경식   ……. (말이 없다)

간노   (경식이를 후려갈기며) 이 자식! 어디라구 도적질을 해. 더러운
자식. 조선 놈이니 할 수 있겠니? 이 자식아 이리 와. (넘어져라
하고 경식이를 끌어당긴다. 경식이는 나가넘어진다. 야에가시에게)
시깐도노 어떻습니까? 제 말이.

야에가시   ……. (머리만 끄덕인다)

간노   (경식이를 갈기며) 이것들은 몽둥이로 쳐갈겨야지, 점잖게 대우
하면 건방져서 어쩔 수가 없단 말이에요. 시깐도노 이 사람의
몽둥이 솜씨를 아시지요?

야에가시   간노의 몽둥이는 우리 부대에서도 유명하거든.

이때 춘수가 하모니카를 불며 들어온다.

간노   (춘수가 입고 있는 셔츠를 보고) 너 이 샤쯔 웬 거냐?

춘수   …….

간노   (춘수에게) 이 샤쯔가 웬 거냐 말이야. 어디서 도적했니? 이것은
부대의 직원만이 입는 특별 배급품이야. 이 샤쯔는 너의 선계
놈들은 입지를 못해. 왜 대답이 없어.

춘수   나는 도적놈이 아니에요.

간노   도적질을 안 했으면 이 샤쯔는 웬 거란 말이냐?

춘수   얻은 거예요.

간노   얻었어? 누구한테서 얻었단 말이냐?

춘수   그건 말할 수가 없어요.

간노   이 자식이 건방지게. 말을 못 하겠니? (때린다)

춘수   말할 수가 없어요.

야에가시   데리고 가서 조사를 해보지.

간노   이 자식들 가자. (경식이와 춘수를 앞세운다)

덕수의 구령으로 야에가시에게 경례를 한다.
야에가시와 간노는 경식이와 춘수를 끌고 나간다.

덕수   (간노를 따라 나가며) 간노 저 자식을 어쩔까?

봉사대원들   (흥분해서) 저 자식을 죽이지 못해. 저 자식을 죽이자!

흥분과 분노 속에 막이 내린다.

제3막

부대 구내.
방공호를 파는 작업장이다.
방공호 구덩이는 상당하게 들어갔다.
구덩이 둘레로는 흙무더기가 쌓였다.

봉사대원들이 방공호를 파다가 쉬는 시간이다.

경목 (방공호를 파다가 나오며) 갑자기 방공호를 파라는 것은 아무래도 이상해.

덕수 B29*가 날아온단 말이야.

영석 B29가? 날아오라지. 구경이나 하게.

덕수 B29가 날아오기만 해봐. 숨소리두 크게 쉬지 못할 것들이.

영구 소련까지 선전포고를 했다니—소련 비행기두 날아올지 모르지.

영석 자 전쟁은 드디어 럭키 세븐. 일본이 망하느냐? 흥하느냐? (경목이에게) 자네는 어떻게 생각하나?

경목 전쟁을 무슨 야구 시합인 줄 알어?

봉호 춘수는 지금 영창 속에서 어떻게 지낼까? 춘수가 없으니 갑갑한걸. 하모니카 소리두 못 듣구.

영석 봉호 너두 춘수**를 따라가지.

봉호 영창에를? 내가 영창에를 왜 간단 말이야.

경목 봉호 저 사람한테야 샤쯔를 프레젠트 할 여자가 있어야지. 그러니 영창하구야 인연이 없지.

봉호 왜 나한테 여자가 없단 말이냐. 춘수는 마쯔모도한테 샤쯔를 한 개 얻어 입고 좋아서 그러다가 영창에를 갔지만—나한테두 있어. (편지를 꺼낸다)

덕수 그게 뭐냐?

영석 편지로구나?

봉호 읽어봐. 보면 알 테니—. (편지를 준다)

---

* 제2차 세계대전에서 사용된 미국의 전략 폭격기로, 히로시마에 원자폭탄을 투하한 비행기로 알려져 있다.
** 원본에는 '영구'로 되어 있으나 문맥상 '춘수'가 맞다 판단됨.

영석   (편지를 받아 보면서) 뭐야? 사랑하는 봉호 씨—이게 정말이야?

봉호   비밀을 지켜왔지만 오늘은 공개를 하겠어.

영석   (편지를 읽는다) 사랑하는 봉호 씨, 그립고 보고 싶은 생각이야 말해 뭣하겠어요. 게다가 소식조차 모르니 미칠 것만 같아요.

문일   주소를 어디루 했니?

봉호   연애편지를 부대루야 어떻게 하라구 해. 그래서 시내의 냉면집 주소를 빌렸지.

덕수   편지를 어서 봐.

영석   봐야 뻔하지. 보고 싶다는 둥, 그립다는 둥, 안타깝다는 둥— 남의 연애편지같이 싱거운 것은 없는 법이야. (편지를 덕수에게 준다)

      덕수는 편지를 받아서 본다.

영구   (봉호에게) 애인이 보고 싶지? 연애를 그렇게 숨어서 한단 말이냐?

덕수   (편지를 보다가) —이런 말은 재미있는데. —사랑하는 봉호 씨 세계의 역사가 어떻게 변하든지 우리의 사랑이야 변하지 않겠지요.

봉호   (덕수에게) 편지만 보지 말구 이것두 좀 봐요. (가슴 속에 넣고 다니던 지갑에서 사진을 꺼내 보인다)

문일   (사진을 보면서) 애인의 사진이란 말이지? 미인인데.

영구   괜찮아.

문일   (낭독 조로) 오 역사의 거룩한 말이 아니면 말하지 말아. 우리 청춘의 날은 우리 영광의 날이 아니랴!

경목   (사진을 보고 봉호에게) 마쯔모도보다 더 미인이야.

봉호   그런 말 말아요. 춘수가 그런 말을 들으면 울어요, 울어.

덕수   춘수는 마쯔모도 때문에 영창에꺼정 들어갔는데, 어떨까? 마쯔
       모도두 진정일까?

문일   누가 알아요. 사랑은 비밀인걸.

       이때 비행기 소리 들린다.

덕수   (비행기 소리를 듣다가) 가만 비행기 소리지?

봉호   B29다! (방공호로 들어간다)

       봉호를 따라 모두 방공호로 들어간다.
       영석이는 들어가지 않는다. 하늘을 쳐다본다.
       비행기 소리 그친다.

영석   하하하―자식들 죽기는 싫은 모양이지?

       방공호에서 영구, 머리를 내밀고 본다.

영석   (영구에게) 폭탄이 떨어져. 호 안에서 꼼작 말구 가만있어.

영구   (툭툭 털며 나온다) 누가 사람을 놀라게 했어?

       모두 호 안에서 나온다.

영구   (봉호를 보고) 너지?

봉호   비행기 소리가 나니깐 그랬지.

영석   하하하―B29가 오면 소식두 없이 오겠니?

덕수   공습경보두 없었지? (봉호에게) 이 바보야.

봉호   방공호나 열심히 파요. 정말 B29가 날아오기 전에.

영석   파기는 우리가 파두―비행기가 날아오기만 하면 방공호의 주
       인은 따로 있을걸.

봉호   그런 법이 어데 있어. 먼저 들어가는 것이 주인이지. 그럼 우리
       는 방공호에두 들어가보지 못하고 앉아서 죽는단 말이야?

       이때 마쯔시다, 나타난다.

봉사대원들   (마쯔시다를 보고) 온다 온다.

       봉사대원들은 일어서서 작업을 시작하려 한다.

마쯔시다   (갑자기 일을 시작하려는 봉사대를 보고) 아직 휴식 시간일 텐데.
         일을 참 부지런히들 하는군.

경목   그래두 간노상은 우리들을 보구 놀기만 한다구 그러는데요.

봉호   간노상두 이 마쯔시다상 같으면 얼마나 좋아.

문일   같은 부대의 군속이면서 마쯔시다상하구 간노상은 아주 사상이
       다른 것 같아.

영석   마쯔시다상은 군대 사람 같지두 않지.

마쯔시다   그건 여러분이 맘대로 생각할 수 있는 일이지만―나는 군대가
         싫어진 것만은 사실이야. 그런데 여러분들은 어떻게 생각해요?
         이번 전쟁을?

근수　　일본이 단연 이깁니다.

　　모두 생각에 잠긴다.

경목　　소련까지 선전포고를 했으니 어떨까?

근수　　소련이 뭐야? (경목이에게) 자네는 일본이 그렇게 약한 줄 아는가?

덕수　　(마쯔시다에게) 물자가 빈약하구 군대가 부족한데 독으로만 되겠어요?

마쯔시다　그래서 여러분들까지 징용을 한 것이 아니겠소.

　　이때 여자 군속, 자전거를 타고 지나간다.

봉호　　(여자 군속이 지나가는 것을 보고) 부대에 웬 젊은 여자들이 그렇게 많아요?

마쯔시다　남자들이야 전투에 나가구 사람이 있어야지, 여자들밖에. 나두 언제 소집영장이 나올지 모르는데.

봉호　　간노상이나 영장이 빨리 나왔으면―.

영석　　부대에 젊은 여자들이 많은 건 좋은데―되지 않게 건방진 데는 딱 질색이란 말이야.

마쯔시다　색시의 손목이라두 잡아보려구 한 게지? 말을 듣지 않는 게로군.

　　이때 다찌바나, 자전거를 타고 온다.
　　봉사대원들, 다찌바나를 자세히 본다.

마쯔시다　(다찌바나에게) 정보가 어때?

다찌바나 (봉사대에게는 듣지 못하게) 소만 국경에서는 전투가 맹렬한 모양이에요. 훈춘과 만주리 방면으로는 소련군이 벌써 침입을 했다는데.

마쯔시다 자꾸 국경을 넘어오라지.

봉사대원들, 쑥덕쑥덕한다.

다찌바나 무슨 연락할 일이 없어요?

마쯔시다 일이 바쁜가?

다찌바나 바쁜 일은 없지만─사무실에서는 모다 멍하니 앉아들만 있는데요, 일이 손에 잡혀야지요.

마쯔시다 다찌바나꾼, 그럼 여기서 좀 놀다 가지.

영석 다찌바나상 우리하구도 좀 놀아주세요.

다찌바나 (방공호를 들여다보면서) 방공호가 다 됐어요?

마쯔시다 (봉사대를 가리키며) 이 봉사대들은 B29가 무서운 모양이야. 방공호를 어떻게 빨리 팠는지.

덕수 B29보다도 우리는 간노상이 더 무서워요.

다찌바나 마쯔시다상 B29가 날아오기만 하면 나두 이 방공호에 들어갈 수가 있지요?

마쯔시다 B29가 그렇게 무서워?

다찌바나 그럼 마쯔시다상은 B29가 무섭지 않아요?

마쯔시다 우리나라를 때리려고 오는 B29가 무섭기야 왜 안 무서워. 그러나 할 수 없지.

다찌바나 마쯔시다상은 아주 태평이시야.

마쯔시다 태평이 아니면 어쩌란 말이야? 일이 이렇게 된 판에.

다찌바나 일이 어떻게 됐어요.

마쯔시다 어렵게 됐어.

덕수 일본이 벌써 그렇게 됐어요?

마쯔시다 공연히 고생들을 했지.

다찌바나 마쯔시다상! (눈짓을 하며) 일을 시작하지 않아요?

마쯔시다 이젠 이 봉사대한테 일을 시키기도 미안하단 말이야.

이때 간노 나타난다.

놀고 있던 봉사대원들은 간노를 보더니 움직움직한다.

간노 (다찌바나를 보고) 다찌바나는 여기 있었나?

다찌바나 본부에를 다녀오는 길이에요. (인사를 하고 퇴장한다)

간노 (마쯔시다에게) 방공호가 다 됐어요? (호를 들여다본다) 호가 아직
멀었군그래. (봉사대원들에게) 너희들은 왜 놀고 있는 거야?

덕수 노는 것이 아니라 일을 다 하고 쉬는 시간이에요.

간노 일을 다 했어? 방공호를 다 팠단 말이야? 이 자식들이 놀고 싶
으니까.

경목 호는 이 마쯔시다상이 그만 파도 된다구 그랬어요.

간노 그건 거짓말이야. 이렇게 얕은 방공호가 어디 있어. 일이 하기
싫으니까 핑계지. 이 몽둥이 맛을 보고야 정신이 들겠니? (몽둥
이로 때리려고 한다)

경목 참말이에요. 이 마쯔시다상이 말을 했어요.

간노 시끄러워. (몽둥이를 후린다) 일을 시작하지 않겠니?

봉사대원들, 움직이지 않는다.

간노   이 자식들이 일을 시작하지 않을 테냐? (후려갈긴다)

봉사대원들은 매에 못 이겨 쫓긴다.

마쯔시다   간노상 참으시오. 그게 무슨 일이오? 오늘 이 봉사대의 감독 책임자는 나요. 간노상은 내 일에 간섭이 너무 심해요.

간노   간섭? 그럼 이걸 가지구 방공호가 완성됐다고 한단 말이오?

마쯔시다   그렇소. 나는 완성됐다구 생각하오.

간노   아직 멀었소. 좀더 들어가야 되오.

마쯔시다   이따위 방공호를 그렇게 깊이 파서는 뭣한단 말이오. 간노상 당신은 도대체 방공호의 규격이나 알고 그러시우?

간노   방공호의 규격 같은 것이 무슨 상관이야.

마쯔시다   규격도 알지 못하면서 무슨 잔말이오?

간노   방공호의 규격은 그렇다 치고 그럼 이따위 방공호를 핑계로 봉사대는 왜 이렇게 빈둥빈둥 놀리는 거요?

마쯔시다   봉사대라구 일만 시키구 휴식 시간두 주지 않는단 말이오?

간노   휴식 시간이 뭐야? 지금이 어느 때라구? 우리나라는 지금 망하느냐? 홍하느냐? 하는, 국민이 총궐기해야 할 비상사태에 놓여 있다는 것을 잊었단 말이야. 그런데두 봉사대를 앞에 놓구 그런 한가한 소리가 나올까?

마쯔시다   봉사대라고 언제나 소나 말같이 취급하지만—여기 있는 봉사대야말로 누구보다도 선량한 사람들이라는 것을 알아야 해. 일을 죽도록 시키면서두 노무계 책임자로서 이 사람들에게 어떤 대우를 했어? 양심이 있는 일본 사람이라면 이 사람들 앞에서 배를 가르란 말이야—. 매달 이 사람들 앞으로 나오는 지까다

비(신발), 작업복을 가로채서 야미*로 팔아먹는 도적놈이 누구
야? 그렇기 때문에 이 사람들은 헐벗고, 맨발로 다니다못해 부
대의 물건을 훔쳐서 신발을 기워 신으려고까지 했다지 않어?
이 순진한 사람들을 누가 도적놈을 만들었단 말이야? 그러구두
이 사람들이 나쁘다구!

간노   말을 삼가라.

마쯔시다 이 마쯔시다는 너 같은 놈의 비행을 보고는 가만있지를 못한다.

간노   이 자식이 어쩌고 어째? (마쯔시다를 후려갈긴다)

  격투가 시작된다.
  마쯔시다는 간노에게 깔린다.
  봉사대원들은 달려들어 간노를 뜯어말린다.

간노   (싸움을 한 횟김에 봉사대원들에게) 이 자식들 일들을 하지 않겠
         니? 호를 더 파!

  봉사대원들은 움쩍도 하지 않는다.

간노   이 자식들 일을 안 할 테냐? (몽둥이로 후려갈긴다)

  이때에 봉사대원들은 벌떼와 같이 일어난다.
  "그 자식을 죽여라."
  "간노를 죽이자."

| * 뒷거래.

고함 소리와 같이 간노에게 달려든다.

봉사대원들은 간노를 때린다.

근수만은 간노에게 달려들지 않는다.

이때에 사이렌과 같이 '비상소집'이라는 스피커 소리가 들려온다.

마쯔시다는 본부로 달려간다.

봉사대원들은 간노에게서 손을 뗀다.

간노는 툭툭 털면서 일어나서 본부로 달려간다.

사이렌이 요란하게 울린다.

봉사대원들은 멍하니 서서 사이렌을 들을 뿐 아무 말이 없다.

영석   무슨 일일까?

덕수   B29라두 날아오는 게지.

경목   B29가 날아올 때는 날아와두 간노를 어떻게 해? 그놈이 그렇게 매를 맞고 가만있을까?

근수   나는 간노상의 터럭 끝 하나도 건드리지를 않았으니까.

봉호   간노 그놈이 어떻게 독한 놈이라구—누가 가서 사정이라두 해 보는 것이 어떤가?

문일   좋은 생각이다. 인간이라면 한때 분한 생각에 손질이나 한 것을 가지구 용서할지두 몰라.

영구   누가 가보기로 하지.

영석   누가 가겠니? 간노하구 통하는 사람이 누구야?

문일   통하기야 근수가 통하지.

근수   내가 어쨌단 말이야? 내가 어데를 가?

문일   근수 네 말이면 통해.

근수   말은 무슨 말이 통해? 그런 말은 통하지 않아.

덕수   (근수에게) 어쩌구 어째? 가지를 않겠어? 이 자식을 그저―.
        (따귀를 때리며) 이 자식 그래 너 혼자만 사는 세상이란 말이야?

경목   집어치워라. 다 가기 싫으면 내가 가겠다.

덕수   아니 내가 간다. (근수에게) 저 자식을 동료라구―. 얘 이 자식
        아, 너한테는 더러워서 손두 대기 싫다.

영구   그럴 것 없이 제비를 뽑지. 제비를 뽑아서 보내는 것이 어때?

문일   좋은 생각이다. 제비를 뽑자.

영석   제비를 뽑자.

    영구는 풀대를 꺾어서 제비를 만든다.

영구   (풀대를 손에 쥐고) 이 가운데 짧은 것이 세 개 있는데, 짧은 것이
        제비란 말이야. 자 한 개씩 뽑아요.

    봉사대원들은 제비를 뽑는다.
    모두 긴장한 가운데 제비를 뽑아가지구는 말이 없다.
    풀대는 두 개가 남는다.
    근수가 뽑지를 않았고 영구의 것이 남았다.

영구   (풀대 두 개를 손에 들고) 한 개가 남는데. 누가 빠졌어?

영석   (근수에게) 근수 네가 안 뽑았지?

근수   나는 제비를 안 뽑아.

덕수   뭐? 안 뽑겠어?

근수   나는 제비를 뽑을 의무가 없어.

덕수   (근수를 한 대 갈기고 나서) 이 자식 그냥 그럴 테냐? 내 손에 죽

지 못해서 그러니?

근수   (덕수에게) 사람을 왜 때려? 나를 죽이겠어? 죽일 테면 죽여
보지.

덕수   나한테 맞아 죽겠어? 그럼 죽여주지. (그냥 때린다)

경목   (덕수한테) 그만했으면 참어. (근수에게) 고집이 무슨 고집이야?

영구   그럼 내가 둘을 뽑지.

영석   둘 다 제비면 어쩌겠니?

영구   그때에는 고쳐 해야지 할 수 있어요?

영구는 손에 남았던 제비 두 개를 뽑는다.

문일   (제비를 보고) 한 개가 제비로구나! 그 제비는 근수의 몫일 게야.

영구   (제비를 뽑아 들고) 자 제비가 누구야? (손을 들며) 여기 한 마리
있다.

영석   (손을 들면서) 자 여기 한 마리 있다.

영구   한 마리는 누구야?

덕수   (손을 들며) 나야.

경목   (제비들에게) 미안한데. (덕수에게) 말을 주의해. 너무 덤비지 말
구 이치를 따져가면서 말을 하란 말이야.

영석   우리가 가서 빌면 간노 그 자식이 말을 들을까?

경목   말을 듣지 않으면 그때에는 우리가 또 나서지.

덕수   그럼 가보지.

덕수, 영구, 영석, 나가려 한다.
이때 여자 군속 A, 나타난다.

여군A   마쯔시다상이 어데 갔을까?

영석   마쯔시다상! 마쯔시다상—! (빈정대는 말투로) 마쯔시다상 말이에요? 저 마쯔시다상은 조금 전에 비상소집이라고 갔어요.

여군A   본부에도 안 계시던데.

영석   당신이 모르는 일을 우리가 어떻게 알아요.

여군A   모르면 가만있지, 싱겁게 대꾸는 무슨 대꾸야.

영석   아가씨 노하셨소? (손목을 잡아 이끌며) 사람은 다 같답니다.

여군A   (손목을 뿌리치며) 이것이 왜 이래. 미쳤나? 내가 누군 줄 알구 함부로 덤비는 거야. (모자를 가리키며) 이것을 보지 못해! 나는 대일본 제국의 군인이야. 내 앞에서 잘못했다고 빌어.

영석   이걸 어쩌나. 마쯔시다상은 부대 여자들의 손목을 좀 쥐어봐두 괜찮다구 그랬는데—. 손목이 그렇게 비싸? 빌기는 어떻게 빌란 말이야? 기어코 빌어야 해?

여군A   나는 몰라. (바쁘게 퇴장한다)

봉사대원들, 웃는다.

문일   (영석이에게) 손목 맛이 어때?

영석   말 말어. 일본 계집은 상당하다더니 막 노가다 판이야. 손목 한 번 잡았다가 똥을 쌌어.

경목   (영석이에게) 계집한테는 똥을 쌌지만—간노는 잘 삶아야 해.

덕수, 영구, 영석, 나가는데 막이 내린다.

제4막

부대 노무 본부와 광장.

오른편에 사무실과 왼편에는 집회소로 쓰는 마당이다.

사무실 벽에는 '부대장의 방침'이라는 표어와 대동아공영권의 지도가 걸려 있다.

무대는 비었는데 마이크만이 울린다.

"제1중대는 총무과 청사 앞에 집합."

"제2중대는 구매회 넓은 마당에 집합."

"제3중대는 노무 본부 사무실 앞에 집합."

"각 중대는 중대별로 집합하여 중대장의 주의사항을 들을 것."

마이크 끝나자 야에가시, 왼편에서 등장하여

"제3중대 집합"이라고 구령을 한다.

오오쯔가, 간노, 마쯔시다, 다찌바나, 여자 군속 A · B, 그 밖에 군속들 나온다.

그 뒤로 마쯔오 중위 나온다.

열을 지어 선다.

오오쯔가는 앞에 서서 열을 정돈한다.

"기위쯔게!(차렷!)"

"마에 나라이.(정돈)"

구령에 따라 모두 움직인다.

마쯔오 중위, 열이 정돈되는 것을 보고 정면에 나선다.

오오쯔가의 "가시라 나까(경례)" 구령으로 군속들, 마쯔오 중위에게 경례를 한다.

미쯔오	(경례를 받고) 부대장의 주의에도 있는 바와 같이 우리나라는 지금 영미는 물론이요, 소련까지 참전하여 유사 이래의 비상체제라고 볼 수 있다. 이 막다른 골목을 어떻게 타개해나가느냐? 조국 일본의 운명을 등에 진 우리는 조국을 구하기 위하여 마지막 일각까지 싸워야 될 줄 안다. 우리 조국 일본이 이번 전쟁에 패하기만 한다면 우리 조국은 없어지고 만다. 전쟁에 패하여 나라가 없어지는 날이면 우리는 모두 죽는다. 전쟁에 패하고 죽기보다는 차라리 우리 조국의 운명을 구하기 위하여 죽기까지 싸워야 될 줄 안다. 내 말을 알아들었지?
군속들	예.
미쯔오	그럼 이제부터 새로 편성된 우리 중대의 사명을 발표하기로 하겠다. 우리 제3중대는 수송 보급을 사명으로 한 중대다. 전국戰局 전개에 따라 우리 부대는 갑자기 이동을 하게 될지도 모른다. 그때에는 우리 중대가 솔선하여 식량 운반과 기타 물자 운반을 도맡아해야 될 줄 안다. 전시에 있어서 물자 보급의 임무야말로 전투의 열쇠라 할 수 있다. 물자 보급이 빠르면 그만큼 전투도 민속할 수 있고, 물자 보급이 느리면 그만큼 전투의 손해가 크다는 사실은 우리가 전투의 경험으로 잘 아는 사실이다. 다른 때와 달라 이때는 우리 조국 일본이 망하느냐? 흥하느냐?—지금이라도 적의 비행기는 우리 머리 위로 날아올는지 모른다. 이제부터 너희들의 작업은 시작이 된다. (오오쯔가에게) 오오쯔가!
오오쯔가	핫!
미쯔오	말과 마차는 다 준비가 됐지?
오오쯔가	핫!

미쯔오   (야에가시에게) 너는 자동차의 책임자야.

야에가시   핫!

미쯔오   그리고 이번 부대 인원을 중대별로 편성을 했지만—부대에 속
        한 자는 누구나 중대 임무 외에 경비대원의 임무가 있다는 것을
        알고 있지. 언제 적의 공격이 있을지—이 부대에 적이 침입을
        할 때는 너희들이 이 부대를 지키는 경비대의 책임을 다해야 된
        다는 말이다. 경비의 무기는 목총 끝에다 창을 꽂아가지고 쓰기
        로 했다. 너희들도 알다시피 부대에는 무기가 없다. 따라서 목
        총도 없는 줄 안다. 그런 만큼 너희들이 훈련용으로 쓰던 목총
        이 있으면 그것을 금일 내로 부대에 헌납하기를 바란다. 그만큼
        우리 일본은 무기가 부족하다. 무기가 없는 우리는 몸뚱어리를
        가지고 무기를 대신하여 적을 때려 부술 각오를 해야 될 줄 안
        다. 그만.

오오쯔가   가시라—나까!(경례!)

        군속들, 오오쯔가의 구령에 따라 경례를 한다.
        마쯔오 중위, 말을 끝내고 사무실로 들어간다.
        군속들, 무어라 떠들면서 헤어져서 들어간다.
        야에가시, 간노, 마쯔시다만이 무대에 남는다.

미쯔오   (사무실에서) 간노—. (부른다)

간노   네.

미쯔오   마쯔시다와 같이 사무실로 와.

간노   네. (마쯔시다와 같이 사무실로 들어간다)

미쯔오   (간노와 마쯔시다를 보면서) 너희들은 비상소집 시간에 어째서 늦

었니?

간노   …….

마쯔시다   …….

마쯔오   어째서 늦었어?

간노   …….

마쯔시다   …….

마쯔오   (마쯔시다에게) 너는 선계 봉사대를 감독했지?

마쯔시다   네.

마쯔오   작업장에서 무슨 일이 있었단 말이냐?

마쯔시다   아무 일도 없었습니다.

마쯔오   그러면 어째서 늦었단 말이냐?

마쯔시다   …….

마쯔오   (간노에게) 너는 어디 있었니?

간노   저도 작업장에 있었습니다.

마쯔오   작업장에서 왜 늦었느냐 말이야?

간노   격투 사건이 있었습니다.

마쯔오   격투 사건? 너희들은 군인 군속의 신분을 잊었단 말이냐? 신성한 작업장에서 격투라니.

간노   저는 참으려고 했지만—마쯔시다 고잉(고원)의 비국민적 소행을 보고서는 참을 수가 없었습니다. 저는 노무 책임자로서 선계 봉사대원들이 일을 하지 않고 빈둥빈둥 놀고만 있는 것을 보고는 가만있을 수가 없었어요. 게다가 마쯔시다 고잉은 선계 봉사대들과 한패가 되어가지구 비국민적 언사를 써가며 저를 공격하는 데는 참을 수가 없었어요. 그뿐인가요, 마쯔시다 고잉은 말끝마다 부대의 내막까지—있는 말 없는 말 떠들어가면서 선계 봉사대를 선동시켰어요.

마쯔시다 (간노에게) 말을 삼가오. (마쯔오에게) 저는 분김에 간노상의 얘기를 좀 했습니다. 간노 고잉이 노무 책임자로서 노무자의 배급품을 가로채서 사욕을 채운다는 얘기는 쥬우이도노(중위님)께서도 들은 바 있을 줄로 생각합니다.

마쯔오 마쯔시다는 사상이 나빠. 간노에게 어쩌다 그런 사실이 좀 있다고 해서 같은 군직원의 비밀을 그렇게 얘기해서 된단 말인가?

이때 여자 군속 A, 찾아온다.

여군A (마쯔오 중위에게 경례를 하고 마쯔시다에게) 부대장께서 마쯔시다상을 찾으세요. (경례를 하고 나간다)

마쯔시다 (마쯔오에게) 다녀오겠습니다. (나간다)

마쯔오 어째서 마쯔시다를 부대장이 찾을까?

간노 부대장께서 사건의 내용을 아신 모양이지요.

마쯔오 걱정 말어. 우리 부대에서 누가 뭐라구 해두 나는 간노를 신용하니까.

간노 쥬우이도노, 저는 마쯔시다 고잉하고는 같이 일을 못 하겠어요.

마쯔오 마쯔시다의 일은 간노에게 손해가 없도록 잘 처리할 테니 간노는 딴생각하지 말구 노무자 감독만 잘하면 그만이야.

간노 그런데 쥬우이도노, 나에게 폭행을 한 선계 봉사대에 대하여서는 어떻게 했으면 좋겠습니까?

마쯔오 내가 그런 사건을 생각할 여유가 있어? 그런 것은 간노의 맘대로 해.

이때 봉사대원 덕수, 영구, 영석이가 찾아온다.

덕수　　(경례를 하고) 여쭐 말씀이 있어서 왔습니다.

마쯔오　선계 봉사대들이지? 무슨 일로 왔어?

봉사대원들, 사무실로 들어온다.

마쯔오　(봉사대원에게) 무슨 일이야?

영구　　예, 저희들은 간노상한테 폭행을 했습니다. 저희들의 행동에 대

　　　　하여 여쭐 말씀이 있어서 왔습니다.

마쯔오　간노를 때린 일을 너희들은 어떻게 생각해?

영석　　잘못한 일이라고 생각합니다.

마쯔오　나는 바쁘니 간노한테 얘기를 해봐.

봉사대원들, 간노한테로 간다.

마쯔오는 참모본부의 지도를 펴놓고 지도를 보면서 무엇을 생각하고

있다.

마쯔오, 라디오에 스위치를 넣는다.

소련군은 목단강 방면에서 우리 군대와 부딪쳤는데 다량의 전차를 몰고

온 소련군을 저항하는 우리 황군은 필사적 격전을 전개하고 있다. 다음

백성자 방면에서도 외몽고를 거쳐 전차를 몰고 침입한 소련군은 우리

황군과 격전 중인데 우리 황군은 소련군의 진로를 필사적으로 저항하고

있다.

마쯔오는 라디오를 듣고 심각한 표정으로 무엇을 생각하다가 나간다.
이때 본부 앞마당에는 봉사대원이 한 명 두 명 모이기 시작한다.
그들은 일하던 그대로 부삽과 곡괭이를 손에 든 채다.

간노   (라디오를 듣고 있다가 생각이 난 듯이 봉사대원에게) 뭐냐?

영구   저희들이 간노상한테 폭행을 한 행동에 대하여 사죄를 하러 왔
       습니다.

간노   (영구를 후려갈기며) 뭣이 어쩌구 어째? 더러운 자식들―내가
       누구라구 나한테 손질을 해.

덕수   저희들의 얘기를 들어보세요.

간노   (덕수를 후려갈기며) 얘기는 무슨 얘기?

영석   간노상 저희들을 용서할 수 없습니까?

간노   (영석이를 후려갈기며) 뭐야? 용서? (때리며) 이 주먹이 운다. 아
       직도 간노의 배짱을 알지 못했단 말이냐? (돌아가며 후려갈긴다)

덕수는 간노에게 대든다.
봉사대와 간노 사이에 격투가 벌어진다.
간노는 몰리게 되니까 창날 꽂은 목총을 들고 대든다.
창으로 덕수를 찌르려고 한다.
덕수는 피한다.
피하는 바람에 간노는 발이 걸려서 목총을 든 채 넘어간다.
영구는 목총을 빼앗는다.
덕수는 넘어진 간노에게 대들어 주먹으로 박는다.
간노는 간신히 피하여 책상 서랍에서 단도를 꺼내들고 대든다.
덕수는 단도를 피한다.

영구에게 달려든다.
영구는 피하다가 목총으로 간노를 찌른다.
간노는 넘어간다. 기절이다.

영석   (간노가 쓰러진 것을 보고) 간노가 죽었구나!
영구   이 일을 어쩌니?
덕수   도망을 하자.

이들이 사무실에서 도망하려 하는데

……천황 폐하께옵서는 일본 민족의 앞길을 우려하시는 나머지 칙어로써
연합군에 대하여 전쟁을 정지한다는 발표를 내리셨다. 이로써 전쟁은 끝
이 났다.

라디오가 울린다.

덕수   (라디오를 듣고) 뭐야? (영구에게) 너 라디오를 듣지 못했니?
영구   뭐랬지?
영석   전쟁이 끝났다지?
덕수   일본 천황이 방송을 했어. 연합군에게 패전을 한다구.
영구   그럼 일본에서 항복한 것이 아니냐?
영석   일본이 항복을 했어.
덕수   일본이 망했다.
영석   이게 정말이야?
영구   정말이야?

이와 동시에 마당에서는 춘수와 경식이가 찾아온다.

봉호   (춘수를 보고) 춘수가 온다.

경목   춘수 이 사람 어찌된 일인가?

춘수   전쟁이 끝났다면서 마쯔모도가 영창의 문을 열어주었어.

문일   뭐야! 전쟁이 끝났어?

이때 덕수, 영구, 영석이가 마당으로 나온다.

춘수   (덕수를 보고) 전쟁이 끝났다는데 어찌된 일이야.

덕수   일본이 무조건 항복이야. 라디오 방송을 했어.

문일   (덕수에게) 간노는 어찌됐니?

덕수   죽였어.

경목   뭐야? 간노를 죽였어?

영석   (마쯔모도가 오는 것을 보고) 저기 마쯔모도가 온다.

마쯔모도를 보자 봉사대원들은 멀리하려고 한다.

마쯔모도 (봉사대원들에게) 이보세요. 당신들은 빨리 도망을 하세요.

춘수   (마쯔모도에게) 마쯔모도상 고마워요. 영창 문을 열어줘서—.

다른 봉사대원들은 슬슬 피한다.
춘수와 마쯔모도만이 남는다.

마쯔모도 영창에서는 얼마나 고생을 했어요?

춘수   영창 속에서두 나는 마쯔모도상의 생각을 했어요. 원망스럽기
        도 하고 보고 싶기도 했어요.

마쯔모도 원망스러웠겠지요. 하모니까상을 영창 속에 갇히게 한 건 나니
        까요. 실컷 나를 원망하세요. 하모니까상은 언제까지나 나를 원
        망하시겠어요?

춘수   마쯔모도상 미안해요.

마쯔모도 하모니까상 어서 떠나세요. 누가 오기 전에.

춘수   마쯔모도상 마쯔모도상은 어쩌겠어요?

마쯔모도 나야 어떻게 될지? 지금은 정신을 차릴 수가 없어요. (울음의 소
        리다) ―내가 만약 일본 계집이 아니라면 하모니까상을 따라가
        겠지만―그럴 수도 없구.

춘수   마쯔모도상! 나는 마쯔모도상을 잊지 못해요. (추억에 잠긴다)
        ―한때는 둘이서 재미있는 일도 많았건만―.

마쯔모도 ―하모니까상은 하모니까를 불고 나는 노래를 부르고―청춘의
        단꿈두 꿨건만―. 그러나 인젠 모두 추억―불탄 자리가 되고
        말았어요. 너무나두 빨랐어요. 만나지를 않던지, 만나려면 좀더
        일찍 만나던지―할 수 없지요. 전쟁은 끝이 났어요. 하모니까
        상 어서 떠나세요. 친구들이 기다릴 텐데―.

        이때 봉호가 행장을 차려가지고 찾아온다.

봉호   (춘수에게) 뭣하구 있어? 모두 떠나는데 너는 떠나지 않겠니?

춘수   마쯔모도상 울지 마세요―. (발자국이 떨어지지 않는 것을 봉호에
        게 끌려간다)

마쯔모도 (떠나는 춘수를 보고) 하모니까상―. (울면서 쓰러진다)

춘수와 봉호는 떠나고 마쯔모도가 땅 위에 쓰러져서 혼자 우는데 막이 내린다.

— 1945년 作

불더미 속에서(전4막)

나오는 사람들

병국(60세)

학근(병국의 아들 · 48세)

성덕(학근의 처 · 45세)

철인(학근의 아들 · 22세)

애인(학근의 딸 · 19세)

여맹원

민청원 A, B, C, D, E

공산 괴뢰군 A, B, C, D, E, F

내무서원

자치대

통장

반장

태술(동네 노인)

인민위원회 서기

사복 군인 A, B
동네 부인 A, B
어린애
동네 사람 다수

때
6 · 25사변 당시

곳
서울

제1막

무대
병국의 집.
반양식의 이층집이다.
중앙에 대청마루 좌우로 방이 있는데 바른편 방은 사랑방으로 병국이의 방이고, 왼편 방은 안방으로 성덕과 애인의 방이다.
부엌은 안방에 붙어서 건물이 전면으로 나왔다.
대청마루와 안방 사이로 이층으로 통하는 층계가 있게 되어 있으나 이층은 보이지 않는다.
대문은 바른편에 있는데 대문 밖으로 사람 다니는 것이 보인다.

막이 열리면 내무서원*과 반장이 성덕이를 상대로 인구조사를 하고
있다.

내무서원   (성덕이에게) 현재 살고 있는 인간이 세 사람뿐이란 말이야? 김
          병국 육십 세, 박성덕 사십오 세, 김애인 십구 세─. 틀림없단
          말이지? 허위 보고를 해서는 안 된단 말이오.
반장   네. 제 생각에도 틀림없는 것 같습니다.
성덕   (내무서원에게) 이거 보세요. 반장님이 이렇게 보증을 하지 않습
          니까?
내무서원   좋단 말이오.
반장   그리구─ (신문을 내놓으며) 이 신문은 댁에서 다 보신 후에 옆
          집으로 돌리세요. (스탈린의 사진을 내놓으며) 이 사진은 위할 만
          한** 곳에다 붙이세요.
성덕   네.
내무서원   찢거나 더럽혀서는 안 된단 말이오. (가려 한다)
성덕   (내무서원에게) 수고하십니다. 안녕히 가십시오.

      내무서원 먼저 나간다.

반장   (성덕에게) 내 또 들르지요. (귓속말로) 선생님과 학생을 잘 숨기
          세요. (나간다)
성덕   이런 고마울 데가. 반장님 또 오세요. (반장을 보내고 스탈린의 사
          진을 벽에다 붙인다)

---

* 예전에 내무서에서 근무하던 사회 안전원. 북한어이다.
** 기릴 만한.

철인이가 이층에서 내려온다.

철인   (성덕에게) 어머니 어찌됐수?

성덕   애야 반장이 말을 잘해줘서 감쪽같이 넘어가지를 않았겠니.

철인   멋이다.* 어머니 반장한테는 한턱 잘해야 되겠어요.

성덕   그럼 한턱뿐이겠니—. 그런데 너 시장하겠구나. (부엌을 향하여) 애인아—.

애인   (부엌에서) 네.

철인   아, 배고파.

애인   (부엌에서) 오빠 잠깐만 기다리세요.

성덕이는 방으로 들어간다.

철인   (이층을 향하여) 아버지 내려오세요.

학근이가 이층에서 내려온다.

학근   (손에는 종이쪽지를 들고 이층에서 내려오며) 철인아 농민의 오락 장을 어떻게 꾸미는 것이 좋겠니?

철인   아버지께서는 또 오락장 얘기세요?

학근   내 '농촌 설계도'에 농민의 오락장을 넣어야지. 오락장은 장래 문학가를 꿈꾸는 너한테 맡긴다.

철인   이 판에 오락장이 다 뭐예요?

| * '멋있다'의 의미로 풀이됨.

학근   숨어서 할 일도 없는데…….

철인   오락장 얘기가 아니에요. 어떻게 하면 놈들의 눈을 피할까―
       생명을 내걸고 숨어야 하는 판에―. 이제두 내무서원이 다녀
       갔어요.

학근   그렇다면 '농촌 설계도'구 뭐구 (종이쪽지를 찢으며) 숨을 곳을
       찾아야 한단 말이냐?

       애인이는 부엌에서 상을 가지고 나온다.

철인   (상을 보고) 또 보리죽이냐?

애인   쌀 한 말에 일만오천 원이에요.

철인   (비꼬는 말로) 네 말이 맞았다.

애인   오빠 나보구 왜 화를 내세요? 내가 쌀값을 올렸단 말이에요?

철인   (죽을 먹으며 빈정대는 말로) 보리죽이 맛 좋다.

       학근이도 죽을 든다.

애인   오늘두 어머니께서는 옷을 팔러 나가신댔어요. 어머니 치마, 아
       버지 양복, 어머니 결혼반지꺼정 팔지 않았어요?

철인   내 외투두 팔았다면서? 내 책은 팔지 말아.

학근   내 책두―. 그리구 내 시계하구 만년필도 팔아서는 안 된다.

애인   이러다가는 보리죽두 못 먹을 거예요.

철인   그때에는 서울을 찾게 되거든―.

애인   쉬―. (손으로 입을 막는다)

철인   (작은 목소리로) 너 무슨 뉴스 못 들었니?

애인   오늘은 아직 뉴스 할아버지가 오시지 않았어요.

철인   그 노인의 뉴스는 뻥이 많은 것 같애서―.

성덕   (방에서 나오며) 할아버지는 어디 가셨니?

애인   보리죽이 싫으셔서 나가신 게지요?

성덕   오늘은 쌀을 한 되라두 팔아야겠는데―. 네 치마두 팔아야겠
       다. 옷이 몇 가지 돼야지?

애인   평화 시대가 되면 더 좋은 것으루 해줘야 해요.

성덕   그럼. 해주구말구. (방으로 들어간다)

       애인이도 방으로 들어간다.

학근   (술을 놓고 무엇을 생각하다) 감옥살이도 이렇지는 않을 게야!

철인   감옥살이라면 어느 한도까지 단념할 수는 있지 않겠어요? 그러
       니 이렇게 불안한 공포야 없겠지요. 그러나 한편으로 생각하면
       저는 이번 이런 생활에서 인생의 시련이라 할까? 그 어떤 체험
       을 얻은 것 같아요. 식량 문제만 해두 저는 우리 인간 생활에 있
       어서 쌀이 이렇게 귀하다는 것을 처음으로 알게 되었어요. 이번
       체험으로 결국은 '쌀만 있으면 산다―'라는 철리를 깨칠 수가
       있었어요.

학근   너두 농과에를 들어갔다면 좋을 뻔했구나!

철인   저는 이번에 쌀을 한 알이라두 증산하게 하는 비료학을 연구하
       시는 아버지를 더 존경하게 됐어요.

학근   (슬그머니 좋아서) 가만있거라, 네가 좋아하는 것이 뭐랬지?

철인   사과!

학근   내 평화 시대만 되면…….

철인   또 있어요. 누룽지!

학근   너두 재수가 없을라구―지금 체제 아래서는 모두 구하기 어려
       운 것뿐이로구나. 누룽지두 밥을 해 먹지 못하니 구할 수 없
       구―할 수 없다. 평화 시대를 기다릴 수밖에―.

철인   맘대루 사과를 먹구 누룽지를 먹을 평화 시대는 언제 오나? 대
       전만 뺏기지 않았어두 서울까지 반격전이 수월할 테지만―대
       구를 거의 다 내려갔으니 사과를 언제나 먹는단 말이야?

성덕   (옷 보퉁이를 들고 방에서 나오며 철인이에게) 누가 오면 어쩔려구
       그러구 앉았니? 숨지 않구.

       학근이와 철인이는 이층으로 올라간다.
       성덕이는 상을 들고 부엌으로 들어간다.
       병국이가 손에 종이 뭉텅이를 들고 돌아온다.
       성덕이가 부엌에서 나온다.

성덕   (병국이를 보고) 아버님 어디 가셨더랬어요?

병국   (종이 뭉텅이를 내주며) 이것을 받아라.

성덕   (종이에 싼 것을 끄른다. 장어 두 마리다) 이게 뭐예요?

병국   아침 장에를 나갔더니 그것이 나왔더구나. 고기가 먹고 싶어서
       사 왔다. 장어는 기름이 많아서 몸에 좋다더라.

성덕   고기두 한번 못 사다 대접하구.

병국   어서 그것을 불에다 궈라.

       성덕이는 장어를 들고 부엌으로 들어간다.

병국   (주머니에서 사과를 한 알 꺼내들고 무엇을 생각하다가 이층을 향하
       여) 철인아, 철인아—. 철인이 거기 있느냐? 이리 좀 내려오너라.

   철인이가 내려온다.

병국   (철인이에게 사과를 주면서) 너 이것을 먹어라.
철인   사과! 대구 사과예요?
병국   대구? 지금 정부가 가 있다는 대구 말이냐? 대구는 여기와 딴
       나라야. 대구 사과가 어떻게 여기까지 온단 말이냐?
철인   할아버지 잡수세요.
병국   너를 주려구 사 왔어.
철인   (마지못해서 받는다) 이 사과가 대구 사과라면 얼마나 좋을까?
       (사과를 의미 있게 들여다보다가) 할아버지 그럼 제가 먹겠어요.
       (사과를 가지고 이층으로 올라가려고 한다)
병국   철인아 잠깐 기다려라. (부엌을 향하여) 장어를 아직 굽지 못했
       니?
성덕   (상을 들고 나온다. 철인이를 보고) 어쩔려구 또 내려왔니?
철인   할아버지께서…….
병국   (상을 받고 앉으며) 철인아, 이리 와서 앉아라. (장어를 내놓으며)
       이것을 좀 먹어봐라.
철인   할아버지께서나 잡수세요. 저는 올라가겠어요.
병국   젊은것이 고기두 잘 못 먹구 기운이 없어서 어쩌겠니? 장어는
       기름이 많아서 한 마리만 먹어두 몸이 부드러워지구 기운을 돋
       울 게다.

철인이는 마지못해 앉아서 장어를 집어 먹는다.
장어를 한 마리 다 먹을 즈음에 대문 소리 난다.
철인이는 놀라서 이층으로 올라간다.

병국   사람이 놀라게—누가 또 온단 말인고? 이러니 먹는 것이 살루
        갈 수가 있나?

태술이가 찾아온다.

병국   (태술이를 보고) 자네가 오는 걸 그랬지?
태술   나를 누구루 알았단 말인가? 빨갱인 줄 안 모양이지?
병국   어서 올라오게.

성덕이가 부엌에서 나온다.

성덕   (태술이를 보고) 할아버지 오셨어요?

태술이가 올라앉는다.
성덕이는 옷 보퉁이를 들고 나가려 한다.

병국   (성덕이를 보고) 또 팔러 나가는구나.
성덕   팔아야 먹겠어요. 말씀들 하세요. (나간다)
병국   (태술이에게) 갑갑해서 죽겠네. 무슨 반가운 소식이 없는가?
애인   (옷감을 손에 들고 방 안에서 나온다. 태술이를 보고) 할아버지 오
        셨어요? (마루에 있는 재봉틀에 앉아서 재봉을 하기 시작한다)

태술   (벽에 붙인 스탈린의 사진을 보고) 익키! 이 댁에서두 모셨군?

병국   (스탈린의 사진을 보고) 누가 이런 것을 붙였어? 스탈린이 우리
       에게 뭐란 말이야? (사진을 뗀다)

태술   하느님이야, 하느님! 소련을 조국이라고 하는 놈들의 하느님을
       모르나?

병국   온갖 음흉한 짓을 혼자 다 하고 앉았는 이것이 하느님이야? (사
       진을 찢는다)

태술   이 사람, 누가 보면 어쩌겠나?

       병국이는 찢어진 사진을 감춘다. 엉결에 감추느라고 잘 감추지 못
       한다.
       동네 부인 A, 찾아온다.
       어린애를 끌고 업었다.

동네부인A   (애인이를 보고) 어디 가셨어?

애인   어머니를 찾으세요? 시장에 가셨어요! 무슨 일이세요?

동네부인A   별일은 아니지만……. 가까운 이웃에서 살다가—우리는 이
       번에 떠나게 됐어.

병국   전출을 당한 게로군.

동네부인A   전출인지 뭔지, 인민위원회*에서 와서 집을 당장 내놓으라지
       않아요.

병국   어디루 가랍디까?

동네부인A   이북으루 가든지 친척이 있는 시골루 가라지 않겠어요.

---
* 해방 직후 조직된 민간자치기구. 남한에서는 미 군정이 들어서면서 자취를 감추었으나 북한에서는 남아
  있었다.

170

태술	서울에는 빨갱이들만 남을 모양이지.
동네부인A	이 애 아버지두 없구 갈 데라군 통 없는데…….
태술	자네 집에는 인민위원회에서 무슨 말이 없던가?
병국	우리는 반장이 좋아서 아직은 아무 얘기두 없는 모양이야.
태술	우리 집에는 오지 않았는지 모르겠군. 놈들이 우리 집을 빼놓을 라구? (병국에게) 몸을 조심하게. (나간다)
병국	(동네 부인 A에게) 갈 곳이 없으면 할 수 없지. 등장질*이야 하겠 수. 그리구 댁에는 세간두 많을 텐데―.
동네부인A	세간은 내무서에다 맡기구 떠나라나요.
병국	세간까지 뺏자는 수작이지.
동네부인A	돌아오면 세간을 내준다고 그러기야 하지요.

여맹원,** 찾아온다.

여맹원	(병국이에게) 댁에 재봉틀이 있지요? (애인이를 보고) 재봉틀 말 이다. 이번에 우리 여맹에서는 전체 과업으루 인민군대의 군복 을 만들게 됐어. 김 동무 너두 과업 완수를 해야 한다. 그리구 있는 집에서는 재봉틀두 내놓게 됐어. 그러니 그 재봉틀을 여맹 으로 가지고 나오란 말이다. (찢어진 스탈린의 사진을 발견하고 손 에 들고) 동무들 이게 뭐란 말예요? 세계 약소민족의 해방자이 시며 우리의 진정한 벗인 스탈린 동무의 사진을 누가 찢었단 말 예요?

* 든장질. '든장'이라는 긴 막대기로, 쌓아놓은 통나무를 굴려 내리거나 옮기는 일.
** 민주여성동맹(民主女性同盟)의 약칭인 '여맹'의 회원을 일컫는다. '여맹'은 북한의 여성 단체로, 1945년
'북조선민주여성동맹'으로 창립되어 몇 차례 개칭되었다.

그들은 어쩔 줄을 모른다.

여맹원   해방된 서울에서는 전체 인민이 소련 만세를 부르고 스탈린 대
        원수께 감사를 드리는데 동무들은 우리의 별이신 스탈린 동무
        의 사진까지 찢었단 말예요? 서울이 해방되구 우리 여성이 남
        녀평등을 부르짖게 된 것이 누구의 힘이란 말예요! 동무들은 우
        리의 위대한 영도자 김일성 장군의 뒤에―우리의 영웅적 인민
        군대의 뒤에 세계 약소민족의 해방자이신 스탈린 동무의 영웅
        적 지도가 있다는 것을 알지 못한단 말예요? 누가 이 사진을 찢
        었단 말이에요?

        그들은 어쩔 줄을 모른다.

여맹원   지나가던 사람이 찢었단 말예요? 동무들 말을 안 할 테요? 좋아
        요. 나는 동무들을 다 반동분자로 규정을 짓겠어요.
동네부인A   (생각하다가) 저 사진은 우리 어린것이 장난을 하다가 찢었어요.

        애인이와 병국이는 그 말에 놀란다.

여맹원   (동네 부인을 보고) 이 애기가요? 그럼 동무는 애기를 데리고 내
        무서로 갑시다.
병국   저 어린것을 내무서로 데리고 가서는 어쩌게?
동네부인A   철없는 것이 잘못한 것을 용서하세요.
여맹원   조직 생활을 하는 나는 그런 사정을 볼 수 없단 말예요.
병국   그 댁에서는 전출을 당해서 집꺼정 뺏기게 됐다는데.

여맹원   그런 것두 개인의 사정이란 말예요.

성덕이가 바쁘게 돌아온다.

성덕   (동네 부인을 보고) 봉수 어머니 오셨수? (여맹원을 보고 주저하다
       가 이층으로 올라가려 한다)

여맹원   (자기에게는 인사도 없이 허겁지겁하는 성덕이를 보고) 이층에 누가
       있어요?

성덕   (비밀을 감추려고 하는 사람의 불안감을 억제하면서) 이층에 누가
       있어요. 애인아, 이층에 약이 있지? 다리 상처에 바르는 약 말
       이다.

애인   어머니 다리를 다치셨어요?

성덕   집으로 오는 길에 다리를 뺐어. (다리를 절며 이층으로 올라간다.
       사이를 두고) 애인아, 애인아—. (이층에서 찾는 소리 들린다)

애인이는 이층으로 올라간다.

여맹원   (동네 부인을 보고) 자 내무서로 갑시다.

동네 부인A   이 어린것이 내무서로 가야 합니까?

여맹원   가야 한다는데 무슨 잔말이에요. (이층을 향하여) 동무 동무.

애인이 내려온다.

여맹원   (애인이에게) 동무, 재봉틀을 여맹 본부로 가지고 오란 말이야.

애인   (이층을 향하여) 어머니, 어머니.

성덕	(이층에서) 다리가 아파서 그러는데 왜 그러니?
애인	여맹에서 재봉틀을 가져오래요.
성덕	(내려온다) 재봉틀 말이냐? 저 재봉틀은 내가 시집올 때에 가지고 온 것인데…….
여맹원	국가에서 쓴다는데 그래 재봉틀 같은 걸 안 내놓겠단 말예요? 비협력자라고 보고를 할 테예요.
성덕	아이구 어느 명령이라구 재봉틀을 안 내놔. 내 말은 저 재봉틀은 너무 오래돼서 잘못 쓰면 고장이 나기 쉽다는 말이지. 나라에서 쓴다는데 내놓구말구.
여맹원	(애인에게) 그럼 동무가 여맹으로 가지고 와.
성덕	우리 집에는 사람이 없어서 운반을 못 할 텐데.
여맹원	그럼 인민위원회에 가서 사람을 보내지요. (동네 부인을 보고) 자 갑시다.

성덕과 애인이는 이층으로 올라간다.

병국	저 부인이 어떻게 내무서를 간단 말이야. 내가 가지.
여맹원	노인 동무는 관계없어요. 노인 동무가 사진을 찢었단 말예요?
병국	사진은 누가 찢었든지 간에 저 어린애가 불쌍해서.
여맹원	(동네 부인에게) 어서 가요. (찢어진 사진을 가리키며) 이것을 가지고 가요.
병국	(찢어진 사진을 들고 나서며) 이것은 내가 가지고 가지.

여맹원 나가고 동네 부인 A도 끌려 나간다. 병국이도 따라간다.
애인이 이층에서 내려온다.

성덕   (이층에서) 다 갔느냐?

애인   네. 다 갔어요.

　　성덕이가 내려온다.

성덕   재봉틀은 얼마든지 가져가두 사람만 무사하면 좋겠는데, 저 밖
　　　　에서 떠드는 말이 이번에는 마루 밑, 천장 할 것 없이 총을 들이
　　　　대구 막 뒤진다는구나.

애인   오빠하구 아버지를 어떻게 해요?

성덕   그 말을 듣구 나는 숨이 하늘에 닿게 달려왔는데 고놈의 계집애
　　　　가 있어서 어떻게 애가 탔던지.

철인   (이층에서 내려오며) 어머니, 어떻게 됐어요?

　　총소리 들린다.
　　철인이는 총소리에 놀라서 이층으로 치닫는다.

성덕   (생각하며) 어디 숨을 데가 있어야지! (마당에 온실을 만들려던
　　　　움*을 생각하고 그곳으로 간다. 들어가보고 나온다. 나무판장으로 뚜
　　　　껑을 덮어본다) 됐어. (애인에게) 너 가서 빨리 내려와 숨으라구
　　　　해라.

　　애인이 이층으로 올라간다.
　　성덕이는 움 위에 쌓을 나무 섶과 세간을 옮긴다.

| * 겨울에 땅을 파고 그 위에 거적 따위를 얹어서 추위를 막아 화초나 채소를 보관하는 곳.

애인, 철인, 학근, 내려온다.

성덕   (철인에게) 여기 들어가 숨어봐라. 둘이 들어갈 수 있겠지?
철인   여기는 모를까?
성덕   모르게 해야지. 빨리 들어가 숨으라니까. (학근에게) 당신두 빨
       리 들어가요.

그들은 움으로 들어간다.
성덕과 애인이는 뚜껑을 덮는다.

철인   (소리만) 아이구 컴컴해 숨이 막히겠네.
성덕   떠들지 말아. 잠깐이야.

성덕과 애인이는 나무 섶과 헌 세간들을 쌓아서 움 자리를 알지 못하
게 한다.
마당에 헌 세간을 쌓은 것같이 보이게 그 위에 가마니까지 덮는다.

성덕   이만했으면 알지 못하겠지?

애인이는 대문으로 가서 밖을 내다본다.

성덕   남자란 남자는 모조리 뽑는다는데—열일곱 살부터 쉰 살까지
       라던가?
애인   그럼 아버지두 총을 멘단 말이에요?
성덕   총을 메우는지, 곡괭이를 메우는지? 너의 아버지 같은 사람은

176

이북으루 끌구 간대.

애인   (밖을 내다보다가) 와요. 와요ㅡ. (달려 들어온다)

민청원* 앞서고 총을 든 괴뢰군 한 사람, 사복 군인 두 사람 찾아온다.

괴뢰군A   손을 좀 보이란 말이오ㅡ. (성덕과 애인이의 손을 만져본다) 가족
이 두 사람뿐이란 말이오?

민청원A   그럴 수가 있어요? 대학교수두 있구 대학생두 있지요.

괴뢰군A   대학교수?

민청원A   김학근이라구ㅡ이 동네서두 이름난 대학교수지요. 뭐 농과 대
학이라던가? 비료학의 권위자로서 똥 장사라는 별명까지 있는
모양이지요. (비꼬는 말로) 그렇지만 반동분자루두 유명할걸요.

괴뢰군A   (민청원에게) 그런 분자가 있는 걸 왜 진작 말하지 않았단 말이
오? (성덕이에게) 동무의 남편이 대학교수란 말이오? 어디 갔단
말이오?

성덕   전라도 누이 집으로 식량을 구하러 갔어요.

괴뢰군A   늦었단 말이야. 벌써 뛰었단 말이지? 그런 과학자는 잡아야 될
텐데? 대학생 아들은 어디 갔단 말이오?

성덕   그 애두 아버지를 따라갔어요.

괴뢰군A   남자들만 갔단 말이야? 거짓말을 하면 안 된단 말이야. (이층으
로 올라간다. 사복 군인 A도 따라 올라간다)

이층에서 총소리 나며 세간을 건드리는 소리 소란스럽다.

---

* 북한의 근로단체 중의 하나인 '민청'의 조직원. 당의 노선과 정책을 옹호하고 대중에게 침투시키는 조선
노동당의 후비군 역할을 담당했던 사람들로, 주로 근로청년이나 학생, 군인으로 구성되었다.

괴뢰군A (이층에서 내려온다. 사복 군인 B에게) 이층으로 올라가서 약품과
      실험도구를 조사하란 말이오.

      사복 군인 B는 이층으로 올라간다.
      괴뢰군은 뒤꼍과 마당을 샅샅이 뒤진다. 움 위에 쌓은 무더기를 보고
      이상하다는 듯이 무더기에다 대고 총을 쏜다. 총은 두 방이 나간다.
      성덕이는 총소리와 같이 쓰러진다.
      애인이는 어쩔 줄을 모른다.

민청원A (쓰러지는 성덕이를 보고) 아주머니 왜 이러시우?
괴뢰군A (성덕이를 보고) 동무 동무—. (무엇을 생각하다 민청원에게) 이상
      하단 말이오.
애인   우리 어머니는 풍증이 있어서 언제나 이런 일이 있어요. 삼십
      분만 지나면 회복이 돼요. 우리 어머니 일은 걱정할 것 없어요.

      사복 군인 A, B 실험도구와 약품을 거둬가지고 내려온다.

괴뢰군A 연구실 조사를 다 했단 말이오? 대학교수가 어디 갔단 말이야?
      (애인이를 보고) 아버지가 돌아오면 자수를 하라고 하란 말이야.

      그들 나간다.

애인   (대문까지 그들을 보내고) 어머니, 정신 차리세요. 갔어요.
성덕   (일어나며) 철인이가 죽었겠구나! (움으로 달려간다)

성덕이와 애인이는 미친 듯이 움을 헤친다.
철인이와 학근이는 죽은 듯이 꿈적도 하지 않는다.

성덕 철인아.

애인 아버지.

철인이와 학근이는 대답이 없다.

성덕 (애인에게) 총에 맞은 게로구나?

애인 글쎄요.

성덕 (발광한 듯한 목소리로) 철인아―. 여보―.

애인 오빠―.

철인 총알이 어디 갔어?

학근 내가 살았나?

성덕 철인아, 죽지 않았구나?

애인 아버지 무사했어요?

그들 움에서 나온다.
몸뚱이는 흙투성이와 먼지투성이가 되었다.
애인이는 이층으로 올라간다.

철인 (성덕이를 보고) 어머니 이게 정말이야? (자기의 넓적다리를 꼬집
        어본다) 아야야―죽지는 않았어.

학근 내가 꿈을 꾸었나?

성덕 나는 꼭 총알에 맞는 줄만 알았구나!

철인	내 머리 위에서 빵! 빵! 총소리가 나기에 죽는 줄만 알았는데—.
성덕	(학근이에게) 큰일났어요. 철인이보다 당신을 더 찾았어요.
학근	나를? 이용 가치가 있어서 그런 모양이지?
성덕	당신 같은 사람은 그냥 두지 않는대요.
애인	(이층에서 내려온다) 아버지 연구실은 없어졌어요.
학근	뭐야? (이층으로 올라간다)
애인	실험기와 약품을 다 가져갔어요. (학근이가 내려온다. 기운이 없다)
성덕	(학근에게) 그러게 연구실을 치우라구 그러지 않습디까?
학근	듣기 싫어.
성덕	(철인에게) 이러구 있을 게 아니다. 연구실은 없어졌어두 사람은 살아야지. 놈들이 또 올 게야.
철인	아버지, 도망을 하세요.
성덕	갑자기 어디루 도망을 가겠니?
철인	갈 데가 없으면 산에라두 가서 숨어야지요.
학근	할 수 없다, 산으루 가자. 철의 장막이란 말만 들었지, 공산당이 이렇게 무도하고 잔인한 줄은 몰랐는데 정말 철의 장막이로구나.
성덕	(철인에게) 그럼 짐을 꾸려가지구 이 길로 곧 떠나거라. 애인아, 뤼크자크*를 가져오너라.

애인이는 이층으로 올라가 뤼크자크를 가져온다.
철인이와 학근이는 이층으로 올라간다.

| * 뤽색(rucksack). 등산용 배낭의 하나이다.

애인이는 솥, 냄비, 그릇, 쌀, 고추장 단지를 뤼크자크에 넣는다.
성덕이는 방 안에 들어가 담요를 꾸려가지고 나온다.

성덕   소문이 나기 전에 빨리 떠나야 할 텐데.

철인이와 학근이는 산사람의 행장을 차리고 이층에서 내려온다.
철인이는 원고지와 책을 뤼크자크에 넣는다.
학근이는 벌레 통을 메고 그물채를 들었다.
철인이는 뤼크자크를 지고 학근은 담요를 지고 나선다.

애인   (학근에게) 아버지 동물 채집을 하러 가게요?
학근   산에 가서 할 일이 있겠니?
철인   어머니, 할아버지는 어디 가셨어요?
성덕   (애인에게) 할아버지가 어디 가셨니?
애인   글쎄요. 나두 할아버지를 보지 못했어요.
성덕   어디 가셨을까? (철인에게) 할아버지는 갑갑하시니까 거리에라
        두 나가신 게다. 할아버지 걱정은 그만 하구 어서 떠나거라.

그들 떠나려 한다.

애인   (학근에게) 아버지, 몸조심하세요. (철인에게) 오빠, 잡히지 말어.
성덕   (학근에게) 잘 숨어요.
철인   (애인에게) 내 빨갱이를 잡아올게.
학근   너는 빨갱이 채집을 하겠단 말이냐?
성덕   (철인에게) 까불지 말구 숨기나 잘해라.

그들 떠난다.

애인　　(그들을 보내고 들어오며) 집이 빈집 같애.

성덕　　(마루에 주저앉으며) 이러고야 어떻게 산단 말인고.

애인　　할아버지, 할아버지─. (할아버지를 찾는데 막이 내린다)

제2막

며칠 뒤.

산중.

바른편은 바위가 첩첩한 산비탈이고 왼편은 약간 평지지만 뒤로는 나무가 무성한 숲이다.

바른편에 바위를 파고 천막을 쳐놓은 것이 학근이와 철인이의 은신소다.

막이 열리면 산새 소리가 들린다.

학근이는 불을 피우고 밥을 짓고 있다. 나무가 젖어서 불이 잘 붙지 않는다. 불을 분다. 불을 불다가 연기를 먹고 캑! 캑! 기침을 한다.

학근　　(눈을 비비며) 나무가 왜 이렇게 말을 안 들을까? (불을 분다. 철
　　　　인이가 나무를 해가지고 온다)

철인　　밥이 다 됐어요? (냄비 뚜껑을 열어보고) 아직 밥이 안 됐어요.

학근　　불이 붙어야지. (철인이가 해온 나무를 지핀다. 연기만 난다)

철인　　연기가 과한데요? 연기가 나면 사람이 있는 줄을 알 텐데…….

학근   연기가 나지 않게 불을 피울 수가 있어야지.

철인이는 연기가 없어지라고 셔츠를 벗어서 공중으로 흔든다.

철인   로빈슨 크루소두 무인도에서 이렇게 살았을까요?
학근   로빈슨 크루소는 자유는 있었을 게다. 잡으러 다니는 사람두 없
        구 먹을 것두 많구─내가 만약 로빈슨 크루소라면 나는 언제나
        여기서 살겠다.

불이 잘 탄다.

철인   아버지는 연구실을 가지셔야지요?
학근   연구실은 해서 뭣하겠니? 눈에 보이는 것 모두 연구의 대상인
        데. (하늘을 쳐다보다가) 저기 나비가 한 마리 날아온다. (그물채
        를 꺼내다가 나비를 잡는다)
철인   그러시다가 아버지는 나비 박사가 되시겠어요.
학근   나는 나비를 연구하되 곤충학적 입장에서가 아니라 비료와 곤
        충의 관련성을 고찰해보려는 거야.

철인이는 냄비 뚜껑을 열어본다.

철인   밥이 다 탔어요.
학근   너는 누룽지를 좋아하는데 잘됐구나.
철인   (밥이 탔으므로 새까만 냄비 꼴의 밥 덩어리를 숟가락으로 치켜들 수
        있다. 밥 덩어리를 숟가락으로 치켜들고) 밥이 이렇게 탔어요.

학근   너는 누룽지가 많아서 좋겠다.

그들은 고추장 그릇을 꺼내놓고 밥을 먹기 시작한다.

철인   (밥 냄비를 들여다보면서) 밥이 적어졌어요.

학근   쌀이 있어야지, 쌀을 박박 긁었는데.

철인   애인이가 쌀을 가져오겠지요? 오늘쯤은 올 텐데.

학근   집에는 무슨 돈이 있겠니? 다 팔아먹었을 텐데.

철인   그럼 어쩌겠어요?

학근   나비를 잡아먹을 수도 없구. (숟가락을 놓는다)

철인   아버지 더 잡수세요.

학근   너나 많이 먹어라.

철인   나는 누룽지두 있는데 아버지 더 잡수세요.

학근, 숟가락을 다시 들고 몇 술 더 뜬다.

그들 밥을 먹고 있는데 멀리서 사람의 인기척 들린다.

철인과 학근 인기척을 듣고 놀란다.

철인   가만계세요! 사람의 소리가 아니에요?

학근   누가 오는 게로구나.

철인이는 숟가락을 놓고 몽둥이를 들고 나선다.

학근   몽둥이루 어쩔 테냐?

철인   가만 앉아서 죽겠어요? 그놈들에게 잡히면 죽을 텐데. (몽둥이

로 사람이 오는 대로 때릴 태세다)

애인이가 나타난다. 손에는 보퉁이를 들었다.

철인　　(애인이를 보고) 애인이로구나!

애인　　(몽둥이를 들고 선 철인이를 보고) 오빠 뭐예요?

철인　　빨갱이를 때릴려구―.

학근　　너를 군인으루 알았어.

철인　　너 이 몽둥이루 한 대 맞아보겠니?

애인　　때리세요.

철인　　(몽둥이를 팽개치며) 공연히 기운을 썼더니 밥만 내려갔네. (애인
　　　　의 손에 든 것을 보고) 그거 무어야? 너 먹을 것을 가지구 왔니?

애인　　(밥 먹던 냄비를 보고) 이게 뭐예요? 밥이 이렇게 탔어요!

철인　　나에게는 책임이 없어. 밥이 타서 누룽지가 많이 나온 것은 아
　　　　버지의 책임이야.

학근　　연료가 불량품이 돼서 밥이 탔다는 것을 알아야 한다. 연료의
　　　　공급을 누가 했니? 절대로 내 책임이 아니야.

애인　　싸움들 하시기에 배가 고프실 텐데, 이거나 잡수세요! (보에 싸
　　　　가지고 온 밀떡을 내놓는다)

철인　　밀떡이로구나. (학근에게) 아버지 떡을 잡수세요. (떡을 들고 먹
　　　　기 시작한다)

학근　　(떡을 들면서) 할아버지 소식을 아직 모르지?

애인　　그날 내무서로 가신 뒤에는 몰라요. 알 길이 있어야지요.

학근　　그 스탈린의 사진이라는 것은 할아버지께서 찢으셨다지?

애인　　할아버지께서 찢으신 것을 봉수 어머니가 일시 모면책으루 봉

수에게다 넘겨씌운 셈이지요.

학근 그래서 봉수네는 어떻게 됐다디?

애인 봉수네는 말 한마디 한 죄로 그날로 전출을 보내고 말았다나요.

학근 봉수네두 억울하지만 할아버지의 일이 걱정이로구나.

철인 돌아가셨는지두 몰라요. 법이 있는 놈들인가요?

학근 설마 노인을 죽이기야 했겠니.

철인 놈들이 우리 할아버지를 저의 스탈린 사진보다 중하게 생각하겠어요?

애인 스탈린을 죽이기나 하구 죄를 쓰셨다면 한이나 없겠지만―그까짓 사진인데.

철인 (주먹을 부르쥐며) 스탈린은 내가 죽이지. 그놈의 구렁이 같은 스탈린 때문에 우리 할아버지만 욕을 보시는 줄 아니? 이 순간에도 얼마나 많은 인간이 스탈린 때문에 생명을 뺏기겠니? 세계의 평화를 파괴하는 자 누구냐? 네 이름은 스탈린이니라―.

애인 오빠, 밀떡 기운으루 스탈린을 어떻게 죽여요?

철인 그놈들은 밀떡밖에 더 먹는 줄 아니? 스탈린의 부하 김일성이가 어째서 우리 대한을 쳐들어왔는지 너 아니? 먹을 것이 없어서 쌀밥을 좀 얻어먹을려구 쳐들어왔어. 쌀밥 먹는 나라가 우리 대한 밖에 몇 나라 되는 줄 아니? 쌀 얘기가 나왔으니 말이지 너 우리들의 식량 대책을 해결해가지구 왔니? 우리는 보급로가 끊어진 줄 알구 걱정을 많이 했는데―. (천막으로 들어가 빈 쌀자루를 내다 털면서) 이렇다.

애인 쌀을 서 되밖에는 못 가져왔어요. (보에서 쌀자루를 내놓는다)

철인 쌀을 보니 반갑다.

애인 이것을 먹는 동안에는 문제가 해결될 거예요.

철인	쌀 서 되를 먹으면 된단 말이지? 살았구나. 뉴스 얘기를 좀 해 봐라.
애인	그동안 엉터리 없는 테마*도 많았지만 이번 뉴스만은 정확한 것 같애요.
철인	뉴스통에 의하면—말이지?
애인	구월 이일부터 유엔군이 대폭적으로 공격을 시작했대요. 그리고 유엔군에 호응하여 우리 국군이 대단히 강력해졌대요. 늦어두 구월 중순경에는 서울을 탈환할 거라구요.
철인	서울을 탈환한대요—가 아니구 탈환할 것 같단 말이야? 또 뻥이 아니냐?
애인	아니에요. 구월 이십일경에는 틀림없이 국군이 서울에 입성한대요.
철인	얘기만 들어두 살이 찌는 것 같구나.
애인	그놈의 철의 장막이 깨어지는 날—아이 지긋지긋해. 오빠, 나두 여기서 살았으면. 하루라도 그놈의 세상에는 내려가고 싶지 않아요. 사람이 무서워요. 모두 원수 같기만 하지요. 오빠, 나를 식모루라두 채용해주지 않겠수?
철인	(낭독체로) '식량 대책이 설 가망이 없으므로 당분간 증원을 보류함' 애인아, 좀더 고생을 하자.
애인	좋아요. 그러니 나는 오늘만이라두 자유스러운 분위기 속에서 몇 시간을 보내고 싶어요.
철인	나두 동감이다.

| * '근거 없는 이야기'의 의미로 풀이됨.

그동안 학근이는 잠이 들었다. 코 고는 소리까지 들린다.

애인 　(아버지가 주무시는 것을 보고) 오빠, 아버지 보세요.

철인 　또 '농촌 설계도'의 꿈을 꾸시는 게다.

애인 　(아버지를 흔들어 깨운다) 아버지 아버지—.

학근 　(깨우는 바람에 후닥닥 일어나며) 누구냐? 꽃동산을 짓밟은 자?
　　　(정신이 어리둥절하다)

애인 　(장난의 말로) 아버지, 그놈을 잡아올까요?

학근 　(정신이 나서) 뭐야? 애인이로구나. 너는 아직 내려가지 않았구
　　　나? 젊은 계집애가 산중에서 무섭지두 않으냐?

애인 　아버지가 계시구 오빠가 계신데 무섭기는 뭐가 무서워요?

학근 　공산당이 무섭지 않아?

애인 　여기는 공산당이 없어요. 나의 가장 사랑하는 교육자이시며 과
　　　학자이신 아버지가 계시구, 나의 가장 존경하는 장래 문학가이
　　　신 대학생 오빠가 계시구. 아버지와 오빠 앞에서 재롱도 부리구
　　　노래도 부를려고 하는데—공산당이 무슨 공산당이에요?

학근 　그건 6·25 이전의 일이야.

애인 　나는 아버지와 오빠를 인솔하구 6·25 이전으루 후퇴를 했어요.

학근 　우리가 너의 포로가 됐단 말이냐?

애인 　포로라두 궐기대회와 선전방송은 시키지 않을 테니 안심하세요.

철인 　그럼 포로의 대우를 어떻게 하겠니?

애인 　섭섭하게는 해드리지 않아요. 이 시간부터 아버지께서는 과학
　　　자루 복귀하시구 오빠는 대학생으루 복귀하세요.

철인 　너는 어쩌겠니?

애인 　이 애인이두 ○○여자중학교 육학년 재학생으루 몇 시간 동안

복귀하기로 했어요. 이 자리에서 명예스러운 여학생으루 복귀한
애인이는 그 인사로 여러분 앞에서 노래를 하나 불러드리겠어요.

철인이와 학근이는 박수를 친다.
애인이는 〈홈 스위트 홈〉 노래를 부른다.

학근   (노래를 듣고 나서) 네 노래에 나두 6·25 이전으로 완전히 후퇴
       를 했다.

애인   아버지께서두 6·25 이전 과학자로 복귀를 하셨으면 우리들에
       게 기념 선물이 있어야 하지 않아요? (손을 내민다)

학근   애인이 너는 피아노를 사달라고 그랬지?

애인   (무엇을 생각하며) 피아노.

학근   철인이 너는 미국 유학이 가고 싶다구 그러구.

철인   (무엇을 생각하며) 미국 유학.

학근   이번에 내가 연구한 책이 출판만 되면 그 인세루 애인이 너에게
       는 피아노를 한 대 사주고 철인이 너는 대학 졸업만 하면 미국
       유학을 보내주마.

애인   그때 조건하구는 조건이 좀 달라졌어요. 아버지, 피아노보다두
       나에게 자유를 주세요, 맘대로 기술을 연구하며 음악을 즐길 수
       있는. (손을 내민다)

철인   저두 같은 조건이에요. 미국 유학을 가기 전에 맘대로 진리를
       탐구하고 과학을 연구할 수 있는 자유가 그리워요.

학근   6·25 이전으로 후퇴를 했다면서―. 대한민국에서 언제 너희들
       의 수양의 자유, 학문의 자유를 구속하더냐?

철인   그렇지, 6·25 이전이면 대한민국 시대지.

애인   오빠 철의 장막으로 꽉 막힌 지옥 같은 세상과 가을 하늘같이
       높고 탁 트인 자유의 나라…….

철인   ……먼 산에 아지랑이가 아롱거리는 봄 하늘과 같이 따사로운
       평화의 나라—.

애인   ……그런 우리의 대한민국과 혼동을 했어요.

철인   6·25 이후 두 달 동안의 지옥살이가 어떻게 지긋지긋했던지!
       정신을 차릴 수가 있어야지.

학근   범에게 물려 가두 정신만 잃지 말라구—. 철의 장막이 아무리
       두텁더라두 그 속에서 정신을 잃어서는 안 된다.

애인   아버지, 피아노를 사주세요.

철인   나두 미국 유학을 가볼까.

애인   내 아버지께서 사주신 피아노를 칠 테니 노래를 부르세요. (바
       위 위에 앉아서 피아노를 치는 양—율동적 자세를 취한다)

무대 뒤에서 〈애국가〉의 피아노 반주 들린다.
그들 반주에 맞추어 〈애국가〉를 부른다.
이때 숲 사이로 숨어 있던 민청원 B, C 나타난다.
민청원도 〈애국가〉를 부른다.
노래에 열중하여 민청원의 침입을 알지 못했던 그들, 민청원을 보고
놀란다.
그들 한동안 말이 없다.

애인   (무서워 떨면서) 오빠 숨으세요.

학근이는 천막으로 들어간다.

민청원B 철인아, 놀라지 말아.

철인 너희들은 여기까지 나를 잡으러 왔니?

민청원C 안심해.

철인 누가 속을 줄 알구?

민청원B 철인아, 우리들두 도망해 다니는 몸이 됐어.

철인 너희들이 도망? 모를 일이야.

민청원B (철인에게 가서 손목을 잡으려 한다. 철인이는 피한다. 철인이를 따라 가며) 철인아, 우리의 말을 좀 들어봐.

철인 너희들의 얘기야 뻔하지. 세계 약소민족의 해방자이시며 누구의 벗이라구? 스탈린이 나의 벗은 아니니까―너희들의 벗인 스탈린 대원수 각하께서 어떻다구? 위대한 영도자이신―나는 김일성이의 영도는 받지 않았으니까―역시 너희들의 위대한 영도자이신 김일성 장군이 어떻다구? 누구를 타도하구? 무엇을 격멸해야 한다구?―그런 말은 귀가 아플 정도로 들었다.

민청원B 철인아, 내 말을 한마디만 들어봐. 나두 알았어, 스탈린이 어떤 놈이구 김일성이가 어떤 자식이라는 걸―. 놈들의 배짱을 창자까지 알게 됐어.

민청원C 놈들이야말루 살인강도구 불한당이야.

철인 약소민족의 해방자가 언제 살인강도루 변하구―위대한 영도자가 언제 불한당으루 변했단 말이냐?

민청원B 놈들에게 너무 많이 속았어.

철인 너희들두 생각이 나겠구나. 그놈의 불한당 군대가 서울을 쳐들어오자 너희들은 때나 만난 듯이 우리 집에 와서 어쩌구 갔니? 나보구 반동분자라구 어떻게 못살게 굴었니?

민청원C 그때 말은 하지 말아.

철인   한동안 너희들은 김일성이를 팔아가지구 제멋대루 으스대구 호
         강을 했지?

민청원B   호강은 무슨 호강? 두 달 동안 민청에 따라다니느라구 있던 양
         복꺼정 다 팔아먹었는데.

민청원C   나는 내복꺼정 다 팔아먹었어.

철인   너희들이야말로 내복꺼정 벗어 바친 김일성이의 적자赤子로구나.

민청원B   적자면 뭣해. 우리가 김일성이의 찬밥 한술 얻어먹은 줄 아니?

철인   그렇게 일을 시키면서 쌀 배급두 안 주더냐?

민청원C   쌀 배급? 말도 말아. 말로야—배급 얘기가 나왔으니 말이지 배
         급 쌀 운반한다구 동원이야 많이 했지.

민청원B   말로만 그랬지 배급 쌀은 무슨 배급 쌀! 밤새도록 화약 운반이야.

민청원C   놈들은 그렇게 민중을 기만했어.

민청원B   게다가 의용군*의 쪽지꺼정 줬지.

철인   그럼 너희들도 의용군 기피자란 말이냐?

민청원B   의용군이 아니라두 나는 도망을 하려구 했어.

민청원C   맹물 한술 얻어먹지 못하구 죽도록 굶어가면서 놈들의 개노릇
         한 것만 생각해두 분한데 누가 죽었소 하구 만만하게 죽을 구멍
         으로 끌려 나간단 말이야. (민청원 B에게) 여기 이러고 있을 게
         아니라 우리도 숨을 구멍을 찾아야 되지 않겠니?

철인   그렇게 놈들의 괴뢰정부—너희들은 인민공화국이라구 했지?
         그놈의 정권을 지지하던 너희들이 그렇게 빨리 돌 줄은 몰랐
         는데.

민청원B   우리가 어리석구 바보였어.

---

* 국가나 사회가 위급 시에 민간인이 자발적으로 참여하여 조직한 군대나 그런 군대의 군인을 일컫는다.

민청원C 놈들의 허위 선전에 속아서 공산주의만 되면 뽐내구 살 줄 알
        았어.
민청원B 놈들의 기만정책에 속아서 인민공화국만 되면 편하게 잘살 줄
        알았지 뭐야.
철인   공산주의의 맛을 보구 인민공화국살이를 해보니까 알겠지?
민청원C 너한테는 부끄러워서—.
민청원B 우리가 정신없이 놈들에게 이용되어 날뛴 것을 생각하면—너는
        우리를 사람으루 보지 않지?
철인   나는 너희들의 인생관 아니 세계관은 허영에 떴었다구 생각하
        구 싶어.
민청원C 허영이었을까?
민청원B 그것은 우리를 동정해서 하는 말이 아니냐?
철인   너희들은 공산당은 되지 못할 인간이었어.
민청원C 그럴까?

이때 무장을 한 괴뢰군 B, C가 숲 사이에서 나타난다.

괴뢰군B 손 들엇—. (그들에게 총을 들이댄다)

그들 놀란다.

괴뢰군B 무슨 공작이란 말이야?
민청원B (손을 든 채로 민청원 C에게 눈짓을 하면서 괴뢰군에게) 동무 잠깐
        만 참으시오. 우리들을 모르겠소?
민청원C 우리들은 민청이오.

민청원B	반동분자 숙청의 사명으로 다니는 민청 공작대요.
민청원C	동무들 잘 왔소. (철인이를 가리키며) 이 자식은 지하공작을 하는 반동분자요.
민청원B	동무들이 아니라면 반동분자 몇 명을 놓칠 뻔했소.
민청원C	우리들은 반동분자의 소굴을 찾았지만 무기가 없어서 놈들에게 손을 대지 못하고 쩔쩔매던 판이오.
괴뢰군B	누가 지하공작을 했단 말이야?
민청원B	(학근이와 철인이를 가리키며) 이놈들이오.
괴뢰군C	(애인이를 보고) 저 계집은 뭐란 말이야?
민청원C	여자 스파이지 뭐겠소? 반동분자에 틀림없으니 이제는 동무들이 놈들을 처단해요.
괴뢰군B	동무들 수고하오. (총을 내리고 민청원 B에게 악수를 청한다)

괴뢰군 C도 총을 내리고 민청원 C에게 악수를 청한다. 이 순간 민청원 B는 괴뢰군 B에게, 민청원 C는 괴뢰군 C에게 달려들어 일시에 주먹을 먹인다. 괴뢰군 B, C는 단번에 쓰러진다.

괴뢰군 B는 쓰러지면서 총을 한 방 발사한다. 그러나 과녁貫革은 허공이다.

민청원 B, C는 재빠르게 쓰러지는 괴뢰군 B, C에게 달려들어 상체를 타고 앉는다.

이 순간 철인이와 애인이는 괴뢰군의 손에서 내동댕이쳐지는 총을 뺏아 감춘다.

민청원 B, C는 괴뢰군 B, C를 타고 앉아서 엎치락뒤치락한다.

철인이와 애인이도 달려들어 한몫한다.

한동안 엎치락뒤치락하다가 민청원 B는 괴뢰군 B를, 민청원 C는 괴뢰군 C를 포승으로 결박한다.

괴뢰군B (결박을 당한 채로 민청원 B에게) 민청 동무, 동무는 우리를 잘못
        알았단 말이오. 우리는 스파이가 아니란 말이오.

괴뢰군C 우리는 정보원두 아니란 말이오.

괴뢰군B 우리는 조선 민주주의 인민공화국 인민군 총사령관이신 김일성
        장군의 영용한 지도 아래 움직이고 있는 영웅적 인민군 병사의
        한 사람이란 말이오.

괴뢰군C 동무 참말로 틀림이 없단 말이오.

        그 말에 민청원 B, C는 하하하─웃는다.
        철인이와 애인이도 웃는다.

민청원B (한바탕 웃고 나서) 너희들이 스파이 노릇이나 하는 자식들이라
        면─.

민청원C 정보원이나 된다면─.

애인   소위 조선 민주주의 인민공화국 인민군 총사령관이라는 김일성
        이 병사의 한 사람이 아니라면─.

민청원B (괴뢰군을 향하여) 이 자식들아, 두 눈으로 똑똑히 봐. 민청원의
        옷을 입었으면 누구나 너희들의 개라더냐? (민청 완장을 떼서 던
        지며) 이따위는 어서 가져가거라.

민청원C (완장을 뜯어서 괴뢰군 B에게 던지며) 이것 때문에 대한민국의 아
        들들이 얼마나 울었는지 아느냐?

민청원B 너희 놈들에게 속아서 깨끗한 몸뚱이에 똥칠한 생각을 하면 원
        통해서 죽겠다.

괴뢰군B   그럼 동무들은—.

민청원C   동무는 무슨 동무? 대한민국의 아들은 너희들의 동무가 될 수 없다.

괴뢰군B   그럼 당신들은 우리를 속였단 말이야?

민청원B   살인강도의 총 앞에서는 그런 술책이 필요했다.

철인   (민청원에게) 너희들 때문에 우리는 살았다.

애인   (민청원을 보면서) 군대두 문제가 아닌데요.

민청원B   우리가 누구라구—. (괴뢰군을 보면서) 이 자식들아 알았니? 무기를 안 가지구두 너희 괴뢰군 따위는 문제가 아니야.

철인   (민청원에게) 빨갱이를 두어 놈 잡더니 너희들 막 뽐내는구나.

민청원C   (괴뢰군을 가리키며) 이 자식들을 어쩔까?

민청원B   (총으로 쏘려고 하며) 이 자식들을 막—.

애인   (놀라며) 어머나! ……참아요.

민청원B   원수를 사랑하라고 했지. (총을 거둔다)

철인   이것들 때문에 우리가 당하고 있는 박해를 생각하면 가루를 만들어 마셔두 시원하지 않겠지만—그럴 수야 있니?

민청원C   (괴뢰군에게) 너희들은 거짓말을 얼마나 했니?

괴뢰군   …….

민청원B   (괴뢰군에게) 김일성이가 어떤 사람이지?

괴뢰군   …….

철인   (괴뢰군에게) 너희들의 조국은 소련이지?

괴뢰군   …….

민청원B   듣기 싫으냐?

민청원C   (괴뢰군에게) 말을 하지 않을 주의냐?

민청원B   (총을 다시 겨누며) 이런 놈들은 죽여야 해. (총을 쏜다)

괴뢰군은 총소리에 넘어간다.

애인   아이구—불쌍해.

민청원B   (괴뢰군에게) 죽었니?

괴뢰군   ……. (꿈적도 하지 않는다)

민청원B   공포 소리에 놀라 넘어가는 꼴 좀 보지.

애인   공포예요?

민청원B   (총을 공중으로 겨누며) 이건데.

애인   그런 걸 난 총알에 맞고 넘어가는 줄 알았지. 군인이 그렇게 겁
         이 많을까?

민청원B   문제가 아니라니까.*

비행기 소리 들린다.

괴뢰군 B, C는 일어난다.

애인   비행기가 와요, 저걸 어째요? 군인은 보기만 하면 쏜다는데—.

철인   (괴뢰군을 가리키며) 저것들이 야단이로구나. 복장을 가려줄 것
         이 없겠니?

애인   가만계세요. (보를 걷어서 괴뢰군의 머리에다 씌운다) 오빠, 안으
         로 들어가요.

애인이와 철인이는 천막 안으로 들어간다.

민청원들도 따라 들어간다.

| * 괴뢰군은 겁이 많아서 속이고 처단하는 게 별것 아니라는 의미로 풀이됨.

괴뢰군B　(머리에 씌운 보를 흔들어 뿌리치며) 비행기가 폭격이라두 하면 좋
　　　　겠단 말이야.

괴뢰군C　그렇게 죽기를 싫어하던 네가 무슨 말이야?

괴뢰군B　이러고 앉아서 생각하니 무엇 때문에 사는지? 왜 전쟁을 해야
　　　　되는지? 모르게 되고 말았단 말이야.

괴뢰군C　군인이니깐 전쟁을 하는 게구. 전쟁은 김일성이 때문에 해주는
　　　　게지.

괴뢰군B　김일성이의 얘기는 하지두 말란 말이야. 김일성이한테 속은
　　　　생각을 하면―지금두 우리는 김일성이한테 속고 있단 말이
　　　　야……. 우리가 왜 저런 것들한테 붙잡혀서 이 꼴을 당한단 말
　　　　이야?

괴뢰군C　누가 이런 산중에를 오자구 그랬단 말이야?

괴뢰군B　우리의 사명이지 뭐란 말이야?

괴뢰군C　흥! 사명―. 할 수 없단 말이야. 저것들이 우리들을 어쩔까?

괴뢰군B　죽이지는 않을 거란 말이야.

괴뢰군C　동무가 되지 못할까? 아니 동지가 되지 못한단 말이야?

괴뢰군B　동지가 되려면 군복을 벗어야 되겠지.

괴뢰군C　나는 군복을 벗어두 좋단 말이야.

　　비행기 소리 그쳤다.

괴뢰군C　(천막을 향하여) 비행기가 지나갔단 말이오.

　　민청원 B가 앞서고 민청원 C, 철인, 애인이가 천막에서 나온다.

민청원B (천막에서 나오며) 저것들이 아까와는 딴판인데!

괴뢰군C 당신들은 우리를 어떻게 할 테란 말이오? 죽이겠단 말이오? 살리겠단 말이오?

민청원C 우리가 너희들같이 그렇게 사람을 죽이는 줄 아니?

괴뢰군B 우리두 사람을 죽일 줄은 모른단 말이오.

민청원C 거짓말 말아. 사람을 죽일 줄 모르면 군인 노릇을 했겠나? 김일성이가 그렇게 가르치지는 않았을걸.

괴뢰군C 참말이란 말이오. 우리는 사람을 죽이지 못했단 말이오.

민청원B 사람두 죽이지 못하는 것들이 총은 어떻게 멨단 말이냐?

괴뢰군C 총을 메지 않으면 죽인다고 억지로 총을 메워 내보내는 데야 어쩐단 말이야.

괴뢰군B 그리구 서울만 해방시키면 쌀밥두 먹을 수 있구 비단옷두 입을 수 있구 좋은 집에서 살 수 있다는 말을 이 귀루 몇백 번 들었는지 모른단 말이오.

민청원C 그래서 총을 멨단 말이냐? 그래 서울에 와서 쌀밥을 얼마나 먹었니?

괴뢰군C 쌀밥? 우리 배낭에 밥이 있단 말이오. 그것을 구경하면 안단 말이오.

민청원B (괴뢰군의 배낭에서 밥주머니를 꺼내본다. 쉰 보리밥이다. 냄새를 맡아보고 구역을 하며) 썩었어, 게다가 보리밥이―. (밥 덩어리를 괴뢰군의 입에다 틀어막아 넣어준다. 괴뢰군은 밥 덩어리를 받아먹는다)

괴뢰군C (밥을 씹으며) 서울에 쌀은 많은 걸 봤단 말이오.

애인 쌀은 많았다면서 군인들에게는 왜 썩은 보리밥을 먹일까?

괴뢰군C 우리 먹을 쌀은 없단 말이오. 쌀은 가져가는 데가 있단 말이오.

애인 쌀을 어디루 가져갔을까?

철인	뻔하지. 평양 김일성이한테 모스코바 스탈린한테 전상을 했겠지.
민청원C	모택동이는 한몫 끼지 못할까?
철인	모르지, 쌀말이나 보내면서 꿍꿍이수작을 하는지―?
민청원B	모처럼 서울이라구 찾아와서 쌀밥 한술두 못 얻어먹구 너희들의 신세두 보잘것없구나.
괴뢰군C	그래서 군대를 그만두고 싶단 말이오.
괴뢰군B	우리들은 군대가 싫어졌단 말이오.
민청원B	쌀밥을 먹지 못해서 말이냐?
괴뢰군C	쌀밥이 문제가 아니란 말이오. 우리는 당신들이 부럽단 말이오.
철인	우리들이 숨어 다니는 것이 부러워?
괴뢰군C	숨어 다녀두 당신들에게는 자유가 있단 말이오.
민청원C	말 꽤나 하는데.
괴뢰군C	당신들에게는 마음의 자유가 있단 말이오.
애인	마음의 자유―.
철인	우리의 대한민국이 자유의 나라라는 걸 몰랐단 말이냐?
괴뢰군C	서울에 와보고 똑똑히 알았단 말이오.

천막에서 학근이가 나온다.

학근	비행기가 갔나?
애인	아버지, 또 꿈을 꾸세요?
학근	(괴뢰군을 보고) 저것들은 무엇이냐?
괴뢰군C	(학근이를 보고) 선생님!
학근	…….
괴뢰군C	(감격해서) 틀림없이 우리 선생님이란 말이야, 김학근 선생

님ㅡ. 선생님, 저를 모르신단 말예요? 만주에 있는 용정 ○○
중학을 졸업한 박중식이란 말예요.

학근   박중식ㅡ. (괴뢰군 C를 자세히 들여다보면서) 내가 ○○중학에 있
을 때 너를 본 것 같다. ○○중학에 다니던 네가 괴뢰군이 됐단
말이냐? 너는 내 제자가 아니다. (천막으로 들어간다)

괴뢰군C (천막으로 들어가는 학근이를 보고) 선생님ㅡ. (눈물의 소리다) 선
생님ㅡ. (애인이에게) 여성 동무, 나는 선생님이 보고 싶단 말이
오. 선생님을 좀 불러달란 말이오.

애인이는 괴뢰군 C의 결박을 풀어준다.
괴뢰군 C는 천막으로 달려간다.
천막으로 들어가려 하다가 발걸음을 멈춘다.

괴뢰군C (혼잣말로) 선생님은 나를 괴뢰군이라고ㅡ. (발길을 돌리며) 나
는 선생님을 잡으러 다니는 놈이란 말이야ㅡ. (애인에게) 나를
다시 묶으란 말이오.

애인이는 그 말은 들은 체 만 체ㅡ괴뢰군 B의 결박을 풀어준다.
괴뢰군 C는 군복을 벗는다.

괴뢰군C (천막을 향하여) 선생님, 박중식이는 군복을 벗었습니다. 군인이
아닙니다, 선생님ㅡ.

애인   아버지, 나오세요.

학근이가 천막에서 나온다.

괴뢰군C   (학근이를 보고) 선생님 용서하세요.

학근   민족의 운명인 줄 안다. (공중을 쳐다보고) 저기 나비가 날아가
지? (그물채를 들고 나비를 잡으려 한다. 나비는 날아간다) 고놈의
나비, 영악하단 말이야.

괴뢰군C   선생님께서는 그냥 나비를 연구하십니까?

학근   그냥이 뭐란 말이냐? 죽을 때까지 연구해야 할 텐데―.

괴뢰군C   (공중을 쳐다보고) 선생님, 나비가 또 온단 말예요. 이번에는 제
가 잡겠단 말예요. (학근이에게서 그물채를 받아가지고 나비를 따
라간다)

괴뢰군B   (민청원에게) 나는 당신들에게 말을 한마디 하겠단 말이오. 우리
가 살던 공화국에는 이런 법이 없단 말이오. 자기의 원수나 반
동분자를 이렇게 인간적으루 대하지는 않는단 말이오. 오직 처
단이 있을 뿐이란 말이오.

괴뢰군C   (소리만) 선생님, 나비를 잡았어요.

학근   옛날에두 그렇게 까불더니―제 버릇 개는 주지 못하는 게지.
(괴뢰군 C를 찾아 나간다)

괴뢰군B   (철인이에게 악수를 하면서) 고맙단 말이오.

그들 악수를 하는데 막이 내린다.

제3막

며칠 뒤.
1막과 같은 병국이의 집.

아침이다.

애인이는 부엌에서 키에다 수수를 담아서 나와 마당에서 키질을 한 뒤 마루방으로 올라가 맷돌질을 하기 시작한다. 얼마 동안 맷돌질을 하다가 팔이 아픈지 쉰다. 팔소매를 걷어올리고 팔을 만져보기도 한다. 거울을 내려서 얼굴을 비추어보기도 한다. 그러다가 사진을 꺼내서 거울에 비친 얼굴과 사진을 비해보기도 한다.

애인 (거울을 들여다보면서) ……딴사람 같어? (거울을 놓고 무엇을 생각하다가 일어서서 마당으로 내려온다. 대문 가로 가면서) 어머님께서는 왜 아직 안 돌아오실까? 어디 가서 무슨 일을 하시는지? 주무시지두 못하시구 밤새도록 어떻게 끌려다니실까? 쓰러지지나 않으셨는지? 일을 하다가 쓰러지면 군대 놈들이 지켜 섰다가 막 쏜다는데—. (마루에 앉아서 무엇을 생각하고 있다)

통장이 앞서고 내무서원과 인민위원회 서기 달려온다.
애인이는 그들을 보고 놀란다.

통장 (무서워서 떠는 애인이를 보고) 그렇게 놀랄 것은 없단 말이야.
내무서원 왜 그렇게 사람을 무서워한단 말이야? 우리를 보기만 하면 쥐구멍을 못 찾아서 야단이란 말이야. 그것만 봐두 서울이란 데는 반동분자가 많은 모양이야. (애인이를 보면서) 동무—, (그 말에 애인이는 깜짝 놀란다) 그렇게 무서워하지 말란 말이야. 동무는 남녀평등을 모른단 말이야?
통장 남녀평등이 좋기는 한 모양이야. 우리 며느리 동무만 봐두 대한

민국 시대에는 내 앞에서 함부루 말 한마디두 못 하던 년이 해
방이 되고 나니 나에게두 "시아버지 동무—" 어쩌고저쩌고 여
간 활발해지지 않았단 말이야.

애인이는 그런 말들이 듣기 싫다는 듯이 안으로 들어간다.

통장	(들어가는 애인이를 보고) 애기 동무야, 애기 동무야—. (애인이가 나온다) 손님이 왔는데 애기 동무 너는 어딜 들어가는 거야? 애기 동무 너두 빨리 남녀평등을 해야 한다.
내무서원	우리는 지시사항이 있어서 왔단 말이야.
통장	다른 얘기가 아니구—애기 동무, 너 저 남반부에서 전쟁을 하고 있는 줄은 알지? 대구는 벌써 해방이 됐다더라. 해방은 됐어두 원체 사람이 많이 죽어서 인민위원회가 아직 서지를 못했대. 인민위원회만 되면 신문에두 나구 방송을 하겠지. 대구뿐이겠니? 부산두 낼모레야.
내무서원	(통장에게) 동무는 얘기가 너무 많단 말이야.
통장	내 언젠가 구청에서 들은 말이 있는데—우리 통장들을 모아놓구 지도자 동무가 하는 말이 선전 공작이 필요하다구—. 나는 그 지도자 동무의 말을 실천할 뿐인데. (애인이에게) 내가 무슨 말을 하려구 했나⋯⋯그렇지. 우리 인민군 병사들은 싸움판에서 우리 인민을 위하여 목숨을 내걸구 싸움을 하는데 우리는 가만히 앉아서 굿이나 보다 떡이나 얻어먹자는 격이 되어서는 안 된단 말이야.
인민위원회 서기	(통장의 말을 받아서) 전쟁 원호 사업으로 이불과 옷을 공출하게 됐단 말이오.

통장	국민의 의무루—아니 인민의 의무루, 강제가 아니구 자유스러운 분위기에서 헌납하는 게야. 애기 동무 너의 집은 이 동네에서두 손꼽이에 드는 집이 아니냐? 그러니 애기 동무 너의 집에서는 솔선해서 동민의 본보기가 돼야 된단 말이야.
서기	이불은 몇 벌이라두 좋구 옷은 내복두 좋고 재킷 같은 것두 좋답니다.
애인	집에는 아무두 없는데.
통장	인민의 의무루 바치는 거야.
애인	어머니두 안 계신데 내가 어떻게 알아요?
통장	어머니 동무가 없어서 네가 모르겠으면 우리가 맘대로 해두 좋단 말이냐?
애인	우리 집에는 이불이 그렇게 없어요.
내무서원	(애인에게) 젊은 동무가 하는 말이 상당히 반동적이란 말이야. 우리 공화국에 협력을 못 하겠단 말이야?
애인	내가 언제 협력을 못 하겠다구 말했어요? 내가 반동은 무슨 반동이야? 나라에두 조직이 있구 질서가 있는 것과 같이 한 가정에두 세상이 아무리 뒤죽박죽이라두 그런 질서는 있어야 하지 않겠어요? 우리 집에는 할아버지두 계시구 어머니두 계신데— 어린 계집애가 어떻게 한 가정의 중대한 인민의 의무를 대행할 수가 있어요?
통장	(애인이를 보고) 고것이 말을 어지간히 잘하는데.
내무서원	가족들이 다 어디 갔단 말이야?
애인	어머님은 어젯밤에 노력 동원을 나가셔서 아직 안 돌아오셨어요.
통장	어머니는 노력 동원을 나가구?—너의 아버지하구 오빠는 어디 있단 말이냐? 누가 모르는 줄 알구—.

내무서원 악질이란 말이야. (마루로 올라가며) 동무들 올라오란 말이오!
(방으로 들어간다. 통장과 서기도 따라 들어간다)

방 안에서 세간을 뒤지는 소리가 난다.
사이를 두고 통장과 서기는 이불을 한 장씩 들고 나온다.
내무서원은 내복을 한 벌 손에 들었다.

내무서원 (애인에게) 동무 보란 말이오. 우리는 도적이 아니란 말이오. 국
가에서 필요한 물건을 가져갈 뿐이란 말이오.
애인   이 이불은 우리 가정에서두 절대로 필요한 물건이에요.
내무서원 개인은 전체에 따르구 가정은 국가에 절대 복종을 해야 한다는
우리 공화국 정령을 모른단 말이야.
애인   그럼 개인은 죽어야 하구 가정은 망해야 되겠군요?
내무서원 동무, 말을 잘했단 말이야. 우리 공화국에서는 개인은 죽어두
좋구, 가정은 망해두 좋단 말이야.

통장과 서기는 이불을 한 장씩 들고 내무서원은 내복을 손에 들고 나
간다.

애인   (그들이 나가는 것을 보고 주먹을 부르쥐고, 달려 나가며) 도적놈!
(북받치는 울분을 억누르고 발길을 멈춘다. 집 안으로 들어오며) 세
상에는—저런 백주의 불한당 놈들을 잡아가는 경찰이 왜 없단
말이야? 저놈들을 죽이는 법률은 왜 없단 말이야? 하늘에서는
왜 벼락이라두 내리시지 않으실까? (실신한 사람같이 마루에 멍
하니 앉아 있다)

동네 부인이 찾아온다.

동네 부인B　(마루에 앉아 있는 애인이를 보고) 너는 왜 그렇게 정신없이 앉
　　　　　아 있니?

애인　　　아주머니 댁은 무사해요?

동네 부인B　무사가 뭐겠니. 우리도 이불을 한 자리 뺏겼단다. 그런데 이불
　　　　　은 이불이구―먹고살아야 되지 않겠니? 어머니는 어디 가셨니?

애인　　　노력 동원에서 아직 안 돌아오셨지 뭐예요, 어젯밤에 나가셨는데.

동네 부인B　웬일일까? 그놈의 노력 동원인지? 뭔지?―일은 부려먹을
　　　　　대루 부려먹구 물건은 뺏어갈 대루 뺏어가니 이러구서야 어떻
　　　　　게 산단 말이냐?―그래두 죽지는 못하구 살려니 장사라두 해야
　　　　　되구―우리가 호박 장사가 뭐겠니?

애인　　　우리 어머니두 그렇지요.

동네 부인B　처음에는 부끄러워서 아는 사람만 만나면 막 죽겠더니 것두
　　　　　이력이 나는지 인제는 부끄러운 것두―. 물건을 받으러 가야겠
　　　　　는데 어머니가 돌아오시면 우리 집으로 오시라구 해라.

애인　　　네, 가시겠어요?

동네 부인B　가봐야겠다. (나간다)

애인　　　안녕히 가세요.

애인이는 부엌으로 들어가서 죽을 떠가지고 나와 마루에서 몇 술 떠
먹고는 맷돌질을 하기 시작한다.
성덕이가 돌아온다. 손에는 삽을 들었다.

애인　　　(성덕이를 보고) 어머니, 지금이야 돌아오세요?

성덕   오냐, 집에는 무슨 일이 없었니?

애인   내무서에서 이불을 가져갔어요.

성덕   뭐 이불을 가져갔어? (방으로 들어간다. 방 안에서) 좋은 이불은
      다 가져갔구나! 두 자리씩이나 주지 않니?

애인   주기는 누가 줘요. 그놈들이 막 가져갔는데—. 아버지 내복두
      뒤져 갔어요.

성덕   (방에서 나오며) 다른 물건은 가져가지 않았니? 이불은 한 자리
      나 가져가라지 왜 두 자리씩이나 가져가게 내버려두었니?

애인   어머니두, 내무서원이 들고 가는 걸 내가 어떻게 해요.

성덕   내가 일찍 돌아왔어야 하는 걸—.

애인   어머니, 왜 그렇게 늦으셨어요?

성덕   놈들이 보내줘야지. 일이야 얼마 했다더냐? 끌려다니느라구—
      서빙고루, 영등포 건너편에 있는 무슨 섬이라더라?

애인   일은 무슨 일을 했어요?

성덕   무슨 궤짝인데 화약이라던가? 그런 것을 지고 다녔지. 뭐 먹을
      것이 없냐? 이불 생각에 미쳐서 배고픈 것두 잊었었구나.

애인   죽이에요. (부엌으로 들어간다)

성덕   죽밖에 더 있겠니. 쌀값은 또 오르는 모양이더구나. 만오천 원
      하던 것이 만칠천 원까지 올라갔다나.

   애인이는 상을 들고 부엌에서 나온다.

애인   역사에 없겠어요, 쌀값이 그렇게 비싼 일은—.

   성덕이는 상을 받고 죽을 먹기 시작한다.

성덕 (죽을 먹으며) 역사구 뭐구―이러다가는 죽는 수밖에 없겠다.
너는 어쨌니? 왜 안 먹니?

애인 나는 먼저 먹었어요. 어머니, 영걸이 어머니가 호박 사러 가신
다구 어머니보구 오시라구요. 어머니, 어떻게 가시겠어요? 꼬
박 새우시구 고단하셔서―.

성덕 그래두 가야지. 내가 호박이라두 갖다 팔지 않으면 정 굶어 앉
았게―. (숟가락을 놓고 일어선다) 집을 잘 지켜라. 젊은 계집애
를―혼자 두고 다녀서는 안 되겠는데―무슨 일이 생길 것만 같
은 게 도무지 맘이 놓이지 않는단 말이야.

애인 나두 혼자 있으려니간 무서워서 못 견디겠어요.

성덕 할아버지라두 계시면 집을 보실 텐데―할 수 없지. (나가며) 대
문일랑 꼭 걸구 있거라.

애인 네, 그럼 어머니 다녀오세요.

성덕이는 광주리를 이고 나간다. 애인은 대문을 걸고 들어와서 맷돌
질을 하기 시작한다.
이때 대문 두드리는 소리 요란하게 들린다.
애인이는 마지못해 대문을 연다.
한 사람의 괴뢰군 총을 메고 들어온다.
애인이는 놀란다.

괴뢰군D (애인이를 보고) 동무 혼자란 말이야?

애인 …….

괴뢰군D 남자들은 다 어디를 갔단 말이야?

애인 ……. (상대를 하지 않으려고 한다)

괴뢰군D　남자들이 어디 숨었단 말이야? (왼편 안방으로 들어간다)

방 안에서 세간 뒤지는 소리 쾅쾅! 한다.
괴뢰군이 방에서 나온다. 손에는 애인이의 사진을 들었다.
애인이는 그것을 모른다.

괴뢰군D　(정욕에 불타는 눈으로 애인이의 사진을 들여다보면서) 여성 동무,
　　　　　이 집에는 동무 혼자란 말이야? (무엇을 생각하다가) 이층에두
　　　　　사람이 없단 말이야? (이층으로 올라간다)

이층에서 세간 뒤지는 소리 소란스럽게 들린다.

괴뢰군D　(이층에서 소리만) 여성 동무 여성 동무…… 이층으로 올라오란
　　　　　말이오. 동무에게 물어볼 말이 있단 말이오.

애인이는 이층으로 올라간다.
사이를 두고 이층에서 세간 넘어가는 소리, 사람의 발자국 소리 쾅쾅
거리며 "악" 여자의 비명 들린다. 뒤이어 한 방의 총성과 같이 머리가
흩어지고 저고리 고름을 풀어헤친 애인이가 이층에서 달려 내려오더
니 마루에 쓰러진다. 총에 맞았다.
괴뢰군은 애인이의 뒤로 따라 내려와서 쏜살같이 달아난다.
애인이는 마루에서 피를 흘리며 신음한다. 생명은 끊어지지 않았다.
병국이가 돌아온다. 갇혀 있다가 돌아오는 길이다.

병국　　아무도 없나? 다들 어디 갔단 말인가? (마루로 올라온다. 총에 맞

아 쓰러진 애인이를 보고) 이게 누구란 말이냐? 애인이가 아니냐? (유혈이 낭자한 애인이를 치켜 안는다) 이게 웬일이냐?

애인   할아버지, 원수를 갚아주세요. 빨갱이 군인 놈이 나를—.

병국   뭐야? 빨갱이가 너를 이렇게 만들었단 말이냐? 애인아, 정신 차려라.

애인   그놈이 내 몸에 개짓을 하려다가……할아버지 원수를 갚아주세요.

병국   애인아, 정신 차려라, 네 원수는 내가 갚아주마. 애인아 애인아—.

애인   어머니, 이 애인이는—. (숨이 끊어진다)

병국   애인아, 애인아—. 네가 가는구나. 이 억울하고 원통한 사실을 누구에게 호소한단 말이냐? 개놈의 총알에 맞아서 마지막 길을 가는 너는 얼마나 원통하냐? 잘 싸우다 죽었다. 깨끗한 네 몸은 하늘이 알리라. 네 원수는 내가 갚아주마, 잘 가거라. (애인이의 시체를 내려놓는다. 홑이불을 시체 위에 덮어준다)

성덕이가 돌아온다. 호박을 담은 광주리를 머리에 이었다.

성덕   (병국이를 보고) 아버님, 언제 오셨어요?

병국   ……. (눈물 때문에 대답을 못 한다)

성덕   (병국이의 눈물 흔적을 보고) 아버님, 어디 괴로우세요? 늙으신 몸이 그놈들의 시달림에 얼마나 고생을 하셨어요?

병국   (눈물의 소리로) 나는 공연히 살아서 돌아온 것 같다.

성덕   아버님, 그게 무슨 말씀이세요? 아버님꺼정 안 계셔서 집안이 빈집 같았어요. 애인이가 할아버지 걱정을 얼마나 했다구 그러세요. 애인이가 할아버지를 보면 얼마나 기뻐했겠어요. 아버님 애인이를 보셨어요?

병국   (그 말에 소리 크게 울음이 터진다) 차라리 내가 그놈들의 앞에서 머리를 틀어박구 죽을 것을—뭣하려구 살아와서 (홑이불을 들치며) 이 꼴을 본단 말이냐?

성덕   이게 누구예요? (애인이의 시체에 쓰러지며) 애인이가 아니에요? 누가 우리 애인이를?

병국   그놈의 빨갱이지 누구겠니? 나두 보지 못했지만—. 내가 집에 왔을 때는 벌써 총알에 맞아서 쓰러졌더라. 숨은 붙어가지구 나에게 마지막 말이 원수를 갚아달라고—빨갱이 군인 놈이 개짓을 하려다가 쏘더라구—. 그러구는 숨이 끊어지더구나.

성덕   애인아—이게 웬일이냐? 우리 애인이가? 우리 애인이가? 애인아—네 에미가 왔다. 에미가 왔어. 왜 대답이 없느냐? 이게 정말이냐? 이런 원통한 죽음이—이놈의 원수를 어떻게 갚는단 말인고—? (병국이에게) 아버지, 사람을 이렇게 죽이는 법이 있어요? (홑이불을 씌운다)

병국   놈들에게 법이 뭐겠니? 법에 있는 일을 하면 이렇게 사람을 죽이겠니?

여맹원이 찾아온다.

여맹원   (성덕이를 보고) 여맹에서 왔어요. 김 동무 있어요?

병국   (여맹원에게) 김 동무가 어쨌단 말이냐?

여맹원   (병국이의 말에 화가 나서) 동원이에요. 김 동무는 왜 동원에 한 번두 나오지 않아요. 김 동무와 같은 태만분자는 처단을 할 테예요.

성덕   (여맹원에게 대들며) 뭐야? 동원이야? (애인이 시체의 홑이불을 벗기며) 어서 데려가거라. 죽은 사람꺼정 데려다 일을 시켜야 전쟁에 이기겠니?

여맹원   (애인이의 시체를 보고) 웬일이에요?

성덕   웬일이긴 웬일이야? 너희 빨갱이 놈의 총알에 맞아 죽었지.

여맹원   (혼잣소리로) 어디서 비행기 폭격에나 맞아 죽은 걸 가지구 돌려 꾸미는 게지. (말을 하며 나간다)

성덕   (나가는 여맹원을 보고) 뭐야? 빨갱이가 아니라구—.

병국   하늘이 있다. 이년아—.

철인이가 돌아온다.
얼굴을 변장했기 때문에 다른 사람 같다. 옷은 민청원의 옷이다.
완장도 둘렀다.

철인   (마당에 들어서며) 아 배고파.

성덕   (철인이를 몰라보고) 너는 누구냐? 또 빨갱이로구나? 이번에는 우리 철인이를 죽이려 왔단 말이냐? 이 자식아, 내 손에 먼저 죽어봐라. (부엌으로 들어가 도끼를 들고 달려든다)

철인   (도끼를 피하며) 어머니. 참으세요. (자기를 잘못 안 어머니를 보고 웃으며) 어머니 저예요. 철인이에요.

성덕   뭐야? 철인이가? 네가 정말 철인이란 말이냐?

철인이는 변장을 고친다.

철인   저예요, 철인이에요.

성덕   (철인이를 보고) 너로구나, 네가 철인이로구나! 어찌된 일이냐? 이 살인강도가 우글거리는 빨갱이 판에를 뭣하려고 내려왔단 말이냐? 어서 가거라, 어서 숨어.

철인   먹을 것이 없어서……. 어머니 배고파요. 밥을 주세요.

병국   철인아, 너 잘 왔다. 죽은 얼굴이나마 네 누이를 한 번 더 볼려구 왔구나.

철인   (병국이에게) 애인이가 죽어요?

병국   (홑이불을 벗기며) 여기 있다.

철인   (애인이의 시체에 쓰러지며) 애인아, 이게 웬일이냐? 아버지하구 약속한 피아노는 어쩌구 죽었단 말이냐? (성덕에게) 어머니 어찌된 일이에요?

성덕   빨갱이가 총으로 쐈다더라.

철인   빨갱이가요?

철인이의 뒤를 밟아 와서 대문에 숨어서 그들의 말을 듣고 있던 민청원 A, D, E 나타난다.

민청원A   (철인이를 보고) 동무, 동무, 죽은 사람의 원수는 그만 갚구 우리 산 사람의 원수부터 갚잔 말이오. 동무 어디 가서 있었지? 그렇게 변장을 하고 돌아오면 모를 줄 알구? 동무 가잔 말이야.

성덕   어디루 간단 말이냐?

민청원A   (철인에게) 동무 어쩔 테야?

철인   …….

성덕   (철인이를 붙들고) 못 간다. 네가 붙들려 가기만 하면 죽는다 죽어.

병국   (민청원에게 대들며) 우리 철인이만은 안 된다.

민청원A   (병국이를 피하여) 아무리 반동을 해도 이번에는 안 될걸―. (대
        문을 향하여) 동무들 들어오란 말이야.

대문 밖 한길 거리에 대기하고 있던 민청원들 달려 들어온다.

민청원A   (민청원들에게 철인이를 가리키며) 저 악질분자를 본부까지 끌고
        가란 말이야.

병국   (민청원에게 대들며) 이 자식들아, 너희들도 애비에미가 있겠
        지…….

성덕   (민청원에게 대들며) 우리 철인이를 너희 놈들의 손으로 사잣밥
        을 만들어야 시원하겠니?

민청원D   이것들이 악질이란 말이야.

민청원E   반동분자의 발악이 어지간한데.

민청원D   (철인이에게) 동무 못 갈 테야?

민청원 E는 철인이를 잡아끈다.
철인이는 아무 대항이 없이 끌려간다.

성덕   (철인이를 가로막으며) 나를 죽이고 가거라. 너 혼자는 못 간다.

철인   어머니, 진정하세요. (끌려 나간다)

병국   (그들의 앞을 가로막으며) 나두 가겠다. 우리 철인이를 잡아가겠
        걸랑 나두 데리구 가거라.

민청원들, 병국이를 뿌리치고 철인이를 끌고 나간다.

병국이는 마당에 쓰러진다.

성덕   (철인에게로 달려 나가며) 내 아들 잡아가는 놈들아—나도 잡아
       가거라. 내 아들딸 다 잡아가는 놈들이 나는 왜 잡아가지 않는
       단 말이냐? (운다)
병국   (갑자기 일어나며) 빨갱이로구나, 빨갱이야. (관객석을 향하여) 이
       놈두 빨갱이구 저놈두 빨갱이다. 하하하—빨갱이를 몇 놈이나
       잡았니? 뭐? 빨갱이를 한 놈, 두 놈, 세 놈, 네 놈, 다섯 놈—하
       하하—. (미친 사람의 소리다. 미친 사람의 웃음으로 막이 내린다)

제4막

서울 탈환의 날.
전막과 같은 병국이의 집.
미친 병국이는 원수를 갚는다고 마당에서 칼을 갈고 있고 성덕이는
마루에서 맷돌질을 하고 있다.
멀리서 대포 소리 들린다.

병국이는 칼을 갈다가 대포 소리가 들릴 때마다 하하하—하고는 웃
는다.
그러다가는 발작적으로 일어서서 허공을 향해 칼을 찔러보기도 하고
칼을 휘둘러보기도 한다.
동네 부인 B 대접을 들고 찾아온다.

동네부인B   (성덕에게) 댁에서는 맷돌질을 그냥 하시우?

성덕   구복이 원수가 돼서ㅡ. 젊은것들은 죽고 잡혀 나갔지만ㅡ제 손으로 목을 졸라 죽지도 못하구.

동네부인B   (고구마 대접을 내놓으며) 고구마를 좀 가지고 왔는데.

성덕   우리가 무슨 돈이 있는 줄 아시우? 고구마를 사 먹게. 다른 댁에나 가보시지.

동네부인B   애인 어머니는 망령이셔. 누구를 고구마 장사루 알구ㅡ. 우리는 벌써 고구마 장사를 그만뒀어요.

성덕   나는 고구마를 사라는 줄만 알았지. 몇 달 동안 어떻게 악에 받쳐서 살았는지? 이웃 사이에도 공것 내기를 통 모르고 살지 않았어요? 먹는 데만 악이 받치구 돈에만 독이 올라서 제 것을 남에게 대접하구 남의 것을 얻어먹는 그런 인정머리를 구경이나 할 수 있었어요? 사람을 버렸어. 그럼 먹겠어요.

동네부인B   변변치는 않지만 드세요.

성덕   (고구마를 먹으며) 댁에두 우리와 같이 식량이 딸렸을 텐데, 장사두 그만뒀다면 달리 무슨 수가 생긴 모양이구려?

동네부인B   수는 무슨 수요. 빨갱이 놈의 세상이 되기 전에 우리가 언제 장사를 해먹고 살았어요?

성덕   나두 호박 장사를 다 했는데ㅡ빨갱이 놈들이 들어오기 전에야 내 손으루 수수 맷돌질이 다 뭐겠소.

동네부인B   애인이 어머니두 인젠 호박 장사를 하지 않아두 좋구 수수 맷돌질을 할 일도 없어요.

성덕   아니 어째서?

동네부인B   (대포 소리를 들으며) 저 대포 소리를 들어보세요. 다 됐어요.

성덕   그래 나두 연합군이 인천에 상륙했다는 말은 들었지만ㅡ우리 집에야 누가 말을 전하는 사람이 있어야지—. (애인이를 생각하고 설움의 말로) 이제는 고구마두 맘대루 먹을 세상이 됐는데— 고구마를 한번 실컷 먹어봤으면 한이 없겠다고 그러더니.

동네 부인B 또 딸 애기 생각이시구려?

성덕   생각을 잊으려다가두—. 그 애가 죽은 지 며칠 됐어요? 그 몹쓸 고비를 악을 쓰고 넘어와서는 좋은 세상이 될 만하니까……. 그리구 우리 철인이만 해두 그 죽을 놈의 신수가 어디 있겠어요?

동네 부인B 의용군으로 붙들려 나갔다지요? 며칠을 참지 못해서—. 그렇지만 살아 있으면 돌아오겠지요. 설마한들 죽기야 했겠어요? (말을 하다가 마당에서 칼을 갈고 있는 병국이에게로 고구마를 한 개 들고 간다) 할아버지 고구마를 좀 잡수세요. (고구마를 병국이에게 준다)

성덕이는 맷돌을 치운다.

동네 부인B (성덕이에게) 너무 상심하지 마세요. 빨갱이 놈들을 내쫓구 좋은 세상이 돼서 잃었던 식구들이나 돌아오면 우리 몇 집이 돼지나 한 마리 잡아놓구 잔치나 채려 먹읍시다. 무엇보다도 우선 좀 먹어야 되겠어요. (대접을 들고 나선다)

성덕   왜 가세요. 고맙수. 잘 먹었어요.

동네 부인B 안녕히 계세요. (나간다)

병국이는 동네 부인에게서 고구마를 받아서 절반쯤 먹고는 다 먹기가 아까운 듯이 마당 한구석에 제단 같은 것을 만들고 고구마를 제단에 바쳐놓고 머리를 조아리며 손을 비비며 축수를 하는 흉내를 낸다.

성덕이는 부엌으로 들어간다.

공산 괴뢰군 E 들어온다.

병국이는 괴뢰군을 보자 제단을 흩뜨려버리고 갈던 것을 감춘다.

괴뢰군은 마루에다 모자를 벗어놓고 군복까지 벗어놓는다.

괴뢰군E (병국이에게) 할아버지, 나에게 옷을 좀 빌려주시란 말이오.

병국   ……. (약간 정신이 회복된다. 그러나 웬 영문인지 몰라 대답이 없다)

괴뢰군E 나를 좀 살려달란 말이오.

대포 소리가 들릴 때마다 괴뢰군은 놀란다.

괴뢰군E 할아버지 옷을 한 벌만 빌려달란 말이오.

병국   뭐야?

괴뢰군E 옷이란 말이오. (병국이의 저고리를 만지며) 이 옷을 좀 빌려주시
        란 말이오.

병국   ……. (저고리를 벗는다. 가슴에는 태극기를 감았다)

괴뢰군E (병국이 가슴의 태극기를 보고 놀란다. 기운을 내서 병국이의 손에서
        저고리를 뺏듯이 가로채서 입는다. 저고리를 입고는 바지를 만지며)
        이 바지두 벗으시란 말이오.

병국   ……. (그 말에는 대답도 하지 않고 괴뢰군이 벗어놓은 군복을 입어
        본다. 모자도 써본다. 총도 메본다. 그러고는 괴뢰군을 향하여 총을
        겨눈다)

괴뢰군E (손을 들며) 할아버지, 제발 살려주시란 말이오. 나는 죄가 없단
        말이오. (부들부들 떤다)

성덕이가 부엌에서 나온다.

병덕이는 성덕이에게로 총부리를 돌려 댄다.

성덕이는 무슨 영문인지 몰라 부엌으로 들어간다.

괴뢰군E (나왔다가 들어가는 성덕이를 보고 부엌으로 가서) 아즈망이. 아즈
        망이. 나를 좀 보란 말이오. 아즈망이, 좀 나오란 말이오.

성덕   (부엌에서) 무슨 심술로 미친 사람에게 총을 주었을까?

괴뢰군E 뭐요? 미쳤어요? (어쩔 줄을 모른다)

병국   하하하—. (한번 크게 웃고는 총을 어깨에 메고 행진하는 흉내를 내
        다가 총을 땅에 놓고는 모자를 벗는다. 군복 저고리도 벗는다)

군복을 벗어가지고는 괴뢰군에게로 가서 저고리를 벗으란다.

괴뢰군은 억지로 저고리를 벗어준다.

병국이는 자기 저고리를 입는다.

괴뢰군E (부엌으로 가서) 아즈망이 나를 살려달란 말이오. 나는 살고 싶
        단 말이오. 아즈망이 나에게 옷을 한 벌만 빌려달란 말이오.

성덕   …….

괴뢰군E (배낭에서 쌀을 꺼내가지고) 여기 쌀이 있단 말이오. 이 쌀을 받으
        란 말이오.

성덕   (부엌에서 나오며) 내가 옷장사란 말이야?

괴뢰군E 댁에는 옷이 많을 거 아니겠소? 아즈망이, 불쌍한 목숨 한번만
        살려주시란 말이오.

성덕   ……. (무엇을 생각하다가 방 안으로 들어가서 옷을 한 벌 꺼내가지
        고 나와서 괴뢰군에게 준다)

괴뢰군E (옷을 받으며) 고맙단 말이오. 이 은혜는 죽어두 잊지 못하겠단 말이오. (쌀을 주면서) 쌀을 받으란 말이오.

성덕 쌀은 싫으니 갖고 가요.

괴뢰군E 옷값으루 쌀을 두고 가는 것이 아니란 말이오. 나는 이 쌀을 먹을 수 있는 한가한 사람이 아니란 말이오.

성덕이는 쌀을 받아가지고 부엌으로 들어간다.
괴뢰군은 옷을 들고 뒤꼍으로 들어간다. 군복과 모자와 총과 배낭도 가지고 들어간다.
사이를 두고 통장이 찾아온다.

통장 (마당에 있는 병국이를 보고) 영감 동무, 언제 나왔단 말예요?

병국 ……. (통장을 자세히 볼 뿐 말이 없다)

통장 영감 언제 나왔어요?

병국 …….

통장 영감이 내무서에 가서 경을 치구 오더니 먹장수가 됐나? (방을 향하여) 아주머니 동무 있수?

성덕 ……. (대답이 없다)

통장 아주머니 동무, 아주머니 동무―급한 일이에요.

성덕 (부엌에서 나온다) 무슨 일이란 말예요?

통장 나랏일이지요. 오늘 저녁에 동원이 있단 말예요.

성덕 동원? 아직도 동원이 있어요? 대포 소리가 저렇게 무서운데.

통장 아주머니두 또 무슨 말을 들은 게로군. 미군이 인천에 상륙했다는 말을 들은 게지? 아주머니 속지 말아요. 요즈음 유언비어에 덩달아 춤추다가는 큰코다칩니다. 저 대포 소리는 말씀이요, 부산 방면에서 우리 인민군 군대에게 밀려서 쫓겨오는 미국 군함이 인천으로 몰려서 최후 발악으로 함포사격을 하는 대포 소리란 말예요. 인천 상륙이 뭡니까? 우리 공화국에서는 이 땅에서 미군을 내쫓기루 했어요. 그러니 안심하구 동원이나 나가요. 시간은 저녁 일곱 시에—인민위원회 마당으루—잊지 말아요.

괴뢰군, 옷을 바꾸어 입고 뒤꼍에서 나온다.

통장 (괴뢰군을 보고) 누구야?

괴뢰군E (통장을 보고 주춤한다)

통장 (성덕이를 보고) 저 사람이 누구예요?

성덕 ……. (말이 없다)

통장 의용군 기피자가 아녜요?

성덕 …….

통장 댁에서는 국군을 숨겨뒀지요?

괴뢰군은 뒤꼍으로 도로 들어간다.

통장 바른대로 말을 해요. 저 사람이 어떤 사람인지 내 앞에서 바른대로 보고를 해요. 댁은 몇 번이나 반동분자로 규정을 받았는지 알아요? 댁 한 집에서 반동을 하기 때문에 내 사무가 얼마나 복잡한지 아시우? 말을 안 할 테요?

통장을 향해 한 방의 총소리 난다. 통장이 넘어간다. 괴뢰군은 뒤꼍에서 나와 총을 던지고 달아난다.

병국이는 통장이 넘어가는 것을 보고 두 손을 들어 만세, 만세, 만세—를 부른다.

성덕이는 부엌에서 나와 어쩔 줄을 몰라 멍—하니 서 있다가 거적을 끌어다가 통장의 시체를 덮는다.

사이를 두고 여맹원이 찾아온다.

여맹원   (무슨 일이 생겼다는 듯이 바쁘게) 우리 통장 동무를 보지 못했어요?

병국이는 여맹원을 보더니 또 만세, 만세, 만세—를 부른다.

여맹원   (병국이를 보면서) 이 영감이 미쳤나? (성덕이를 보고) 우리 통장 동무가 오지 않았어요?

성덕   …….

여맹원   까마귀 고기를 먹었단 말이야? (집안을 두루 돌아보며 마당을 거닐다가 거적을 들친다. 통장의 시체를 보고 악! 하고 뒤로 쓰러진다)

병국이는 마루에 있는 부채를 들고 여맹원이 쓰러진 것을 보고 부채질을 해준다.

여맹원   (부채질을 하는 병국이를 보고) 뭐예요? (일어난다) 이 집이 반동분자의 집이라고 하더니 반동을 하다 못해 우리의 애국자를 죽이기까지 했단 말이지? (성덕이에게) 누가 우리의 애국자를 죽였어요?

성덕   …….

병국   하하하—애국자? 어떤 사람이 너희의 애국자를 이렇게 죽이더

라. (총을 들고 여맹원을 쏜다)

여맹원은 병국이의 총에 맞고 쓰러진다. 쓰러지는 바람에 석윳병이 여맹원의 몸에서 떨어진다.
성덕이는 될 대로 되라는 듯이 태연하다.

병국   (여맹원을 총으로 쏘고는 정신이 드는 듯이 총을 자세히 보면서) 아! 총! (총을 마당 가운데 내던진다)

이때 대포 소리 총소리—퍼붓는 듯이 들려온다.
사면 화광이 충천한다.
"불이야!" "불이야!"—아우성이 들리며 대문 밖으로 소란스럽게 동네 사람들이 지나다니는 것이 보인다.
성덕이는 정신없는 사람같이 멍—하니 서 있다.
동네 부인 B 달려온다.

동네부인B   저 불 좀 봐요, 큰일났어요!
성덕   웬 불이에요?
동네부인B   빨갱이 놈들이 집에다 돌아가며 불을 놓는대요.
성덕   빨갱이 놈들이?
동네부인B   그리구 불붙는 데다가 석유니 휘발유를 뿌리는 놈들이 있다나요. 휘발유 병을 불더미 속에다 던진대요
성덕   (여맹원의 몸에서 떨어진 병을 손에 들고) 여기두 석윳병이 떨어졌지? 이런 것을 불더미 속에다 던진단 말이지?
동네부인B   (여맹원의 시체를 보고) 이게 누구예요?

성덕 　여맹원이라고 까불고 다니던 악질 계집애가 있지 않았어요? 그 계집애예요.

동네부인B 　죽지 않았어요?

성덕 　우리 아버님이 장난으루 쏜 총에 맞았나 봐요.

동네부인B 　(석윳병을 들고 보면서) 이 계집애두 이걸 한몫한 게지? (병을 던진다. 통장의 시체를 보고) 여기두 송장이 있구려?

성덕 　나는 송장 체메*에 정신을 못 차리겠어요.

동네부인B 　이 송장은 누구예요?

성덕 　통장이에요. 아까꺼정 나보구 동원을 나오라구 야단하다가, 도망가는 빨갱이 군인의 총에 맞았어요.

동네부인B 　백번 죽어 마땅한 것들이로군! 체—. (송장을 향해 침을 뱉는다)

화광이 일어나며, 총소리 연발한다.

동네 부인B 　(총소리에 놀라며 성덕이에게) 이 일을 어쩌면 좋아요? 우리 집은 어찌됐는지? (총총걸음으로 나간다)

대문 밖 한길로는 달음질쳐 오고 가는 사람의 그림자 보이며
"달아나자 달아나."
"저기 또 온다."
"숨자 숨어."
총소리에 섞여서
"아이고 아이고 네가 죽었구나!"

| * 체메에 들다. 남의 사정이나 수단에 의하여 어이없이 돈이나 노력을 대신 부담하다.

225

"나는 누구를 믿고 살란 말이냐!"

총소리 계속된다.

"아이고 아이고."

계속하여 불길이 일어나고 총소리 들리는데—,

젊은이들의 비명과 어린애들의 우는 소리와 노인들의 곡성이 한데
어울려서 아우성이다.

대문 밖에는 달음질치는 사람의 그림자 끊이지 않는다.

"빨갱이들이 젊은 사람들을 막 쏴 죽인대요."

"내 아들두 죽었어요."

"이런 원통한 일이 어디 있겠소?"

"내 아들이 무슨 죄가 있다구 총으로 쏜단 말예요?"

"빨갱이들의 일을 말해 뭣해요?"

"사람을 죽이구 불을 놓구—서울을 쑥밭을 만들려는 게지."

"쫓겨가면 쫓겨갔지 사람을 왜 죽인단 말이야?"

대문 밖으로 지나가는 사람의 말소리 들리더니 숨을 돌릴 만하게 조
용해진다.

성덕   (실신한 사람같이) 우리 철인이는 어떻게 됐을까? 우리 철인이는
             죽었어.

"빨갱이를 잡아라."

"빨갱이를 죽여라."

"저기 도망간다."

"도망하는 놈을 잡아 죽여라."

대문 밖에서 달음질 소리가 나며 젊은이들의 고함 소리 들린다.

사이를 두고—

"만세."

"만세."

"만세."

"대한 국군 만세."

"유엔군 만세."

한길에서 만세 소리 들린다.

병국이는 웃통을 벗고 가슴에 띠고 있던 태극기를 풀어서 인민공화
국 기를 찢고 대신 대에다 단다.

병국이는 태극기를 흔들면서 만세를 부른다.

만세 소리에 휩쓸려 철인이가 달려 들어온다. 의용군의 복장을 입은
채다.

철인   (성덕이를 보고) 어머니—.

성덕   철인아, 네가 살았구나!

철인   의용군으로 나갔다가 도망을 해 왔어요.

성덕   그런 걸 나는 죽은 줄만 알았구나.

철인   내가 왜 죽어요. (병국이를 보고) 할아버지!

병국   ……. 만세 만세—. (만세를 부를 뿐 말이 없다)

철인   할아버지, 나하구 같이 만세를 부르세요. "대한 국군 만세" "만
        세" "만세"—.

병국   "대한 국군 만세" "만세" "만세"—. (만세 소리는 떨리면서 어울리
        지 않는다)

철인   (성덕이에게) 어머니, 아버지 소식을 아세요?

성덕   내가 어떻게 알겠니? 네가 모르는 걸.

철인   아버지께서두 돌아오실 거예요. (마당에 내동댕이처 있는 총과 죽
        어 넘어져 있는 시체를 보고) 이게 뭐예요?
성덕   우리 집에서두 난이 났었다.

    철인이는 총을 집어서 쏘는 시늉을 해본다. 그러다가 총을 마루에다
    감춘다.
    학근이가 괴뢰군 F에게 붙잡혀 온다.
    성덕이와 철인이는 학근이를 보고 놀란다.

괴뢰군F   이 집이란 말이야?
학근   이것이 내 집이오.
괴뢰군F   집안 사람 다 나오란 말이오.
학근   (성덕과 철인이와 병국이를 가리키며) 우리 가족은 이것뿐이오.
성덕   (학근에게) 무슨 일이란 말예요?
괴뢰군F   (학근이보고) 이리로 오란 말이오. (학근이를 마당 가운데 서게 하
        고 철인이에게) 동무두 나서란 말이야! (성덕이를 보고) 동무두
        여기 나서란 말이오. (말을 하며 학근이를 향해서 총을 겨눈다)
성덕   (괴뢰군에게 달려들면서) 안 돼요, 안 돼요—죽이면 안 돼요. 우
        리 선생을 왜 죽여요—.
괴뢰군F   (성덕이를 뿌리치며) 비키란 말이오. 서울에 있는 반동분자는 다
        죽여야 된단 말이야.

    성덕이는 마당에 쓰러진다.
    이 순간 철인이는 마루에 숨겨두었던 총을 가지고 괴뢰군을 겨누어
    쏜다.

괴뢰군은 넘어진다.

철인   아버지!

학근   철인아!

철인   (마당에 넘어진 성덕이를 보고) 어머니 일어나세요!

성덕   (일어나면서) 네가 아니라면 우리는 다 죽을 뻔했구나.

병국이는 죽어 넘어진 괴뢰군을 보고 만세를 부른다. 만세 소리는 이
상하게 들린다.

철인   (어울리지 않는 병국이의 행동을 보고) 어머니, 할아버지가 아까부
       터 이상하지 않으세요?

성덕   애인이의 죽음이―너의 의용군이 할아버지를 저렇게 만들었다.

철인   그럼 할아버지는 우리 때문에―.

병국이는 떨리는 소리로 어울리지 않게 "만세" "만세" "만세"―만세
만을 부른다.

학근   (철인이를 보면서) 너희들 때문이 아니야. 우리 집안뿐 아니라
       세계의 모든 비극은 빨갱이 때문이야―.

철인   할아버지―. (비통하게 찾는다)

밖에서는 환희에 찬 만세 소리가 들린다.
만세 소리와 같이 막이 내린다.

―1950년 作

버스 정류장이 있는 로터리에서 생긴 일(전1막)

나오는 사람들

미시즈 허

허세풍

미시즈 최

최천길

강 선생

젊은 신사

그 밖에 통행인들

무대

사람이 많이 다니는 도심 지대에 있는 로터리다.

길이 사면으로 통한 데다가 버스 정류장으로 통하는 길이 있기 때문에 사람을 기다리거나 버스를 기다리는 사람들은 이 로터리를 이용한다.

바른편 안쪽으로 통하는 길이 버스 정류장으로 가는 길이다.

로터리 가운데는 '사치품 구축驅逐'에 관한 선전 표식과 '국산품 애용'에 관한 선전 표식이 서 있다.

　신문팔이, 구두닦이, 담배 파는 아이, 쪽 맨 여자, 남자—사람들이 로터리를 둘러싼 길가로 지나다닌다.

　버스의 나팔소리가 들린다.

　사람의 떼가 바른편 버스 정류장으로 통한 길로 쏟아져 나오더니 로터리를 돌아 제 갈 데로 간다.

　허세풍과 강 선생만이 로터리 길가에서 얘기에 팔려 갈 줄을 모른다. 강 선생은 밑을 째고 알맹이는 다 뽑아간 빈 털털이의 가방을 손에 들었다.

강선생　(구멍 뚫린 가방을 치켜들고 구멍으로 하늘을 쳐다보면서) 구멍이 약간 남대문만 하지. 이 남대문으루 내 월급이 도망을 했단 말이야.

허세풍　학교에서부터 돈 냄새를 맡고 뒤를 밟은 것이 아닐까요?

강선생　그야 모를 일이지. 그렇지만 버스에서 재수가 없었어.

허세풍　제가 앉았던 자리에만 앉으셨어두…….

강선생　아무 일두 없었겠지. (여자의 목소리로) "레이디 퍼스트를 모르세요?"……그놈의 레이디 퍼스트를 코에다 걸고 궁둥이를 들이대는 데야ㅡ. 자네 자리를 뺏기구 콩나물 대가리가 돼서 이리 밀리구 저리 밀리는 서슬에 가방의 돈이야 어찌되는지두 몰랐지. 내가 한마디만 더 했어두 큰 소동이 났을 거야.

허세풍　나두 가까스로 참은걸요. 아무리 장유유서長幼有序의 사상이 땅속으로 들어갔다고 해도 선생님 같으신 노인에게 행패야 했겠어요. 그때에는 저두 참지를 못해요.

버스 정류장으로 통한 길로 미시즈 최가 나온다.

미시즈최 (시계를 보면서) 벌써 세 시가 됐네. 이를 어쩌나? 미스터 박의
　　　　 파티에를 가기로 했는데―집을 아는 사람이 와야 가지. 버스
　　　　 하나 잡아타지 못하는 위인을 믿구 사는 내가 미친년이지. 그럼
　　　　 이혼을 하구 말까? 이혼! 가장 비극적이면서 가장 매력 있는 말
　　　　 이야. 허지만 난 그이가 없으면―미스터 박? 미스터 김? 미스
　　　　 터 장? 누구나 골라잡아? 도대체 어느 남자가 나만을 위하구,
　　　　 내 말이라면 신발까지 신겨줄까? 그런 남자는 우리 최천길이밖
　　　　 에 없을 거야. 없구말구―. 나의 남편이라기보다 나의 손과 발
　　　　 인 최천길 씨! 버스가 왜 오지 않을까? (발을 동동 구르며) 아이
　　　　 구 답답해죽겠네.
강선생　 (미시즈 최를 보고) 저기 왔네, 저기 왔어. 이 사람 큰소리하지 말
　　　　 게. 자네는 안 되네.
허세풍　 이제 뭐라구만 하면 나두 가만 안 있어요. 따귀를 맞는 한이 있
　　　　 어두.
미시즈최 (허세풍에게로 가까이 오면서) 뭐라구요? 따귀라구요? 말을 한
　　　　 번 더 해봐요.
허세풍　 ……. (피한다)
미시즈최 여보세요. 왜 그렇게 비겁해요? 그러니까 우리 여자한테 따귀
　　　　 나 얻어맞지.
강선생　 (허세풍에게) 이 사람, 말할 것이 없네. 세계가 달러. 딴 세상 사
　　　　 람이라니까. 말이 통하지 않어.
미시즈최 그야 물론이지. 소 탄 사람하구 비행기 탄 사람하구 말이 통할
　　　　 게 뭐야.

강선생 　비행기를 탄 사람이라구 이 가방은 보지 못하나?

미시즈최 　가방이 어쨌단 말이야? 쓰리*한테 찢긴 것을 가지구.

강선생 　그놈의 레이디 때문이야.

미시즈최 　레이디가 어쨌단 말이야? 옳아! 나보구 가방을 변상하란 말이로군. 한강에서 뺨 맞구 종로에서 눈 흘긴다더니……. 별꼴을 다 보겠네. 당신 같은 남자들이 있기 때문에 우리들이 골치를 앓는 거예요.

　　버스의 나팔소리 들린다. 미시즈 최는 정류장으로 통한 길로 달려간다.

허세풍 　선생님 어젯밤 꿈을 잘못 꾸셨습니다.

강선생 　여자가 무슨 악담이 그렇게 심할까? 자네야말로 큰 봉변을 당했네.

허세풍 　앞으로 더할 거예요.

강선생 　사나이를 사람으로 알지 않고 대드는―뭐라고 할까? 여존남비 女尊男卑…….

허세풍 　그야말로 레이디 퍼스트의 사상이겠지요.

강선생 　나는 절대로 반대를 하네. 그 반면에 절대로 찬성도 하지.

허세풍 　그러면 아무것두 아니란 말씀이 아니세요?

강선생 　아니야. 내 말을 들어보게. 레이디 퍼스트! 여자란 귀엽고 약한 것이니까 위하고 도와주기를 위주로 한다는 그런 레이디 퍼스트라면 찬성을 할 수가 있어. 그렇지만 아무리 좋은 말이구 좋

| * '소매치기'의 일본말.

은 사상이라두 그것을 바르게 이해하구 받아들여야지—. 자네 봤지? 지금 그 여자를?

허세풍   악질적인 시대적 산물이라 할까요.

강선생   눈에 보이는 것이라고는 허영뿐이요, 아는 것이라고는 교만뿐인 그런 여자에게 있어서야 말이 아무리 좋고 사상이 좋으면 뭣하겠나? 어린애에게 칼날을 주기지. 그런 의미에서 나는 반대를 하네. 내 말을 알아들었지?

허세풍   네.

강선생   그런데 자네 결혼을 했다지?

허세풍   청첩장을 받으셨지요?

강선생   받구말구. 꼭 가려고 했지만 학교에 급한 일이 생겨서. 축하가 늦어져서 미안하네. 그래 신혼 생활이 어떤가? 자네 처야 그렇지 않겠지?

허세풍   글쎄요. 버스만 놓치지 않았어두 선생님께 소개를 해드릴 걸.

강선생   버스를 놓치다니?

허세풍   같이 나오다가 사람이 붐비는 통에 저만 타구 제 처는 타지를 못했어요.

강선생   신혼 초부터 그렇게 따로따로 다녀서 되겠나?

허세풍   버스가 떠나버리는 걸 어쩔 수가 있어야지요. 뒷버스로 오겠지요.

버스에서 내린 사람의 떼가 버스 정류장으로 통한 길로 쏟아져 나온다.

허세풍   선생님, 잠깐만 기다리십시오. 제 처가 이 버스로 왔다면 저를 찾을 거예요.

허세풍은 사람의 틈을 헤치며 버스 정류장으로 간다. 허세풍이 들어가자마자 사람들 틈에 끼여 길이 어긋난 듯이 최천길, 미시즈 허, 그리고 미시즈 최는 젊은 신사와 싸움을 하며 나온다. 미시즈 허는 옷이 찢어지고 흙투성이가 되었다.

미시즈최 (젊은 신사에게) 저 레이디의 옷을 보지 못해요? 누가 저 레이디의 옷을 저렇게 만들었어요. 레이디 퍼스트를 모른단 말이야. 남자가 건방지게 레이디를 밀치구 밟구…… 어쩔 테예요.

강 선생은 로터리 저편에 있으므로 선전 표식이 가려 그들을 보지 못한다.
강 선생은 담배를 피우면서 허세풍을 기다리고 있다.

젊은신사 (쥐구멍을 찾지 못해 쩔쩔매면서 미시즈 허에게) 미안하게 됐습니다. 옷은 제가 변상을 해드리지요.
미시즈허 …….
최천길 (미시즈 최에게 애원하는 말로) 여보 레이디, 참아요. 거리의 싸움까지도 맡아가지고 그럴 건 뭐예요.
미시즈최 (최천길에게 톡 쏘는 말로) 가만있어요. 내 일에 무슨 참견이에요. 나는 참지를 못해요. 같은 여성으로서 남자에게 모욕을 당하는 것을 보고 어떻게 참아요. (젊은 신사에게) 전봇댄가? 왜 가만 서 있는 거야.
젊은신사 (미시즈 허에게) 레이디 몸에 다치신 데는 없으신지요?

미시즈허 (당황해서) 괜찮아요.

젊은신사 레이디의 옷은 제가 변상해드리지요.

미시즈허 (도리어 미안하다는 듯이) 천만에요. 제가 실수를 해서 넘어진 걸요.

젊은신사 저 레이디, 댁이 어디신지? 후일에라도 제가……

미시즈허 그리 걱정을 마시구 가보세요.

젊은신사 레이디께서 그렇게 말씀하시니 저는 실례를 하겠습니다. (빠른 걸음으로 한길로 사라진다)

최천길 (미시즈 최에게) 여보, 레이디 봤지요. 넘어져서 옷이 찢어지구 흙투성이가 된 사람들이 서로 미안해하구 사과를 하구 용서를 하는 아름다운 광경을—. 세상이 저런 줄은 모르고 레이디 당신은 뭐란 말이오?

미시즈최 (미시즈 허에게) 지금 그 남자를 당장 잡아와요. 당신 같은 태곳적 아가씨 때문에 우리 여성계는 날로 권위가 떨어진다는 말이에요.

최천길이는 미시즈 최의 행동을 못마땅하게 생각하면서 불안해서 로터리 저쪽으로 피한다.

미시즈허 내가 무슨 그렇게 큰 실수를 했어요.

미시즈최 지금 그런 남자는 그렇게 호락호락하게 용서를 해서 돌려보내는 것이 아니에요. 우리는 기회가 있는 대로 남자와 싸워서 여자의 권리를 찾고 여자의 지위를 향상시켜야 해요. 그리하여 세상의 모든 남자를 우리의 노예로 만들어야 해요.

미시즈 허는 어쩔 줄을 모른다.

미시즈최   (사면을 돌아보면서) 이것이 또 어디를 갔어? 시간이 바쁜
         데……. 여보…… 여보─. (최천길이를 찾아 사잇길로 들어간다)

남편 허세풍을 만나지 못한 미시즈 허는 실망한 빛으로 서 있다.
로터리 저쪽에서는 최천길이와 허세풍이 마주친다.

최천길   여, 허세풍이 아닌가?
허세풍   이 사람 최천길일세그려, 오래간만일세. 자네 강태술 선생 알
         지? 저기 오셨네.

그들은 강 선생에게로 간다.

최천길   (강 선생을 보고) 강 선생님, 최천길이올시다. 여전하시군요. 선
         생님 늙지 않으셨어요.
강선생   천길이 자네두 여전하군그래. 듣자니 자네는 결혼을 했다지?
최천길   네, 선생님. 저희들 식에 왜 안 오셨어요?
허세풍   나두 자네 결혼식에는 못 갔네.
강선생   난 가지를 못했어두 동창으로서야 축하를 해야 하지 않나?
최천길   나두 저 사람의 결혼식에는 못 갔어요.
강선생   이 사람들 자네들은 사이가 그렇게 좋지 못했던가?
최천길   그런 것이 아니에요. 같은 날이었어요.
강선생   결혼식이?
최천길   아무리 친한 친구 사이지만 내 결혼식을 버리구 친구의 결혼식

엘 어떻게 가겠어요.

강선생 어떻게 같은 날이야? 안 가기를 잘했군. 자네들 두 사람 중에
내가 누구의 결혼식에는 가구 누구의 결혼식에는 가지 못했다
면 되겠나? (최천길에게) 그래, 신혼 생활이 어떤가?

최천길 (부끄러워하며) 어떻다고 말씀을 드려야 할지? 결혼 생활이란
저 혼자 하는 것이 아니구 제 처가 있으니깐요. 마침 잘됐어요.
오늘 저는 제 처하구 같이 나왔어요.

강선생 자네두 따로따로 다니긴가?

최천길 집에서는 같이 나왔지요. 제 처가 먼저 버스를 타구 저는 한 버
스 떨어졌어요.

강선생 그래. 버스들을 잘 놓치는군.

최천길 선생님께서는 어떻습니까?

강선생 나는 버스를 탔다가 말이 아니네.

미시즈 허도 허세풍을 찾아 어디로 갔는지 보이지 않는다.
미시즈 최는 최천길을 찾아다니다가 나온다.

미시즈최 (시계를 보며) 지금이 몇 시라구? 이이가 정신이 있나? 없나? 어
디를 갔단 말이야?

최천길이는 얘기를 하고 있다가 미시즈 최를 보았다.

최천길 (미시즈 최를 향하여) 여보, 여보—나 여기 있소.

미시즈 최는 최천길이의 목소리에 이끌려 그들의 앞으로 가다가 강

선생과 허세풍을 보고 기가 질려서 발길을 돌려 그림자를 감춘다.

최천길   (돌아서는 미시즈 최를 보고) 여보, 여보, 레이디 이리 와요.

강선생   저 여자가 자네 천가?

최천길   네, 부끄럽습니다. (미시즈 최를 향하여) 여보 여보—선생님이
        오셨어요. 선생님께 인사를 해요.

강선생   인사? 그만두게. 저 여자가 자네 처란 말이지? 인사보다두 철이
        좀 들라구 하게.

최천길   선생님 제 처를 아십니까?

강선생   약간 알지. 그것두 오늘 알았네.

허세풍   자네는 맞지나 않는가?

최천길   자네에게는 부끄러운 말이지만 나는 우리 레이디의 손과 발
        노릇하기에 죽는다네. 『인형의 집』이 거꾸로 됐다면 알조가 아
        닌가?

허세풍   그럼 자네가 노라게? 여자 아닌?

강선생   무슨 얘기들인가? 서양의 노라는 인형의 집을 뛰쳐나왔다지만
        자네에게는 그런 용기도 없을 게고—. 아니야, 아니야, 우리 동
        양의 노라는 인형의 집을 뛰쳐나와서는 안 돼. 최 군, 자네 부인
        을 좀 만나게 해주게.

최천길   제가 찾아오지요. 여보, 여보—. (찾으며 사잇길로 들어간다)

강선생   (허세풍에게) 자네 처는 어찌된 셈인가?

허세풍   글쎄요? 길이나 잊어버리지 않았는지 모르겠어요.

강선생   그렇다면 찾아봐야 하지 않겠나?

허세풍   사람이 느리구, 수단이 없구, 난 대로 있기 때문에 답답한 때가
        많아요. ……시골 놈 제 얘기하면 온다더니 저기 옵니다. 여보,

여보―. (찾는다)

미시즈 허 나타난다.

미시즈허 (허세풍을 보고) 여기 계셨어요? 그런 걸 난 찾아다녔지요.

허세풍 떨어질 건 뭐야?

미시즈허 사람이 많아서 버스를 탈 수가 있어야지요.

허세풍 (강 선생에게) 선생님, (미시즈 허에게) 우리 선생님이야, 인사를 여쭤.

미시즈허 인사를 어떻게 해요?

허세풍 절을 할 줄 몰라?

미시즈허 절을 어떻게 해요. 저런 선생님두 절을 좋아하세요?

허세풍 (강 선생에게) 선생님, 제 처의 절을 받으세요. (미시즈 허에게) 선생님께 절을 드려.

미시즈 허는 강 선생에게 허리를 굽혀 인사를 한다.
강 선생은 절을 받는다.

강선생 (절을 받고 나서) 절을 받았으니 절값을 내야 하지 않나?

허세풍 세배 절이 아니에요, 선생님.

최천길은 흥분해서 돌아온다.

최천길 선생님 안 되겠어요. 제 힘으로는 어떻게 할 도리가 없어요. (말을 하면서도 미시즈 허를 보고 주춤주춤한다)

허세풍　(최천길에게) 내 처야. (미시즈 허에게 최천길을 가리키며) 나의 동
　　　　창 최천길 군.

미시즈허　(최천길에게) 처음 뵙겠습니다. (인사를 한다)

최천길　(미시즈 허에게 인사를 하며) 나의 친구 허세풍 군을 많이 사랑해
　　　　주십시오.

강선생　(최천길에게) 자네 처 말이지?

최천길　네. (미시즈 허를 보면서) 부끄러운 말씀이지만……지금두 막 쌈
　　　　을 하고 오는 길이에요. 죽어도 여기는 오지 않는다겠지요. 안
　　　　되겠어요. 오늘 일의 실마리를 꼭 잡아가지고 결단을 지어야겠
　　　　어요. 인형의 집을 헐어버리든지? 노라가 집을 나가버리든지?
　　　　참말이지 내 체질에 맞지 않는 놀음은 지긋지긋해요.

강선생　허지만 참게. 내가 미안하지 않나? 싸움을 붙인 셈이 돼서. (허
　　　　세풍에게) 무슨 도리가 없겠나? (최천길을 가리키며) 이 사람을
　　　　구할 수 있는……. (생각을 하다가) 가만있게, 좋은 생각이 있네.
　　　　연극을 한 막 해보게. 뭐 지구는 무대요, 인생은 배우라는 말도
　　　　있지 않나? 자네들이 한번 배우가 돼보게.

최천길　저희들이 연극을 해요?

허세풍　제가 배우가 돼요?

강선생　이 사람들, 연극과 같은 인생이야. 극작가는 아니라두 각본은
　　　　내가 꾸미지. 자네들은 배우 노릇만 하면 그만이야. 알았지? 자
　　　　그럼 연극이야. 자네들은 배우야. (연출자와같이 앞으로 나서며)
　　　　이리 나오게. 연극의 내용으로 말하면 자네들 두 사람이 싸움만
　　　　하면 그만이야. (허세풍에게) 자네는 때리기만 하구. (최천길에
　　　　게) 자네는 맞기만 하면 그만이야. (미시즈 허에게) 미시즈 허는
　　　　관객의 한 사람으로서 연극 구경을 하시오. 연극 구경을 하다가

남자들이 때리고 맞는 것이 무섭거든 적당하게 자리를 피해도 좋소. (허세풍과 최천길에게 연출자의 억양을 붙여서) 왜 때리구 왜 맞느냐? 거기에는 커다란 이유가 있다. 즉 매를 맞는 최천길 군은 원래가 처시하*로서 남자의 인격과 권리를 여지없이 유린당하고 있으면서도 하등의 반성도 없이 도리어 여자의 편을 든다. 전체 남성을 대표하여 거기에 분개한 허세풍 군은 드디어 주먹을 들게 된다. (억양을 고쳐서) 알았지? 그럼 시작하게.

연극이 시작된다는 듯이 징이 울린다.

강선생   (허세풍에게) 때리라니까, 때려. 이 사람을 때려.

허세풍은 권투 연습을 하는 것과 같이 때리는 흉내를 낸다.
최천길은 끄떡도 하지 않는다.

강선생   (최천길에게) 이 사람아, 상대자가 때리면 맞아야 하지 않나? 맞았으면 넘어가야 실감이 나는 거야.

허세풍은 때리기만 한다.
최천길은 잠자코 맞는다. 맞고는 웅크리고 쓰러진다.

강선생   (때리는 것을 중지시키며) 이 사람들아, 또 틀렸네. 벙어리들이란 말인가? 때리면서 무슨 말이 있어야 하지 않나? (최천길에게) 자

| * 아내에게 눌려 지내는 남편을 놀림조로 이르는 말.

네가 잘못한 일이 있어서 매를 맞는다면 무슨 말이 있어야지.

최천길·허세풍   네.
강선생   그럼 시작하게.

징 소리가 들린다.

허세풍   (최천길을 때리며) 이 자식아 불출아. 불출 중에도 제일 불출이
뭔지 아니? 너같이 마누라한테 쥐여사는 놈이야. 마누라한테
꼼작을 못 하면서두 게다가 마누라 자랑이야. 그래 한 번 더 말
해봐라. 레이디 퍼스트라는 말을 하루에 몇 번이나 사용한다
구? 백구십 번이 최고라지?
최천길   그뿐이면 좋게, 잠꼬대까지 합하면 이백 번을 초과하는 날이 있
다는 것을 알아야 해. 우리나라에서는 기록일 거야.
허세풍   우리나라에서만 기록이겠니? 세계의 기록일 게다. 자랑이 그뿐
이냐?
최천길   천만에 또 있지. 가정에 들어서는 어진 아내요.
허세풍   (때리며) 이 자식아 바른대로 말해. 레이디 퍼스트가 어떻게 어
진 아내가 될 수 있단 말이냐?
최천길   아이구 아이구―그것은 모르는 말. 레이디 퍼스트―문자 그대
로 우리 레이디는 집안의 힘든 일은 퍼스트로 도맡아가지고 해
치우는 어진 아내―아이구 아이구―.
허세풍   (때리고 차며) 거짓말 말아. 내 눈으로 봤다. 그 천한 몸차림, 그
더러운 말씨, 그 버릇없는 행실, 그것이 어진 아내의 태도란 말
이냐?

최천길 아이구 아이구 아이구—가정에 들어서는 어진 아내요, 사회 명망으로 말할 것 같으면 최신식 첨단을 걷는 현대 신여성이라고 할 만한—버스를 탔을 때에나 전찻간에서나 또는 극장—간 곳마다 레이디 퍼스트! 버스나 전차를 타면 노인에게 자리를 사양하기 퍼스트!

허세풍 (또 때리며) 이 자식이 미쳤나! 버스 안에서 우리 선생님의 자리를 뺏어 앉은 건 누군데? (때린다)

강선생 (허세풍에게) 이 사람아 연극이야 연극!

허세풍 (강 선생에게) 그렇지만 이런 엉터리가 어데 있어요.

최천길 (장난의 말로) 또 있지. 또 있어. 레이디 퍼스트! 무엇이든지 퍼스트! 싹싹하기도 퍼스트! 얌전하기도 퍼스트! 의젓하기도 퍼스트!

허세풍 (역시 장난의 말로) 바가지 긁기두 퍼스트! 낮잠 자기두 퍼스트!

강선생 됐네 됐어, 그대로만 하게. 한 가지 주의할 것은 연극은 연극이지만 보는 사람에게는 어디까지든지 실감이 나도록 해야 된다는 것을 잊지 말아야 하네. 이번에는 진짤세.

또다시 징이 울린다.

강선생 (미시즈 허에게) 우리는 나가서 연극 구경을 하지.

강 선생과 미시즈 허는 나간다.

허세풍 (최천길에게) 이번에는 진짜야. (싸움꾼의 태도로) 이 자식아, 마누라 칭찬이 불출 중에도 몇 불출인 줄 아니? 너는 남성 전체를

모독하는 놈이야. (때리며 찬다)

최천길은 쓰러진다.

최천길   아이구 아이구—사람 살려요, 사람 살리우—.

미시즈 최가 나타난다.

최천길   사람 살려요. 사람 살려요.

미시즈최   (최천길이가 쓰러진 것을 보고 때리던 허세풍에게) 이게 뭐야? 사람을 이렇게 때리는 법이 어데 있어? (최천길에게) 아이구 지지리두 못났지 왜 잠자코 맞는 거야. (허세풍에게) 이봐요, 사람을 왜 그렇게 때리는 거야? (최천길을 가리키며) 이이가 무슨 잘못을 했단 말이야?

최천길   (허세풍에게) 아이구 가슴이야. 나는 죽겠네. 이 사람, 자네는 이 자리를 좀 피해주게. 나는 괴로워서 죽겠네.

허세풍   그렇다면 나는 가겠네. 다음에 봄세. (나간다)

미시즈최   (허세풍을 보면서) 왜 도망을 가는 거야? (최천길에게) 어찌된 일이에요?

최천길   어찌되긴 어찌돼. 나는 매를 맞았어.

미시즈최   왜 매를 맞았냔 말이에요?

최천길   내가 매를 맞은 건 레이디 당신 때문이야.

미시즈최   뭐요? 그게 정말이란 말이에요?

최천길   나는 십자가를 진 셈이오.

미시즈최   십자가라니?

최천길   레이디 당신의 죄를 대신해서.

미시즈최   내 죄를 대신해서?

최천길   나는 당신을 사랑해요.

미시즈최   누가 미워한다구 그랬나?

최천길   나는 당신을 좋아해요.

미시즈최   누가 싫어한다구 그랬나?

최천길   당신의 그 옷차림!

미시즈최   최신식이지!

최천길   아니랬지, 어진 부인의 옷차림이. 나는 당신의 화장과 옷차림이 가장 어진 부인의 솜씬 줄 알구 자랑을 하지 않았겠소. 그랬더니 나의 동창 허 군이 화가 나서 덤볐지요, 불출이라구.

미시즈최   불출이라니?

최천길   마누라 자랑하는 병신의 대명사라나. 당신은 어떻게 생각하우? 당신의 몸차림을? 어진 부인의 몸차림이라구 생각해요?

미시즈최   어진 부인? 내 몸차림이?

최천길   어째 자신이 없는 모양이구려?

미시즈최   내 몸차림은 미국의 최신식 유행이라는데.

최천길   그 친구의 말이 미국하구 우리 한국하구는 거리가 상당히 멀다 나. 그리구 당신의 말.

미시즈최   내 말이 어쨌단 말이야?

최천길   "레이디 퍼스트!" 나는 당신의 전매특허인 "레이디 퍼스트"라 는 말이 유명하다구 자랑을 했지. 하루에 최고 기록이 몇 번이 었는지?

미시즈최   백일흔여덟 번.

최천길   열두 번을 에누리한 셈이 됐는데. 나는 백아흔 번이라구 자랑을 했는데.

미시즈최 잘했어요, 나의 명예를 위해서.

최천길 그런 것만 자랑한 줄 알아요? 그 밖에두 당신의 장점을 얼마나 선전을 했다구. 요점만 들어서 말을 할 것 같으면—가정에 들어서는 살림꾼으로 아무리 어려운 일이라도 제가 퍼스트로 해치우는 어진 아내! 그랬더니 내 친구가 화를 내가지구 하는 말이, 거짓말! 그 천한 몸차림, 그 더러운 말씨! 그 버릇없는 행실! 그것이 어진 아내의 태도냐구 주먹이 한 개 날아왔지. 아이구 가슴이야. 그래두 나는 양보를 안 했소. 내 몸을 희생하여가면서 어디까지든지 나는 사랑하는 당신을 위하여 고군분투를 했소. 들어봐요. 가정에 들어서는 어진 아내일 뿐 아니라 사회의 명망으로 말을 해도 최신식 첨단을 걷는 현대의 신여성으로 버스를 타면 노인에게 자리 비키기도 퍼스트! 거지에게 적선하기도 퍼스트! 불쌍한 사람을 동정하기도 퍼스트! 그런 나의 사랑하는 레이디야말로 사회의 유지 명사가 아니냐고 그랬더니 미친 수작 말라고—버스 안에서 우리 선생님의 자리를 뺏아 앉은 건 누군데 건방지게—. 또 주먹이 한 개! 아이구 가슴이야. 이러다가 나는 죽을 거야. 난 죽어두 좋아. 여보, 나는 당신을 사랑해요. 당신을 좋아해요. 내 말을 들었지요. 나는 당신을 사랑하기 때문에 친구의 앞에서도 그렇게 자랑을 했소. 거짓말이 아니오. 참말이오. 여보 왜 말이 없소. 당신이 제일이지요. 어진 아내, 얌전하구, 싹싹하구, 의젓하구, 상냥하구! 내 말이 참말이지요. 나는 당신을 사랑해요. 좋아해요. 여보 말을 좀 해요.

미시즈최 (혼잣말로) 어진 아내? 얌전하구? 싹싹하구? 의젓하구—? (생각하다가 애원의 말로) 여보 그이를 좀 만나게 해줘요. 당신의 동창을, 당신을 때린 사람을.

최천길   또 쌈을 하려구? 그만두오. 나의 동창 그 사람은 잘못이 없소.
         내가 잘못했지.

미시즈최 아니에요. 아니에요. 그이를 만나게 해줘요. 나는 할 말이 있
         어요.

최천길   만날 필요가 없어요.

미시즈최 그럼 내가 만나러 가야지. (길로 들어간다)

   숨어서 연극을 구경하던 강 선생과 허세풍은 미시즈 최의 눈을 피하
여 나온다.

강선생   (최천길에게) 연극을 잘했어. 아주 명배우들이야.

   미시즈 최는 허세풍을 만나지 못하고 미시즈 허를 만나 같이 나온다.
그들은 로터리 가운데 서 있는 선전 표식을 사이로 하고 말을 한다.

미시즈최 (미시즈 허에게) 아까는 실례가 많았어요.

미시즈허 뭘요. 괜찮아요.

최천길   (미시즈 최하고는 반대쪽에서 허세풍에게) 자네 부인은 아주 현숙
         한 부인이야.

허세풍   (최천길에게) 나두 갑갑할 때가 많다네.

최천길   그런 부인을 가지구. 그건 자네의 허영이야. (강 선생에게) 이번
         에 선생님께는 무어라……선생님께서는 돈까지 소매치기를 당
         하셨다지요?

허세풍   한 달 월급이 전부라네.

강선생   (최천길에게) 내 걱정은 그만둬. 앞으로 자네들 부부가 행복하게
       만 산다면 그까짓 돈이 문젠가? 내 돈 한 달 월급하구 자네들
       부부의 행복하구는 바꿀 수가 없어.

최천길   그래두 선생님께서는 당장 급하실 텐데. (허세풍에게) 무슨 도리
       가 없을까?

허세풍   (생각하다가) 우리 회사 월급날이 내일이야.

최천길   나두 내일이 월급날이야. 그럼 우리 월급에서 조금씩을……

허세풍   좋은 생각이야.

강선생   이 사람들 그런 생각은 그만두라니까.

   미시즈 최와 미시즈 허는 얘기를 하면서 그들의 앞으로 온다.

미시즈허   (그들을 보고) 저기들 계시네요.

미시즈최   …….

   최천길이는 미시즈 최를 보고 달려온다.

최천길   (미시즈 최에게) 어디를 갔었소.

미시즈최   …….

최천길   (미시즈 최를 잡아끌면서) 저리로 갑시다. 우리 선생님을 뵈러.

   미시즈 최는 최천길이를 따라간다.

최천길   (강 선생에게) 제 처예요.

미시즈최   (강 선생에게) 선생님 용서하세요. (부끄러워하며 최천길에게) 나

는 선생님을 모시고 싶은데. 당신은 어떠세요?

최천길　좋아요. (강 선생에게) 선생님 어떠십니까?

강선생　좋네. (최천길 부부와 허세풍 부부를 보면서) 자네들두 이젠 어른
　　　　이 다 됐어.

최천길　(허세풍에게) 자네두 같이 가세.

미시즈최　(미시즈 허에게) 같이 가세요.

최천길　(강 선생에게) 선생님 가시지요.

강선생　(앞서 가려는 최천길이와 허세풍을 보고) 자 레이디 퍼스트! 남자
　　　　들은 뒤로.

　　강 선생은 미시즈 최와 미시즈 허를 앞세우고 나가고 그 뒤로 최천길
이와 허세풍이 나가는데 막이 내린다.

— 1952년 作

청춘(전5막6장)

나오는 사람들

진국

허씨

두혁(진국의 아들)

형술(두혁의 학우)

영걸(두혁의 학우)

성삼(두혁의 학우)

라미(곡마단 소녀)

박광(곡마단 악사)

왕가(곡마단 지배인)

백 영감(곡마단 할아버지)

장 선생(두혁의 담임선생)

경관

유수

분이(심부름하는 아이)

기름 장수

복술

악사 A, B

때

지금

곳

서울

제1막

올림픽 곡마단 무대 뒤.

천막으로 꾸민 합숙소.

정면에 무대로 통하는 문이 있고, 방에는 적당하게 단원들의 사진이 벽에 붙어 있고 옷도 걸려 있다. 방 가운데는 담요, 재떨이, 신문, 잡지들이 널려 있고 방구석에는 악기도 있다.

시간은 저녁 흥행이 시작되기 전.

박광은 나팔 연습을 하고 형술이는 주먹질을 하며 권투 장난을 하고 있다.

무대 뒤에서는 음악 소리와 소녀들의 노랫소리 들려온다.

형술　　(주먹질을 하다가 박광에게) 나팔을 좀 빌리자.

박광은 나팔을 준다.

형술이는 나팔을 분다.

박광   (형술이가 나팔 부는 것을 보고) 됐어. 됐어. 아까운데.

형술   (나팔을 불다가) 아깝기는?

박광   천재적 소질이 그냥 썩는 것이 말이야.─"그래 그래. 세월은 흐르고 흘렀다. 그때가 바로 언제였던고 하니 지금으로부터 오 년 전! 여기에 두 소년은 베토벤과 슈베르트를 꿈꾸었던 것이다. 그러나 운명의 신은 두 소년으로 하여금─."

형술   ─"한 사람은 곡마단 나팔수가 되게 하고─"

박광   ─"한 사람은 뒷골목의 권투왕!"

형술   집어치워라. (나팔을 또 분다)

박광   그 나팔두 집어치워라.

형술이는 나팔을 입에서 뗀다.

그들 서로 얼굴만을 바라본다.

형술   그래 육이오사변 통에 부모와 집을 잃고…….

박광   부산으로 피난을 가서 돌아다니다가 이렇게 됐지. 내가 너를 만난 것은 언제지?

형술   지나간 목요일이었으니까, 일주일이 지났어.

박광   나는 네가 어떻게 반가웠는지? 모두 재미있어. 네 친구들까지.

형술   우리를 재미있다고 하는 건 너뿐일 게야. 세상에서는 우리를 뭐라고 하는지 아니?

박광   쌈패, 망나니, 깍쟁이, ─어깨. 그러니까 낙제를 삼 년씩이나 했단 말이지?

형술 　미안하게 됐어. 나두 공부를 하기만 하면 우등은 문제없을 거
　　　 야. 그렇지만—.

박광 　틀렸단 말이지. 오늘 저녁에는 집으로 가서 공부를 좀 해보지.
　　　 우등을 하게.

형술 　집? 나에게 집 얘기는 그만두라니까.

박광 　집에 들어가기가 그렇게 싫은가?

형술 　나는 너만 만나지 않았다면 이 저녁도 어디를 헤매고 있을지?

　　무대 뒤에서 벨 울리는 소리 들린다. 이어서 박수 소리도 들린다.
　　박광은 바쁘게 나간다.
　　무대에서는 음악 소리 들려온다.
　　형술이는 혼자서 권투 장난을 하고 있다.

형술 　(주먹질을 하다가 갑갑한 듯이) 이 자식들이 왜 안 올까? 집으로
　　　 뺀 것이 아닐까? 그렇지 않으면 학교에서 걸렸나? (허공에다 주
　　　 먹질을 그냥 계속한다)

　　두혁이와 성삼이가 돌아온다.
　　그들은 방 안에 책보를 던진다.

형술 　난 오늘은 너희들이 집으로 컴백한 줄만 알았지.

두혁 　집?

성삼 　집?

두혁 　모두들 지금쯤은 집으로 돌아들 갔겠지.

성삼   누구 얘기냐?

두혁   영걸이랑, 광수랑, 봉식이랑.

성삼   그 자식들 얘기야 해서 뭣한단 말이냐? 그 자식들은 우리하구
       머리가 다르구.

형술   머리만 다른 줄 아니? 그 자식들은 일체의 생활환경이 다르다
       는 것을 알아야 해.

성삼   그 자식들은 지금쯤은?

       마이크 소리가 들린다.

어머니   저렇게 공부에 미친 애가 어디 있을까? 얘 광수야, 저녁을 먹구
       해. 네가 몸이 약한 것 같아서 오늘은 영계를 사다 고았는데 식
       기 전에 먹어라.

광실   어머니, 오빠가요 선수로 뽑혔대요.

어머니   선수는 무슨 선수?

광실   전국 고등학교 수재들이 모여서 실력 경쟁을 하는데.

어머니   그래. 네가 공부를 그렇게 잘하냐? 공부두 잘해야지만 나는 네
       가 몸이 약해서 걱정이다.

       마이크 소리 끝난다.

성삼   그야말로 스위트 홈이겠지?

형술   스위트 홈!

두혁   지옥에서는 독사의 혀끝이 날름거린다.

성삼   그런 지옥 같은 곳!

형술   무덤 속에서는 주검의 귀신이 아우성을 친다.

두혁   그런 무덤 같은 곳!

성삼   우리 집!

형술   우리 집!

성삼   무덤 같은 집이라두, 지옥 같은 집이라두, 그 집이 그리워 나는 오늘만은 집을 찾으려고 했다. 그러나 주검의 귀신과 같은, 독사의 혀끝과 같은, 그 눈초리가 무서워서 발길이 돌아서야지?

두혁   (신문을 보고 있다가) 〈미국으로 가는 강성웅 군〉―강성웅, 강성웅? 가만, 그 자식이 아니야?

형술   뭐야? 강성웅? 틀림없는 그 자식이야.

두혁   ―"금년 ×월에 뉴욕에서 열리는 ×××신문사 주최의 세계 고등학생 토론 대회에 한국 학생도 초청을 받았던 바 문교부와 외무부에서는 동 대회에 파견할 선수의 선발 시험을 전국 남녀 고등학생에게 실시하여 이에 강성웅 군이 영예의 당선을 하였다"―강성웅 만세. 강성웅 만세.

형술   집어치워라.

두혁   홍! 소학교 동창이 영예스럽게도 국제 무대에 진출을 하게 돼서 안됐군.

형술   뭣이 어쩌고 어째? (허공에 주먹질을 하며) 나에게 미국이 무슨 상관이란 말이냐? (두혁에게) 그리구 너두?

두혁   어쨌단 말이냐?

형술   (비꼬는 말로) 너희들이 제일이다.

두혁   강성웅보다두?

형술   강성웅이는 강성웅이구, 김두혁이는 김두혁이야. 미국에는 깽이 유명하다지? 깽 대회가 있다면 내가 단연 세계의 인기를 독점하련만―. (노랫조로) 아서라 말어라, 아아―.

두혁　네 그리 말어라. (노랫조다)

성삼　(노랫조로) 사람의 괄세를 네 그리 말어라.

두혁　(신문을 보다가) "학비 없어 고학생 음독 자살."―가만 배상필!

형술　배상필?

두혁　"××대학교 ××과 삼 학년에 재학 중인 배상필이는……."― 배상필이라는 이름두 듣던 이름인데. 그래. (형술에게) 자식아 생각이 나지 않는단 말이냐? 소학교 때 네 짝 말이다.

성삼　(형술이를 가리키며) 이 자식의 소학교 짝이 벌써 대학교 삼 학년 이야?

두혁　우리 '제멋대로' 클럽의 부원 일동은 고등학교에서 삼 년 동안 '편히 쉬어'를 했다는 사실을 알아야지.

형술　배상필! 배상필! 틀림없어. 그래 그 자식이 자살을 했단 말이 냐?

한동안 말이 없다.

형술　한 자식은 미국에를 가구, 한 자식은 자살을 하구―제멋대로들 하라구 해라. (두혁에게) 자식아 네 멋은 무엇이냐?

성삼　두혁이 자식은 멋이 있지.

형술　라미하구 연애하는 멋?

두혁　연애? 그래 어쨌단 말이냐? (형술에게) 네 멋은 무엇이냐?

형술　내 멋? (두혁이를 향해 주먹질을 하면서) 해볼 테냐?

두혁은 주먹을 부르걷고 형술이한테 대든다. 한동안 그들의 권투 장난은 계속된다.

성삼이는 신문을 보고 있다.

라미가 노래를 부르며 들어온다.

그들 라미를 보고 주먹싸움을 그만둔다.

형술   (라미에게 대들며) 나하구 한번 해볼까?

라미는 형술을 피한다.

형술   (피하는 라미를 보고) 너 두혁이하구두 싫으냐? 두혁이야 싫지
        않겠지? 자 하나 둘 셋!

라미는 두혁이한테 대든다.

두혁이를 막 때린다. 두혁이는 맞는다.

성삼   (신문을 보고 있다가) 그만, 그만. 여자하구 남자하구 권투가 뭐
        란 말이냐? 라미 너는 두혁이를 아주 케이오 시킬 셈이냐?

형술   (두혁에게) 자식아 권투에서는 케이오를 당하지만 사랑에서는
        케이오를 당해서는 안 된다.

라미   (두혁에게) 내가 너무 까불었어.

영걸이가 부상을 당해가지고 온다. 방에 쓰러진다.

형술   (영걸이를 보고) 이게 누구냐? 영걸이로구나?

두혁   어찌된 일이냐?

라미는 약과 붕대를 가져온다.

두혁이와 라미는 터진 머리에 약을 바르고 붕대로 싸매준다.

형술   누구한테 걸렸니?

영걸   학근이, 철인이, 진구…….

형술   이번에는 수재파한테 걸렸구나? 어떻게 혼자서 그 자식들하구?

영걸   학근이 그 자식의 동생이 우리 학교 일 학년에 있지? 그 자식이 어떻게 건방진지 상급생인 우리보구 인사두 안 한단 말이야. 몇 번 그 자식한테 기합을 줬지만 화가 나서 견딜 수가 있어야지. 그래서 오늘은 학근이 그 자식한테 기합을 좀 넣어봤지. 그랬더니 자식들이.

형술   어디서 그랬단 말이냐?

영걸   사직공원 옆 골목에서.

형술   (성삼에게) 그 자식들을 가만두겠니?

성삼   그 자식들이 걸릴까?

형술   (주먹질을 하며) 자식들을 그저. (성삼에게) 가보자.

형술이와 성삼이는 나간다.

두혁   나두 간다. 같이 가자. (따라 나가려고 한다)

라미   (두혁에게) 부상한 환자를 혼자 두구 다 가면 어떻게 하라구?

영걸   두혁아, 나 물 좀 줘.

라미는 나가서 물을 떠 온다.

두혁   (라미에게서 물그릇을 받으며) 심부름을 너무 시켜서 미안한데.
       (영걸에게) 물이다, 물.

   영걸이는 물을 마신다.

라미   난 이런 심부름은 얼마든지 해두 좋아.
영걸   두혁이가 있으니까 말이지?
두혁   (영걸에게) 아픈 것이 어떠냐?
영걸   괜찮아. 너희들이 이렇게 정성스럽게 간호를 하는데, 나는 지금
       이런 생각을 했어. 내가 이렇게 피투성이가 돼가지구 우리 집에
       를 들어갔다고 하면?
라미   지금쯤은 어머니가 걱정을 하시면서 약으로 싸매주시구 야단이
       시겠지.
영걸   그런 어머니라면 내가 집에를 왜 안 들어가. 지금쯤은 또 어디
       가서 "쯔! 쯔! 쯔!"하며 돌아갈 텐데. 어머니는 댄스에 미치구.
       우리 아버지는 어떤 사람인지 알아?
두혁   광창무역회사 전무취체역*이지 뭐야.
영걸   기생 조합 전무취췌역인 줄은 모르지? "기생만 여자구 나는 여
       자가 아니란 말이야? 이런 줄 알았다면 나두 기생이나 될걸"—
       우리 어머니는 우리 아버지에게 이런 말을 다 한다니까그래. 우
       리 아버지하구 우리 어머니를 봐두 부부라는 것이 시시해 보이
       기만 해. 너희들은 연애를 하지? 연애를 하면 결혼을 하겠구나.
       결혼을 하면 너희들두 부부가 된다. 부부가 되면 너 같은 아들

| * 예전에 '전무이사'를 이르던 말.

260

을 낳구.

두혁   자식이 다친 데가 아프지두 않은 게지? 그런 꿈같은 얘기를 다 하구.

영걸   꿈같은 얘기? 꿈같은 인생은 아니구? 난 뭐가 뭔지 모르겠다. (잠이 든다)

라미   (영걸이를 보고) 잠이 든 모양이지?

두혁   꿈같은 인생이 꿈을 꾸려고 잠이 든 게지.

라미   참말이지 난 꿈같기만 해. 너를 만난 것이.

두혁   우리 어머니라는 그 여자한테 고맙다구 인사를 해야겠군.

라미   왜?

두혁   나는 우리 어머니라는 그 여자가 싫어서 집에두 들어가지 못하구 이런 우리 안에까지 굴러 들어와서 라미를 만났으니까 말이지.

라미   어떤 어머니길래 그럴까?

두혁   독사야. 가시야. 얼음이야. 우리 아버지란 사람의 사랑만을 독차지하는 데는 내가 방해물이겠지. 나는 그 여자하구 말을 해본 일이 없으니까.

라미   그런 어머니라두 난 두혁이 어머니를 한번 만나봤음.

두혁   라미. 참말이지 난 처음이야.

라미   무엇이?

두혁   라미가. (라미의 손목을 잡으며) 그리구 사랑이……. (라미를 포옹한다)

라미   나두 처음이야 두혁이. 내 이름을 한번 불러봐.

두혁   라미!

라미   내 본 이름은 라미가 아니야. 정숙이야.

두혁	정숙이.
라미	'정숙'이가 '라미'루 되구, 라미가 '이 계집애야' '이년아'루 되구. 나는 내 이름이 '이 계집애' '이년'인 줄만 알았는데. 두혁이는 내 이름까지 고쳐준 셈이야.
두혁	정숙인 내 이름이 뭔지 알아?
라미	두혁이!
두혁	나두 '두혁'이라는 이름을 잃어버린 지가 언제라구. '이 자식'이 내 이름인 줄 몰라.
라미	아니야. 두혁이야.
두혁	그건 정숙이가 찾아준 이름! 정숙이. 정숙이 어머니는 어떤 어머니였어?
라미	우리 어머니는 두혁이 어머니보다 더 나쁠 거야. 그러니까 내가 열두 살 때였어. 우리 아버지가 사업에 실패를 하시구 화병으로 세상을 떠나시지 않았겠어. 그길로 우리 어머니는 나를 이런 데다 버리고 어디로 도망을 가고 말았다는 거야. 내 몸값으로 돈까지 받았다는데 뭐.
두혁	그럼 정숙이는 여기에 빚이 있겠군.
라미	돈 얘기는 하지 말아.
두혁	그럼 정숙이는 언제까지나 그넷줄에 매달려 살겠어?
라미	두혁이는 내가 그넷줄 타는 것이 싫어? 나두 그넷줄이 싫어졌어. 그리구 이 우리 속두 싫어지구. 두혁인 이 우리 속이 좋아?
두혁	좋은 게 뭐야, 갈 데가 없으니깐 친구들을 따라오다가, 인젠 정숙이를 만나러 오는 게지.
라미	이 우리에서 나갈 수가 없을까?
두혁	우리 이 우리에서 나갈까?

라미   어떻게?

두혁   돈이 있으면 나갈 수가 있지 않어.

라미   돈!

벨이 울린다.

객석에서는 박수 소리 들리며 손님들의 떠드는 소리 들린다.

백영감   (소리만 무대 뒤에서 들린다) 이년아. 이 계집애야─. 이 계집애가 뭣하구 있어? 이년아. 이년아─.

백 영감의 말소리를 듣자 라미는 일어서서 나가려고 한다.

백 영감 나타난다. 술에 취했다.

백 영감 들어오다 라미와 마주친다. 백 영감 넘어간다.

라미는 나간다.

백영감   (일어나며) 아이구구. 이년아 네 차례야. 이년이 정신이 있나? 없나? 저 소리를 못 듣니? 손님이 저렇게 떠드는 소리를─. 이년아 너 여기서 뭣했니? 여기가 네 무대냐? (돌아보며) 이년이 어딜 갔어? (두혁이를 보고) 이 자식아 너는 어떤 자식이냐? 그래, 그래, 네가 바로 망나니 학생이로구나? 이 자식아 너두 부모가 있는 자식이지? 나는 아들딸 마누라 폭격에 맞어서 다 죽구 나 혼자다. 그래 어쨌단 말이냐? 내 아들 살았으면 저만 하겠지. 이 자식아 집으로 가. 여기는 네 집이 아니야. 기수야. 기수야.

두혁   기수가 누구예요?

백영감	내 아들이지 누구야. 망할 자식. 기수야. 기수야—. (찾으며 나간다)
두혁	(혼잣말로) 돈! 돈! 우리 집에는 돈이 있다.
영걸	(잠꼬대와 같이) 이 자식아, 너 돈을 뭣하겠니?
두혁	자식이 자는 줄 알았더니. 상처가 어떠냐?
영걸	네가 돈 얘기하는 소리를 듣고 깼어.

형술 돌아온다.

형술	헷다방이야.
두혁	혼자냐?
형술	성삼이 자식은 집으로 갔어. 자식 집 생각이 났겠지.
영걸	우리 '제멋대로' 클럽도 인젠 가을이 도는 모양이야, 꽃이 한 송이 두 송이 떨어지는.

백 영감과 박광 들어온다.

백영감	(박광에게) 이 사람아, 글쎄 이런 학생 자식들은 왜 모아들이느냐 말이야.
형술	(백 영감에게 껌을 주며) 할아버지 이거나 잡수세요.
백영감	(껌을 뿌리치며) 이 자식아 싫어. 자식이 건방지게 어른보구 질경질경 껌 같은 것을 씹으라구.
형술	(박광에게 껌을 주며) 줄까?

박광은 껌을 받아 씹는다.

백영감   (박광에게) 이 사람아, 껌이나 얻어먹느라구 이런 망나니 자식들
        을 모아들였단 말인가?

박광   (백 영감에게) 이 영감이 왜 이럴까? 이 학생들이 영감보구 밥을
        달랩니까? 옷을 달랩니까?

백영감   우리한테 옷두 달라지 않구 밥두 달라지 않는 것들이 뭣하려구
        여기는 모여든단 말이야.

박광   이 학생은 내 옛날 친구예요. 나는 친구가 좋아서 오라구 그랬
        어요. 친구를 오라구 한 게 뭐 잘못이에요?

백영감   자네 친구들은 학생이야. 학생들이 학교에는 가지 않구 이런 데
        모여서 장난이나 해야 한단 말인가?

형술   우리가 학교에를 왜 안 가요? 우리가 학교에를 꼬박꼬박 다니
        는 줄을 할아버지는 모르세요?

백영감   내가 알게 뭐야.

곡마단 무대에서 떠드는 소리 들린다.

소리   라미가 떨어졌다.

소리   라미가 그네에서 떨어졌다.

백영감·박광   뭐, 라미가? (뛰어나간다)

두혁   라미야. 라미야—. (찾으며 나간다)

형술이도 달려 나간다.
막이 내린다.

제2막 제1장

두혁의 집.

가운데 대청마루가 있고 좌우로 방이 있다.

부엌은 왼편에 있다.

대문은 바른편에 있는데 대문 밖으로 사람이 다니는 것이 보인다.

캄캄한 새벽이다.

대청마루에 침대가 있고 모기장을 쳐놓았는데 그 모기장 속에서는 두혁이의 아버지와 어머니가 자고 있는 것이 분명하다.

두혁이가 집 뒤에서 도적의 걸음으로 나온다. 그는 집 뒤에 있는 변소 문으로 들어온 것이다.

숨은 것같이 담벼락에 붙어서 집 둘레를 한번 살피고는 마루방 앞에 진국이의 신발과 허씨의 신발이 놓여 있는 것을 보고, 마루방에 모기장 쳐놓은 것을 보고,—다시 한번 숨었다가 문을 열어놓은 왼편 방으로 들어간다.

사이 두고 돈 뭉텅이 같은 것을 손에 들고 방에서 나온다.

대문을 열고 달아난다.

무대 어두워진다.

제2막 제2장

아침이다.

분이가 마루 소제를 하고 있다.

진국   (방에서 나오며 분이에게) 얘 두혁이 자식이 언제 집에를 들어왔
       었니?

분이   어제저녁 때 나 혼자 있을 때 잠깐 들어왔다 나갔어요.

진국   자식이 아주 내 눈앞에서 보이지 않았으면 좋질 않겠나.

허씨   (방에서 나오며) 말이 나왔으니 말이지 우리 집안에 그 애 하나
       만 없으면 걱정이 무슨 걱정이겠소. 내가 이 집에 들어와서 오
       늘까지 그 애 때문에 속을 얼마나 태웠는지 알아요?

진국   그래서 그 애를 죽이려구 약까지 먹이려고 했군.

허씨   쉬! (진국이의 입을 막으며) 어쩌려고 당신은 그런 말을 꺼낸단
       말이오.

진국   당신이 미워하니깐 나까지 미워하게 된단 말이야.

허씨   그래두 당신은 그렇지 않을 거예요. 나 같은 것보다야 아들이
       더할걸 뭐?

진국   그까짓 자식이 어떻다구. 그런 말은 하지 말아요.

       분이가 부엌에서 밥상을 들고 나와 방으로 들어간다.
       진국이와 허씨도 따라 들어간다.
       유수가 찾아온다.

유수   계십니까?

       분이가 방에서 나온다.

분이   (방에 있는 진국이에게) 손님이 오셨어요.

진국   (방에서 나와서 유수를 보고) 유수 자네가 어떻게 이렇게 일찍?

유수   급한 일루 좀 뵈러 왔습지요.

진국   올라오게. 무슨 일인지.

유수 마루로 올라간다.

마루방 의자에서 그들 얘기한다.

유수   다름 아니구 현금이 좀 있으신지?

진국   무슨 일인가? 좋은 일이 있는 모양이로군. 혼자만 재미를 보지
        말구 나두 한몫 넣어주게.

유수   걱정 마십시오. 제가 언제 아저씨를 빼놓구……. 이번 일은 다
        름 아니라 어떤 사람이 일본에서 양복감을 가져왔다는데 괜찮
        겠어요. 그것을 오늘 당장 맡으라지 않겠어요. 제게두 돈이 좀
        있기는 하지만 제 돈만 가지구는 모자라겠어요.

진국   돈이야 있지. 그것을 맡기로 하세. 그런데 돈은 얼마나 필요한가?

유수   한 십만 환쯤 있으시면—.

진국   십만 환! 그맛* 돈은 걱정 말게. 그리구 우리들의 조건은 요전
        세멘**을 샀을 때와 같이 이익에서 반씩을—. 무엇보다도 나는
        자네를 믿으니까. 돈을 가지구 나하구 같이 가서 물건을 보기로
        하세.

유수   그러시지요.

진국   잠깐 기다리게. (방 안으로 들어간다. 사이 두고, 방 안에서) 여보!
        분이야—. (심상치 않은 진국이의 목소리다) 돈! 돈! 여기 있던 돈
        말이야.

---

* 그만한.

** '시멘트'의 오류로 보임.

허씨	(방 안에서) 뭐요? 돈이 없어졌어요?
진국	(방에서 나오며) 누가 돈을 꺼냈어? 도적이야—.
허씨	다른 데 두지를 않았어요?
진국	수작 말어. 내가 돈을 어디다 둔다구. 도적이야. 도적이야. 누가 내 돈을 도적했단 말이야.
유수	돈이 없어져서 안됐습니다. 그럼 나는 가보겠습니다. 안녕히 계십시오. (나간다)
진국	잘 가게. 도적놈이 어디루 들어왔단 말이야. (분이에게) 얘 이년아, 어제저녁 대문을 걸었지? 다른 데루 도적놈이 들어온 데가 없단 말이냐?
분이	(나오면서) 난 모르겠어요.

진국이는 이 방 저 방을 찾아보고 마당을 헤매기도 하고 부엌에도 들어가본다.

진국	(허씨에게) 돈을 내놔, 내 돈을 어쨌어?
허씨	뭐요?
진국	내 돈을 가졌을 사람은 당신밖에 없어.
허씨	이 일을 어쩌면 좋아?
진국	돈을 빨리 내놔. 나 죽는 것을 볼 테야?
허씨	이이가 환장을 했나?
진국	돈이 쓸데가 있으면 나보구 달라지, 훔치기는 왜 훔친단 말이야.
허씨	누가 돈을 훔쳤단 말이에요.
진국	누군 누구야. 돈을 내놓으라니까.

허씨	버선짝이라구 뒤집어 뵐 수두 없구.
진국	안 되지 안 돼. 내 돈을 공짜루 먹어보겠다구?
허씨	이놈의 집안엔 사람이 나 하나밖에 없나.
진국	누가 있단 말이야?
허씨	두혁이는 이 집 사람이 아니구?
진국	두혁인 내 자식이 아니야.
허씨	자식이 아니니깐 이 집 재산을 도적질을 한단 말이에요.
진국	그 자식이 그랬을까? 그럼직두 한 말이야. 내 생각엔 모두 도적 놈 같단 말이야. 내 돈을 내놓으란 말이야. 이 일을 어쩌면 좋아? (방을 들락날락 마루방을 거닐며) 십만 환! 십만 환! (허씨에게) 그 돈을 어디다 감췄어. 그 돈을 가지구 도망을 하려구 그랬지? 이 집에서 나가려구 그랬지? 우리 두혁이가 보기 싫어서 나가려구 그랬지? 내 돈만 내놔. 두혁이 그 자식을 이 집에 들어오지 못하게 할 테니. 그 자식을 영 내쫓구 말지. 나두 그 자식은 보기 싫어. 그 자식은 내 자식이 아니야. 돈을 내놔. (방에서 두혁이의 책과 옷가지를 내던지며) 이게 다 뭐야. 이 자식아 다시는 내 집에 들어오지 못한다. 이렇게 두혁이 자식을 내쫓을 테야. 그러니 내 집을 나가지 말구 내 돈을 내놔.

장 선생 찾아온다.

장선생	(들어오며) 북촌고등학교에서 왔습니다.
진국	…….
장선생	두혁이의 담임선생입니다.
진국	(반갑지 않게) 네 그러십니까. 내가 두혁이의 애비 되는 사람이

	오. 두혁이는 지금 집에 없는데. 그 애가 학교에를 가지 않았습니까?
장선생	나는 학교에서 며칠째 두혁이를 보지 못했는데 오늘은 학교에를 갔습니까?
진국	모르지요. 그 자식은 어제저녁에도 집에를 들어오지 않았으니까.
장선생	가정에서 좀 단속을 해서 학교에를 보내시지요.
진국	우리야 학교에야 가는 줄 알았지.
장선생	집에를 들어오지 않는 날이 많습니까?
진국	(허씨를 보며) 며칠이나 되는지?
장선생	댁에서는 두혁이의 일에 대하여 통 간섭을 안 하시는 것이 아닙니까?
진국	우리가 자식의 간섭을 왜 안 하겠소. 그 자식이 우리의 간섭을 받으려 하지 않지.
장선생	두혁이가 어떤 동무하구 사귀어 노는지 두혁이의 교우 관계를 아십니까?
진국	학교 담임선생님이 모르시는 걸 이 애비가 어떻게 알겠소. 하! 큰일이로군. 돈을 찾아야 할 텐데.
장선생	(두혁이의 교과서를 보고) 두혁이가 공부하는 책들이 아닙니까?
진국	돈을 찾느라구 그랬답니다. 내 돈이 없어졌단 말이에요.
허씨	그 돈은 두혁이의 짓이에요.
장선생	금액은 모르겠지만 두혁이가 전에도 그런 일이 있었습니까?
허씨	그 애 손버릇이 어떻게 나쁘다구. 언젠가는 내가 화장을 하느라구 빼놓았던 금반지를 팔아먹으려구 감춘 것을 내가 찾아낸 일까지 있는데—. 학교에 다니는 자식이 손버릇이 그게 뭐야. 학교에서 도적질이야 가르치지 않겠지.

장선생 네? 나는 두혁이의 담임선생입니다. 말을 삼가십시오.

허씨 학교에서 교육을 얼마나 잘 시켰으면 집에서는 돈이나 훔치구, 밖에 나가서는 쌈이나 하구―지금두 어디 가서 뭣을 하는지 누가 안단 말이야.

장선생 진정하십시오. 댁의 두혁이가 학교에두 가지 않구 부랑 학생이 됐다구 화풀이로 나에게꺼정 그런 말을 하시는 모양인데―거기 대해서는 학교만 나쁘다고 그러시지 마시고 가정에서도 책임을 져야 할 것입니다. 그리고 학교에서 교육이 나빠서 부랑 학생이 되고 도적질까지 한다는 말을 하시는데 그 말을 듣는 저는 부끄럽기 짝이 없습니다. 따라서 학부형으로서는 너무 지나친 말이라고 생각합니다. 그것은 학교를 어떻게 알고 우리 교사를 어떻게 알고 하시는 말씀인지?

허씨 (비웃는 말로) 학교에서 그런 도적질이야 가르치지 않았겠지.

장선생 가정에서 학교나 교사를 믿지 못하고 의심하거나 오해를 하는 것은 가정에서 학교에 보내는 아들이나 딸을 믿지 못하고 의심하는 것과 같은 것입니다. 자식을 믿지 못하고 의심하는 것과 같은 것입니다. 자식을 믿지 못하고 의심하는 것은 자식을 나쁘다고 생각하는 것이고, 자식을 나쁘다고 생각하는 것은 사랑이 없는 까닭이라고 할 수 있을 것입니다. 공부를 잘하지 못하고 부랑 학생이라고 해서 그 학생의 바탕이 나쁜 것은 아닙니다. 무엇이 그 학생으로 하여금 공부에 재미를 붙이지 못하게 했고 무엇이 그 학생으로 하여금 거리의 학생이 되게 하였나? 학부형이 된 분으로서는 신중하게 생각을 해봐야 할 것입니다. 댁에서는 두혁이란 학생에 대하여 사랑이 부족한 것 같은데 어떻습니까? 그 때문에 두혁이는 공부도 하지 않고 거리의 학생이 된

272

것이 아닙니까?

허씨   우리가 어떻게 두혁이를 사랑하지 않았단 말이야. 밥을 굶겼단 말이야! 옷을 입히지 않았단 말이야! 두혁이의 옷이 몇 벌이라구.

장선생   옷이나 밥을 가지고 자식의 사랑을 얘기할 수는 없을 것입니다. 댁의 두혁이에게는 옷보다도 밥보다도 더한 그 무엇이 필요할 것입니다. 그것만 있으면 지금 당장이라도 두혁이는 집으로 돌아올 것입니다.

허씨   그것이 무어란 말이야? 돈 말이야?

진국   돈 얘기는 하지 말어. 나는 돈 때문에 울화가 터질 지경인데. (장 선생에게) 선생님, 수고스럽지만 두혁이 그 자식을 좀 잡아 주십시오. 선생님은 그 자식이 간 곳을 아시겠지요. 나는 그 자식을 잡아서 내 돈을 찾아야 하겠습니다.

장선생   두혁이가 돈을 도적한 줄을 꼭 아십니까?

허씨   우리 집안에 그럼 누가 돈을 도적했겠어요. 내가 도적했단 말이에요? 선생님은 남의 가정 싸움에 키질을 하실 작정이세요.

장선생   뭣이 어쩌고 어째요? 나는 두혁이의 담임선생입니다. 담임선생으로서 두혁이가 돈을 훔쳤다는 말을 몇 마디 얘기로는 믿고 싶지가 않아서 하는 말입니다. 나두 두혁이에 대해서는 어느 정도 말할 권리가 있습니다. 사제지간의 관계를 아십니까?

진국   사제지간이라면 선생님은 두혁이가 가 있는 곳을 아실 것이 아닙니까?

장선생   두혁이가 가 있는 곳을 알면 내가 이렇게 아침 시간에 방문을 했겠습니까? 두혁이는 맘대로 하십시오. (나간다)

진국이는 장 선생이 나가는 것을 보고 따라 나가려 하다가 되돌아
선다.

진국   그나마도 두혁이는 학교에를 다 다니게 됐군.

허씨   아이구 그 잘난 학교? 학교에서 떨어지기만 하면 난 춤을 추겠
소. 학교에서 쫓겨나기만 하면 그날 아침으로 데려갈걸 뭐.* 그
애가 낙제를 몇 해나 했는지 아세요? 자그마치 삼 년이에요. 군
인으루 나갈 나이는 처지구두 남은걸 뭐.

진국   나두 그 자식은 군인으루나 나갔으면 좋겠어. 그 자식이 군인으
루 나가는 것은 좋지만 내 돈은 어쩐단 말이야? 두혁이 자식이
가 있는 곳을 알 수 없구—내 돈 도적놈이 누구란 말이야? (무
엇을 생각하다가) 그래. 그래. 내가 생각을 못 했어. 그년의 장난
일지도 모르지. 분이야—.

분이   네. (부엌에서 나온다)

진국   (분이에게 백 환 지폐를 보이며) 이것이 얼마지?

분이   백 환이에요.

진국   (천 환권을 보이며) 이것은 얼마지?

분이   천 환이에요.

진국   만 환이면 천 환짜리가 몇 장이지?

분이   열 장이에요.

진국   십만 환이면 몇 장이지?

분이   천 환짜리가 백 장이에요.

진국   너 천 환짜리 백 장을 어디다 감췄니?

| * '학교에서 쫓겨나면 그날 아침으로 군대로 끌려간다'는 의미로 풀려됨.

분이	네? (허씨를 보면서) 아주머니, 아저씨 보세요. 아주머니 내가 언제 돈을 감췄어요?
진국	할 수 없다. 경찰서에를 가자. 모두 경찰서 구경을 하구야 바른 대루 말을 하겠니?
분이	내가 왜 경찰서에를 가요?
진국	경찰서에 가지 않으려면 내 돈을 내놔라.
분이	(울면서) 난 돈을 몰라요. 경찰서에 가면 무서워요.
진국	가자. (분이를 잡아끌며 허씨에게) 당신두 가.
허씨	나두 가요? 당신은 미쳤구려? 내가 왜 경찰서에를 가? 난 안 갈 테야. 나를 조사할 일이 있으면 와서 조사하라구 해요. 나는 도 망을 안 가요. 내가 당신과 이 집을 버리구 왜 도망을 해요.
진국	경찰서에를 못 가겠단 말이야? 집두 비울 수는 없지. 그럼 그 금반지랑 그 팔목의 시계를 나에게 맡겨.
허씨	시계와 금반지를 왜?
진국	당신을 시계와 금반지로 붙잡아놓을려구.
허씨	당신두 너무합니다. (금반지와 시계를 주며) 자, 가져가요. 이 집 두 떠가지구 가구려. 내가 이 집을 떠가지구 도망을 가면 어쩔 려구 그러시우?
진국	내가 다녀올 때까지 꼼짝 말구 있어요. (분이에게) 너라두 가자.
분이	아주머니. 아주머니. (허씨를 찾으며 끌려 나간다)

막이 내린다.

제3막

1막과 같은 무대.
곡마단의 낮 흥행이 아직 시작되기 전.

합숙소에서는 악사들이 악기 연습을 하고 있다.
박광은 나팔을 불고 악사 A, B는 클라리넷과 다른 나팔을 분다.

악사A   (클라리넷을 불다가) 불어도 불어도 끝이 없는 나의 멜로디여.
이 멜로디는 언제나 끝이 나려노?

박광   (나팔을 불다가) 내가 눈을 감으면 그때에는 끝이 난다.

악사B   (학생들이 놓고 간 책을 보다가) 칠전팔기七顛八起, 넘어졌다가는
다시 일어나고—마지막 웃는 자가 승리자다. 마지막 웃는 자가
승리자다! (슈베르트의 세레나데를 콧노래로 부르다가) 슈베르트
는 마지막으로 웃었을까?

악사A   미완성 교향악을 보구 말해.

그들은 미완성 교향악의 멜로디를 연주한다.

악사A   슈베르트의 곡이 미완성인 것과 같이 나의 인생도 미완성이다.

악사B   (책을 던지며) 이 자식들이 오늘은 어찌된 일이야, 한 자식도 볼
수가 없으니? 두혁이 그 자식두 여기서 잤지? 그 자식은 아침에
보질 못했어.

악사A   그 자식이 오늘은 우리가 깨기 전에 일어나서 학교를 간 게지.

악사B   학교? 말은 좋지. 마지막 우는 자는 가장 불행한 자니라—. 자

식들이야말로 가장 불행한 자! 마지막 우는 자! 누가 그들을 그렇게 되게 했을까? 그것은 (박광을 가리키며) 너야!

박광　뭐야? 내가 어쨌다구? 다시 한번 말해봐.

약사A　그들은 몸을 걱정해주는 부모가 있다. 그들은 몸을 의지할 집이 있다. 그들에게는 학문을 닦는 학교가 있다.

약사B　우리는 부모두 없다. 집두 없다. 학교두 없다. 여기는 쓰레기통이다.

약사A　누가 그들을 우리하구 가깝게 했니? 누가 그들을 이 쓰레기통으로 불러들였니?

박광　이 자식들아 그만둬라. 불러들였으니 어쨌단 말이냐? (약사 A를 가리키며) 네 말같이 부모가 제일이구 집이 제일이구 학교가 제일이다. 제일이다.

약사A　그럼 그 학생들이 부모가 없구 집이 없고, 학교가 없단 말이냐?

박광　왜 없어. 눈이 시퍼렇구 덩그렇지. 그렇지만 절름발이 부모구 썩은 집이라나. 그런 부모는 없는 것만 같지 못하구 그런 집은 싫다고만 하면서 나를 찾아오는 걸 어떻게 한단 말이냐?

약사A　절름발이 부모? 썩은 집?

박광　내 말을 모르겠니? 아무리 눈이 시퍼렇구 집이나 덩그레 하문 뭣하니? 정이 안 붙는다는 걸, 사랑이 없다는 걸, 차다는 걸.

약사A　사람은 모름지기 빵으로만 살 수가 없나니라─. 나두 모르겠다. 그럼 그 학생들이 우리하구 같단 말이냐?

박광　여기가 더 따뜻하고 재미가 있다는 걸 어쩐단 말이냐?

약사A　결국은 우리들 자신이 행복한지? 불행한지? 그것조차도 모르게 되지 않나?

약사B　사람은 제멋대로 사는 거야.

악사A	어제 라미가 그네에서 떨어진 것두 제멋일까? 아무래도 실수는 아니었어. 일부러 떨어진 게지.
박광	그건 라미보구 물어보면 알 일이 아니냐? 라미.
라미	(들어오며) 나를 찾았어?
박광	그래 들어와.
악사B	(라미에게) 천당에를 가려구 그랬어? 지옥에를 가려구 그랬어?
라미	사람을 놀려댈 셈이야?
악사A	누가 네 가는 길을 막더냐? 갈 뻔했지?
라미	난 몰라.
박광	어제저녁 나는 너를 다시 보지 못하는 줄 알았어.
악사B	어쩌려고. 그게 뭐야? 좀더 높은 곳에서 떨어지지.
라미	떨어지기는 누가 떨어졌단 말이야?
악사B	너 어제저녁 그네에서 떨어지지 않았니?
라미	왜 자꾸만 사람을 놀리는 거야. (나가려고 한다)
박광	라미, 라미. (라미를 나가지 못하게 하며) 자식들이 없다구 그러니?
라미	(박광에게) 무슨 얘기들이 있어? 나보구?
박광	네가 많이 다치지 않아서 다행이라구.
라미	그 말뿐이야?
악사A	네가 만약 죽었다고 하면 네 몸의 값어치를 따지며 돈의 손해를 봤다구 야단이겠지만, 네가 그네에서 떨어는 졌어두 네 몸이 핑핑해서 오늘도 너는 또 손님 앞에서 재주를 놀아 돈을 벌 텐데 무슨 네 얘기를 하겠니?
라미	죽어버리구 말 걸 뭣하려구 살아났을까?
악사B	네가 지금 죽으면 지옥으로 간다.
라미	어째서 내가 지옥에를 가! 지옥에는 나쁜 일을 한 사람이 간다

는데. 내가 무슨 나쁜 일을 했어?

악사A　너 사람 구실을 했니?

라미　사람 구실?

악사A　네 나이에 사람 구실을 하려면 몸을 걱정해주는 부모가 있어야 해. 너는 부모두 없구? 집두 없구? 학교두 없지? 그러구두 사람 구실을 한다구 하겠니?

라미　어머니가 나를 이런 쓰레기통에다 버렸는데—그것두 내 죄야?

악사A　나두 모르겠다. 어쨌든 네가 지옥에 가지 않은 것만 다행이다.

악사B　(라미에게) 네가 지옥에를 갔으면 울 사람이 있지?

박광　두혁이란 자식? 너 정말이냐? 두혁이가 그렇게 좋아? 두혁이두 진정으루 너를 좋아하는 것 같디?

악사B　그런 깡패 자식들이 좋기는 뭣이 좋아.

라미　(악사 B에게) 말하지 말어.

박광　개막 시간이 가까웠지? 우동이나 한 그릇씩 먹구 오지.

악사A　또 우동이야? 자식들이 왜 보이지 않을까? 자식들이 있으면 자식들의 주머니를 털 텐데—.

박광　(악사 A에게) 그런 소리를 하면서 자식들이 이렇다저렇다—자식들의 얘기는 그만두란 말이야. 라미 너는 기다리구 있어.

악사 A, B와 박광 나간다.
라미 혼자서 무엇을 생각하고 있다.
백 영감 들어온다. 그는 또 술에 취했다.

백영감　(라미를 보고) 너는 이 방에서 사는구나.

라미　할아버지는 또 술이에요? 할아버지는 언제나 술이야?

백영감	또 마셨다. 왜? 술을 먹어서 안됐니?
라미	할아버지는 술이 제일이에요? 할아버지두 사람 구실을 좀 하세요.
백영감	사람 구실? 요년 건방지게 내 나이 몇이라구 그러니?
라미	나이 백 살이면 뭣해요? 할아버지는 부모가 있어요? 집이 있어요? 학교에 다녀요?
백영감	부모? 집? 학교? 나보구 말이냐?
라미	아니에요. 아니에요. 할아버지는 부모가 아니구―할아버지는 부모가 없어두 괜찮아요. 할아버지는 학교두 일없어요. 할아버지는 집만 있으면 그만이에요. 할아버지 집이 있어요?
백영감	집? 나두 옛날에는 집이 있었다.
라미	집이 없으면 사람 구실을 하지 못하는 거래요.
백영감	누가 그런 미친 수작을 하더냐?
라미	이 방의 음악가들이.
백영감	자식들이 돈 모양이지? 저희들도 집 한 칸이 없는 자식들이.
라미	사람 구실을 못하면은 지옥에를 간다구까지 했지요.
백영감	지옥? 염라대왕보구 어서 날 잡아가라구 해라. 그렇지만 너는 죽어서는 안 된다. 나는 어제 네가 그네에서 떨어져서 죽는 줄로 알구 어떻게 걱정을 했는지 아니? 오늘 나는 일꾼에게 말해서 그네를 고치라구 했다. 꽃 같은 네가―아니 아직 피지도 않은 봉오리 같은 네가 죽어서 된단 말이냐? 꽃이 피구 열매를 맺구―너두 사람 구실을 하다가 죽어야지.
라미	할아버지 나두 사람 구실을 할 수가 있어요?
백영감	너는 사람이 아니냐? 사람은 누구나 사람 구실을 할 자격이 있어. 네가 부모를 잘못 만나서 지금은 고생을 하지만―사람의

일생이란 몇 번이고 엎어졌다 뒤처졌다 하는 법이야. 오늘 엎어졌다가는 내일 뒤처지고 내일 뒤처졌다가는 또 엎어지고 또 뒤처지고—.

라미 　할아버지 정말이에요?

백 영감은 잠이 들어버린다. 사이 두고 코 고는 소리까지 들린다.

라미 　술주정뱅이 할아버지의 얘기가 정말일 게 뭐야? (나가려고 한다. 나가다가 문에서 돌아오는 두혁이와 부딪친다)
두혁 　정숙이!
라미 　두혁이!
두혁 　아무 일두 없었어? 아픈 데두 없구?
라미 　괜찮어. 걱정 말어.

그들 방으로 들어온다.

두혁 　나는 어젯밤에 정숙이가 그네에서 떨어져서 다친 데가 없다는 말을 듣구두 걱정을 했어, 딴 상처가 생기면 어쩌나 하구? 그런데 어쩌다가 그네에서는 떨어졌어?
라미 　어젯밤에 두혁이 생각을 하구 우리의 사랑을 생각하구 돈을 생각하구—난 정신이 없었어. 나두 어떻게 떨어졌는지 모르겠어.
두혁 　자살을 하려구 한 건 아니지?
라미 　내가 왜 죽어, 두혁이가 있는데.
두혁 　정숙이 우리는 어디까지든지 살어.
라미 　근데 오늘은 새벽에 일찍 나갔지? 밝기도 전에 어딜 갔어? 집 생각이 나서 집엘 갔어?

두혁   정숙이가 있는데 집 생각은?

라미   그럼 어딜 갔어? 학교?

두혁   그렇게 일찍 학교가 시작하나 뭐.

라미   그럼 어딜 갔어? 정거장?

두혁   정거장에는 뭣하러? 정숙이를 버리구 나 혼자 갈 데가 어디 있어.

라미   그럼 어딜 갔어? 어머님 산소?

두혁   캄캄한데 무서워서 어떻게.

라미   그럼 어딜 갔어? 누구를 만나러 갔지?

두혁   정숙이 말구 내가 누구를 새벽에 만나.

라미   그럼 어딜 갔어? 어딜 갔어? 두혁이 나한테 말을 하지 않을 테야? 말을 하지 않음 내 두혁이가 아니야. 난 싫어. 난 싫어. 누구를 만나구 왔지?

두혁   누구랑 말이야? 난 집에를 갔어.

라미   집에는 뭣하러 갔어? 어머니를 만나러 갔지? 어머니가 독사라는 말도 가시라는 말도 얼음이라는 말도 거짓말이지?

두혁   (돈 뭉텅이를 내주며) 이것 때문이야.

라미   이게 뭐야? (돈 뭉텅이를 끌러보고) 돈! (놀라서 돈을 두혁이에게 도로 준다)

두혁   그건 네 돈이야.

라미   아니야, 돈이 무서워. 난 돈이 쓸데없어.

두혁   정숙이는 돈이 없어서 이 쓰레기통에서 나가지 못한다구 그러지 않았어? 이 돈으루 정숙이 몸을 도루 찾어.

라미   뭐라구? 두혁이 꿈을 꾸는 게 아니야?

두혁	꿈같은 얘기지. 그렇지만—. (라미의 팔을 꼬집어준다)
라미	아야야—.
두혁	그것 봐. 꿈인가?
라미	이 돈을 집에 가서…….
두혁	훔쳐 왔지.
라미	그럼 두혁이는 도적놈이게.
두혁	이건 내 돈이야.
라미	두혁이의 돈임 그냥 가져오지 왜 새벽에 가서 가져왔어?
두혁	아버지가 가지고 있으니까. 아버지 돈은 내 돈이야. 그리구 내가 이 돈으루 동무들하구 노름이나 놀구 막 써서 없이한다면 나쁘겠지만 나의 정숙이를 도루 찾는데, 난 부끄럽지두 않구 이 돈이 아깝지두 않어.
라미	그렇지만 두혁이 아버지가 알면?
두혁	아버지는 돈이 아깝겠지. 그러나 내가 써버린 걸, 날 경찰서에 잡아가라고 하겠어? 날 죽이겠어?
라미	그렇지만 난 이 돈을 우리가 써버리면 두혁이에게는 꼭 무슨 일이 있을 것만 같어.
두혁	제가 하고 싶은 일이라면 섶을 지고 불로 들어가는 사람도 있다는데—난 그런 바보는 아니야. 정숙이 돈이 얼마면 될까?
라미	왕가하구 계산을 해봐야 알 게야.
두혁	(돈을 따져보고) 이 돈이 십만 환이야. 그러니까 네 옷이나 한 벌 사 입을 돈이야 남겠지. 너 양복을 사 입겠니? 그렇지 않으면 치마저고리? 동대문시장에 가서 치마저고리를 사 입어. 그러고는 어디로 갈까?
라미	두혁이는 집으로 가겠지?

두혁   정숙이가 있는데 나 혼자 어떻게.

라미   나는 두혁이 집에 갈 수가 없을까?

두혁   우리 아버지 우리 어머니가─.

라미   나두 두혁이 아버지를 아버지라구 부르구, 두혁이 어머니를 어
        머니라구 부르구!─나는 두혁이 집에를 가보구 싶어.

두혁   정숙이, 우리 집에를 가구 싶어? 그럼 가. 쫓겨날 때는 쫓겨난
        대두─그때에는 우리 둘이 어데든지 가.

라미   우리 얘기는 자꾸만 꿈같기만 해.

    두혁이는 라미의 팔을 꼬집는다.

라미   아야야─.

두혁   그것 봐. 아픈데두 꿈이야?

라미   꿈은 아니지만─. 그건 그렇구, 왕가가 걱정이야. 왕가가 말을
        듣지 않으면 어떻게 해.

두혁   돈을 내놓는데두 왕가가 말을 듣지 않을까? 그럼 도망이라두 하
        지.

라미   도망하다 붙잡히면 죽게? 그 왕가가 어떤 사람이라구.

두혁   왕가가 말을 안 들을 것 같으면 (백 영감이 자는 것을 보고) 이 할
        아버지한테 얘기를 해볼까?

라미   그래 그래. 이 할아버지는 우리 편이야. 할아버지! 할아버지!
        할아버지! (백 영감을 깨운다) ……할아버지! 할아버지!

백영감 (일어나며) 이 자식들아 안 돼. (두혁이의 따귀를 때린다)

두혁   안 되면 그만둬요. 때리기는 왜 때려요. (돈을 감춘다)

백영감 (두혁이를 보구) 네가 누구냐? (라미를 보고) 라미의 짝이로구나.

내가 꿈을 꾸었어. 막을 열고 시작을 했는데두 손님이 하나두 없지 않겠니? 나는 하두 답답해서 밖에를 나가봤지. 그랬더니 쥐새끼 같은 꼬마들이 천막 사이로 빠져 들어올려고 한단 말이거든. 그것을 보구 나는 가만있을 수가 없었어. 그때에 바루 누가 나를 깨운 모양이지? (두혁이를 보구) 너를 쥐새끼루 알았어. 나는 너를 때렸지?

두혁   할아버지는 나를 때렸어요. 나를 때린 대신에 할아버지는 내 말을 들어줘야 해요.

백영감   그러지, 말을 들어주지.

두혁   꼭 들어줘야 해요.

백영감   암 들어주구말구.

두혁   내 말을 들어주지 않으면 나는 할아버지를 가만두지 않을 테예요.

백영감   그래 그래, 나를 죽이기라두 해라.

라미   할아버지 거짓부렁 없기예요.

백영감   내가 언제 너희들한테 거짓말을 하더냐?

두혁   (라미를 보면서) 할아버지한테 말을 할까?

라미   말을 해. 할아버지는 우리 말을 들어줄 게야.

백영감   들어준다니까 무슨 말이든?

두혁   꼭 들어줘야 해요. 할아버지 라미를 여기서 나가게 해주세요. 여기 돈두 있어요. 라미가 쓴 돈이 있다면서요. 할아버지 왕 아저씨한테 말해서 라미를 나가게 해주세요.

백영감   안 된다 안 돼. 그것만은 안 된다.

두혁   할아버지는 무슨 말이든지 들어준다고 그러지 않으셨어요?

백영감   날 쥑여라. 날 쥑여.

라미	할아버지 거짓부렁쟁이.
백영감	날 쥑이라지 않니? 아무리 돈을 내놓는대두 왕가가 너를 내놓을 성싶으냐?
두혁	그래두 본인이 못 있겠다는데 어떻게 해요.
백영감	본인이구 뭐구 여기에 무슨 경우가 있는 줄 아니?
두혁	그래두 할아버지, 할아버지는 왕 아저씨하구 통하지 않어요. 할아버지가 말만 잘하면 왕 아저씨두 넘어갈 거예요. (나간다)
백영감	(라미에게) 너는 왜 여기서 나갈려고 그러니?
라미	여기가 싫어졌어요.
백영감	여기를 나가면 너 어디루 가려구 그러니?
라미	아무 데로나 가지요. 정 갈 데가 없으면 식모살이라두 하지요.
백영감	너 두혁이의 집에 식모살이루 들어가겠단 말이지?
라미	아무 데면 어때요. 사람이란 나 같은 나이에는 부모가 있어야 하구, 집이 있어야 하구, 학교를 다녀야 한다구 하지 않어요. 여기만 나가면 나는 남의 부모라두 내 부모를 만들 수가 있구, 남의 집이라두 내 집같이 있을 수가 있을 것만 같어요.
백영감	남의 부모를 내 부모루 알구, 남의 집을 내 집같이 살구—너는 두혁이를 좋아하지? 두혁이두 너를 좋아하구. 너 두혁이의 집으로 가려구 그러니?
라미	이 돈두 두혁이의 돈이에요.

두혁이가 술을 사가지고 온다.

두혁	할아버지 술을 한잔 잡수세요. 할아버지는 독한 술을 좋아하시지요? (술병을 꺼내놓으며) 위스키예요.

286

백영감 술 한잔으루 네 말을 들으란 말이지? 나는 술을 안 먹는다. 너
       희들은 언제 사바사바하는 것을 다 배웠니?

두혁   세상이 그런 걸 어떻게 해요. 할아버지 한잔 드세요.

백영감 (술잔을 들며) 이 술은 그것이 아니다.

두혁   네 알아요. (술을 따른다)

백영감 (술을 마시고) 술맛 좋다. 꿀맛이로구나.

두혁   꿀 같은 술 얼마든지 잡수세요. (술을 계속해서 따른다)

   백 영감은 두혁이가 따르는 대로 술을 마신다.

라미   (통조림을 떼서 권하며) 할아버지 이 안주두 잡수세요.

백영감 오냐. (안주도 집어 먹는다. 두혁이에게 잔을 권하며) 너 한잔 먹겠
       니? 혼자 먹기는 아깝구나.

두혁   내가 술을 먹어요? (라미를 보면서) 라미야, 나 술 한잔 먹을까?

라미   술 먹을 줄 알아?

두혁   술을 먹을 줄은 모르지만 오늘은 어쩐지―.

라미   그럼 한잔만.

두혁   한잔만 주세요. (잔을 받아 마신다. 캑! 캑! 기침을 하고 토한다. 백
       영감에게 잔을 주면서) 할아버지나 잡수세요. (술을 따른다)

   백 영감 잔을 받아 마신다. 술에 취했다.

백영감 두혁이 너 몇 살이지?

두혁   스물한 살이에요.

백영감 그 자식이 살아 있으면 너만 할 거다. 나두 아들이 있었다는 것

을 알아야 한다. 자식두 죽구 자식의 에미두 죽구 내가 남을 게 뭐란 말이야. 육이오사변만 아니었어두 그놈의 빨갱이만 아니었어두—. (술잔을 든다)

두혁이는 술을 따른다.

라미	나두 우리 아버지만 돌아가시지 않으셨어두—우리 어머니는 나를 버리구 도망을 하지는 않았을 거예요.
백영감	(라미에게) 너는 어머니가 보고 싶으냐?
라미	나를 버리고 도망간 어머니! 그까짓 어머니는 보구 싶지두 않아요.
백영감	그래 그래. 우리 라미는 사람 구실이 하구 싶다구 그랬지?
두혁	할아버지, 라미를 사람 구실을 하게 해주세요.
백영감	암, 우리 라미는 사람 구실을 해야지, 사람 구실을 해야 하구 말구.
두혁	라미가 사람 구실을 하려면 여기서 나가야 해요, 할아버지.
백영감	그렇지. 나가야 하구말구. 나가야 한다. 여기를 떠나야 한다. 종달새와 같이 훨훨 날아서 제 세상을 찾아가야 한다. 이놈의 왕가가 어디 있어? 왕가에게 말을 해서 내가 나가게 해주지. (비틀거리며 나간다)
라미	할아버지가 술에 너무 취했어.
두혁	그 술기운이 일을 되게 할지 아니?

밖에서는 백 영감과 왕가의 싸우는 소리 들린다.

왕가   (소리) 이 영감이 대낮부터 술은 웬 술을 처먹구 야단이야.

백영감   (소리) 라미를 놓아주잔 말이야.

왕가   이 영감이 정신이 있나 없나! 라미 그년이 없으면 이 곡마단은
      막을 닫아야 해. 그리구 그년한테 들어간 돈이 얼마라구.

백영감   아따 내 말을 들어보라니까그래. 돈은 한 짐 싸놓구 그러는 거
      야. 그 학생 놈들이 여기를 찾아다니지 않았어? 돈은 그 학생
      놈이 한 짐 지구 왔어. 들어가서 말을 해봐요.

두혁   (문을 열고 왕가에게) 아저씨 들어오세요. 여기 돈이 있어요.

      경관, 무대 뒤에 나타난다.

경관   (소리) 무슨 얘기들이오? 알았소. 실례합니다. (방으로 들어오며
      두혁에게) 지금 돈이 있다구 말을 했지? 학생 그 돈이 웬 돈이
      야?

      두혁이는 돈을 손에 들고 어쩔 줄을 모른다.

백영감   순경님 저 돈은 이 학생의 돈입니다. 틀림없이 학생의 돈입지요.

경관   영감은 술에 취했소. 가만계시오.

왕가   (경관에게) 어떻게 된 일입니까?

경관   오늘 아침 어떤 집에서 도난을 당했다고 신고를 해왔습니다. 혐
      의자 계집애까지 데리구. 그래서 그 계집애를 조사해본 결과 그
      계집애의 범행이 아닌 것을 알았지요. 그리구 그 계집애의 입으
      로 이 곡마단에 혐의자가 있을 것 같다구—학생일 거라구까지
      말을 했습니다. (두혁이에게) 학생 잠깐만 나와 같이 가잔 말이

야. (라미에게) 말을 들으니 이 돈은 너하구도 관계가 있는 모양인데 너두 가야겠어. (왕가에게) 애는 곡마단 애죠? 걱정 마십시오. 조사가 끝나면 곧 보낼 테니.

경관은 두혁과 라미를 데리고 나간다.
곡마단 무대에서는 음악 소리 처량하게 들려온다.

왕가   도적놈을 끌어들인 자식이 누구야? (화가 나서 나간다)

백 영감은 남은 술을 잔에 따라 마신다.
막이 내린다.

제4막

제2막과 같은 무대.

전막에서 4, 5시간이 지난 오후,
허씨는 마루방에서 운수 보기 화투장을 떼고 있다.
몇 장 들쳐보다가는 화가 나는 듯이 화투장을 쳐가지고는 다시 해보고 다시 해보고 한다.
"내가 왔수"라는 말소리와 같이 기름 장수 할머니 나타난다.

허씨   (화투에 정신이 팔려서 대꾸도 하지 않는다)
기름장수 (허씨에게) 기름을 가져왔어요.

허씨   기름병을 보시구려.

기름 장수는 부엌으로 들어가 기름병을 들고 나온다.

기름장수   기름이 떨어졌어.

허씨   한 병 두구 가슈.

기름 장수는 병에다 기름을 따라가지고 부엌에 들어갔다 나온다.

기름장수   오늘은 어째 이상해, 마님이. 무슨 일이 있었수? (마루에 앉으며 화투장을 보고) 좋지 못하군. 떨어지는 것이.

허씨   (화투장을 내던지며) 이봐요, 나는 할멈한테 청이 하나 있는데 할멈 아는 사람 중에는 용한 복술도 있겠지?

기름장수   복술? 점을 치시려구? 아니 댁에는 참말 무슨 일이 생겼단 말예요?

허씨   복술을 좀 불러다 줘요.

기름장수   아니 무슨 일이기에?

허씨   도적이 났어요.

기름장수   댁에?

허씨   글쎄. 우리 주인 양반은 날 돈을 훔쳤다구 경찰서로 끌구 간다구 야단을 하다가 나갔다우.

기름장수   원 저런 변이. 돈은 얼마나?

허씨   한 십만 환 되겠지요.

기름장수   마님은 그래 도적이 누군지? 점이라두 찍은 사람이?

허씨   말해 뭣해요. 그야 우리 집 망나니의 장난이겠지.

기름장수 망나니라니? 댁의 학생 말이지요?

허씨   학생인지 뭔지.

기름장수 마님은 댁의 그 학생 때문에 속을 적지 않게 태우시지.

허씨   어서 복술이나 불러다 줘요.

기름장수 다녀오지요. (나간다)

허씨는 화투 떼기를 하고 있는데 기름 장수는 복술을 데리고 온다.

기름장수 (복술에게) 이 댁이오. (허씨에게) 마님 왔어요. 모시러 가는 길
        에 마침 이 앞에서 만났어요.

복술   댁에서 부르셨습니까?

허씨   어서 오슈. 이리 올라오시지.

기름 장수는 복술을 마루방으로 안내한다.
복술은 마루방에 올라앉는다.

허씨   (복술에게) 신수점부터 좀 쳐주슈.

복술   신수점요? 마님 나이와 생일이 언제신지?

허씨   내 나이는 서른아홉이구 생일은 팔월 초하룻날.

복술   주인 양반의 나이와 생일은?

허씨   나이는 마흔셋이구, 생일은 사월 보름날이구, 우리 두혁이의 나
        이는 스물하나구 생일은 정월 스무하룻날이지.

복술   아들이 하나뿐이신 게로군?

허씨   인젠 틀렸을까? 나보다두 우리 주인 양반을 봐서라두.

복술   무슨 말씀이신지? 서른아홉이시면! 아직 청춘이신데.

허씨　　　청춘이라니? (핸드백에서 거울을 꺼내 본다) 내가 그렇게 젊었단
　　　　　말이야.

복술　　　사십 전이면 청춘이지 뭡니까? 걱정 마세요.

허씨　　　(기분이 좋아서) 복술이 보통 복술이 아니로군.

기름장수　아주 용한 복술이랍니다.

허씨　　　그리구 우리 두혁이의 신수를 알구 싶은데.

복술　　　나에게 맡기시라니까. (삼통을 꺼내가지고 삼통을 흔들며 중얼거리
　　　　　기 시작한다. 몇 번을 중얼거리고 나서) 아니 점괘가 이럴 수가 있
　　　　　을까? 마님이 꽃수레를 타고 하늘로 올라가다가!

　　허씨는 점을 치고 있는데 진국이가 돌아온다.

허씨　　　(진국이를 보고 달려 나가며) 반지하구 시계를 줘요.

진국　　　반지가 제일이야? 남은 울화가 받쳐서 죽겠는데.

허씨　　　제일이 아니니깐 줘요. 난 그게 없으니깐 허전해서 못 견디겠
　　　　　어요.

　　진국이는 반지와 시계를 준다.

허씨　　　(반지와 시계를 받고) 분이 계집앤 어떻게 됐어요?

진국　　　조사를 받겠지. (마루방에 있는 복술을 보고) 이게 뭐야?

허씨　　　하두 답답해서 신수점이라두 쳐보려구요.

진국　　　신수점?

허씨　　　내가 꽃수레를 타구 하늘로 올라가는 점괘가 나왔다지요. 여보
　　　　　점괘가 어때요.

진국　꽃수레를 타구 하늘로 올라가면 어쨌단 말이야? 돈을 찾을 수 있다는 거야?

복술　실물점은 아직 안 쳤습니다. 실물점을 쳐드릴까요?

진국　쳐보슈.

복술　실물을 하셨다면 무엇을 잃으셨는지?

진국　돈이지 뭐겠소.

복술　네. 네. 알았습니다. 돈이랍지요? (삼통을 흔들며 중얼거리기 시작한다. 몇 번 거듭하더니) 가까운 곳에 있는 사람이구 청춘을 하직한 지 오랜, 나무이름 성자姓字를 쓰는 사람입니다.

허씨　(진국이에게) 보세요. 내가 아니라는 것은 알았지요. 청춘을 하직한 지 오랜 사람이라는데 나는 아직 청춘이에요. 그리구 내 이름은 허가니까 허가가 어디 나무이름 성자예요?

진국　가까운 데 있구, 청춘을 하직한 지 오래구 나무이름 성자를 쓰는 사람이라구.

허씨　누굴까? (진국이를 보면서) 당신의 나이는 마흔셋이지요? 마흔 살이 지나면 청춘이 아니라는데. 그리구 당신은 박가. 박 자는 박달나무라는 박 자가 아니에요? 그럼 나무이름이 틀림없지. 당신이에요, 당신. 당신이 돈을 어디다 감추고 나를 골리려구 그러는 것이 아니에요?

진국　뭐라구? 도적놈이 나라구? 그런 점이 어디 있어! (복술을 보고) 가슈. 가. (허씨에게) 집안에다 뭣하려구 이런 점쟁이를 다 불러들여.

복술　점괘가 나쁘지 내가 나쁘단 말예요?

진국　듣기 싫수. 어서 가요. 어서 가. (허씨를 보고) 다 보기 싫어.

복술과 허씨와 기름 장수는 나간다.

진국   (나가는 허씨를 보고) 저년이 어딜 갈까? 반지와 시계를 공연히
주지 않았나. 허지만 도망이야 가지 못하겠지. (방으로 들어가
주산 판을 들고 나와 마루방에서 주판 알을 굴리며 무엇을 생각하고
있다)

경관, 라미와 두혁을 데리고 들어온다.

경관   (마당에 들어서며) 계십니까? 도적이 잡혔습니다. 경찰서로 가는
길에 궁금하실 것 같아서 들렀습니다.

진국   (경관에게 달려 나오며) 네. 네. 이 순경님 수고하십니다. (말하다
가 두혁을 보고) 이게 누구냐? 이 자식아 두혁아.

경관   어찌된 일입니까?

진국   부끄럽습니다. 제 자식 놈이올시다.

경관   네. 그렇습니까? 댁의 하녀 아이의 말에서 단서를 얻어가지구
올림픽 곡마단에서 범인을 체포할 수가 있었는데 하녀 아이는
댁의 아들이라고까지는 말하지를 않았는데 댁의 아들이었군요.

진국   (두혁에게) 이 자식아 돈은 다 없이하지 않았니?

경관   돈은 여기에 그대로 있습니다.

진국   참말입니까? 돈이 없어지지를 않았으니 다행이군. (두혁에게)
이 자식아. 이 망나니 자식아 돈은 뭣하려구 그렇게 많은 돈을
도적한단 말이냐? 이 애비는 돈 때문에 어떻게 애가 탔는지 아
니? 이 자식아. (경관에게) 그런데 어떻게 했으면 좋겠습니까?

경관   글쎄요. 어쨌든 범인은 일단 경찰서를 거쳐야 하는데.

진국	범인이 제 자식에 틀림이 없습니다. (두혁에게) 이 자식아 이게 무슨 챙피한 꼴이란 말이냐? (경관에게) 그리구 그 돈두 내 돈에 틀림이 없습니다. 사무 절차로는 되지 않을 일이지만 여기서 범인을 인계받을 수는 없겠습니까?
경관	비공식이기는 하지만 신분이 학생이구 댁의 아들이 분명하니 그렇게 하시지요.
진국	고맙습니다.
경관	(두혁에게) 학생! 정신을 차려야 해.
두혁	미안합니다.

경관은 진국이에게 돈을 준다.
진국이는 돈을 받아가지고 안으로 들어간다.

경관	(라미를 보고) 어쩔 테야. 곡마단으로 가야지?
라미	걱정 마세요. 잠깐만 이 집 구경이라두 하구 가겠어요, 저 혼자 갈 수가 있어요. 저는 이런 집이 처음이에요.
두혁	저는 곡마단 지배인을 잘 압니다. 제가 데리고 가겠습니다.
경관	학생은 안 돼. 내가 데리고 가야 해. 학생은 그런 델 다니면 안 된단 말이야.

진국 나온다.

진국	(경관에게) 틀림이 없습니다. (라미를 보고) 이 소녀는 누굽니까?
경관	(두혁을 가리키며) 저 사람이 더 잘 알 것입니다. 곡마단에서 춤을 춘다지요. 들리는 말에는 댁의 학생은 이 소녀 때문에 돈이

필요했다지요. 내가 경찰서에를 다녀올 동안 잠깐만 여기서 기다리게 하세요. (나간다)

진국 이 순경님. 이 순경님. 저하구 같이 가세요. (경관을 따라간다)

한동안 두혁이와 라미는 말이 없다.

라미 두혁이 인제 우리는 어쩌면 좋아?

두혁 여기는 우리 집이야. 정숙이 지금 우리 아버지를 봤지? 어때? 우리 아버지가?

라미 난 두혁이 아버지가 무서워.

두혁 무서울 게 뭐야. 우리 아버지두 사람이야.

라미 두혁이 어머니는 어디 계셔?

두혁 모르지. 그 여자가 없기에 말이지 그 여자가 있었다면 정숙이는 더 꼼짝 못 했을 게야.

라미 두혁이 어머니를 한번 만나봤음……. 내가 가기 전에.

두혁 정숙이 어디루 간다구 그래.

라미 우리 집으루.

두혁 집이라니?

라미 나는 무대를 찾아가야 해.

두혁 정숙이 혼자서?

라미 두혁이는 집이 이렇게 있지 않어. 그리구 돈을 훔쳤는데두 경찰서루 잡혀가게 하지 않구 용서해주는 아버지가 계시구. 아무리 가시 같은 어머니라두 지나가는 사람보다야 낫겠지? 두혁이는 아무 데두 가지 마.

두혁 정숙이는 가는데두?

라미	나는 가야 할 사람이 아니야?
두혁	(라미를 막아서며) 안 돼. 안 돼, 정숙이 혼자서는 못 가.
라미	경관이 오면?
두혁	경관이 와두.
라미	왕가의 주먹 앞에서두.
두혁	난 정숙이의 일이라면 왕가의 주먹두 무섭지 않어. 돈이 있으면 되지 않어. 난 우리 아버지의 돈이 있는 금고를 알어. (방 안으로 들어갔다 나온다) 세상에 그런 구두쇠는 없을 게야. 돈을 가지구 나간 게지? 돈! 돈! 돈이 뭐야. 돈은 사람이 만들었어. 우리의 사랑은 사람이 만든 것이 아니야. 우리의 사랑을 누가 만들어? 우리의 사랑을 만든 사람이 누구야? 그 사람은 너야. 그리구 나야. 우리 두 사람이야. 누가 만들었는지 알지도 못하는 돈이 우리의 사랑을 끊으려고 한단 말이야.

라미는 운다.

라미	(울다가) 나두 가고 싶지는 않어. 사람이 만든 돈의 종이 되어 쓰레기통과 같은 무대 위에서 꼭두각시 노릇을 하기는 싫어. 눈물도 웃음도 인정도 사랑도 구경할 수 없는 거기에를 내가 뭣하러 가. 두혁이 나는 어쩌면 좋아.
두혁	정숙이 울지 마. 정숙이가 울면 나두 괴로워서 죽겠어.
라미	나를 사랑하는 만큼 괴롭겠지.
두혁	돈두 없어지구 사람들두 없어지구 세상에 우리 두 사람만 남았으면 좋겠지.
라미	우리 두 사람만?

두혁   너하구 나하구—세상에 돈두 쓸데없구, 보기 싫은 사람두 없는
        그런 곳은 없을까?

라미   참말. 그런 곳이 있다면 얼마나 좋을까? 아니야 세상엔 꿈속에
        서나 볼 수 있는 그런 꿈같은 곳은 없어.

두혁   (생각하다가) 우리 꿈을 꾸어볼까?

라미   꿈? 또 꿈같은 얘기.

두혁   정숙이 꿈같은 내 말을 들어봐. (마당을 거닐기 시작한다)

    라미는 두혁이를 따라나선다.

두혁   (라미의 팔을 끼고 마당을 거닐며) 저기 산이 보이지?

라미   응!

두혁   저 산을 넘어가야 해. (마당을 거닐며) 정숙이 다리 아프지 않어?

라미   아니. 곡마단에서 그네를 뜀 때보다는 아무것두 아니야.

두혁   산은 다 넘어왔어. 좀 쉬어 갈까.

    그들 마당 한편에 앉는다.

두혁   우리는 왜 이렇게 고생을 할까?

라미   사랑 때문에.

두혁   사랑! 사람은 사랑이 없이는 살지 못할까?

라미   두혁이는 살겠어? 난 인젠 살 수가 없을 것 같어.

두혁   나두 그렇지 뭐. 사랑은 무엇일까?

라미   사랑은 사는 것이야.

두혁   또 떠나볼까?

그들 일어서서 걷기 시작한다.

두혁   저기 바다가 보이지?
라미   응.
두혁   저 바다를 건너야 해. 정숙이 머리 아프지 않어?
라미   괜찮어.
두혁   인제 거의 다 왔어. 바로 저기야.

무대 어두워지더니 중앙에 무릉도원과 같은 선경이 벌어진다.
무대 밝아진다.

두혁   여기야. 꽃이 피구 새가 노래하구 저기 집이 있구―저기 저 파란
        집에는 아무도 없어. 저 집은 정숙이하구 나를 기다리고 있어.
라미   세상에는 이런 데가 있었어?
두혁   하느님은 정숙이하구 나를 위하여 이런 데를 베풀어놓으셨어.
라미   아 좋아. 우리는 언제까지나 여기서 살 수가 있을까?
두혁   네, 검은 머리가 파뿌리가 되기까지.
라미   우리 둘이서만?
두혁   여기는 사람이 없다니까. 우리 구경을 해볼까? (그들 꽃밭 뒤로
        들어간다)

꽃밭에는 사랑스러운 짐승들이 나와서 논다.
지저귀는 새소리 들린다.
두혁이와 라미 나온다.

두혁 좋지?

라미 좋아.

두혁 여기에는 우리의 사랑을 방해하는 것이 없어. 여기서는 돈두 쓸
데없구 사람의 눈치를 보면서 살지 않아두 되구. 정숙이하고 나
하구 사랑하면서 살면 그만이야.

라미 그럼 우리는 에덴동산의…….

두혁 너는 이브!

라미 너는 아담! 여기는 아무도 없지? 에덴동산에는 사탄이 있었다
는데?

두혁 여기는 사탄두 없어. 정숙이에게는 내가 있을 뿐이야. 박두혁이
가 있을 뿐이야. (라미를 껴안으려고 한다)

라미 (몸을 살짝 피하며 두혁이를 보면서) 여기서는 두혁이 너 나를 죽
여두 일이 없겠구나?

두혁 정숙이 왜 나보구 그런 소리를 해. 나야. 두혁이야. 정숙이를
사랑하는 두혁이야. 정숙이두 여기서는 나를 죽여두 경찰서는
없어.

라미 (사면을 돌아보며) 경찰서두 없구. 사람의 눈두 없구 돈두 쓸데가
없구. (생각하다가) 아 무서워. (두혁이에게 껴안기며) 두혁이 나
는 여기가 싫어졌어. 도루 가. 돈이 있어야 하구 사람의 눈치를
보면서 살아야 하구 우리의 사랑을 방해하는 세상으로 가. 나는
여기서는 무섭구, 외롭구, 기운이 나지 않아서 못 살 것 같어.

두혁 내가 있는데두? 정숙이는 나를 사랑하지 않어?

라미 여기서는 사랑이구 뭐구?―사람이 많은 데서는 두혁이가 잘난
것 같기두 했구, 씩씩한 것 같기두 했구, 인정이 있는 것 같기두
했구, 나를 사랑해주는 것이 고맙기두 했어. 그렇지만 사람이

아무도 없는 이런 데서 두혁이를 생각할 땐 사탄 같기두 하고, 무서운 사람 같기만.

두혁 　사람이 혼자 있을 때에는 행복두, 불행두, 잘난 사람두, 못난 사람두 없는 거야.

라미 　두혁이, 행복이 있구 불행이 있구 잘난 사람이 있구 못난 사람이 있는 세상으로 도루 가.

두혁 　불행하게 된대두?

라미 　불행해두 좋아. 두혁이를 사랑하기 때문에 오는 불행이라면 어떤 불행이라두 나는 달게 받을 테야.

두혁 　내가 못난둥이가 된대두?

라미 　잘났어두 내 두혁이, 못났어두 내 두혁이가 아냐?

두혁 　그럼 도루 갈까?

라미 　도루 가.

그들 가려고 서로 팔을 끼고 거닐기 시작한다
어두워진다. 잠시 후 밝아진다.
두혁이의 집이 된다.

두혁 　정숙이 우리는 꿈을 꾸었지?

라미 　꿈같기두 하구 참말 같기두 하구 나는 뭐가 뭔지 모르겠어.

두혁 　정숙이 나두 모르겠어. 나 두혁이야.

라미 　두혁이 왜 그래? 내가 두혁이를 모른단 말이야? (신경질이 된다) 그래. 그래. 나는 두혁이를 몰라. 몰라. 몰라. (가려고 한다)

두혁 　정숙이 어딜 가? (붙잡는다)

라미 　나는 두혁이를 모른다니까? 놔! 놔! 나는 갈 테야.

두혁	(붙잡고) 어딜 간다구 그래?
라미	내 무대로 돌아갈 테야. 그넷줄은 내 생명줄이야.
두혁	정숙이 내 말을 들어봐. 아무런 불행이라두 달게 받겠다구 그러지 않았어? 내가 못난둥이라두 좋다구 그러지 않았어? 나를 버리구 어딜 간다구 그래? 죽어두 같이 죽구 살아도 같이 살아야 할 우리가 아니야?
라미	죽어두 같이 죽구 살아도 같이 살구? 죽을 수도 없구 살 수도 없는 우리들이 아니야?
두혁	아니야. 살아야 해. 정숙이, 사는 것이 무엇인지 알지?
라미	사랑하는 것?
두혁	사랑하는 것은 어떤 것인지?
라미	두혁이하구 나하구 이렇게 괴로워하는 것.
두혁	아니야 싸움이야. 사는 것두 싸움이구 사랑하는 것두 싸움이야. 정숙이 우리는 싸워.
라미	누구하구? 무엇하구?
두혁	우리 아버지하구 우리 어머니하구. 우리 아버지는 돈이 있어.
라미	두혁이 언제 그렇게 기운이 생겼어? 그렇게 기운이 있으면서 공부하구는 왜 싸우지를 못했어? 학교하구는 왜 싸우지를 못했어.
두혁	정숙이 부끄러워. 그런 말은 나에게 하지 말어. 그때에는 나는 약했어. 기운이 없었어. 아니 병신이었어. 마음 한 귀퉁이가 텅 빈 것 같았어. 마음이 비었으니 바람 부는 대로 돌아갈 수밖에. 공부에 생각이 있을 게 뭐야. 학교에 재미가 붙을 게 뭐야. 그렇던 내가 지금 이렇게 용기를 얻은 것은 누구 때문인지 알아?
라미	…….
두혁	정숙이 때문이야. 텅 빈 내 마음자리에 정숙이가 들어앉은 다음

부터는 나는 강해졌어. 나는 울지 않아도 되게 됐어. 정숙이 나
하구 같이 싸워. 정숙이두 기운이 나지?

라미   응.

두혁   정숙이 인젠 우리의 세상이야. (방으로 들어가며) 정숙이 우리
집 구경이나 해. (방에서) 정숙이, 정숙이. (찾는 소리 들린다)

허씨 돌아온다. 라미를 보고 어쩔 줄을 모른다.
라미도 어쩔 줄을 모른다. 허씨는 라미를 피한다.

라미   (피하는 허씨를 보고) 어머니!

허씨는 어머니라는 말에 장승같이 선다.

허씨   네가 누구냐?

라미   어머니! (허씨에게 달려가 안기려 한다)

허씨는 라미를 물리친다.
분이가 돌아온다.

라미   (생각하다가) 어머니 세상은 좁아요. 여기서 어머님을 뵈올 줄
이야.

허씨   ……. (어쩔 줄을 모른다)

라미   나는 어머니가 이 댁에 계신 줄만 알았으면 두혁이를 따라오지
않았을 거예요. (울기 시작한다)

허씨   두혁이하구 어쨌단 말이냐?

라미	내 어머니를 어머니라고 해야 할 두혁이가 나를 왜 사랑했을까?
허씨	…… .
라미	어머니 안녕히 계세요. (나간다)
허씨	정숙아. 정숙아—. (라미를 따라 나간다)
두혁	(방에서 나오며 분이를 보고) 어찌된 일이냐?
분이	아주머니가 딸을 찾아 나가는가 봐요.
두혁	뭐야? (달려 나간다)

분이는 대문 가를 바라본다.
막이 내린다.

제5막

제4막과 같은 무대.
전막에서 그 다음날 오전 중.

분이	(부엌에서 나와서 방 안에 있는 진국이에게) 아저씨 진짓상을 드릴까요?
진국	내 목구멍으로 밥이 넘어가겠니?
분이	그래두 진지를 좀 잡수셔야지. 어제저녁두 안 드셨는데.
진국	내 걱정은 말구 너나 먹어라. (방에서 나온다)
분이	아저씨 그러시다 병이라도 나시면 어떻게 해요.
진국	병이라도 나서 그만 죽어버렸으면 좋겠다. 이게 뭐냐? 집안이?

분이	아저씨, 아주머니가 안 들어오셔서 그러세요?
진국	아주머니두 아주머니지만—. 너는 어제 두혁이가 그 계집애의 궁둥이를 따라 나가는 것을 봤다지?
분이	아주머니가 그 여자를 따라 나가는 그 뒤로 나갔어요. 그 여자는 아주머니보구 어머니라구 했지요.
진국	뭐야? 어머니라구? 그건 두혁이 그 자식이 꾸며낸 수작이야. 그 자식이 계집애하구 배가 맞아서 집안에 끌어들여가지구선 할 수 없으니까 제 계모보구 어머니라구 하라구 한 게지. 이것들이 가기는 어딜 갔단 말이야. 내 앞에선 그 계집애하구 살 수가 없으니까 계모를 데리구 딴살림을 차릴려구 나간 것이 아닐까? 얘 분이야, 내가 그렇게 무서운 사람이냐?
분이	아저씨가 무섭기는 무에 무서워요.
진국	너는 이 집에서 나가지 않구 나하구 같이 살겠니?
분이	내가 어데를 가요. 나는 갈 데가 없어요.
진국	또 경찰서에를 가야 한단 말인가?
분이	이번에는 사람을 찾아달라구요? 아저씨 좀더 기다려보세요. 아주머니가 아주 나갔겠어요?
진국	이 계집애야, 너는 무사태평이로구나. 돌아올 사람이면 아무 말도 없이 나간 사람이 이틀씩이나 소식이 없단 말이야?

유수가 찾아온다.

유수	박 선생 계십니까?
분이	(진국에게) 손님이 오셨어요.
진국	(유수를 보고) 자넨가? 어서 오게.

분이는 부엌으로 들어간다.

유수   어제 약속대루 돈을 가져왔습니다. (돈 뭉텅이를 내놓으며) 이것
이 십만 환 원금이구, (다른 돈 뭉텅이를 내놓으며) 이것이 육만
환 이익금입니다.

진국   (돈을 받으며) 잘됐군.

유수   이번에두 괜찮았어요. 오늘 저녁쯤 되면 알 수 있는 또 다른 자
리가 있는데—이번에는 자동차 부속품이라던가요? 어떻게 하
시겠습니까?

진국   그만두겠네. 돈이구 뭐구 세상이 귀찮아서 아무 생각두 없네.

유수   인심은 조석변이라는 말도 있기는 하지만 박 선생 왜 그러십니
까? 댁에 무슨 일이 있습니까?

진국   남부끄러운 일이 돼서 얘기를 할 수도 없구.

유수   잘 알았습니다. 그럼 실례하겠습니다. 안녕히 계십시오.

진국   수고했네. 잘 가게.

유수는 간다.

진국   분이야.

부엌에서 분이 나온다.

진국   (분이에게) 돈이 이렇게 생겼다. 분이야 이 돈으로 무엇을 했으
면 좋겠니?

분이   내가 어떻게 알아요? 그 돈은 아저씨의 돈인데 아저씨 맘대로

하세요.

진국   나는 인젠 돈두 귀찮다. 이 돈으로 우리 분이의 치마를 하나 해줄까? 그리구 저고리두 해주구 고무신두 사주구─무엇이든지 사주지.

두혁이 돌아온다.

진국   (두혁이를 보고) 이 자식아 어찌된 일이냐? 어디 갔다가 지금에야 온단 말이냐? 네 에미는 어디 있단 말이냐? 그리구 그 계집아이는 어쩌구? 이 뻔뻔스런 자식아. 어디다 그 계집아이하구 네 에미를 숨겨놓구 혼자서 내 문전을 찾아온단 말이냐? 또 돈을 가지러 왔단 말이냐? 그 계집아이하구 네 에미하구 살림을 하려니깐 돈이 필요하지? 돈을 줄까? 돈은 여기 얼마든지 있다.

두혁   아버지 저는 인젠 돈두 쓸데가 없어요.

진국   뭐야? 돈이 쓸데가 없어? 그 계집아이는 어쩌구? 네 에미는 어쩌구 돈이 쓸데없단 말이냐?

두혁   정숙이두 그리구 정숙이의 어머니두 저는 어데로 갔는지 몰라요. 딸과 어머니가 얘기를 하다가 나갔다기에 따라 나갔지만 내 발은 늦었어요. 나는 그들을 찾을 수가 없었어요.

진국   딸과 어머니? 그게 정말이란 말이냐? 그렇다면 두혁아 이 자식아, 너는 그 정숙이라는 계집애하구?

두혁   아버지 나는 정숙이를 사랑했어요.

진국   이 자식아 사랑을 했어? 연애를 했단 말이지? 사랑만 하구? 그것뿐이냐?

두혁   앞으로 결혼을 하자구 약속을 했어요.

진국 이 자식아 이 일을 어쩌면 좋단 말이냐? 정숙인지 한 계집애가 어디 갔는지 모른다지?

두혁 저보다 먼저 나간 걸 어떻게 알아요.

진국 너는 어쩔 테냐?

두혁 저는 모든 것을 잊어버리기루 했어요.

진국 무엇을 잊어버린단 말이냐?

두혁 정숙이를 잊어버리구, 학교두 잊어버리구, 동무들도 잊어버리구……

진국 이 애비꺼정 잊어버리겠단 말이냐?

두혁 저는 아버지두 잊어버리겠어요.

진국 딴생각을 하는 건 아니겠지? 죽을 생각을 하는 건 아니지?

두혁 아버지 저는 군인이 되겠어요.

진국 뭐야? 군인?

두혁 아버지 저를 군인으루 들어가게 해주세요. 저는 이 몸을 나라에 바쳐 싸우겠어요. 저는 아버님께 걱정을 하시게 한 것, 학교에서 애꾼 노릇을 한 것, 동네 사람에게 손가락질감이었던 것─그리구 정숙이를 사랑한 것─깨끗하게 청산을 하구 빨거숭이가 돼서 군문으로 들어가겠어요. 아버지께서도 나의 모든 과거를 용서하시고 "얘 두혁아 잘 싸워라"─웃으시며 보내주세요.

진국 (감격의 소리다) 얘 두혁아 잘 싸워라─.

두혁 아버지─. (진국이의 무릎에 쓰러져서 운다)

사이 두고 형술, 영걸, 성삼 찾아온다.

형술 (두혁이가 우는 것을 보고 동무들에게) 안됐다. 가자. 두혁이는 또

기합이다. 기합이야. (도로 가려 한다)

두혁 (형술이를 보고 달려 나가며) 누구냐? 들어와.

형술 (두혁이에게) 너의 아버지는 또 이것 (두 손으로 머리에 뿔을 만들어 보이며) 아니냐?

두혁 아니야. 아니야.

형술 그럼 너 울기는 왜 울었니?

두혁 감격의 눈물이야. 아버지와 아들이 너무 감격해서.

형술 그런 걸 우리는 아버지한테 기합을 받구 우는 줄만 알았지. 음 알았다. 네가 군인이 되겠다니까 너의 아버지는 감격해서 그러신단 말이지? 우리두 네가 군인이 되겠다구 결심을 했다는 말을 듣고 감격해서 축하하려구 오는 길이야.

두혁 너희들 어디서 그런 말을 들었니?

형술 태식이한테서.

두혁 어제저녁은 시간이 늦어서 태식이하구 같이 잤어. 자면서 얘기를 했지. 너희들은 어제저녁도 올림픽이냐?

형술 말 말어. 라미가 행방불명이 됐는데 그놈의 왕가가 우리를 가만 뒀겠니? 당장 쫓겨났어.

두혁 너희들두 잘됐지 뭐겠니?

형술 태식이한테서 얘기를 듣구 너는 너의 가야 할 길을 택했다고 생각했어. 그리구 너에게는 그 길밖에 없다구 생각을 했어. 그렇지만 세상에 가야 할 길을 뻔히 알면서도 그 길을 버리구, 그리구 그 길밖에 없다는 것을 뻔히 알면서도 다른 길을 찾아 헤매는 어리석은 인간이 많은데—이번에 보니 그럴듯하거든.

두혁 사랑의 힘이야.

형술 사랑의 힘? 그래 그래. 너는 라미를 사랑했지?

두혁	우리의 사랑은 운명적으로 깨어지고 말았어. 그렇지만 나는 정숙이 때문에 모든 것을 청산하고 군인이 될 결심을 했어.
형술	라미는 어찌됐니?
두혁	나에게 정숙이의 얘기는 묻지 말어.
형술	사랑의 상처를 건드리지 말란 말이지? 그럼 사랑 얘기는 집어치우구 두혁아 우리하구 잠깐 나가자. 공부두 같이 하구. 낙제두 같이 하구. 쌈을 팔구 사기두 같이 한 우리들이 아니냐?*
영걸	연애는 같이 하지 못했지?
형술	그런 우리가 한 발 앞서 군문으루 들어가는 너를 어떻게 그냥 보낸단 말이냐?
성삼	너는 우리의 상관이 되겠구나? 그때에는 상관이라구 너무 뽐내지 말어.
두혁	너희들은 나한테 사바사바를 하러 왔단 말이냐? 지금부터 사바사바를 하지 않아도 좋아. 너희들한테는 기합을 넣지 않을 테니.
형술	(웃으며) 그래두 사람의 마음을 알어? 약을 멕여봐야지. 자, 나가자.
두혁	(방을 향하여) 아버지 다녀오겠습니다.
진국	곧 다녀오너라.
두혁	네.

　　그들은 나간다.
　　진국이는 방 안에서 태극기를 들고 나온다.

| * '싸움을 걸기고 하고 당하기도 하며 동고동락했다'는 의미로 풀이됨.

진국   분이야.

분이 부엌에서 나온다.

분이   아저씨 오늘이 무슨 날이에요? 국기를 내 꽂게?
진국   분이야 먹하고 붓을 가져오너라.

분이 붓과 먹을 가져온다.
진국이는 마루에서 국기에다 '대한민국 만세'라는 글귀를 쓴다.
이때 곡마단의 왕가와 경관 찾아온다.

경관   계십니까?
진국   아이구 어서 오십시오. 어제는 여러 가지로 수고를 많이 하셨습니다.
경관   천만에요. (국기를 보고) 댁에는 누가 입대하는 사람이 있습니까?
진국   네. 제 자식 놈이. 어제 돈을 훔쳤다던 그 자식이 제 발로 입대를 하겠다고 해서.
경관   네 그렇습니까? 축하합니다.
왕가   (진국이에게) 이 사람은 올림픽 곡마단에 있는 왕덕심이올시다. 댁의 학생은 나두 아는데 경축합니다.
경관   다른 일이 아니구 라미라는 그 여자는 어찌됐습니까?
진국   그 여자가 우리 집에서는 나간 모양입니다.
왕가   뭣이라구요? 댁에서는 나갔다구요?
경관   참말입니까? 라미라는 여자는 곡마단의 여자라는 것은 아시지요? 왜 그 여자를 곡마단으로 보내지 않았습니까? 그리구 그 여자가 어디루 갔다니? 이 일을 어쩌면 좋습니까? (왕가를 가리키며) 곡마단의 이분은 나한테 라미를 찾아놓으라고 하는데—.

진국 라민지? 정숙인지? 한 계집애는 무슨 사정이 있어서 어데로 몸을 감춘 모양입니다. 그 사정은 묻지 말아주십시오. 그에 대한 책임은 내가 지겠습니다.

왕가 책임이 뭐란 말이오? 라미가 없으면 우리 곡마단은 막을 열지 못합니다.

진국 책임이라두—사람이 없어졌으니. 그렇다구 찾을 길두 없는 것이구. 어디 가서 죽지나 않았는지?

왕가 그 애가 죽기는 왜 죽어요? 옳지. 우리 라미는 댁의 학생인지 하구 연애를 했다지? 댁의 학생이 군인으루 나간다구 자살이라두 할 거란 말이오.

경관 애인이 군인으루 나간다구 자살을 할 여자가 어디 있어?

진국 그런 것이 아니구 말 못 할 사정이 있다니까요. 돈이면 되지 않겠소?

왕가 라미는 우리 곡마단의 하나의 재산이라는 것을 알아야 해요. 그 애에게 밑천이 얼마나 들었다구 그러시우?

진국 밑천은 내가 물어드리면 그만이 아니겠소? 금액이 얼마란 말이오?

왕가 사람이 없다니 돈으루 받아? 이러다가 사람두 못 찾구 돈두 못 받게 될지두 모르는 일이야. 십만 환만 내슈.

진국 좋소. (방으로 들어가서 돈을 가지고 나온다) 그럼 나는 십만 환을 내구 그 계집애를 사겠소. (돈을 내주며) 자 여기 돈이 있소. 돈을 받으시오.

왕가 돈을 받는다.

진국   사람의 일이란 알 수 없습니다. 글자를 몇 자 적어주시지. (종이
        를 내온다)

왕가는 돈을 세보고 영수증을 써서 진국이에게 준다.
이때 라미 나타난다.

라미   (왕가를 보고) 아저씨 웬일이세요?
왕가   너를 찾으러 왔지. 너 어디 갔다 오는 길이냐?
라미   나는 어머니를 만났지요.
왕가   어머니? 너 어머니를 만난 것은 좋지만 어쩔 테냐? 나하구 가지
        않을 테냐?
라미   난 못 가겠어요.
왕가   넌 우리 곡마단의 재산이야.
라미   …….
왕가   이년아 네가 가지 않으려면 돈을 어쩔 테냐?
진국   (왕가에게) 여보시오, 지금 영수증까지 쓰고도 그러시우?
라미   (진국이의 말은 알아듣지를 못하고 반지와 시계를 내놓으며) 자 받
        으세요. 내 몸값이에요. 그렇지 않아두 나는 곡마단으루 찾아가
        서 아저씨를 뵙구 말씀을 드릴려구 했어요.
진국   너 그 반지와 시계는 웬 거냐?
라미   어머니가 주셨어요. (왕가에게) 돈 대신 받으세요.
진국   네 몸값은 내가 주었다니까.
라미   아저씨가 돈을 주셨어요? (왕가에게) 돈을 받구두 나한테는 그

렇게 야단을 하세요?

왕가　너를 내놓기가 아까워서.

라미　(왕가에게) 아저씨의 주먹두 인젠 무섭지가 않아요.

왕가　공연히 돈을 받았군.

경관　(왕가에게) 돈을 받았으면 갑시다. (진국이에게) 잘 부탁합니다.

진국　(경관에게) 수고하십시오.

라미　(경관에게) 아저씨 수고하세요. (왕가에게) 아저씨 미안합니다.

왕가　이년아 우리 곡마단은 너 때문에 망했다. 망했어.

경관과 왕가 나간다.

진국　네 어머니는 어쨌단 말이냐?

라미　난 어머니를 뵈오러 왔는데—어머니가 안 계세요?

진국　너를 따라 나갔다면서? 그러구는 안 들어왔어. 어찌된 일이냐?

라미　바루 어제 일이에요. 나는 이 댁에서 어머님을 뵈올 줄은 몰랐
　　　어요. 내가 두혁이만 만나지 않았어두 나는 어머니를 껴안구 아
　　　저씨를 아버지루 모시구 딸 노릇을 했을 거예요. 그렇지만 오빠
　　　라구 해야 할 두혁이를 사랑하는 나는 두혁이의 어머니가 된 내
　　　어머니를 만났을 때 땅이 꺼지는 것 같고 하늘이 무너지는 것
　　　같았어요. 나는 그길로 달려 나가 어머니를 원망하며 죽으려고
　　　했어요. 그때에 저 문밖에서 어머니가 나를 붙잡지만 않으셨다
　　　면 나는 벌써 이 세상 사람이 아닐 거예요. 어머니에게 붙잡힌
　　　나는 어머니가 하라는 대로 자동차를 타구 그길로 음식점으로
　　　갔어요. 나는 몇 년 만에 처음으로 어머니가 사주시는 음식을
　　　어머니와 마주 앉아서 먹을 수가 있었어요. 나는 그렇게 맛있는

음식을 처음으로 먹는 것 같았어요. 음식은 맛이 있었지만 어머니와 나의 수저에는 눈물이 떨어져서 음식을 먹을 수가 없었어요. 그리고 어머니가 하시는 말씀은 마디마디 뼈에 사무치는 말씀뿐이었어요. 할 말이 없다구―그저 잘못했다구 용서하라구―자기 때문에 너두 불행했구 두혁이두 불행했구―모든 사람이 불행했다구―자기의 죄는 씻을 길이 없을 거라구―돈에 욕심이 나서, 허영에 들떠서 나를 곡마단에 버리고 달아났던 어머니는 내 앞에서 우셨어요. 그 울음은―세상의 모든 불쌍한 어머니의 울음을 도맡아 우시는 것 같았어요. 어머니의 그런 눈물을 볼 때 나는 어머니가 밉지도 않았어요, 원망스럽지도 않았어요. 나는 어머니의 눈물 앞에서 내 자신을 돌아볼 수가 있었어요. 용기를 얻을 수가 있었어요. 나는 어머니를 기쁘게 해드리고 싶었어요. 어머니를 위로해드리고 싶었어요. 그 자리에서 저는 나라에 몸을 바치겠다고 맹세를 했어요. 그랬더니 어머니께서는 눈물을 거두시고 나를 장하다고 칭찬을 하시더니 내 가진 것은 이것밖에 없다고 말씀을 하시면서 이 반지와 시계를 주셨어요. 그러고는 음식점에서 나와서 자기는 먼저 집으로 가니, 나보구는 볼일을 보구 집으로 오라구 말씀을 하시구 헤어졌어요. 나는 집으로 오신 줄만 알았는데 어디 가셨을까?

진국   네가 모른다면 알 사람이 없지.

이때 기름 장수 할머니 달려온다.

기름장수   이봐요, 이런 변이 어디 있겠소. 댁의 마님이 자살을 했어요.
진국   뭐야? 자살?

라미　　어머니가 죽어요? 어머니 어머니—. (운다)

기름장수　종로 어떤 여관인데. 기름을 대는 여관이라 들렀더니…….

진국　　빨리 말해요.

기름장수　그 여관방에서 댁의 마님이 자살을 했다지 않아요.

진국　　여관이 어디요.

기름장수　나를 따라와요.

그들 나간다.

그 뒤로 라미는 "어머니" "어머니" 울음의 소리로 찾으며 나간다.

막이 내린다.

— 1953년 作

아들들(전1막)

나오는 사람들
재수
재형
필호
장씨
혜경
연옥
달수
봉우
형구
복희

무대
재수의 집.
정면에 마루가 있고 좌우로 방이 있는데 방으로 통하는 문이 있다.

왼편 마루 안쪽으로 부엌으로 통하는 문이 있다.

대문은 바른편에 있는데, 정면 마당에서부터 왼편에 치우쳐서 아담한 화단이 있다.

집이 작다는 것은 마루에 쌀뒤주가 있는 것만 보아도 알 수 있다. 쌀뒤주는 마루 바른편에 있다.

그 밖에 마루에는 왼편에 테이블과 의자, 마루 안쪽 왼편에는 책장이 있다. 마루 안쪽 벽에는 남자들의 옷이 걸려 있다. 일기가 아직 춥지 않으므로 마루를 방 대신 쓰기도 한다.

저녁 시간이 가까운 오후다.

막이 열리면 재수는 마루에서 낮잠을 자고 있다.

마루에는 책이 몇 권 흩어져 있다. 재수가 보던 책이다.

장씨, 이웃에 말사냥* 갔다가 《아리랑》 잡지책을 한 권 들고 돌아온다.

장씨   (재수가 자는 것을 보고) 어이구, 이 사람은 또 잠이야. 잠 아니면 책이구 책 아니면 잠이로구만ㅡ. 하기야 할 일이 있을라구. 대학 졸업은 했다지만 취직도 못 하구ㅡ. 대학 졸업까지 한 것이 제대군인인 제 동생과 같이 그렇게 싸돌아다닐 수도 없고ㅡ. 어이구 딱두 하지. (부엌을 향하여) 얘 복희야.

복희   네! (대답을 하고 부엌에서 나온다)

장씨   복희야 아저씨가 언제부터 자냐?

| * 이웃에 놀러 가는 일.

복희	책을 보시다가는 담배를 피우시구, 담배를 피우시다가는 책을 보시구 그러다가 잠이 드셨는가 봐요.
장씨	누가 찾아온 사람은 없지?
복희	없어요.
장씨	저녁을 시작해라.
복희	네. (부엌으로 나갔다가 쌀뒤주에서 쌀을 퍼가지고 나간다)
장씨	(재수를 깨우며) 재수야, 재수야 정신을 좀 차려라.

재수 일어난다.
담배를 피워 문다.

장씨	잠이 웬 잠이냐?
재수	어머니 무슨 일이 있어요?
장씨	내가 너한테 무슨 일이 있겠니? 낮잠만 자니까 그러지. (《아리랑》 잡지책을 내보이며) 태석이네 집에서 이 책을 빌려 왔다. 그 집에서는 이 책이 재미있다고 정신들이 없이 보더구나. 너두 이거라도 보면서 잠을 깨라.
재수	내가 졸려서 자는 줄 아세요? (책을 집어 보고) 《아리랑》 잡지책이로군요?
장씨	그런 책은 안 본단 말이냐?
재수	재미나는 얘기가 많아요. 어머니나 보시지요.

장씨는 책을 펴본다.

장씨	〈온천장의 하루〉—〈하룻밤의 신부〉—〈벼락부자가 된 거지〉—.

이런 얘기라도 읽으면서 좀 웃어보란 말이다.

재수   취미가 없어요.

장씨   네 취미는 낮잠이나 자는 것이냐?

재수   어머니 그만두세요.

장씨   나두 너보구 이런 말이 하고 싶어서 그러는 게 아니다. 보기에 하두 딱해서 하는 말이지. 듣기 싫으면 말을 그만두겠다.

재수는 담배만을 피우고 있고,

장씨는 《아리랑》 책을 뒤적일 뿐이다.

장씨   (책을 뒤적이다가) 너는 어떻게 생각할지 모르지만—수원 외삼촌 댁에나 좀 다녀오지, 일자리가 생기기까지. 외삼촌두 네 걱정이라면 점심밥 아까운 줄을 모르는데 네 생각에는 어떠냐? 네 외삼촌은 취직두 취직이지만—장가두 들어야 한다구—네 결혼 걱정이 야단이시야. 색시라두 하나 생길지 아니?

재수   난 아무 데구 다니기가 싫어요. 반가워하지두 않을 게구.

장씨   그렇다구 허구한 날 집안에만 들어박혀 있을 수도 없을 게고. 언제나 하는 얘기지만 네 생각에는 취직자리가 언제나 생길 것 같으냐?

재수   …….

장씨   영 안 되는 건 아니냐?

재수   어머니, 내 걱정은 마세요.

장씨   네가 말은 그렇게 하지만 나는 네 속을 안다. 네가 얼마나 괴로워하는지? 낮잠을 자는 것두, 외삼촌 댁에를 가지 않겠다는 것두—취직을 못 했기 때문이지?

재수	…… .
장씨	그렇지?
재수	…… .
장씨	왜 말을 안 하니? 속 시원히 말이나 좀 하렴. 당장은 굶는 터두 아니구 네가 취직을 못 한다구 우리 집안이 못 살게 되는 건 아니야.
재수	어머님이 그런 말씀을 하시면 저는 더 괴로워요. 아버지를 보시면서두 어머님은 그런 말씀을 하세요? 아버님이 그맛 연세에 대서방*이 뭐예요.
장씨	너의 아버지두 중학교 교장까지 지내신 어른이 때를 못 만나서 그런 걸 어쩌겠니?
재수	아버지를 내쫓은 재단 이사가 나빠요. 무능하다느니—독재라느니—. 무능한 사람이 독재를 어떻게 해요. 그런 조건을 내세워가지구 교장 자리에서 내쫓았지만—그건 멀쩡한 구실이구, 재단 이사들이 추천하는 부정 입학생을 잘랐다고 그 이유로 내쫓긴 것이 아니에요? 아버지두 교육은 어찌되든 재단 이사들이 춤추라는 대로 덩달아 놀아났으면 내쫓기지야 않았겠지요. 학교에서 내쫓긴 것만 해두 기막힐 노릇인데 아들을 잘못 둔 탓으로 대서방에를 나앉게 되셨으니 말이에요.
장씨	너두 취직이 하고 싶지 않아서 못 하는 것두 아니구—옆집 태석이네 집에서두 하는 말이 요즈음은 무슨 세상인지 취직을 하는 것이 아니구 취직을 산다구 하더구나. ……뭐라더라? 빽이 있어야 취직을 살 수 있다던가? 옛날에야 구경이나 해본 말들

---

* 돈을 받고 서류를 대신 작성해주는 곳. '대서소'도 같은 말이다.

이냐? 우리야 제법 자격이 있구, 실력이 있어야 그만한 자리에 앉는 줄만 알았지, 돈으루―권세루―빽으루―자리를 사구팔구 하는 일이 있다니 기가 막힐 일이 아니냐?

재수 　어머니 미안해요. 고이 늙으셔야 할 어머님께 그런 걱정꺼정 하시게 해서.

장씨 　네가 나한테 미안할 게 뭐겠니? 물이 제 골루 흐르듯이 세상은 될 대로 되게 마련인걸―. 내가 너한테 괜한 말을 했지. 낮잠을 자고 싶으면 낮잠을 자구―외삼촌 댁에를 가고 싶으면 가구, 네 맘대로 할 것이지 내가 무슨 참견이겠니.

재수 　어머님께서 그런 말씀을 하시면 어떻게 해요. 전 쥐구멍이라두 있으면―.

장씨 　주책없이 내가 공연한 말을 또 했군. (부엌을 향하여) 복희야.

복희 　네. (하고 나온다)

장씨 　(재수에게) 속이 시원하게 물이나 좀 마셔라. (복희에게) 시원한 냉수에 꿀을 풀어서 아저씨한테 갖다 드려라.

복희 　네. (하고 나간다)

장씨도 복희의 뒤를 따라 부엌으로 나간다.
복희가 꿀물을 내온다.
재수는 받아서 마신다.
재수의 친구 달수, 봉우, 형구들이 찾아온다.
그들은 대문 밖에서 재수를 찾는다.
재수, 달려 나간다.

달수 　(재수를 보고) 집에 있네그려.

재수   들어오게.

      그들은 들어온다.

봉우   (재수에게) 그렇게 집에만 들어박혀 있긴가?

재수   오래간만일세.

달수   우리가 자네를 습격한 건 다름이 아니구.

재수   나를 징계처분이라두 하려구. 나는 집에 가만있은 죄밖에는 없
        는데.

달수   그게 큰 죄야. 자네는 사상이 불온해. 사상 전환을 맘대로 했
        거든.

재수   사상 전환?

달수   그렇게 놀랄 것은 없구. 정치적 문제는 아니니까. 인생관에 관
        한 문제야.

봉우   자네가 재학 시대에야 어디 그랬나? 가장 의욕적이구.

달수   가장 투쟁적이구.

봉우   자네 기억하나?

재수   …….

봉우   나하구.

재수   커닝 사건?

봉우   지금 생각해두―그때 자네는 내 망신을 톡톡히 시켰어. 학생과
        장한테까지 불려다니게 하구.

형구   부끄럽지두 않은가? 그런 얘긴 집어치워. 무슨 명예스런 얘기
        라구.

봉우   그때에두 자네는 배타주의였어.

달수	그건 재수 군의 히로이즘*이야.
봉우	지금은 그 왕성하던 히로이즘이 다 어데로 갔나?
형구	그만두라니까.
재수	자네들은 날 희롱하는 셈인가?
달수	희롱이 뭔가. 동창의 정의로 말하는 거지.
재수	그만둬. 나는 자네들의 얘기를 다 알구 있어. 봉우 자네는 ×× 여대 졸업생하구 결혼을 했다지? 아주 미인이라더군. 장인이 무슨 차관이라구, 장인의 빽으로 취직까지 했다면서?
봉우	장인의 빽이 뭐야? 내가 처갓집 신세루 취직을 했어?
달수	아니란 말인가?
봉우	인격 문제야. 나는 장인이란 사람한테 취직을 부탁한 일은 없어.
달수	이 사람아, 자네 입으로 직접 장인한테 부탁은 하지 않았어두 자네 부인이 있어. 그리구 이력서에 없는 — 뭐라구 할까? 신분?
재수	차관 각하의 서랑壻郎**이라는 신분이 말하는 게야.
달수	그 신분 하나면 대학을 몇 개 졸업했다는 이력보다두 효력이 크지. 자네가 아무리 큰소리쳐두 그건 차관 각하의 서랑이라는 신분이 말하는 게야.
봉우	(달수에게) 자네는?
재수	달수 자네두 남의 얘기를 하기에는 얼굴이 간지러울걸. 소문에 듣자니 자네는 반도호텔 안에 있는 외국인 상사에 취직이 됐다면서—자네는 삼촌이 국회의원이라지?
봉우	국회의원의 빽이 어떻다구—. 게다가 (달수를 가리키며) 이 사람 삼촌은 미국통이니까 날개가 돋쳤겠지.

---

* heroism. 영웅주의.
** 남의 사위를 높여 이르는 말.

달수	우리 삼촌의 경우는 얘기가 달러. 내가 선거운동을 해줘서 국회의원이 됐다는 사실을 알아야 해. 우리 삼촌은 나를 취직시켜줄 의무가 있구, 나는 권리가 있어. 의무와 권리의 행사야.
형구	의무니 권리니 해두, 결국은 국회의원의 조카라는 신분이 취직 자리를 점령하게 한 거야.
달수	형구 자네두 큰소리를 못 해. 미국에 가 있는 형님의 빽으루 미국에를 가면서—.
재수	나는 자네들의 빽이나 믿어볼까.
달수	(재수에게) 말이 나오니 말이지 동창 중에 자네가 제일 따분할 거야.
재수	나는 빽이 없으니까.
달수	(재수에게) 이력서를 한 장 주게, 우리 삼촌한테 얘기를 해보게.
봉우	나한테두 이력서를 한 장 주게, 장인 영감한테 얘기를 하면 될 수 있을 거야.
재수	미안해. 차관 각하의 서랑님의 빽이 모처럼 나한테로 돌아왔지만 좀 생각해봐야겠어. 그리구 달수 자네의 빽두.
달수	알겠네. 그보다 우리가 자네를 찾아온 건 우리 동창 몇 사람이 미국을 가게 된 형구 군의 환송회를 하기로 했는데, 자네두 참석했으면 해서.
재수	(형구와 악수를 하며) 형구 잘 다녀오게. 미안하지만 나는 여기서 환송을 하겠네.
형구	(재수에게) 고마워.
달수	그럼 가지.
재수	미안하네.

달수, 형구, 봉우, 나간다.
장씨, 부엌에서 나온다.

장씨 　애 재수야 가봐라. 널 생각하구 찾아온 친구를 이편에서 딸* 건
　　　 뭐냐? 빽이라곤 고집불통인 대서쟁이 아버지밖에 없는 네가 그
　　　 빽이 센 사람들하고 어울리고 싶지는 않을 게다. 그러나 학교
　　　 친구라는 옛정은 있을 게 아니냐? 얼려서 옛날 얘기라두 하면
　　　 서 시간을 보내지.
재수 　그럼 다녀오겠어요. (나간다)
장씨 　(나가는 재수에게) 빨리 따라가봐라. 놓칠라.

복희가 부엌에서 나온다.

복희 　(장씨에게) 큰아저씨는 저녁을 집에서 안 잡수시겠네요?
장씨 　모르겠다.
복희 　작은아저씨는 일찍 돌아오세요?
장씨 　알겠니, 그 애야 어디 시간을 정하구 다니디? 무슨 일이 그렇게
　　　 다사多事한지.
복희 　이상해요. 큰아저씨하구 작은아저씨하구는 친형제분인데두 딴
　　　 사람 같아요.
장씨 　계집애두. 형제라구 다 같다디? 이런 사람두 있구 저런 사람두
　　　 있지.
복희 　난 작은아저씨가 좋아. (머리핀을 빼 보이며) 이 핀두 작은아저씨

| * 찾아온 사람을 핑계를 대고 만나지 않을.

가 사다 주셨어요. 그리구 장난의 말씀두 잘하시구. 큰아저씨는
무서워서 죽겠어.

재형이가 돌아온다.
손에는 종이 뭉텅이를 들었다.

복희   (재형이를 보고) 아저씨가 돌아오시네.

재형   (종이 뭉텅이를 내보이며) 복희야 이것.

복희   그게 뭐예요?

재형   뭐겠니? (준다)

복희   (종이 뭉텅이를 받아가지고) 이게 뭘까? (장씨에게) 마님 이것 보
        세요. 이게 뭘까요?

장씨   (재형이를 보면서) 넌 또 뭘 사가지구 왔구나.

재형   어머니 잡수세요.

장씨   빈손으루 들어오는 날이 없구나. 날 먹으라구 사다 주는 걸 받
        아먹기는 하지만 너 돈은 어디서 나는 거냐?

재형   나는 친구들이 많아요. 군대에는 사람이 많지 않아요. 군대 생
        활에서 얻은 것이라곤 친구밖에는 없어요.

장씨   친구한테서 돈이 그렇게 생기냐?

재형   군대에서 네 것 내 것 할 것 없이 나눠 쓰던 정의가 아직 있거든
        요. 내가 돈이 없는 줄 알구 친구들이 주는 걸 어떻게 해요.

장씨   너는 그렇게 친구를 찾아다녀두 우리 집에는 네 친구가 한 번도
        온 일이 없지?

재형   우리 집에는 형님이 있어서 친구들이 싫다는걸요. 형님이 무섭
        다나요. 언제나 말 한마디 없이 뚱해 있다고.

복희	(종이 뭉텅이를 들고) 아저씨 이게 뭐예요?

복희   (종이 뭉텅이를 들고) 아저씨 이게 뭐예요?

재형   (종이 뭉텅이를 복희에게서 빼앗으며) 모르면 안 줘. 너는 못 먹는다.

복희   작은아저씨 심술쟁이!

재형   까불지 말어. (종이 뭉텅이를 끄른다. 바나나가 나온다)

복희   (바나나를 보고) 어머나 바나나야. (뾰로통해서) 난 바나나는 안 먹어. (부엌으로 들어간다)

재형   (부엌으로 들어가는 복희를 보고) 그냥 까불겠니?

복희는 부엌에서 과일 접시를 들고 나온다.

복희   (재형에게) 이리 주세요. (재형이에게서 바나나를 받아 접시에 담아 놓는다)

재형   어머니 잡수세요.

장씨   아버지두 드리구, 네 형한테두 줘야지. 너희들두 한 개씩 먹어라. (재형이와 복희에게 한 개씩 뜯어주고 자기도 한 개 뗴 들고는) 복희야 가지고 나가거라.

복희   네. (과일 접시를 들고 나간다)

재형   (바나나를 어머니에게 주면서) 어머니 이것두 잡수세요.

장씨   너는 어쩌구.

재형   난 괜찮아요. (준다)

장씨는 재형이의 몫까지 받아가지고 까서 먹는다.

재형   어머니 많이 잡수세요. 바나나를 잡수시면서 내 얘기를 들으세요. 참 재미나는 얘기예요.

장씨　영화 얘기냐? 또 극장에를 갔던 게로구나?

재형　영화 얘기보다 더 재미나는 얘기.

장씨　그럼 연극 얘기냐?

재형　연극보다두 더 재미나는 얘기.

장씨　쌈 구경을 한 게로구나?

재형　그런 얘기가 아니에요. 내 얘기예요.

장씨　네가 어쨌단 말이냐? 어떻게 까부는지 정신을 차릴 수가 없구나.

재형　얘기를 찬찬히 할게요. 내 얘기를 듣구 어머닌 좋다구만 해주
　　　세요.

장씨　그래, 남 속이는 일하구 도적질만 아니면 뭐든지 좋다.

재형　어머니, 여자 얘기예요.

장씨　여자 얘기? 아직 네 형두 장가를 못 갔는데.

재형　형님이 장가를 못 갔다구 난 여자 얘기두 못 해요?

장씨　그럼 사랑이니 연애니 하는 것은 아니란 말이냐?

재형　그건 앞으로의 일이니까 두고 봐야 알아요.

장씨　어서 말을 해라.

재형　옛날 얘기예요.

장씨　또 옛날 얘기야?

재형　오늘이 되는 일을 알려면 옛날 일을 얘기해야 하는 거예요.

장씨　그래라, 어서 얘기나 해라.

재형　때는 4283년* 12월, 곳은 평양이에요.

장씨　평양?

| * 단기다. 서기로는 1950년.

330

재형   우리 군대가 평양에서 작전상 철수를 할 때였어요. 공산당을 싫
　　어하는 평양 시민들은 시간을 다투어가며 남하를 해야 할 순간
　　이었어요. 우리 부대는 남하하는 평양 시민이 다 나오기를 기다
　　려 마지막으로 떠나게 됐어요. 우리 차가 대동강을 막 건너려는
　　데 사람 살리라는 소리가 들리며 길을 막는 한 가족이 보이지를
　　않겠어요. 나는 결사적으로 차를 멈추게 하고 그 가족을 차에
　　태우고 남하를 했어요. 얘기는 하기 쉽지만, 어머니 그 장면을
　　한번 생각해보세요. 중공군은 벌써 평양 시내에 들어온 때가 아
　　니겠어요. 그 가족에게야 내가 생명의 은인이지요. 나만 아니었
　　다면 그 일가족은 오랑캐의 밥이 되고 말았을 거예요.

장씨   네가 그렇게 좋은 일을 했단 말이냐? 그런 일에는 훈장도 없지?

재형   철수를 하느라고 정신이 없는데 훈장이 뭐예요. 평양에서 구해
　　온 그 가족도 차가 부대 차라 수색까지 와서 내려주고는 그후
　　통 소식을 모른걸요.

장씨   수색까지 태워다 줬으면 서울로 들어와서 남하를 했겠지.

재형   어머니 역사는 흘러서 오늘이 됐어요. 바로 오늘 만났어요.

장씨   누구를 말이냐? 그 가족을?

재형   네. 친구하구 종로 거리를 지나가는데 누가 찾겠지요. 바로 그
　　사람이에요, 수색에서 헤어진―. 어떻게 반가워하던지. 그 자
　　리에서 택시를 잡아 세우더니 집으로 가자 했지요.

장씨   그래서 너는 아는 사람이 많다고 그랬구나. 그러나 사람을 주의
　　해야 한다. 요즈음 세상은 사람을 잘못 사귀었다가는 큰일이라
　　더라.

재형   어머님은 알지도 못하시면서―평양 직조공장 사장이에요.

장씨   네가 구해준 그 피난민이?

재형	평양에서 큰 직조공장을 경영했다나요. 수색에서 서울을 거쳐 바로 부산으로 남하를 했다지요. 평양에서 가지고 온 얼마간의 금품을 돈으로 바꾸어가지고 처음에는 집에서 조그맣게 직조를 시작했대요. 부산에서 한창 장사가 잘될 때에 수가 났다지요. 그때부터 차차 커가기 시작해서 지금은 직공만 사십 명이 되는 큰 공장을 만들었다고 하지 않겠어요. 그런데 어머니 지금부터예요, 재미나는 얘기는. 그 댁에는 따님이 하나 있어요.
장씨	아까 여자 얘기라구 한 것이 바로—.
재형	바로 그 댁 따님의 얘기였어요.
장씨	나이는 몇 살쯤 된다니?
재형	이십삼 세라던가요.
장씨	결혼은 안 했겠지?
재형	어머님 그런 건 알아서 뭘 해요?
장씨	그 색시하구 너는 말이나 해봤니?
재형	말이 뭐예요. 나한테 어떻게 친절했다구.
장씨	그 색시 어머니두 만나보구?
재형	그 댁 가족은 누구나 나보구 생명의 은인이라구 하면서 여간 고마워하는 것이 아니었어요. 그중에도 그 댁 따님이 더했어요. 그런 젊은 여자의 친절을 처음으로 맛보는 저는 마음이 이상했어요.
장씨	그 색시가 진정으로 너를 좋아하는 것 같디?
재형	첫 번 만난 사람인데 그런 걸 어떻게 알아요? 어머니 한번 만나보시겠어요? 같이 다니다가 지금 헤어졌어요. 그렇지 않아두 우리 집에를 들러보겠다구 그러지 않겠어요. 그런 걸 나는 어머니께서 알지두 못하는 여자를 집에 데리고 오는 것이 이상한 것

같아서 다음 기회루 하자구 어물어물해버렸지요.

장씨   데리구 와두 괜찮았을 텐데.

재형   어머니 그럼 데리구 와요. 지금이라두 전화만 걸면 만날 수가 있어요.

장씨   전화루 어떻게 불러낸단 말이냐? 오늘 처음으로 교제를 시작했다면서, 게다가 여자를.

재형   교제는 오늘 시작했어두 몇 해 전에 안면은 있어요. 언제나 전화로 연락만 하면 나온다구 했어요.

장씨   아무리 말은 그렇게 했대두 그 댁의 어른들이 웃지 않겠니?

재형   그 댁의 어른들은 우리 아버지나 어머니와 같이 그렇게 꽁한 분들 같지 않았어요. 현대적인 냄새가 풍겼지요. 어머니 말이 나왔으니 말이지만—우리 집에서는 아버지나 형님이나 너무나 '현대'라는 것과는 등을 돌리고 있는 것 같아요. 너무해요. 중학교 교장까지 하신 아버지는 대서방에 나가 앉아 계시구, 대학 졸업까지 한 형님은 취직두 못 하구.

장씨   네 입으루 형의 얘기는 하지 말아. 그런 말을 하면 네가 군인으루 나갔기 때문에 공부를 더 못했다는 불평으루밖에는 안 들려.

재형   나는 형님과 같이 대학 졸업을 못 했다고 불평을 말하는 건 아니에요. 형님두 신체검사에 합격만 했으면 대학 졸업은 못 했지요. 나에게 그런 것은 문제가 아니에요. 문제는 앞으로 우리 집안이 어떻게 이 현실을 타개해나가느냐에 있어요.

장씨   우리 집안이야 네 형이 취직을 하구 너두 취직을 하면 무슨 걱정이겠니? 그렇게 되면 아버지두 대서방에서 들어앉게 될 게구—.*

재형   어머니 나 전화를 걸구 오겠어요.

장씨   글쎄 말이다. 나는 생각두 못 할 일이야. 그 색시가 어떻게 우리
       집에를 오겠니?

재형   자기를 살려준 은인의 집인데요.

장씨   그래두 젊은 여자가 말이다.

재형   어머니 요즈음 젊은 여자는 호기심이 많아요. 그리구 어머니,
       현대의 젊은 여자들은 남녀칠세부동석男女七歲不同席형의 어머니
       와는 사상이 틀려요.

장씨   그럼 전화를 걸구 오라구 해라.

재형   어머니 다녀오겠어요. (나간다)

장씨   (부엌을 향하여) 복희야.

복희   네. (대답을 하며 나온다)

장씨   (복희에게) 손님이 온다는데 어쩌겠니?

복희   저녁 준비를 해요?

장씨   그 말은 물어보지두 않았구나.

복희   그럼 차나 준비하지요.

    혜경이가 찾아온다.

혜경   (대문 안에 들어서서) 안녕하십니까? 저는 월간 잡지를 팔러 다
       니는 사람입니다. 책을 구경해보시지요.

복희   (장씨에게) 책장수래요.

장씨   (혜경이를 보고) 당신이 책장수요?

혜경   네. 책을 가지고 왔습니다. 책 가게를 나가지 않고 가정에서

---

* 대서방에서 나와 '집안에 들어앉게 될 것'이라는 의미임.

당장 보고 싶은 책이 있는 분의 편의를 돕기 위하여 저는 이렇게 책을 가지고 가정 방문을 하고 있습니다. 뿐만 아니라 견물생심見物生心이란 격으로 평소에 독서의 취미가 없으신 분에게도 독서의 기회를 주기 위해서 잡지를 보급하고 있습니다. 그렇지만 그것은 다 허울 좋은 사설에 지나지 않고 사실은 제가 책을 팔아서 이利를 먹자는 것입니다. 구경하시고 한 권 팔아주십시오. (마루방에 있는 《아리랑》 잡지를 보고) 댁에서는 《아리랑》 잡지를 보세요? 저 잡지는 어머님 같으신 분이나 (복희를 가리키며) 이런 색시 같은 사람에게는 재미가 있는 책이지요. 《명랑》 《이야기》 같은 잡지두 있습니다. (마루를 들여다보고) 댁에는 학생분도 계시지요? 대학에라두 재학 중인 자제분이 계시겠지요. 대학생들의 잡지로는 《사조》 《사상계》 같은 잡지가 있습니다. 현대의 어머니 되시는 분들은 자녀의 독서에도 큰 관심을 가지셔야 되지 않을까요?

장씨   말을 참 잘하는군.

복희   약장수가 말을 잘한다더니 책장수도 제법 말을 잘하네요.

혜경   (복희에게) 색시 만화책이나 하나 사보지.

복희   우스워죽겠네. 우리 큰아저씨가 만화책 같은 건 보지 말라고 그러셨는데.

혜경   아저씨가 만화책 같은 건 보지 말라구 그러셨어? 아저씨는 대학생이야?

복희   대학을 졸업한 지가 언제라구.

혜경   아저씨가 대학을 졸업하시구 지금은 뭣하시지?

복희   그런 건 왜 그렇게 꼬치꼬치 캐물어요? 이이가 호구조사를 하러 다니나?

장씨   (복희에게) 얘 이 계집애야. 그렇게 까불지 말구 들어가서 부엌
             일이나 해라. (혜경이에게) 잡지책을 가지구 다녀두 보통이 아니
             야. 공부두 상당히 한 것 같구?

    복희는 부엌으로 들어간다.

혜경   학교에는 좀 다녔어요.
장씨   학교 공부꺼정 한 젊은 여자가 무슨 할 일이 없어서 잡지책을
             가지고 다닐까?
혜경   취직을 하려니―이력서를 아무리 써가지구 다녀두 취직이 돼야
             지요.
장씨   남자들은 빽이나 세력이 있어야 한다지만 여자들은 그런 것이
             없어도 취직하기가 쉽다던데.
혜경   그렇지두 않아요. 빽이 없이 될 데가 어디 있겠어요. 그렇지만 여
             자들은 남자들보다 빽이 없어도 되는 경우가 있기는 있겠지요.
장씨   소설이나 영화에 나오는 사장과 여비서의 이야기 같은 얘기두
             있다는데.
혜경   여자로서 자존심이 조금만이라도 있는 여자라면 빽이 없이는
             취직할 수가 없어요.
장씨   (혜경이에게) 젊은이도 빽이 없는 게지?
혜경   빽이 뭐예요, 저 혼잔걸요.
장씨   부모두 없이?
혜경   내가 학교를 졸업하자 어머님마저 돌아가시고 동생이 하나 있
             을 뿐이에요. 취직은 되지 않구 자존심은 있구 한 데다가 우선
             동생을 학교에 보내구 살아야 하지 않겠어요. 그래서 이렇게 잡

지책을 들고 다니는 거예요.

재수가 돌아온다. 혜경이를 이상스럽게 본다.
혜경이도 재수를 이상스럽게 본다.
서로 한동안 보다가.

혜경   (재수에게) 재수 씨가 아니세요? 어찌된 일이에요?
재수   여기가 우리 집인데요. (혜경이를 자세히 보면서) 혜경 씨야말로
        어떻게 우리 집에를?

한동안 사이―이상한 공기다.

장씨   (재수를 보면서) 어찌된 일이냐? 서로 아는 사이냐?
재수   학생 시대에 안 사이예요.
장씨   너두 학생 시대에는 아는 여자가 있었구나.
재수   우리 어머님한테 인사나 하시지요.
혜경   (장씨에게 인사를 하면서) 김혜경이라고 합니다.

장씨는 인사를 받는다.

재수   혜경 씨를 우리 집에서 뵈올 줄은 꿈에도 몰랐는데.
혜경   언제 이리로 이사 오셨어요? 학생 시대에는 댁이 여기가 아니
        셨죠?
재수   작년에 이리로 왔는걸요.
혜경   나는 잡지를 팔러 다녀요. 작년에 어머님이 돌아가시구―.

재수	역사는 쉬지 않고 흐르지요. 나는 되도록 과거는 잊어버릴려고 하고 있습니다.
혜경	재수 씨 저까지두 잊어버리실려구 하세요?
재수	물론이죠. 내 자신까지 잊어버릴려고 하는 나니까요. 혜경 씨가 뭐겠어요.
혜경	그럼 나는 가겠어요. (잡지책을 보에다 싸가지고 가려고 한다)
재수	혜경 씨 안녕히 가세요. (왼편 방으로 들어가며 문을 닫아버린다)
장씨	(혜경이를 보면서) 서로 안다면서 무슨 일들일까? 처음 만난 사이라두 그러지는 못할 텐데. 사람을 잘못 보고 아는 사이라고 그랬다가 돌아서는 사람들 같지? (혜경이에게) 사람을 잘못 보지를 않았어?
혜경	(가려다가 주춤하며) 아니에요. 틀림없는 재수 씨예요. ××대학교 문리과 대학을 졸업하셨지요? 아버님이 중학교 교장이시구? 군인으로 나간 동생이 있으시죠?
장씨	우리 집안 내용을 어떻게 그렇게 잘 알까?
혜경	그만큼 저는 재수 씨를 잘 알았어요.
장씨	우리 재수하구 학교라두 같았나? 어떻게 우리 재수를 알게 됐지?
혜경	학교는 같지 않아요. 저는 ××여자대학교예요.
장씨	졸업을 했지?
혜경	네.
장씨	대학 졸업생이군그래. 대학 졸업까지 하구두 취직을 못 했다지? 어떻게 우리 재수는 알았을까?
혜경	학교는 딴 학교지만 학도호국단 간부라서 서로 연락이 있었어요. 그 관계로 알게 됐어요.

장씨	우리 재수하구는 그저 아는 사이구 무슨 다른 관계는 없었나?
혜경	서로 얘기는 많이 했어요.
장씨	무슨 얘기를 했을까?
혜경	여러 가지 얘기를 했어요.
장씨	사랑 얘기 같은 것두?
혜경	물론 남녀의 사랑 문제에 대해서도 얘기를 했지요.
장씨	사랑 얘기는 연애 얘기하구 같지?
혜경	남자와 여자의 사랑 얘기라면 그야 연애 얘기겠지요.
장씨	그럼 젊은이두 우리 재수하구 연애를 했단 말인가?
혜경	우리의 얘기는 재수 씨하구 저와의 사랑 얘기두 되겠지만 통틀어 남녀의 사랑 얘기가 많았어요. 그러니 직접 연애라 할 수는 없을 거예요.
장씨	남자하구 여자하구의 사랑 얘기라면 연애라구 했지?—나한테는 부끄러워서 얘기를 못 하나? 내가 자리를 피해줄까? 우리 재수하구 단둘이서 사랑 얘기구 연애 얘기구, 맘대로 하게. (재수의 방으로 가면서) 재수야 나오너라. 네가 나와서 이 혜경이를 붙잡구 옛날 학생 시대의 얘기를 좀 해봐라. (부엌으로 가면서) 복희야.
복희	네. (하면서 나온다)
장씨	손님이 왔는데 우리는 시장에나 좀 다녀오자.
복희	손님은 웬 손님이에요?
장씨	까불지 말구 어서 가자. (복희를 데리고 나간다)
혜경	(그들이 나가는 것을 보다가) 참 좋은 어머님이시야.

재수가 나온다.

혜경　(재수를 보면서) 지금 우리들의 얘기를 들으셨지요?

재수　…….

혜경　사랑 얘기가 연애 얘기라구……. 내가 재수 씨하구 사랑 얘기를 한 건 연애 얘기를 한 거라나…….

재수　우리는 그때 사랑 얘기를 했던가?

혜경　과거를 잊으려고 하시는 재수 씨는 기억에 없으시겠지요. 그러나 나는 기억이 생생해요. 남녀 교제와 연애에 관해서 "현대 학생들은 교제는 하면서도 연애는 할 줄을 모른다"고 재수 씨는 나에게 이런 질문까지도 하셨지요? "혜경 씨는 나하구 연애를 할 수 있습니까?"

재수　그때에 혜경 씨는 무어라 대답을 했어요?

혜경　"—사랑의 표시를 하는 것만이 연애는 아니겠지요"라고 그런 말을 했던가요?

재수　그때의 우리는 사랑의 표시가 뭔지두 잘 몰랐지.

혜경　지금이라두 늦지 않겠지요.

재수　지금의 혜경 씨는 사랑의 표시를 재인식하신 모양이지.

혜경　나는 뭐가 뭔지 모르게 되고 말았어요. 연애에는 이론 같은 건 필요하지 않을 거예요.

재수　그럼 무엇이 필요할까요?

혜경　방법론이라 할까요?

재수　사랑의 표시의?

혜경　재수 씨 그 방법론을 좀 말씀해보세요.

재수　그것도 이론만 가지고는 안 되겠지요.

혜경　실천이에요.

재수　우리는 누구의 얘기를 하고 있는 건가?

혜경   재수 씨는 다른 사람의 얘기를 하셨어요?

재수   혜경 씨는 자신이 있어요?

혜경   나는 우리의 얘기를 했어요.

재수   나는 자신이 없는데.

혜경   재수 씨 그만두세요. 나는 가겠어요. (나간다)

　　　시장에 갔던 장씨와 복희 돌아온다.

　　　장씨는 혜경이를 따라 나가는 재수와 마주친다.

　　　재수는 장씨를 피하여 달려 나간다.

장씨   (재수가 나가는 것을 보고) 옛날부터 사귄 사이라기에 대접을 하
　　　　려구 시장까지 봐가지구 왔는데 왜들 저럴까?

복희   잡지 장수 손님은 간 모양이지요? 잘됐어요. 작은아저씨의 손
　　　　님이 오실 텐데 이걸로는 그 손님을 대접하지요. 작은아저씨의
　　　　손님은 멋쟁일 거예요.

　　　재형이가 연옥이와 같이 온다.

재형   어머니 다녀왔어요. (장거리를 보고) 어머니 이게 뭐예요?

장씨   네 손님이 온다기에 시장에를 다녀오는 길이다.

　　　복희는 찬거리를 가지고 부엌으로 들어간다.

재형   과연 우리 어머니야.

연옥   어머님께 인사를 해야 할 텐데. (재형이에게) 소개를 하세요.

재형	어머님 인사를 받으세요. 아까 말씀드린 사장님의 따님이에요.
연옥	(인사를 하며) 최연옥입니다. 재형 씨는 저희들의 생명의 은인이에요. 저희들은 재형 씨의 은혜를 어떻게 보답해야 할지 문제예요. (핸드백에서 반지를 꺼내가지고) 변변치 않은 것이지만 어머니 받으세요.
장씨	(연옥이와 재형이를 보면서 의외라는 듯이) 재형아 어찌된 일이냐?
재형	이 연옥 씨가 어머님께 빈손 들고 갈 수는 없다고 사 온 거예요. 어머니 받으세요.

장씨는 받지도 못하고 어쩔 줄을 몰라 한다.

재형	(연옥이에게) 이리 주세요. (반지 상자를 받아가지고 반지를 꺼내 어머니 손에 끼워준다)
장씨	(반지를 보면서 연옥이에게) 내가 이런 것을 다 받구 미안해서 어떡하지?
연옥	어머니 제가 부끄러워요. 그때 일을 생각하면―.
장씨	우리 재형이야 군인으루 제 할 일을 했구―그 댁에서는 피난을 해야 할 때였을 텐데―그런 일을 가지구―. 이렇게꺼정 안 해두―나는 재형이의 말을 듣구―사장님이라지―그 사장님이 우리 재형이를 알아본 것만 해두 고맙다구 생각했는데―색시가 이렇게 우리 집을 다 오구.
연옥	저는 오늘 재형 씨를 만나뵐 때 누구보다두 반가웠어요.
장씨	색시두 우리 재형이를 알아봤나?
연옥	재형 씨는 그때 대동강 선창가에서 우리보고 빨리 차를 타라고 하시던 모습 그대로예요. 재형 씨는 그때의 나를 기억하세요?

재형   …….

연옥   기억이 안 나지요?

재형   …….

연옥   차에서 추울 거라구 나한테는 담요까지 주시지 않았어요?

재형   그랬던가?

연옥   그런 기억이 있는 만큼 나는 재형 씨를 잊을 수 없었어요. 그후
        에도 군복 입은 사람만 보면 재형 씨 생각이 났지요. 그렇게 생
        각하던 재형 씨를 만나서 제가 어떻게 가만있을 수가 있겠어요.
        그래서 오늘은 실례가 되는 줄 알면서두 하루 종일 재형 씨를
        괴롭혔어요.

재형   (연옥이에게) 제가 되려 미안해요.

장씨   우리 재형이두 나한테 색시 이야기를 하면서 여간 좋아하지를
        않았어.

복희가 차와 과일을 가지고 나온다.

복희   작은아저씨, 손님하구 과일을 많이 드세요. (말하고 들어간다)

장씨   (연옥이에게) 좀 들지.

그들은 차와 과일을 든다.
한동안 사이.

연옥   우리 아버지께서 직접 재형 씨를 만나서 말씀드리신다고 하셨
        지만―재형 씨가 제대 후에 집에서 놀고 계시는 것 같으시다구
        집에서 별 지장만 없으시면 우리 집에 와 계시게 말씀을 하신다

구요ㅡ. 우리 공장에는 재형 씨가 오시기만 하면 일하실 것이
많을 거예요.

장씨   우리 재형이가 댁에 취직을 하는 셈이로군.

연옥   나는 자세히는 모르지만 아버님께서 그렇게 생각하시는가 봐요.

장씨   그야 앞으로 본인이 알아서 할 일이겠지만ㅡ우리 일을 그렇게
걱정까지 해주신다니 나는 무어라…….

연옥   시간이 늦어서 저는 그만 실례를 하겠어요.

장씨   대접두 변변히 못하구. 밖에 나가서 오래 있으면 부모들이야 걱
정을 하시지.

재형   (어머니에게) 연옥 씨의 댁은 그렇지가 않아요. (먼저 일어서며) 연
옥 씨 가시지요. 우리 어머님은 재미가 없으시죠?

연옥   그럼 나는 더 놀다 가겠어요.

장씨   (재형이를 보면서) 둘이서 무슨 얘기가 있는 게로구나. 내 걱정
은 말구 어서 나가거라. (부엌으로 들어간다)

재형   가시지요. 제가 바래다 드리지요.

연옥   어머님께 미안해요.

그들은 나간다.
장씨는 부엌에서 나와 그들이 가는 그림자를 보고 서 있다.
복희가 나온다.

복희   손님이 가셨어요?

장씨   그래. 갔다.

복희   작은아저씨두요?

장씨   그래.

복희	오늘은 참 이상해요. 큰아저씨두 여자 손님하구 같이 나가시구, 작은아저씨두 여자 손님하구 같이 나가시구―.
장씨	그래 이상한 날이다.
복희	오늘은 선생님은 왜 이렇게 늦으세요?
장씨	선생님두 무슨 일이 있는 모양이지.

필호가 돌아온다.

복희	(필호를 보고) 선생님 지금이야 오세요?
장씨	(필호를 보고) 어째 오늘은 이렇게 늦으셨수? (가방을 받아 든다)
필호	어디 좀 다녀오느라구.
장씨	복희야, 물을 좀 떠놓아라, 세수를 하시게.

복희는 부엌으로 들어간다.
필호는 방으로 들어가 옷을 갈아입고 뒤꼍으로 가서 세수를 하고 나온다.

필호	물이 제법 찬걸.
장씨	가을인걸요.
필호	벌써 가을인가? 대서방에나 들어앉았으니 세월 가는 줄을 알 수 있어야지. 그러고 보니 내가 대서 붓대를 잡은 지도 벌써 이 년이 되는군. 잘했어. 그놈의 교장 자리보다 붓대 하나 가지고 벌어먹는 것이 편해. 복희야.
복희	네. (하며 부엌에서 나온다)
필호	(복희에게 돈을 주며) 이걸 가지구 고기나 좀 사 오너라.

복희	아까 시장에 가서 고기를 사다가 반찬을 해놨어요.
필호	그럼 술이나 한 병 사 오너라. 소주 알지? 빨리 다녀와.
복희	네. (하고 나간다)
장씨	안주가 변변치 않을 텐데. (부엌으로 나간다)
필호	안주 걱정은 말아. 술맛은 안주 나름이 아니야.

장씨가 술상을 가지고 들어온다.
필호는 술상을 받는다.
장씨는 술을 따른다.

필호	(술을 한 잔 마시고) 나는 교장 시대에두 술을 먹었지만—그때에야 안주두 좋구—안주뿐이었을라구—기생을 껴안구—. (장씨를 보면서) 기생 얘기를 한다구 강짜를 말아요.
장씨	아주 기생하구 몸이 닳게 놀아난 것 같구려?
필호	(손을 보이며) 이 손으루 기생의 손목이야 많이 만져봤지. —기생이 따라주는 술맛두 이만 못했단 말이야. 상관을 모신 자리가 아니면 부하들을 데리구—그 향기로워야 할 술좌석이 무슨 거래 장터같이 아첨—모략—중상—음모—살을 깎는 술잔이었어. (장씨에게 술잔을 주며) 한잔 들어보지. (술을 따르며) 이 술은 이렇게 즐길 수 있는 술이란 말이야.
장씨	(잔을 받고) 그만 따르세요. 내가 언제 술을 먹었어요?
필호	이렇게 당신하구 둘이서 술상을 받고 앉으니 당신한테도 술을 따르고 싶어서 그러는 거요. 여보 미안하우. 나는 이렇게 술잔이라두 즐길 수 있지만—당신이야 낙이 뭐겠소? 옛날 내가 교장 자리에 있을 때에야 철 따라 산으로 바다로—당신은 절밥을

좋아했지? 그래서 이런 가을이면 일요일마다 절에를 가지 않았
소? (술잔을 들고) 술이나 한잔 따르오.

장씨 (술을 따르며) 그런 생각을 해선 뭘 해요. 당장 발잔등에 불이 타
는데. 애들이 취직이나 하면 당신두 대서방에서 들어앉게 될 텐
데―참 얘기가 있어요. 재형이가 말이에요.

필호 그 애는 어디 가서 쌈이나 하지 않으면 그만이야.

장씨 그런 얘기가 아니에요.

필호 그렇지. 우리 재형이 그 애는 헐레벌떡거리며 돌아가기는 좋아
하지만 쌈 같은 것을 할 위인은 아니야.

장씨 재형이는 일자리가 생길 것 같아요. 군대살이를 할 때 생명을
살리다시피 신세를 지운 사람을 만났다던가요. 큰 직조공장을
한다는데 재형이보구 공장에 와서 일을 좀 봐달란다나요. 그 댁
에는 나이 찬 딸두 있어요.

필호 그게 참말이야?

장씨 공장 주인이 그렇게 말을 한대요. 그 댁 따님은 재형이하구 같
이 우리 집에꺼정 다녀갔어요.

필호 그것두 취직일 텐데? 취직이야 말만 듣고야 믿을 수가 있어야
지. 그 댁 딸이라는 것은 병신은 아니야? 취직을 미끼루 병신
딸 사위를 맞으려고 하는 심산지두 몰라.

장씨 색시는 사람두 얌전한 것 같구, 인물두 괜찮았어요. 오늘 말이
나왔으니까 두구 봐야 알겠지요.

필호 세상이 무서운 세상이라 하는 말이야. 말이 나왔으니 말이지 내
말을 좀 들어봐. 이 말은 나 혼자만 알구 누구에게나 하지 않으
려고 했지만―재수의 취직 말이야. 내 힘으루 어떻게 취직을
시켜보려구 사방으로 주선을 하는데, 하루는 옛날 동창생을 만

나지 않았겠소. 학생 시대에 아주 친한 동창이지. 그 친구한테 재수의 얘기를 했더니 걱정 말라구. 그리구 며칠 후에 만나서 하는 말이, 신문사 영업국에 자리가 하나 있다는데—거기라도 좋으면 영업국장한테 운동비가 약간 드니 한 오만 환이 필요하다구—. 나는 그 친구만 믿구 아무두 모르게 오만 환을 빚을 내서 주지를 않았겠소. 재수의 이력서두 내 손으로 써다 줬어. 그 후에 몇 번 만났는데 번번이 기다리라고만 한단 말이야. 그리구 요즘은 그 친구를 만날 수도 없었지. 그래서 신문사에를 찾아가 봤어. 그랬더니 신문사 영업국에서는 그런 사람은 알지도 못한다고 그런단 말이야.

장씨 돈 오만 환을 몽땅 떼였군요?

필호 내가 바보짓을 했어. 이 말을 재수에게두 아무에게도 하지 말란 말이야. 재수는 어딜 나갔나?

장씨 여자를 따라 나갔어요.

필호 여자?

장씨 잡지를 팔러 다니는 여자를 따라 나갔어요.

필호 무슨 얘긴지?

재수가 돌아온다.

필호 재수야 이리 와 앉아라. (재수는 어머니 곁에 앉는다)

장씨 (재수에게) 어디까지 갔었니?

재수 만나지를 못했어요.

장씨 만나지두 못하면서 어째 늦었니?

재수 취직자리를 찾아가봤어요.

필호	그래.
재수	사원을 모집한다는 벽보가 붙었어요, 길가에.
필호	어딘데?
재수	사회시보사라던가요, 주간신문이에요. 대학 출신이면 사원은 될 수 있다는데, 입사하려면 신분증명서 값이 팔천 환이라던 가요.
장씨	월급은 얼마라더냐?
재수	능률을 올릴 탓이라나요. 최고가 오륙만 환은 된다고 말루는 그랬지요.
장씨	그래서 어쨌니?
재수	엉터리예요. 그냥 나왔지요.
필호	신분증명서를 판단 말이지? 재수야 당분간은 취직을 단념해라.
재수	저두 그렇게 생각했어요. 그런데 아버지, 저는 아버지의 대서소에 취직을 하기로 생각했어요. 아버지, 취직을 시켜주시겠어요?
필호	네가 내 대서소에?
장씨	대학 졸업까지 한 네가 대서쟁이로 주저앉다니? 부끄럽지두 않으냐?
재수	내게는 대서소에를 나가는 부끄러움보다 실업자루 놀고 있는 것이 더 부끄러운 일이에요.
필호	그 부끄러움은 너만의 부끄러움이 아닐 게다. 네 생각이 그렇다면 내일부터라두 나가자. 그리고 보니 재수 네가 취직을 한 셈이로구나? 그렇게 취직자리가 눈앞에 있는 것을 공연히 하늘의 별을 따려고 했지.

재형이가 돌아온다.

필호	재형아 이리 오너라. 어째서 오늘은 이렇게 일찍 들어왔냐?
재형	오늘은 아버지한테 결재 맡을 일이 있어요. 어머니 저는 평양 직조공장으로 가기로 했어요. 아버님께서는 어떻게 생각하시는지? 아버님께서만 좋다고 하시면 내일부터 나가겠다고 사장하구 약속을 하구 왔어요.
필호	나두 네 어머니한테 말을 들었다. 그 댁 딸이 병신이 아니라지?
장씨	그런 말씀은 그만두세요. 그 댁에서는 우리 재형이를 생명의 은인이라구 모셔가는 거예요.
필호	그럼 재형이 너두 가거라. (장씨에게) 여보 이 애들에게 술이나 한잔씩 따르슈. 그리구 당신두―. (장씨의 술잔에 술을 따른다)

장씨는 아들들의 잔에 술을 따른다.

| 필호 | 자―우리 재수하고 재형이의 취직 축하로―. |

그들 잔을 드는데 막이 내린다.

― 1958년 作

바람을 잡아먹은 아이들(전4막)

나오는 사람들

남민(학생)

남민 아버지(장사하는 사람)

장수(구두닦이 소년)

장수 아버지(품팔이하는 사람)

박 선생(남민이의 담임선생)

사자(남민이의 같은 반 아이의 별명)

호랑이(남민이의 같은 반 아이의 별명)

종달새(남민이의 같은 반 아이의 별명)

참새(남민이의 같은 반 아이의 별명)

곰(남민이의 같은 반 아이의 별명)

다람쥐(남민이의 같은 반 아이의 별명)

꾀꼬리(남민이의 같은 반 아이의 별명)

두꺼비(구두닦이 아이의 별명)

박쥐(구두닦이 아이의 별명)

지렁이(구두닦이 아이의 별명)

두더지(구두닦이 아이의 별명)

구두 닦는 손님들

신문팔이 소년

담배팔이 소년

지나다니는 사람들

때

지금

곳

도회지

제1막

거리에서 좀 떨어져 있는 넓은 마당입니다. 마당은 두루 통했기 때문에 동네 사람들이 지나다니는 길이라고도 할 수 있습니다. 마당 안쪽으로 남민이의 집과 장수의 집이 있습니다. 집은 보이지 않고 대문만 보입니다. 바른편에 있는 남민이의 집 대문은 크고, 그 옆으로 왼편에 길을 하나 사이에 두고 땅에 붙어 있는 장수의 집 대문은 작고 보잘 것 없습니다. 학생은 학교에 가고 장수라는 사람은 장터로 가고 품팔이하는 사람은 일터로 가는 아침입니다.

남민이의 집 대문이 열리더니 벙거지를 쓰고 두루마기를 입은 남민

이의 아버지가 손가방과 보퉁이를 손에 들고 나오십니다. 시장에 나
가시는 모양입니다.

남민 아버지   (대문을 닫고 몇 발자국 걷다가 돌아서서 대문을 다시 열고 안을
       향하여 말하십니다) 남민아, 이 자식아 너 저 해님을 봤지? 저 해
       님이 동쪽에서 올라오신 것과 같이 오늘 너는 꼼작 말고 학교에
       를 가야 한다. 밑 빠진 항아리같이 네가 학교에다 돈을 얼마나
       쓰면서 그러니? 공납금이다, 책값이다—뭐다 뭐다 뭐다 뭐
       다—너는 돈을 먹는 버러지냐? 학교에만 안 가봐라. 오늘은 발
       가벗길 테다. 이 자식아, 알아들었니?

남민   (대문 안에서 대답 소리만 들립니다) 네, (어리광 피우는 말로) 알았
       어요. 알았어요, 알았어요, 학교에 가겠어요, 아니에요, 아니에
       요, 아니에요. (뛰어나오며) 아버지 나 돈. (아버지 앞에 손을 내
       댑니다)

남민 아버지   또 돈야? (가방에서 장부를 꺼내가지고) 이 자식아, 이 장부를
       보구 말해. 이 장부는 속이지 못해. 삼월 스무날이다. 일금 팔백
       환야*가 네 앞으로 틀림없이 기출이 됐어. 오늘이 며칠이냐?

남민   (안으로 들어가며) 어머니 오늘이 며칠이에요?

남민 아버지   (큰 소리로) 이 자식아 스무이렛날이야.

   남민이는 들어가려다가 돌아서 나옵니다.

남민 아버지   몇 학년이냐? 날 가는 줄도 모른단 말이냐? 돈이 아깝다. 돈

| * '야也'는 아무런 뜻이 없는 어조사.

이 아까워.

남민   (손을 내밀며) 아버지 나 돈.

남민 아버지   학교 어쩔 테냐? (남민이 손목을 끌고 대문 안으로 들어갑니다)

장수의 집에서 장수의 아버지가 나옵니다. 지게를 지고 일터에 나가는 길입니다.

남민이를 끌고 들어갔던 남민이의 아버지는 나오다가 장수의 아버지와 마주칩니다.

남민의 아버지는 장수 아버지에게 못마땅하게 눈총을 주다가 대문 옆 판자에 백묵*으로 '구두쇠'라고 글씨를 쓰고 만화로 그린 사람의 얼굴을 들여다봅니다.

남민 아버지   (화가 나서) 구두쇠! 내가 아니야? 누구의 장난일까? 그렇지. 우리 남민이는 학교에 다니는 자식이 이런 행동은 안 했을 게고—틀림없지, 틀림없어. 손목을 잘라놔야지. (장수 아버지에게) 여보슈 이게 뭐란 말이오?

장수 아버지   (그림을 들여다보면서) 꼭 같수.

남민 아버지   (장수 아버지에게 대들며) 뭣이 어쩌구 어째? (장수의 집 앞으로 가며) 이 자식아 구두닦이 나오너라. 자식이 있냐?

장수 아버지   (남민 아버지에게) 구두닦이가 어쨌단 말이야?

장수가 나온다.

| *분필.

354

남민 아버지　(장수에게) 이 자식아 이게 뭐냐?

장수　(그림을 들여다보면서) 구우두우쇠ㅡ. 더럽게도 썼네.

남민 아버지　이 자식 보게, 구두닦이의 글씨가 더럽지 않구. 우리 남민이 보구 쓰라구 해봐라. 넌 학교엘 다니지 못하지?

장수　학교엘 다니지 못함 어쨌단 말예요? 누가 학교엘 다니기 싫어서 안 가는 줄 아세요?

남민 아버지　돈이 없어서 못 가겠지.

장수 아버지　(장수에게) 네가 이런 장난을 했냐?

장수　아니에요 아버지.

남민 아버지　(장수에게) 거짓말 말아.

장수 아버지　이게 뭐야? 어린것을 보고, 하지 않았다는데ㅡ. 구두쇤 줄만 알았더니 아주 망나니군그래.

남민 아버지　누가 망나니야? 누가 구두쇠야? (장수 아버지에게 달려들려 합니다)

남민이가 대문으로 뛰어나옵니다.

남민　(아버지 앞에 막아서며) 아버지 쌈을 하면 아버지가 져요. 아버지 뭐 화가 나서 그러세요?

남민 아버지　이 자식아 가만있어.

장수 아버지　해볼 테면 해보자.

남민　(장수 아버지에게) 저기다가 장난은 내가 했어요. 아저씨 참으세요.

장수 아버지　(남민 아버지에게 대들며) 뭐라구? 구두닦이가 어쨌다구? 한번 더 말을 해봐라. 돈이 있으면 제일이야? 학교에만 다니면 제

위에는 사람이 없단 말이냐?

남민   (혼잣말로) 학교에 다니기 싫어서 죽겠는데—. (장수 아버지에게) 아저씨 학교가 뭐 좋아서 그러세요. (혼잣말로) 학교! 학교! 누가 우리 학교를 사갔음.

남민 아버지   이 자식아, 사설이 무슨 사설이냐. 학교에를 헛다녔지 헛다녔어, 돈이 아깝지. 자식 때문에 시간만 늦었군. (무안해서 나가려고 합니다)

장수 아버지   왜 꽁무니를 빼는 거야?

남민 아버지   (남민이를 떠다밀며) 이 자식아 비켜라, 아버지는 바쁘다. (뿌리치고 나갑니다)

남민이는 아버지가 나가는 것을 보고 섰다가 〈꿀! 꿀! 꿀돼지〉의 노래를 부르며 대문으로 들어갑니다.

장수   (남민이가 들어가는 것을 보고 섰다가) 약이 올라죽겠네. 저게 내 글씨라구? 학교에 다니지 못하는 것이 무슨 죄란 말이야? 나두 학교에 다닐 테야. (아버지에게) 아버지 나두 학교에 다니겠어요. 학교에 보내주세요. 남민이 아버지두 내가 학교에 다니지 못한다구 깔보구 그러는 게지 뭐예요.

장수 아버지   …….

장수   (혼잣말로) "구두를 닦으세요, 구두에 약칠을 하세요, 앗씨* 구두를 닦으세요, 슈 샤인"—싫어, 싫어, 싫어! (생각에 잠깁니다. 학교에 다닐 때 많이 읽은 기억이 있는 교과서의 한 대목을 외기도 합니

<hr>

* '아저씨'를 구어적으로 표현한 말.

다) —김 선생님—봉수야! 영걸아—모두 어디 갔을까? (동무
그리워하는 노래를 부르기도 합니다) —나는 학교엘 못 다닌단 말
이야. 가고파라, 가고파. (아버지에게) 아버지, 난 아버지에게 보
여드릴 게 있어요. (대문으로 들어가서 종이로 싼 뭉치를 가지고 나
옵니다)

장수아버지   그게 뭐냐?

장수   돈이에요. (돈뭉치를 풀어헤치고 돈을 꺼내가지고 하나, 둘, 셋 하고
세기 시작합니다) 아버지 팔백 환이에요.

장수아버지   그게 웬 돈이냐?

장수   난 학교에 가구 싶어서 아버지두 엄마두 모르게 돈을 모았어요.

장수아버지   넌 그렇게 학교에 가구 싶었니?

장수   학교에 다니지 않음, 난 어떻게 돼요? 아버지 나두 학교에 가겠
어요. 학교에 보내주세요.

장수아버지   그렇게 다니고 싶어하는 학교를—. 보내주지, 보내주지.

장수   참말이에요? 아이구 좋아라. 남민아 이 자식아 나두 학교에 간
다. 아버지 언제 학교엘 가요?

장수아버지   아버지가 돈을 많이 벌게 되면.

장수   아버지 빨리 돈을 버세요.

장수아버지   그럼, 난 돈을 벌러 나가겠다. (지게를 지고 나갑니다)

장수   나도 곧 나가겠어요. 아버지 같이 나가세요. (대문으로 들어갑니다)

마당으로 사람이 지나다닙니다. 장수는 구두약 궤짝을 메고 의자를
들고 나옵니다.

장수   (마당으로 나오며 손님을 부릅니다) "신발을 닦으세요, 구두에 약

칠을 하세요, 앗씨 구두를 닦으세요" (회사원 아저씨를 보고) 아저씨 구두를 닦으세요.

회사원아저씨   (구두를 들여다보면서) 구두를 닦아라. (의자에 앉습니다)

　　장수는 구두를 닦기 시작합니다.

회사원아저씨   (장수에게) 너 학생이냐?

장수   학교에를 다니지 못해요.

회사원아저씨   학교 구경을 해보지 못했단 말이냐?

장수   아니에요. 피난을 오기 전에는 학교엘 다녔어요.

회사원아저씨   너 고향이 어디냐?

장수   춘천이에요. 사변 통에 집은 폭격에 날아가구 거지가 됐어요.

　　장수는 구두를 닦는데 남민이가 책가방을 들고 대문으로 나옵니다.

남민   (대문에서 투정을 합니다) 돈두 안 주면서 학교에만 가랬지. 난 돈을 줘야 학교엘 갈 테야. (책가방을 마당에 내동댕이칩니다)

　　장수는 구두를 닦다 말고 남민이가 책가방을 팽개치는 데 정신이 팔려서 멍—하니 보고 있습니다.

회사원아저씨   (장수에게) 얘 뭘 보구 있어. 빨리 구두를 닦지 않구.

장수   네 네. (구두를 닦습니다)

남민   (혼잣말로) 쪼꼬렛 한 개에 십 환. 껌 한 개에 십 환. 빵 두 개에 이십 환. 노름 값이 백 환. 극장 값이 칠십 환—. 그러니까 얼마

야? 이백십 환이지? 이백십 환이 있어야 된다. 이백십 환—이

백십 환! 우리 아버지 철궤에는 돈이 얼마든지 있을 텐데—.

(장수한테로 와서 구두 닦는 것을 구경합니다)

회사원아저씨   얘 너 하루에 돈을 얼마나 버냐?

장수   대중없어요. 천 환을 버는 날두 있구 더 적게 버는 날두 있구요.

아저씨는 돈을 많이 버세요?

회사원아저씨   나 말이냐?

장수   아저씨, 세상에 제일 힘드는 일이 뭐예요?

남민   (구두 닦는 것을 보고 섰다가) 공부.

장수   (남민이를 보면서) 아니야, 아니야. 돈 버는 일이야.

회사원아저씨   떼굴떼굴 굴러다니는 것이 돈이야.

장수   아저씨 거짓말. 난 돈이 없어서 학교두 못 다니지 않아요. 그런

데두 나에게는 돈이 도무지 떼굴떼굴 굴러 들어오지 않아요. 아

저씨 다 닦았어요.

회사원아저씨   (의자에서 일어서면서) 넌 돈을 벌지 않았니? (돈을 줍니다)

장수   (돈을 받으며) 아저씨 고맙습니다.

회사원아저씨   수고했다.

남민   또 오세요.

회사원 아저씨는 갑니다.

남민   (장수가 돈 받는 것을 부럽게 보고 섰다가) 넌 돈을 벌었구나.

장사꾼 아이 목판을 메고 나옵니다.

장사꾼 아이	껌이나 도롭브스!* 쪼고렛이나 빵! 뭐든지 싸구려 싸구려. 먹어야 내 것이 된다. 먹지 못하는 건 바보! (남민이를 보고) 뭣을 주랴?
남민	(목판을 들여다보면서) 난 돈이 없어. 우리 아버지가 돈을 줘야지. (장수를 가리키며) 재보구 사라구 그래. (장수에게) 얘 너 지금 번 돈으루 사 먹지 않겠니?
장수	싫어! 싫어!
남민	사 먹구 또 벌면 되지 않니? 돈은 떼굴떼굴 굴러다니는 것이야.
장수	아니야. 또 벌어두―자꾸자꾸 벌어두 난 사 먹음질은 안 해.
남민	그럼 너 구두쇠로구나.
장수	내가 너의 아버진 줄 아니?
남민	우리 아버지 얘기는 하지 말어.
장수	그럼 아니란 말이냐? 구두쇠가?
남민	너두 돈을 가지구 사 먹지 않음 우리 아버지가 돼. 너 돈을 뭣하려구 그러니?
장수	난 돈을 쓸데가 있어.
남민	그럼 알았다. 너 혼자 사 먹으려구 그러지?
장수	난 사 먹음질은 안 한다니까.
남민	그럼 너 극장 구경 갈려구?
장수	아니라니까그래.

손님들 지나갑니다.

---

* 드롭스(drops). 설탕에 과일즙이나 향료를 섞어서 여러 가지 모양과 빛깔로 만든 사탕.

장수   (손님을 보고) 앗씨 신발을 닦으세요. 구두를 닦으세요. 구두에
        약칠을 하세요.

남민   (장수의 흉내를 내서 외웁니다) 앗씨 신발을 닦으세요. 구두를 닦
        으세요. 구두에 약칠을 하세요—. (장수에게) 그럼 너 돈을 벌어
        서 뭣하겠니?

장수   (남민이가 쓰고 있는 모자를 빼앗아서 쓰며) 난 이게 쓰고 싶어서
        그래.

남민   (장수가 모자 쓴 것을 보고) 하하하하—. (웃으며 모자를 벗겨 손에
        들고) 이 모자가? 나는 이 모자가 보기 싫어서 죽겠는데—. (모
        자를 마당에 내던지고 발길로 찹니다. 모자는 마당 한가운데에 나가
        떨어집니다) 너는 학교에 가고 싶단 말이지?

장수   (마당에 나뒹구는 모자를 집어서 씁니다. 마당에 버린 대로 있는 책가
        방도 메봅니다) ……난 학교에 가고 싶어서 죽겠어.

남민   그까짓 학교가 뭐 좋아서—. 학교에 감, 공부를 해야 돼. 공부
        공부—생각만 해두 골치가 아프지.

        손님이 지나갑니다.

남민   (손님을 보고 장난으로) 앗씨 신발을 닦으세요. 구두를 닦으세요.
        구두에 약칠을 하세요—.

손님   (지나가다가) 구두를 닦아라. (남민이와 장수를 보면서) 누구냐?
        구두닦이가? (남민이를 보고) 네가 닦니?

남민   네, 내가 닦아요. (의자를 권하며) 어서 앉으세요.

        손님은 의자에 앉습니다.

손님	잘 닦아야 한다.
남민	네. 걱정 마세요.
장수	(남민에게) 네가 닦겠니?
남민	내가 닦을 테야. (구두를 닦기 시작합니다)

장수는 남민이의 모자를 쓰고 책가방을 메고 서서, 남민이가 구두 닦는 것을 구경만 하고 있습니다.

손님	(남민이에게) 너 고학생이냐?
남민	아니에요.
손님	고학생이 아니야?
남민	(입고 있는 학생복이 켕겨서) 이 학생복은 입을 것이 없어서 입었어요.
손님	입을 것이 없어서 학생복을 입었단 말이냐?
남민	네. 참말이에요. 나는 학교에는 안 다녀요. 난 돈이 벌고 싶어요.
손님	너 어린 놈이 돈을 벌어서는 뭣하려구 그러니?
남민	난 돈을 쓸데가 있어요.
손님	너 피난민이냐?
남민	아니에요. (생각해보다가 꾸며서) 아니 아니 그렇지 않아요. 난 피난민이에요.
손님	피난민이면 살림이 어렵겠구나? 네가 돈을 벌어서 살림을 하냐?
남민	아니에요.
손님	그럼 학교에 다니는 동생이라두 있냐?
남민	네. 동생이 있어요.

손님	네가 동생의 학비를 대냐?
남민	아니에요. 내 동생의 학비는 우리 아버지가 주세요. 내 동생은 벌써 학교에를 갔어요.
손님	너의 아버지는 네 동생에게만 학비를 주구, 네게는 학비를 주지 않는단 말이냐?
남민	우리 아버지는 구두쇠예요.
손님	아무리 구두쇠라두 그런 아버지가 어디 있어. 그럼, 넌 아버지가 학비를 주지 않아서 학교에를 못 다닌단 말이지?
남민	(구두를 다 닦고) 다 닦았어요.
손님	너 돈을 뭣에 쓸려고 그러는지 말을 해야 돈을 주겠다.
남민	난 돈을 쓸데가 많아요. 아저씨두 돈을 쓰는 데가 많지요? 쪼꼬렛, 껌, 담배, 술—아저씬 요릿집에두 다니시지요?
손님	너 불량소년이로구나? 먹는 말이 아니면 노는 말만 하는 걸 보니—. 난 너에게 돈을 안 주겠다.
남민	그럼 그만두세요. 돈을 받지 않아두 좋아요. 아저씨 구두를 닦구 돈을 안 줌 뭔지 아세요? 도둑놈이에요.
손님	(버럭 성을 내며) 뭐야? 너 그게 무슨 방정맞은 수작이야?
남민	그럼 돈을 주세요. (손을 내민다)
손님	더러운 자식. (돈을 던져주고 갑니다)
남민	(손님을 보면서) 누가 더러운지 모르겠네.
장수	(보고만 있다가) 너 손님보구 너무했다.
남민	돈을 안 주니까 그랬지. (돈을 손에 쥐고) 난 이십 환이 생겼다. 이 돈 이십 환으로 뭘 할까? 쪼꼬렛, 껌, 도롭브스? (장사꾼 아이의 목판을 들여다보면서) 껌을 두 개만 줘.

장사꾼 아이는 돈 이십 환을 받고 남민이에게 껌 두 개를 줍니다.
남민이와 장수는 껌을 한 개씩 먹습니다.

장수　　(껌을 먹으며 남민이에게) 너 학교에 가지 않니?

남민　　학교? 학교보다— (손으로 구두 닦는 솔질 흉내를 내며) 이게 재미
　　　　있는데—난 학교에 가기 싫어졌어. 학교에 감, 돈이 생기나 뭐.

장수　　넌 학생이 아니냐? 난 학생이 아니라두 공부가 하고 싶은데.

남민　　공부? 또 공부 얘기냐? 집어치워, 공부 얘긴—. 난 공부가 싫어
　　　　죽겠어. ……그럼 이렇게 하자, 네가 나 대신 학교에 가.

장수　　내가 학교에? 너 대신?

남민　　넌 학교엘 가고 싶다구 그러지 않았니? 공부가 하구 싶다구 그
　　　　랬지?

장수　　(남민에게) 넌 구두를 닦구? 나 대신?

남민　　난 구두닦이가 좋아. 돈을 벌어서 사 먹음질 함 재미있어.

장수　　구두는 네가 닦구?

남민　　공부는 네가 하구?

장수·남민　야 재밌다.

남민이는 학생복을 벗습니다.
장수는 구두닦이의 옷을 벗습니다.
남민이와 장수는 옷을 바꿔 입었습니다.

남민　　그럼 바꿨다.

장수　　응!

남민　　(학생복을 입고 책가방을 멘 장수를 보고) 너 어울린다.

장수   (구두약 궤짝을 메고 의자를 손에 든 남민이를 보고) 너두 그럴듯하다.

남민   넌 학생.

장수   넌 구두닦이.

남민   우리 어쩔까?

장수   난 학교루 가구.

남민   난 거리로 가구ㅡ. 앗씨 구두를 닦으세요, 신발에 약칠을 하세
       요, 구두를 닦으세요ㅡ. 장수야 공부 잘하구 와.

장수   남민아 돈을 많이 벌어가지구 와.

   남민이는 〈구두닦이 타령〉을 읊조리며 장터로 가고,
   장수는 모자를 쓰고 책가방을 메고 학교로 가는데 막이 내립니다.

제2막

   남민이가 다니는 학교 교실입니다. 교실에는 바른편에 교탁이 있고
교탁을 향해 학생들의 책상이 놓여 있습니다. 바른편 교탁이 있는 안쪽
으로 교실 문이 있습니다. 교실에 드나들 때에는 그 문을 사용합니다.
   교실 앞면과 왼편은 탁 틔였으나 거기에는 담이 있다고 해야 합니다.
교실에는 적당하게 환경 정리도 되어 있습니다.

   마당에는 꽃포기를 심기도 했고 나무그루도 서 있습니다. 아직 시작
하는 종이 울지 않았습니다. 선생님이 보이지 않는 교실과 마당에서
는 학생 아이들이 떠들며 야단입니다. 성악가가 된다는 꾀꼬리는 마
당 한 모퉁이에서 노래 연습을 하고 있습니다. 권투 선수가 된다는

곰은 교실 한편 모퉁이에서 헐떡헐떡하며 권투 연습을 하고 있습니다. 마라톤 선수가 된다는 호랑이는 마당에서 뛰기 연습을 하고 있습니다.

사자	(교단에 서서 책상을 치며 웅변 연습을 합니다) "아는 것이 힘이다……" 여러분 우리는 알아야 합니다. 공부할 줄도 놀 줄도 알아야 합니다. (책상을 치며) 여러분 저 마당에서 멋없이 돌아가는 아이들을 보십시오, 얼마나 바보들입니까! (책상을 칩니다)
종달새	옳소. 옳소. 옳다. 옳다.
참새	책상이나 깨지 말아라.

사자는 책상을 한번 치고 교단에서 내려옵니다.

종달새	(마당을 돌아다니며) 내일 아침 《동아일보》가 나왔습니다.
참새	(마당을 돌아가는 호랑이를 보면서 방송을 합니다) 우리 손기정 선수는 마침내 세계 신기록을 돌파했다.
다람쥐	(마당을 돌아가며) 앗씨 신발을 닦으세요, 구두를 닦으세요, 구두에 약칠을 하세요.
호랑이	(다람쥐를 건드리며) 슈샨 보이.*
참새	슈샨은 남민이야.
다람쥐	앗씨 신발을 닦으세요, 구두를 닦으세요, 구두에 약칠을 하세요—. (아이들을 보고) 어떠니? 남민이만 못하단 말이냐?
참새	멀었다. 멀었다. 슈샨은 남민이야. 그 자식이 어디서 슈샨을 배

---

* ShoeShine boy. '구두닦이 소년'의 영어 표현이다.

왔을까? 자식이 그런 데는 천재야. 공부는 못하는 자식이.

호랑이　슈샨 보이 남민이가 어쨌니? 남민아, 남민아―.

종달새　남민이 이 자식은 오늘도…….

참새　밥통! 게으름보! 슈샨! 슈샨! (마당에서 판을 칩니다)

학생이 된 장수가 마당에 나타납니다.

참새　(장수를 보고) 슈샨이다. 밥통이다.

종달새　(장수를 보고) 자식, 지금이야 왔지. 게으름보.

다람쥐　(가까이 오는 남민이가 아닌 장수를 보고) 이게 누구야?

참새　남민이가 아니다.

종달새　난 밥통인 줄 알았지.

호랑이　(놀리는 말로) 네가 남민이냐?

다람쥐　(장수를 찬찬히 보면서) 너 이 모자랑 옷이랑 책가방이랑 어디서
　　　　났니?

참새　그건 남민이의 옷이구, 남민이의 모자구, 남민이의 책가방이
　　　　아니냐?

종달새　누가 아니래.

아이들은 장수를 둘러쌉니다. 교실에서 장난하던 곰, 메뚜기, 개구
리, 사자도 마당으로 나옵니다. 꾀꼬리는 그냥 노래를 부릅니다.

곰　(장수를 뚫어져라 하고 보면서) 꼭 남민이야.

참새　(장수의 가슴에 붙은 이름을 보고) ×××학교 ×학년 이남민.

아이들　하하하하……. 이남민이가 하늘에서 떨어졌다. 이남민이가 땅

에서 솟아났다.

참새　　너 남민이가 아니야.

종달새　너 이 학생복이 어디서 났니?

다람쥐　남민이 옷을 도둑해 입었지 뭐야?

참새　　그럼 도둑놈이게?

종달새　누가 알아.

참새　　(장수에게) 너 도둑놈이냐?

곰　　　(장수에게) 이 자식아 그런 말 말아. 알지도 못하면서.

다람쥐　(장수에게) 그럼 너 빌려 입었니? 남민이한테?

아이들　그래. 그래. 빌려 입은 게다.

다람쥐　남민이는 어디 있니?

장수　　…….

호랑이　빌려 입지는 않은 게다.

사자　　그럼 돈을 주고 사 입었단 말이냐?

참새　　얼마나 줬니?

장수　　…….

참새　　말을 왜 못 하니? 너 벙어리냐?

아이들　벙어린 게다. 벙어리야.

　　장수는 대답을 하지 않고 교실로 들어가려고 합니다.

참새　　(장수에게) 너 어디 가니?

장수　　난 공부하러 왔어.

아이들　하하하하……. 공부?

다람쥐　벙어리는 아니다.

참새   너 누구냐?

장수   난 학생이야.

참새   이름이 뭐냐 말이야?

장수   나? 남민이.

아이들   하하하하……. 네가 남민이냐?

종소리가 들립니다.

아이들   선생님이다. 선생님이다. (교실로 들어갑니다)

장수도 아이들의 뒤를 따라 교실로 들어갑니다.

아이들은 제자리에 앉습니다. 장수는 교실 한가운데서 앉지도 못하
고 머뭇합니다.

호랑이   (장수를 보고) 이 자식아 비켜.

참새   이 자식아 나가라.

사자   넌 여기는 못 들어와.

장수   이 모자를 봐.

아이들   (장수에게 달려들어 모자를 뺏으며) 이 모자는 남민이의 모자야.

장수   아니야. 이 모자는 내 모자야. (모자를 도로 뺏습니다)

사자   (가슴에 붙인 명패를 떼려 하며) 넌 우리 학교 학생이 아니야.

장수   (사자에게 대들며) 이름을 뺏으면 난 어쩌란 말이냐?

호랑이   (장수에게 달려들며) 넌 남민이가 아니야.

장수   (아이들을 피하며) 난 남민이가 됐어.

참새   네가 남민이야? 하하하하…….

369

아이들   미쳤다. 미쳤다—. 미친 자식이다. 미친 자식이다.

장수   (책상을 치며 우는 소리로) 내가 왜 미쳐? 난 미치지 않았어. 미치
        지 않았어.

아이들   미친 자식을 내쫓자. 들어내자.

    호랑이가 장수에게 달려듭니다.

    싸움이 벌어집니다.

아이들   그 자식을 들어내자.

    아이들은 장수에게 달려듭니다.

    팔을 붙잡고 늘어지는 아이, 발을 붙잡는 아이—. 아이들은 장수를

    등장거리*를 합니다. 장수는 공중에 뜹니다.

    "영차" "영차"—. 아이들은 장수를 떠메고 교실에서 들어내려고 합

    니다.

    이때 박 선생님이 교실에 나타나십니다. 장수를 떠멘 아이들은 선생

    님을 보고 어쩔 줄을 모릅니다.

박선생   (아이들을 보고) 무슨 장난들이냐?

    아이들은 장수를 내려놓습니다.

박선생   (장수를 보고) 이 애는 누구냐?

| * '헹가래를 하듯이 여러 사람이 한 사람을 높이 치켜 올리는 것'으로 풀이됨.

장수는 어쩔 줄을 모릅니다.

참새   선생님 미친 아이입니다.

박선생   미친 애야?

장수   선생님 난 미치지 않았어요.

박선생   어찌된 일이냐?

사자   선생님 저 애는 미쳤습니다.

참새   미친 아입니다.

호랑이   미친 애가 교실에 들어왔길래 내쫓으려고 했습니다.

참새   선생님 미친 애를 어쩌겠습니까?

종달새   선생님 이 애는 우리 학교 학생이 아닙니다.

박선생   떠들지 말아. 여기는 교실이야. 모두 마당으로 나오너라. (말을 하고 문으로 나가십니다)

아이들은 교실에서 어쩔 줄을 모르고 주춤주춤합니다.

사자   (교실에서 작은 소리로) 선생님이 노하셨지?

호랑이   어쩔까?

사자   벌이다. 벌이야.

참새   (장수를 보면서) 저 자식 때문이지?

박선생   (나가다가 아이들이 따라 나오지 않는 것을 보고) 왜 선생님의 말을 듣지 않느냐? 모두 나와.

아이들은 기운이 없이 문으로 나옵니다.
장수도 나옵니다.

박선생　(장수를 보고) 너는 교실에 남아 있어.

장수　선생님 나두 나가겠어요.

박선생　넌 교실에서 기다려.

장수만 교실에 남습니다.

사자　(마당으로 나와 박 선생님에게) 선생님 벌입니까?

박선생　(아이들을 마당에 세워놓고) 너희들은 교실에서 왜들 그렇게 떠들었니?

사자　미친 애가 교실에 들어온 걸 어떻게 합니까?

박선생　그렇게 떠들지 않고라도 말로 할 수가 있어.

참새　선생님.

박선생　거기 앉아라.

참새　선생님 정말 벌입니까?

박선생　앉아서 기다려. 내가 말이 있을 때까지 기다려야 한다. (말을 하고 장수가 있는 교실로 들어갑니다)

아이들은 마당에 앉아서 벌을 받습니다.

장수　(교실에서 박 선생님이 들어오시는 것을 보고) 선생님 난 가겠어요. 나를 보내주세요.

박선생　오기는 네 마음대로 왔지? 여기는 학교야. 네 마음대로 가지는 못한다.

장수　선생님 용서하세요.

박선생　너는 이 학교 학생이 아니지?

장수   ······.

박선생   너는 어떻게 된 아이냐?

장수   ······.

박선생   (장수의 가슴의 명패를 보고) 이남민? 네 이름이 이남민이냐?

장수   예 남민이에요.

박선생   이남민? 아니야, 너는 남민이가 아니야. 우리 학교에 남민이가
         두 아이란 말이냐? 너는 처음 보는 아이야.

장수   나두 선생님은 처음이에요.

박선생   너 어떻게 학교에를 왔니?

교실 바른편 마당에 앉아서 벌을 서고 있던 아이들은 슬금슬금 일
어서서 교실 안에서 얘기하는 박 선생님의 말씀과 남민이의 말을
듣습니다.

장수   선생님 저는 공부가 하고 싶었습니다.

박선생   공부? 너 입은 학생복이 님민이의 것이지? 너는 가짜 학생이야.

장수   (울음의 말로) 참말입니다. 저는 공부가 하고 싶어서 남민이하구
         바꿨습니다.

박선생   바꿔? 무엇을 바꾼단 말이냐?

장수   뭐든지 다 바꿨습니다.

박선생   무슨 말인지? 넌 정말 미쳤구나?

장수   아닙니다. 전 미치지 않았습니다. 참말입니다. 이 모자두 제가
         입고 있는 학생복두 이 책가방두 남민이의 것입니다. 우리는 이
         름까지두 바꾸구 사람까지두 바꿨습니다.

박선생   그런 장난이 어디 있단 말이냐? 네가 남민이를 꾀었지?

장수   아닙니다. 남민이는 나 같은 아이한테 속을 애가 아니에요.

박선생   그럼 넌 남민이하구 바꾸기 전에는 무엇을 했단 말이냐? 이름은 뭐구?

장수   제 이름은 박장수. 구두닦이를 했어요.

박선생   (놀라며) 구두닦이?

장수   참말입니다. (구두닦이의 소리로) "선생님 구두를 닦으세요, 신발에 약칠을 하세요, 구두를 닦으세요"— (손으로 박 선생 구두의 먼지를 털며) 선생님 안됐습니다. 내 구두약 궤짝은 남민이가 가져갔어요.

박선생   …….

장수   (책가방을 가리키며) 이 책가방하구 바꿨습니다.

박선생   ……. (무엇인가 생각하다가) 그래서 어쨌단 말이냐?

장수   그리고 우리는 남민이가 나 대신 구두닦이가 되구 제가 남민이 대신 학생이 되기루 했습니다.

   박 선생님은 장수의 말을 듣고 생각을 하시느라고 말이 없습니다.
   장수도 말이 없습니다.
   마당의 아이들은 장수의 얘기를 듣고 저희들끼리 얘기를 합니다.

참새   (작은 소리로) 남민이가 구두닦이가 됐다지? 남민이 대신 저 애가 학생이 되구, 재미있지?

종달새   나두 며칠만 바꿨음…….

참새   너 뭣하구 바꾸겠니?

호랑이   난 구두닦이하구는 바꾸지 않겠다.

종달새   난 교장 선생님하구 바꿀 테야.

참새	네가 교장 선생님이 되겠어?
호랑이	난 우리 아버지하구 바꿀 테야.
참새	네가 아버지가 되구 너의 아버지가 아들이 되구?
사자	난 대통령하구 바꿀 테야.
참새	대통령?
종달새	야 재밌다.
박선생	(교실에서 장수에게) 너희들은 바람을 잡아먹었다.
장수	선생님 구두닦이가 자꾸만 공부가 하고 싶은 것을 어떻게 합니까?
박선생	바람이다.
장수	남민이는 학교에 다니는 아이가 자꾸만 구두닦이를 한다구 했어요.
박선생	그것두 바람이다. 남민이는 나쁜 바람을 잡아먹었다.

마당의 아이들은 교실의 얘기를 듣고 있다.

장수	선생님 나는 가겠어요. 나를 보내주세요. 나는 바꾼 것을 도로 무르겠어요. 나는 구두닦이로 돌아가겠어요. (가려고 합니다)
박선생	네 이름이 박장수라고 했지? 장수야 잠깐만 기다려라. (가려고 하는 장수를 붙잡습니다)
장수	(박 선생의 손에서 몸을 빼며) 선생님 나는 알았습니다. 월사금을 주고 후원회비를 내고, 아버지가 사준 모자를 쓰고 학교에 다니는 아이들이나 공부를 했지, 나 같은 아이는 구두닦이나 해야 하지 않습니까?
박선생	너 피난민이냐?
장수	예 춘천이 고향입니다. 집도 다 없어졌어요. 학교도 다 탔어요.

피난을 겨우 왔어요. 돈이 있어야 학교에 다니지요? 우리 아버지는 일자리를 잡지 못해서 남민이 아버지같이 돈을 벌지 못해요. 그렇지만 나는 구두닦이를 하기는 싫어요. (눈물의 말로) 나는 학교에 다니구 싶어요. 학교에 다니는 옆집의 남민이가 어떻게 부러웠는지 몰라요.

마당의 아이들 골똘히 장수의 얘기를 듣고 있습니다.
얘기를 들으며 우는 아이까지 있습니다.

장수   남민이는 학교에 오지 않겠다고 했습니다. 공부가 싫다고 했어요. 돈을 벌어서 입질을 하는 것이 재미있다고 했어요. 그래서 남민이는 구두닦이가 된다구 했어요.

박선생   ……

장수   선생님 난 가겠어요. (교실 문으로 뛰어나갑니다)

박선생   애 기다려. (따라 나갑니다)

참새   (마당에서 교실 안을 엿보고 있다가) 달아나고 말았다.

종달새   선생님이 내버려두지 않을 거야.

호랑이   난 그런 아인 줄 몰랐지.

사자   난 얘기를 듣구 눈물이 다 났어.

호랑이   그런 아이보구 우리는 너무했다.

사자   얼마나 학교에 오고 싶음 바꿨겠니?

참새   잘 바꿨지. 잘 바꿨어.

종달새   공부두 잘할 거야.

사자   천잰지두 모른다.

호랑이   우리 동무가 될 수 없을까?

사자   학교에 붙으려면 돈이 있어야 해.

아이들은 생각을 합니다.

곰   나 돈이 있다. (주머니에서는 돈을 꺼내며) 우리 돈을 모아서 천재 동무를 학교에 다니게 하자.

사자   나두 돈이 있다. (돈을 꺼냅니다)

아이들은 "나두" "나두" 하며 주머니를 텁니다.

참새   (주머니를 뒤져보며) 난 돈이 없다.

돈 없는 아이들은 "나두" "나두" 한마디씩 합니다.

참새   난 내일 가져오겠다.

아이들은 "나두" "나두" 한마디씩 합니다.

곰   (거둔 돈을 손에 쥐고) 이 돈을 어쩔까?

박 선생님은 장수를 데리고 교실에 나타나십니다.
박 선생님은 장수에게 모자를 씌워주고 책가방을 메워주십니다.

아들   (교실 안을 엿보고) 선생님이다. 선생님이다. (돈을 숨기며 앉습니다)

박 선생님은 교실에서 시계를 보시고 마당으로 나오십니다.

박선생   (아이들에게) 교실로 들어오너라.

아이들은 박 선생님을 따라 교실로 들어와서 자기 자리에 앉습니다.
장수는 앉지도 못하고 머뭇머뭇합니다.

박선생   (장수에게) 남민아! 아니 장수야! 넌 남민이의 자리에 앉아라.
곰   (남민이의 자리 옆에 앉았다가 옆자리를 가리키며) 네 자리는 여
         기다.

장수는 가리키는 자리에 앉습니다.

박선생   (교단에 서서 아이들에게) 이 시간에 나는 너희들에게 여러 말 하
         지 않겠다.
참새   선생님 저희들이 잘못했어요.
박선생   좋다. (시계를 보면서) 이 시간이 무슨 시간이지?
참새   (손을 들며) 네. 네. 네一. 작문 시간입니다.
박선생   시간은 좀 지났지만 종이를 한 장씩 꺼내라.

아이들은 종이를 꺼냅니다.
박 선생님은 흑판*에 '웃음'이라고 씁니다.

| * 칠판.

박선생　(아이들에게 흑판에 쓴 글을 가리키며) 알지?

아이들　(손을 들며) 네. 네. 네.

참새　(손을 들며) 선생님 쓰기 시작해도 좋습니까?

박선생　시작해라. 잘 생각해서 써야 한다.

　　　아이들은 쓰기 시작합니다.

장수　(손을 들고) 선생님 저두 작문을 지어두 좋습니까?

박선생　그래. 너두 지어라.

　　　아이들의 시선은 장수를 봅니다.
　　　장수도 쓰기 시작합니다.

참새　(연필만 깨물고 앉았다가 손을 들고) 선생님 사람의 웃음을 씁
　　　니까?

다람쥐　(연필만 깨물고 앉았다가 손을 들고) 선생님 개나 돼지의 웃음을
　　　쓰면 안 됩니까?

　　　그 말에 아이들은 하하하―웃음보가 터집니다.

사자　(다람쥐에게) 너 내가 웃는 것을 봤니?

호랑이　돼지가 어떻게 웃던?

　　　아이들은 그냥 웃습니다.

곰   (웃는 아이들을 보고) 조용! 조용!
박선생   (교탁을 치며) 조용히.

아이들은 조용하게 씁니다.
종소리가 들립니다.

박선생   (시계를 보고 있다가) 시간이 됐다. 모두 연필을 놓아라.

아이들은 연필을 놓습니다.
장수만은 그냥 쓰고 있습니다.
장수의 옆에 앉았던 아이가 장수를 꾹꾹 찌릅니다.
장수도 연필을 놓습니다.

박선생   연필을 다 놓았냐?
아이들   (손을 들며) 네. 네. 네.
참새   (손을 들며) 네. 네. 네. 선생님 장수더러 작문을 읽어보라고 하
          세요.
박선생   거 좋은 말이다. (장수를 가리키며) 장수 너 한번 읽어봐라.

아이들은 박수를 합니다.
장수는 일어서서 작문을 읽기 시작합니다.

장수   '웃음 제×학년 이남민.'
박선생   어째 이남민이냐?
장수   저는 진짜 학생이 아닙니다. 남민이 대신 가짜 학생입니다.

박선생　그럼 네가 지은 작문두 가짜란 말이냐?

장수　아닙니다. 이 작문은 진짜예요. 선생님 그럼 고쳐 읽겠습니다. '웃음 제×학년 박장수' (작문을 읽기 시작합니다) "나는 웃음을 좋아합니다. 나는 웃기도 좋아하고 웃는 사람을 보기도 좋아합니다. 그러나 나는 웃지 못합니다. 우리 아버지도 웃지 않으십니다. 기쁜 일이 없습니다. 좋은 일이 없습니다. 우리 아버지는 아침 일찍 지게를 지시고 거리로 나가십니다. 나도 그 뒤로 구두약 궤짝을 메고 거리로 나옵니다. 책가방을 메고 하하하하 웃으며 끼리끼리 학교에 가는 아이들을 볼 때에는 나는 약이 오르고 화만 납니다. 웃을 일이 없습니다. 나는 구두를 닦을 때에도 웃는 손님의 구두는 정성껏 곱게 닦아드리고 울상을 한 손님이나 성낸 손님의 구두는 되는대로 닦아드리게 됩니다. 웃는 손님의 구두는 나도 웃으며 닦을 수 있지만 성낸 손님의 구두는 나도 성이 나서 닦습니다. 웃으면서 닦은 구두와 성이 나서 닦은 구두는 보기에도 다를 것입니다. 웃음은 좋은 것입니다. 하하하하―. (터지게 웃음을 웃으며) 나는 웃음이 웃고 싶습니다.

아이들　(장수의 웃음에 따라서) 하하하하―. (교실이 떠나가게 웃으며) 걸작이다. 걸작이다. (박수를 하는데 막이 내립니다)

제3막

사람이 많이 다니는 길거리에서는 구두닦이 아이들이 자리를 잡고 구두를 닦습니다.

왼편으로부터 두꺼비, 그다음 자리는 비워놓고 박쥐, 지렁이, 두더지라는 별명을 가진 구두닦이 아이들이 의자를 놓고 있습니다. 그 옆으로는 동네 아이들이 빌려 읽는 만화 잡지책을 벌여놓은 판자 가게가 있습니다.

책 가게 앞에서는 신문팔이, 담배팔이 아이들이 책을 보고 있습니다. 구두닦이 아이들은 손님이 없으니까 잡지책을 빌려서 읽기도 하고 빵을 사서 먹기도 하고 의자에 앉아서 자기도 하고 자는 아이의 얼굴에다 장난으로 그림을 그려주기도 합니다.

두꺼비   (학원 잡지를 펴들고) 가도 가도 끝없는 모래벌판 태양은 시뻘겋게 이글거리고 돌아보아도 바라보아도 나무 그늘 하나 없는 아라비아 사막!

두더지   (지렁이가 박쥐의 얼굴에 수염 그린 것을 보고) 카이젤*이로구나.

지렁이는 박쥐의 얼굴에 눈물방울까지 그립니다.

두꺼비   카이젤이 울기는 왜 우니?

두더지   어머니 생각이 나는 게지.

두꺼비   (박쥐의 따귀를 때리며) 이 자식아 울기는 왜 울어.

박쥐   (벌떡 일어나며) 아버지 아버지 어디 가세요?

아이들은 하하하하 웃습니다.

| * 독일의 황제 카이저 빌헬름 2세를 말한다. 양쪽 끝이 굽어 올라간 콧수염이 유명하다.

박쥐   (웃는 아이들을 보고) 우리 아버지를 어쨌니?

두더지   아버지는 웬 아버지란 말이냐?

　　박쥐는 어쩔 줄을 모릅니다.

두꺼비   하하하 꿈이야 꿈. (박쥐에게) 너 꿈을 꾸었지?

　　박쥐는 정신이 나는 듯이 하품을 하고 손으로 눈을 비빕니다.
　　얼굴은 검정투성이가 됩니다.
　　손도 검정투성이가 됐습니다.
　　아이들은 웃기만 합니다.
　　구두약 궤짝을 멘 남민이가 나타납니다.
　　박쥐는 검정투성이가 된 손을 보고 그 손으로 얼굴을 만져봅니다.

박쥐   (아이들을 보고) 누가 그랬니? (화가 나서 검정이 묻은 손으로 지렁
　　　　이의 얼굴을 갈기려고 하며) 네가 그랬지?

지렁이   (검정 손을 피하며) 아니야. 아니야. 내가 안 그랬어. (서서 구경하
　　　　는 남민이를 보면서) 지나가던 아이가 그랬어.

박쥐   (남민이를 보고) 이 자식아 네가 그랬구나? (검정이 묻은 손으로
　　　　남민의 얼굴을 갈깁니다. 남민이의 얼굴은 검정투성이가 됩니다)

남민   (울면서) 왜 때려?

박쥐   (검정이 묻은 손바닥을 보이며) 이게 뭐냐?

　　아이들은 하하하하 웃습니다.

남민   (박쥐에게) 뭐? 내가 알아?

박쥐   (남민에게) 이 자식 네가 안 그랬어? (아이들에게) 그지?

아이들은 하하하하 웃기만 합니다.

남민   때리긴 왜 때려?

아이들은 그냥 웃기만 합니다.

박쥐   (웃는 아이들을 보고) 이 자식들 거짓부렁이구나.

두더지 (남민이에게) 미안하게 됐어.

박쥐   (아이들에게) 참말이냐? (남민에게) 미안한데. (수건으로 남민이
       얼굴의 검정을 닦아줍니다)

지렁이 (박쥐에게) 나두 미안한데. (수건을 꺼내가지고 박쥐 얼굴의 검정을
       닦아줍니다)

박쥐   (지렁이를 보고) 네가 그랬구나!

지렁이 (검정을 닦아주며) 잠이 무슨 잠이냐?

아이들 (지나가는 손님을 보고) "앗씨 구두를 닦으세요, 신발에 약칠을
       하세요, 구두에 약칠을 하세요." (손님을 부릅니다)

지렁이 (검정을 다 닦고) 됐어.

박쥐   (아이들을 보고) 누구 거울이 없니?

두꺼비 (발을 들고 발바닥을 보이며) 자 거울.

박쥐는 두꺼비의 발을 툭 찹니다.

두더지   (박쥐의 얼굴을 보면서) 미남잔데.

박쥐   (남민이에게) 검정이 없니?

남민   없어. 난?

박쥐   너두 미남자다.

아이들은 손님을 부릅니다.

남민이는 자리를 잡지 못하고 기운 없이 길 가운데 서 있습니다.

두더지   (빈자리를 보면서) 오늘은 장수 이 자식이 어찌된 일이야?

지렁이   자식은 날은 게야.

박쥐   어디루?

지렁이   여긴 손님이 있어야지. 장수 고 약은 자식이 날지 않구 이런 데서 파리를 날리고 앉았겠니?

남민이는 장수의 자리에 앉으려고 합니다.

두더지   (남민에게) 이 자식아 네가 장수냐? (장수의 자리에 앉습니다)

남민   (아이들에게) 난 어쩌란 말이냐?

아이들   누가 알어. 싱거운 자식 보겠네.

남민   그럼 난 여기다. (바른편 끝에 자리를 잡고 앉습니다)

두꺼비   거기두 안 돼. 이 자식아.

남민   여긴 길이야.

두꺼비   (남민이를 보면서) 저 자식이 어디서 굴러온 자식이야.

젊은 여자가 지나갑니다.

남민이는 젊은 여자를 보고 "아씨 구두를 닦으세요, 신발에 약칠을 하세요"라고 소리치며 젊은 여자를 부릅니다.

지렁이　(남민이를 보고) 이 자식아 양공주야. 너 양공주의 구두꺼정 닦겠니?

박쥐　누가 양공주의 구두를 닦아.

두더지　양공주의 구두는 안 닦는다.

두꺼비　양공주의 구두는 안 닦는다.

아이들은 "양공주 양공주"라고 노래까지 부릅니다.

아이들은 노래를 부르는데 남민이의 아버지가 왼쪽 길거리로 나타나십니다.

남민이는 아버지를 보더니 젊은 여자의 뒤를 따라 바른편 길가 골목으로 들어가 숨습니다.

지렁이　(남민이를 보고) 저 자식이 어딜 갈까? 저 자식 봐. 양공주의 뒤를 따라갔지.

두꺼비　(남민이 아버지를 보고) 아저씨 구두를 닦으세요. 신발을 닦으세요.

남민이 아버지는 아이들을 보고 머뭇머뭇합니다.

아이들　(남민이 아버지를 보고) 아저씨 아저씨 앉으세요.

남민 아버지　(두꺼비의 의자에 앉으며) 너 박장수란 자식을 아니?

두꺼비　장수는 우리 동무예요.

남민 아버지   그 자식이 어디 있니?

두꺼비   (구두를 닦으며) 오늘 나오지 않았어요. 아저씬 장수를 아세요?

남민 아버지   구두닦이나 해먹는 그런 자식을 내가 어떻게 안단 말이냐?

두꺼비   장수는 집에 돈이 없어서 구두를 닦지만 보통 아이가 아니에요.
            장수가 어떻게 똑똑하다구 그러세요.

남민 아버지   더러운 자식이야. 구두닦이가 똑똑하기는 뭣이 똑똑하다구
            그러니?

두꺼비   아저씬 구두닦이를 왜 그렇게 욕하세요?

남민 아버지   나쁜 자식이야. 학교에도 못 다니구 구두를 닦아먹는 자식
            이 건방지게.

두꺼비   구두닦이는 왜 학교에 못 가요? 돈만 있음 우리두 학교 갈 수
            있어요. 장수는 악착같이 돈을 벌어가지구 학교를 간다구 그
            랬어요.

남민 아버지   학교? 돈을 벌어가지구 말이지? 건방진 자식들. 그래 공부
            를 아무나 하는 줄 아니? 월사금을 꼬박꼬박 주구 후생비니 뭐
            니 뭐니—돈이라면 한푼 에누리 없이 주는데두 공부를 못하는
            자식이 있는데 구두나 닦는 자식들이 공부가 뭐란 말이냐?

두꺼비   (구두 닦던 손을 털고 일어서며) 아저씨 일어서세요. 가세요. 나는
            아저씨 같은 사람의 구두는 닦지 않겠어요.

남민 아버지   뭐야? 건방진 자식. 이 자식아 너는 돈이 싫으냐?

두꺼비   싫어요, 아저씨 같은 사람의 돈은.

남민 아버지   (큰 소리로) 이 자식 네가 장수냐? 난 장수란 자식을 욕했어.

그 말을 할 때 숨어 있던 남민이는 삐죽이 아버지를 내다봅니다.

두꺼비   장수는 우리 동무예요.

남민 아버지   자식들이—. (옆에 앉아 있는 두더지에게) 네가 닦아라.

두더지   나두 안 닦겠어요.

남민 아버지   자식들이 구두를 닦아서 배가 부른 게로구나! (옆에 앉아 있
          는 박쥐에게) 그럼 너한테 닦자.

박쥐   나두 안 닦아요.

남민 아버지   이 자식들 보게. (지렁이를 보고) 너두 안 닦겠니?

지렁이   나두 안 닦아요.

남민 아버지   내 구두를 닦지 않겠단 말이냐? 내 돈 이십 환이 굳는다 굳
          어. (가려고 하며) 자식들 고마운데, 돈을 굳혀줘서. (툭툭 털며 갑
          니다)

아이들은 남민 아버지의 가는 뒷모양을 보고 하하하하 웃습니다.
숨었던 남민이가 나옵니다.

두꺼비   (두더지에게) 너 구두쇠를 봤니?

두더지   지금 그 사람! (박쥐에게) 너 보기 싫은 사람을 봤니?

박쥐   지금 그 사람! 너 마음이 꼬부라진 사람을 봤니?

남민이는 아이들이 자기 아버지의 애기를 하는 줄 알고 분하기도 하
고 화도 나서 어쩔 줄을 모릅니다.

지렁이   지금 그 사람! (남민이를 보고) 너 어디 갔더랬니? 너두 여기 있
         었음 좋은 구경을 했지.

남민   ……. (말이 없습니다)

두꺼비	(지렁이에게) 이 자식아 나는 분해서 죽겠는데 그게 좋은 구경이야?
두더지	세상에는 우리 구두닦이를 먹지 못해서 그러는 사람두 있단 말이야.
지렁이	생각이 비뚤어진 사람이야.
박쥐	마음이 시커먼 사람이구.
두더지	우리 아버지 대신 그런 사람이나 폭격에 맞지.
두꺼비	그런 아버지를 가진 아이는 어떨까?
두더지	그래두 돈은 많은 것 같더라.
지렁이	돈이 많음 뭣해? 그런 아버지는 돈두 안 줘. (남민이에게) 얘 너두 아버지가 있니?
남민	응—. (마지못해 대답을 합니다)
지렁이	너의 아버지는 좋은 아버지니?
남민	……. (말이 없습니다)
박쥐	지금 그 사람같이 나쁜 아버지는 아니지?
남민	……. (말이 없습니다)
두더지	구두쇠두 아니구?
남민	……. (말이 없습니다)
두꺼비	멀쩡한 사람두 아니구?
남민	(참다못해서) 몰라. 몰라. 몰라. 우리 아버지는 좋은 사람이야. 좋은 사람이야. 좋은 사람이야. 좋은 사람이야—. (울음이 터집니다)

남민이가 우는 것을 보고 아이들은 하하하하—하고 웃습니다.

두꺼비   (남민이를 보고) 저 자식은 이상한 자식이야.

    손님이 지나갑니다.
    아이들은 손님을 부릅니다.
    손님이 옵니다.
    아이들은 구두를 닦습니다.
    남민이만은 손님이 없습니다.
    남민이는 아이들이 구두 닦는 것을 부럽게 바라보고 있습니다.

남민   (손님이 지나갈 때마다) 아저씨 구두를 닦고 가세요. "신발에 약
        칠을 하세요, 앗씨 구두를 닦으세요" (애원의 소립니다)

    지나가던 흰 구두를 신은 신사 한 사람이 남민이에게로 옵니다.

신사   (남민이에게) 흰 구두약이 있냐?
남민   네. 있어요. 앉으세요. (의자를 권합니다)

    신사는 의자에 앉습니다.
    남민이는 다른 아이에게 지지 않으려는 듯이 약칠을 하려고 합니다.

신사   (약칠을 하려는 남민이를 보고) 흙을 닦구 약칠을 해야 하지 않니?
남민   네. 네. (바쁘게 덤빕니다)
신사   흙을 깨끗이 닦으란 말이야. 너 초대*로구나?

   | * 어떤 일을 처음으로 하는 사람.

390

남민   네. 네. (덤비며 구두에 솔질을 합니다. 솔은 검정 약을 쓰던 솔입니다. 흰 구두에는 검정 약이 칠해집니다)

신사   (신문을 보고 있다가 소리를 빽 지릅니다) 이 바보 자식아. 내 신발은 검정 구두가 아니야.

남민   ……. (어쩔 줄을 모릅니다)

신사   눈이 없니? 보지를 못해?

남민   덤비느라구 솔질을 잘못했어요.

신사   (검정이 칠해진 신발을 벗어 들고) 이 신발을 어쩐단 말이냐?

남민   가만계세요. 신발을 사드리겠어요.

신사   네가 내 신발을 사주겠어? 이 구두가 얼마라구 그러니?

지렁이 (구두를 보면서) 저런 구두를 살리면 얼마나 줘야 할까?

박쥐   우리는 한 달을 벌어두 어림없다. 어림없어.

남민   (신사에게) 우리 집으로 가세요. 구두를 사드릴게요.

신사   너 정말이냐?

남민   우리 집에는 돈이 있어요. 우리 아버지는 장사를 해요. 돈을 많이 벌어요.

신사   돈이 많은 애가 (구두약 통을 가리키며) 왜 이런 것을 메고 나섰니?

남민   돈을 벌려고요.

신사   아버지가 돈이 많다면서?

남민   아버진 아버지지요. 아버지가 돈이 많음 뭣해요?

지렁이 너의 아버지는 구두쇤 게로구나!

신사   이 자식아 네 말은 믿지를 못하겠다. 너 때문에 구두만 버렸다.

지렁이 (신사를 보고) 아저씨 그럴 것 없이 검정 약칠을 하세요.

신사   검정 약칠을?

박쥐   그럼 검정 구두가 되지 않아요?

신사   (남민에게) 검정 약칠을 해라.

남민   네.

남민이는 검정 약칠을 하는데 다른 아이들은 구두를 다 닦고 손님을
보냅니다.

두꺼비   (옆의 아이에게) 너 얼마나 벌었니?

두더지   뻔하지 뭐. (손가락 하나를 내보입니다)

박쥐   손님이 왜 이렇게 없을까?

두더지   나는 구두닦이가 싫어졌어.

박쥐   구두닦이를 그만두구?

지렁이   뭘 할까?

두꺼비   뭘 할까?

두더지   학교?

박쥐   공부?

두꺼비   꿈같은 얘기다.

두더지   집어치워라. 애 저기 장수 아버지가 오신다.

장수 아버지 지게를 지고 손에는 책 한 권을 들고 왼편으로 나타나
십니다.

남민   (구두에 약칠을 하고 있다가 장수 아버지를 보고 손님에게) 잠깐만
         기다리세요. (어쩔 줄을 모르고 바른편 골목으로 들어가 숨습니다)

아이들   (장수 아버지를 보고) 아저씨 오세요.

장수아버지 (아이들을 보고) 재미가 좋으냐? 우리 장수 어디 갔냐?

두꺼비   장수는 오늘 나오지 않았어요. 집에선 나왔어요?

장수 아버지   내 뒤로 나온다구 했는데.

두꺼비   (장수 아버지 손의 책을 보고) 아저씨 책이에요?

장수 아버지   책 가게에 가는 짐을 져다 주구 한 권 달라구 했지.

두꺼비   아저씨는 좋은 아버지야. 장수 줄려구 책을 얻어오시지요? 책
        을 좀 보여주세요.

    장수 아버지는 두꺼비에게 책을 줍니다.

    두꺼비는 책을 받아서 봅니다.

장수 아버지   이 자식이 어딜 갔을까? (남민이의 구두약 궤짝을 보고) 이건
        우리 장수의 궤짝이 아니야?

지렁이   (남민이의 궤짝을 찬찬히 보며) 그래 그래. 장수의 궤짝이야.

장수 아버지   (남민이의 자리를 가리키며 아이들에게) 누구냐? 어디 갔니?

지렁이   (남민이의 자리를 보면서) 자식이 또 어딜 갔어?

박쥐   자식이 이상해.

두더지   무슨 자식이 그럴까?

두꺼비   (장수 아버지에게) 아저씨 기다려보세요.

장수 아버지   그럴까?

    손님이 나옵니다.

손님   (장수 아버지를 보고 찾습니다) 이봐요. 이봐요.

장수 아버지   (손님을 보고) 왜 그러십니까?

손님   짐이 있어요. 이리 와요. (말하며 들어갑니다)

장수아버지   네. (손님을 따라 들어갑니다)

신사   이 자식이 어딜 갔을까? 미친 자식이 아니야?

    남민이는 장수 아버지가 간 뒤에야 나옵니다.

신사   (남민에게) 이 자식아 손님을 기다리게 하고 어딜 갔어?

남민   (구두에 약칠을 하며) 똥이 나와서 변소에를 갔댔어요.

지렁이   (남민에게) 이 더러운 자식, 똥을 그렇게 오래 싸니?

남민   설사가 나서 똥이 잘 나오지 않어.

박쥐   설사를 하면 똥이 더 잘 나와. 이 자식아.

지렁이   (남민이를 놀리는 말로) 너 뭘 보러 갔었니?

박쥐   너 양공주를 보러 갔댔니?

두더지   너 숨어서 뭘 사 먹었니?

남민   돈이 있어 사 먹게. (손님에게) 아저씨 다 닦았어요.

신사   (구두를 보면서) 얼마냐?

남민   아저씨 그만두세요.

신사   이십 환이면 되지? (돈을 던져주고 간다)

남민   아저씨. 아저씨. 그만두세요. (돈을 손에 쥐고 따라갑니다)

지렁이   (남민이가 나가는 것을 보다가) 돈을 받아야 하겠니? 안 받아야
              하겠니?

박쥐   안 받아야지.

두더지   구두를 버려주고 돈을 어떻게 받는단 말이냐?

두꺼비   나두 안 받는다.

지렁이   나두 안 받는다.

남민이는 초콜릿을 사서 먹으며 나옵니다.

지렁이   (남민이를 보고) 너 돈을 받았니?

남민   응. (초콜릿을 내보입니다)

박쥐   그 돈으로 쪼꼬렛을 샀단 말이냐?

두더지   빠른데. 자식이.

지렁이   (남민에게) 맛이 어떠냐?

남민   (지렁이에게) 너 쪼꼬렛이 먹고 싶지? 좀 줄까? (초콜릿을 한 조
        각 떼서 지렁이에게 줍니다)

지렁이는 초콜릿을 주는 남민이의 손을 탁 칩니다.
초콜릿은 땅에 떨어집니다.
남민이와 지렁이는 서로 무섭게 노려봅니다.

두꺼비   (남민이를 노려보면서) 장수 아버지가 왜 안 오실까?

두더지   짐을 지고 멀리 가신 게지.

박쥐   오시기는 오실 거야, 장수의 궤짝을 찾으시러.

지렁이   (남민이에게 대들며) 이 자식아 너 이 궤짝이 어디서 났니?

박쥐   (남민이에게) 이 궤짝은 장수의 궤짝이야.

두더지   (남민이에게) 장수 아버지가 너를 찾았어.

남민이는 그 말을 듣고 궤짝을 메고 도망가려고 합니다.

지렁이   (남민이에게 대들며) 어딜 가? 이 자식아. 장수 아버지가 오실 텐
        데.

박쥐   (남민이에게 대들며) 너 이 궤짝을 어디서 훔쳤니?

지렁이   (남민이의 옷을 찬찬히 보다가) 이 옷두 장수의 옷이 아니냐? (옆
         의 아이에게) 그지?

아이들   (남민이의 옷을 보면서) 그래. 그래. 그렇다. 장수의 옷이다.

두더지   자식이 장수의 옷꺼정 벗겨 입구. (남민이에게) 어찌된 셈이냐?
         난 도무지 모르겠다.

지렁이   (남민이를 가리키며) 도둑놈이지 뭐야.

남민이는 도망가려고 합니다.

지렁이   어딜 가? 이 자식아. (남민이를 붙잡습니다)

지렁이는 남민이를 붙잡고 놓지 않습니다.
남민이는 몸을 빼려고 합니다.
옷이 찢어집니다.
박쥐는 남민이의 궤짝을 뺏으려고 합니다.

남민   (궤짝을 뺏는 박쥐에게 달려들며) 안 돼. 안 돼. 이 궤짝은 장수의
         궤짝이야. 장수에게 갖다 줘야 해. 이 궤짝을 가지고 가야 내 책
         가방하구 바꿔.

박쥐   (남민이를 한 대 갈깁니다) 책가방은 웬 책가방이란 말이냐?

두더지   (남민이에게 대들면서) 너 책가방은 어디서 훔쳤니?

남민   (아이들에게 달려들면서) 아니야. 아니야. 장수에게 갖다 줘야 해.

박쥐   궤짝은 장수 아버지가 찾으러 오셔. (달려드는 남민이를 후려갈집
         니다)

남민이는 길가에 나가떨어집니다.

남민　　　(길가에 쓰러져서) 나는 어쩌란 말이야. (웁니다)

남민이가 소리를 크게 우는데 막이 내립니다.

제4막

제1막과 같은 남민이의 집과 장수의 집 대문이 보이는 마당입니다. 저녁때가 되었습니다.

학생들은 학교에서 돌아온 지 오래고, 시장에 갔던 사람, 일터에 갔던 사람들도 돌아온 지 오래였습니다. 그러나 남민이하고 장수만은 돌아오지 않았습니다. 남민이의 집에서도 장수의 집에서도 걱정입니다.

남민이의 집 대문이 열리며 남민이 아버지가 나오십니다.

남민 아버지　　　(주머니 시계를 꺼내 보며) 몇 시나 됐나? 이 자식이 어찌됐어?

장수의 집 대문이 열리며 장수 아버지가 나오십니다.

장수 아버지　　　(서쪽 하늘을 쳐다보며) 웬일일까? 이렇게 늦지는 않았는데.
남민 아버지　　　(혼잣말로) 자식이 또 싸움이라도 하는 게지?
장수 아버지　　　(혼잣말로) 오늘은 돈을 벌지 못해서 늦는 모양이지?
남민 아버지　　　(혼잣말로) 이 자식이 또 매를 맞는 게야. 매만 맞고 들어와

봐라. 그냥 두지 않는다.

장수 아버지　(혼잣말로) 돈을 벌지 못했으면 빈손으로라도 들어올 것이지.

남민 아버지　(혼자 화가 나서) 덤벼라. 누가 우리 남민이를 때려? 우리 남
　　　　　　　민이를 때리는 자식이 있으면 가만두지 않는다.

장수 아버지　(혼자 한탄하는 말로) 내가 일자리만 잡게 되면 어린것을 그
　　　　　　　렇게 고생을 시키지 않으련만. 그렇게 가고 싶다는 학교에도 못
　　　　　　　보내고, 못할 짓이지, 못할 짓이야!

남민 아버지　"못할 짓이라, 못할 짓이라?"—그래 우리 남민이가 매를 맞
　　　　　　　고 들어와도 잠자코 있으란 말이지? 아이들 역성은 못할 짓이
　　　　　　　란 말이지?

장수 아버지　귀가 보배로군!

남민 아버지　뭣이라고?

학생복을 입은 장수가 마당 저쪽에 나타납니다.
장수는 대문 앞에 어른들이 서 있는 것을 보고 얼굴을 보이지 않으려
고 고개를 돌리며 몸을 주춤주춤합니다.
장수 아버지하고 싸움을 하려던 남민 아버지는 장수를 봤습니다.

남민 아버지　(장수를 보고) 저 자식이 지금이야 왔지? 남민아 이 자식아
　　　　　　　지금이 몇 시냐?

장수는 돌아서서 도망합니다.

남민 아버지　이 자식아 어딜 가? 자식이 또 쌈을 한 모양이지? 나를 보고
　　　　　　　집에 들어오지 못하는 걸 보니. 이 자식아 누구하고 쌈을 했단

말이냐? 너를 때린 자식이 어디 있단 말이냐? 남민아 이 자식아. (장수를 따라 나갑니다)

장수 아버지   (남민 아버지가 나가는 것을 보고) 망둥이도 제 자식을 귀애한다더니 저 꼴 좀 보지. 그 애비에 그 자식이지 별수 있나? 그래도 학교에는 다닌다고, 무섭지 않아, 우리 장수도 학교에 가는 날이 있겠지. 하지만 이상해. 저 자식도 왔는데 우리 장수는 어찌됐단 말이야? (장수의 일이 궁금해서 마당으로 통한 길로 나갑니다)

남민이 아버지는 학생복을 입은 장수를 붙잡아가지고 나옵니다.

남민 아버지   이 자식아 사람을 그렇게 속인단 말이냐? (장수를 마당에 메다 갈깁니다)

장수는 마당 한가운데 쓰러진 채 울기만 합니다.

남민 아버지   이 자식아. 남민의 옷은 언제 뺏어 입었니? 우리 남민이의 옷을 벗지 못해? 이 자식아.

장수는 양복을 벗습니다.
속 셔츠를 입지 못했으므로 벌거숭이가 됩니다.

남민 아버지   (양복을 손에 집어 들고) 이 자식아. 이 양복이 어떤 양복인지나 알고 그런단 말이냐? 이 양복은 말이다, 대창상회에서 일금 삼천이백팔십 환야를 주고 산 양복이야. 이 자식아 너 같은 자식은 이런 양복을 건드리지도 못해. 그런 자식이 너 이 양복을 어떻게 입었니? 우리 남민한테 뺏어 입었지? 이 자식아 어떻게 뺏었니? 양복은 뺏어 입고 우리 남민이는 어쨌단 말이냐? (장수에게) 남민이가 어디 있단 말이냐? (남민이에게 혼잣말로) 남민아 이 자식아, 양복까지 뺏기고 발가벗은 몸으로 어디서 울고 헤매느냐? (장수에게) 이 자식아 우리 남민이를 찾아오지 못하겠니?

장수   ……. (말을 못 합니다)

　　장수 아버지가 마당으로 돌아오다가 뜻밖의 광경을 보고 놀랍니다.

남민 아버지   이 자식, 너 이 양복이 탐이 나서 우리 남민이를 어쨌단 말이냐?

장수   ……. (말을 못 합니다)

남민 아버지   너는 도둑놈이야. 내 앞에서는 말을 안 하겠단 말이지? 이런 자식은 경찰서로 끌고 가야 해. 경찰서로 가야 바른대로 말을 하겠니?

장수 아버지   (말을 듣고만 있다가) 이 자식아 어찌된 일이냐? 네가 무슨 잘못한 일을 했단 말이냐?

남민 아버지   (장수 아버지에게) 이제도 큰소리야. 도둑놈의 자식을 가지고, 도둑놈이라도 이 양복을 강탈한 강도야.

장수 아버지   (장수에게) 이 자식아 나가 뒈져라. 뒈져.

　　장수는 집 사잇길로 뛰어나갑니다.

장수 아버지   장수야. 장수야. 어딜 간단 말이냐? 이 자식아. (따라 나갑니다)

남민이가 마당 저쪽에 나타납니다.

옷은 찢어지고 얼굴에는 상처까지 생겼습니다.

구두약 궤짝은 메지 않았습니다.

남민 아버지   (멀리서 남민이를 보고) 누구냐? (남민에게로 가까이 갑니다)

남민   (아버지를 보고 달아나며) 아버지 아니에요. 아니에요. (나갑니다)

남민 아버지   (남민인 줄 알고) 저 자식이 남민이가 아니야? 남민아. 남민
아. 이 자식아—. (따라 나갑니다)

장수 아버지는 집 사잇길로 장수를 붙잡아가지고 나옵니다.

이때입니다. 남민이 아버지는 마당으로 통한 길로 남민이를 붙잡아

가지고 나옵니다.

장수   (아버지에게 붙잡혀 들어오며) 아버지 난 싫어 싫어. 가겠어요.

남민   (아버지에게 붙잡혀 들어오며) 아버지 아니에요, 아니에요. 난 구
두닦이가 아니에요.

장수는 남민이를 보았습니다.

남민이는 장수를 보았습니다.

어찌된 일인지 몰라서 장수와 남민이는 말이 없습니다.

남민이 아버지도 장수 아버지도 서로 노려보고만 있습니다.

장수   (남민이에게) 남민아.

남민   (장수에게) 장수야.

남민 아버지   (남민이를 보면서) 남민아 이 자식아 그렇게 피투성이가 돼가

지고 아프지도 않으냐?

남민   (얼굴의 상처를 손으로 만지며) 아버지 아프지 않아요.

남민 아버지   이 자식아, 옷은 그게 뭐란 말이냐? 거지같이.

장수 아버지   (남민이의 옷을 보면서) 이 자식아 너 우리 장수의 옷을 입었구나? 그 옷이 어떤 옷이라고 그러니? 그 옷은 말이다. 우리 장수가 피난을 떠날 때 고향에서 입고 온 옷이야. 그런 옷을 어떻게 뺏어 입었단 말이냐? 이 옷 도둑놈의 자식아.

남민 아버지   (남민에게) 더럽다. 이 자식아 그 거지 같은 옷을 벗지 못해?

남민이는 옷을 벗어서 장수에게 줍니다.

남민이 아버지는 남민이에게 학생복을 던져줍니다.

장수도 남민이도 옷을 입습니다.

남민 아버지   남민아 이 자식아 누가 너를 때리더냐? 누구하고 쌈을 했단 말이냐?

남민   ……. (말을 하지 못합니다)

남민 아버지   (장수를 보면서 남민이에게) 구두닦이 저 자식이 너를 때렸지?

남민   아니에요 아버지.

남민 아버지   내가 모르는 줄 알고? 네 옷이 탐이 나서 저 자식은 너를 때리고 옷을 뺏어 입었지? 그리고 네게는 거지 같은 옷을 주었지?

남민   아니에요. 아버지, 장수는 그런 아이가 아니에요.

남민 아버지   (남민이에게) 이 자식이. 너는 저 자식의 사탕을 얼마나 먹었니? 저 자식한테 너는 넘어갔어?

남민   아니에요 아버지. 나는 그런 바보가 아니에요.

남민 아버지	그래, 그래, 넌 바보가 아니다. 바보가 아니야. 바본 (장수를 가리키며) 저 자식이 바보지, 네가 왜 바보란 말이냐?
남민	장수도 바보가 아니에요. 아버지.
남민 아버지	저 자식은 바보야.
남민	아니에요. 장수는 바보가 아니에요.
남민 아버지	바보가 아님? 그럼 뭐란 말이냐? 도둑놈이란 말이냐?
남민	누가 말이에요? 장수가요? 아니에요. 아니에요.
남민 아버지	도둑놈이 아님 불한당이란 말이냐?
남민	아버지 불한당이 뭐예요?
남민 아버지	사람을 때리고 물건도 돈도 뺏는 도둑놈.
남민	장수가요? 아니에요. 아니에요. 장수보고 그런 말을 하면 아버지 천벌을 받아요.
남민 아버지	이 바보 자식아.
장수	흥. 누가 바본지 모르겠네. 남민아 너의 아버지가 너보다 더 바보 같지.
남민 아버지	(장수에게) 뭐라고? 이 더러운 자식. (해내려고 합니다)
남민	아버지, 바보가 아님 참으세요. 장수야 우리 아버지도 나도 바보가 아니지?
장수	그래.
남민 아버지	(남민이에게) 이 자식아 너는 바보야. 바보가 아니면 입고 있는 양복을 뺏긴단 말이냐? 그리고 거지 같은 옷을 얻어 입고 피투성이가 돼서 집을 찾아온단 말이냐?
남민	(비꼬는 말로) 아버지. 난 바보예요. 바보예요. 바보예요.
남민 아버지	이 자식아 바보가 어쨌단 말이냐?
남민	아버지 나 돈.

남민 아버지   이 자식아 또 돈이야.

장수   (남민이에게) 남민아 너 돈을 얼마나 벌었니?

남민   (장수에게) 장수야 너 학교에 가서 공부를 얼마나 했니?

남민 아버지   알았다. 이 자식들아.

장수 아버지   알았다. 이 자식들아. (남민이에게) 우리 장수의 구두약 궤짝을 가지고 구두를 닦던 자식이 바로 너로구나!

남민 아버지   (장수에게) 모자를 뺏어 쓰고, 책가방을 뺏어 가지고, 학생복까지 뺏어 입고─. 이 자식 너는 우리 남민이의 공부까지 도둑질했단 말이지?

장수 아버지   (남민이에게) 너 구두약 궤짝은 어쨌니?

남민 아버지   나는 정식으로 손해배상을 청구할 테다. 우리 남민이는 (장수를 보면서) 이 자식 너 때문에 하루 공부를 못 했어. 하루를 학교에 가지 않으면 돈이 얼마나 손핸지 아니? 이 자식아. (장수 아버지에게) 우리 남민이의 납입금이 한 달에 일천이백 환이야. 일천이백 환을 한 달로 쪼개면 하루에 사십 환. 사십 환이 에누리 없이 손해지. (남민이를 보면서) 얼굴이 저렇게 터졌으니 치료비를 가산해야지. 아무리 헐값으로 계산한대도 하루에 오백환 꼴은 될 게야. 오백 환을 일주일만 잡아도 오칠은 삼십오, 삼천오백 환. 게다가 공부 손해비 사십 환하고─합계가 삼천오백사십 환야라. 위 금액을 청구한다.

장수 아버지   (남민이 아버지에게) 이건 왜 이래. 우리는 입이 없는 줄 아는 게지? 그편의 계산만 하고 이편의 셈은 어쩔 테야? 구두약 궤짝만 해도 가격으로 따지면 얼만 줄 알아? 아무리 헐값으로 따져도 팔백 환에서 덜 나가지는 않아. 게다가 우리 장수의 하루 수입이 얼만 줄 알고? 수입이 적은 날은 이백 환이야. 게다가 (장수의 옷을 가리키며) 옷을 저렇게 찢었으니 옷값은 어쩔 테야? 옷값을 오백 환만 치지. 그럼 얼마야? 팔백 환, 이백 환, 오백 환— 자그마치 일천오백 환이야. 나도 위 금액을 청구한다.

남민 아버지   (장수 아버지에게) 구두약 궤짝이 얼마야? (장수를 가리키며) 저 자식의 수입이 하루에 얼마야? 저 걸레 같은 옷이 얼마야? 손해배상을 청구하려면 나같이 정당한 금액을 청구해. 삼천오백사십 환야라, 가만있자. 이건 금액이 너무 적은 것 같은데, 그렇지. 사용료가 빠졌어. 모자, 책가방, 양복—세 가지의 하루 사용료가 얼만데? 모자세 사십 환, 책가방세 십오 환, 양복세 백 환만 쳐도 얼마야. 백이십오* 환에다 삼천오백사십 환이지. 기껏 삼천육백육십오 환이야? 그래도 적은데, 할 수 없지. 삼천육백육십오 환야를 어쩔 테야?

장수 아버지   일천오백 환야는 어쩌고?

남민 아버지   그건 엉터리야.

장수 아버지   뭣이 엉터리야?

남민 아버지   일천오백 환이 삼천육백육십오 환야를 못 주겠니?

장수 아버지   일천오백 환야를 못 주겠니?

남민 아버지   못 주겠다.

장수 아버지   못 주겠다.

남민 아버지   내 손해배상을 안 내고 견디나 보자.

장수 아버지   내 손해배상을 안 내고 견디나 보자.

남민 아버지   변호사를 내세우고라도 내 손해배상은 받고야 만다.

장수 아버지   변호사를 내세우고라도 내 손해배상은 받고야 만다.

---

* 남민 아버지의 계산은 틀렸다. 계산을 정확하게 할 수 없을 정도로 남민 아버지가 흥분과 분노에 휩싸였다는 점을 한층 더 효과적으로 표현하는 장치라고 짐작해볼 수 있다.

박 선생이 마당으로 통한 길로 옵니다.

박 선생을 보더니 남민이와 장수는 자기 집 대문 안으로 들어가 숨습니다.

남민 아버지   (박 선생을 보고) 선생님 우리 남민이의 담임선생님이 아니십니까? 선생님 마침 잘 오셨습니다.

박선생   (남민 아버지를 보고) 안녕하십니까? 그런데 남민이가 집에 있습니까?

남민 아버지   (딴 대답입니다) 네. 네. 그런데 선생님 세상에 이런 일도 있습니까?

박선생   (딴 대답으로) 무슨 일이신지요. 저 장수라는 아이의 집이 여기지요?

장수 아버지   (박 선생에게) 네. (집을 가리키며) 저 이 집이 바로 장수의 집입지요. 선생님 처음 뵙겠습니다.

박선생   (장수 아버지에게) 장수의 아버지가 되십니까? 장수가 집에 있는지요.

장수 아버지   네. (대문을 향하여) 장수야.

장수   (대문 안에서) 예.

장수 아버지   학교 선생님이 오셨다.

장수   (대문 안에서) 아버지 내가 없다고 그러세요. 난 선생님이 무서워요.

남민 아버지   (박 선생에게) 선생님 장수 그 자식은 만나 뭣하시렵니까? 네, 네. 그 자식은 원래 소행이 나쁜 자식이라 선생님은 그 자식의 품행을 조사하시려고 그러십니까? (장수의 집 대문을 향하여) 장수야 이 자식아 나오너라. 남민이의 담임선생님이 오셨어. 이 주릿대로 경을 칠 놈 같으니. 선생님 우리는 저 자식 때문에 이만저만한 손해가 아니랍니다. 우리 남민이는 저 자식 때문에 학교에도 가지 못하지 않았겠습니까? 누가 옳습니까? 선생님 우리 남민이와 장수 저 자식의 흑백을 이 자리에서 가려주십시오. 그리고 내 손해배상도 선생님의 손으로 받아주셔야 나의 면목이 서겠습니다.

박선생   손해배상요?

남민 아버지   아주 정당한 금액입지요. 조목을 따져서 말씀드리면 우리 남민이의 하루 공부 손해금 사십 환하고 우리 남민이의 모자 책가방 양복 사용료가 하루에 백이십오 환하고 게다가 우리 남민이의 치료비 삼천오백 환 그것뿐입죠. 그런데 우리 남민이는 구두닦이 자식한테 얼려서 피투성이가 돼가지고 오질 않았겠습니까.

박선생   남민이가 많이 상했습니까?

남민 아버지   선생님 보시렵니까? (대문 안을 향하여) 남민아 나오너라.

남민   (대문 안에서 소리만) 싫어요. 난 선생님이 무서워요.

박선생   (남민이 아버지에게) 가만두세요.

남민 아버지   선생님 글쎄 속은 애가 나쁩니까, 속인 애가 나쁩니까?

박선생   속기는 누가 속고 속이기는 누가 속였습니까?

남민 아버지   저 장수란 저 자식이 속이고 우리 남민이가 속았습지요. 속인 자식이 나쁘지요. 선생님 흑백을 가려주십시오. 그리고 손해배상을 받아내야지요.

박선생   (남민 아버지에게) 진정하십시오. 사건의 내용에 있어서는 누구보다도 제가 더 자세히 알 것 같습니다. 사건의 발단을 한 말로 말하면—댁의 남민이는 공부가 하기 싫어서 학교에 다니기가 싫어서—그리고 저 댁의 장수는 공부가 하고 싶어서—학교에를 다니고 싶어서 결국은 이런 일이 생겼다고 볼 수 있습니다. 그런 만큼 이 사건에 있어서는 장수가 학교에를 다니게 되고 남민이가 공부하기를 좋아하게 되면 문제는 원만히 해결되는 것이라고 생각합니다.

남민 아버지　선생님 그렇지 않습니다. 내 손해배상을 받기 전에는 이 사건은 절대로 해결되지 않습니다.

박선생　(장수 아버지에게) 알았습니다. 저는 댁의 아드님이 구두닦이를 하면서도 공부가 하고 싶어서 학교에 온 것을 보고 대단히 가슴이 아팠습니다. 어떻게 공부할 길이 없을까? 하고 교장 선생님께 말씀을 드리지 않았겠습니까. 그랬더니 교장 선생님은 그 자리에서 댁의 아드님을 보결생으로 입학을 시키자고 말씀하실 뿐 아니라 특대생 대우로 학비까지 면제해주자고 그러셨지요.

장수　(숨었다가 대문에서 나오며 감격해서) 선생님!

박선생　장수야, 너 학교에를 다니게 되면 공부를 잘할 거지?

장수　네.

장수 아버지　선생님 어찌된 일입니까? 우리 장수가 학교에를 다니게 된단 말씀이시지요? 세상에 이런 고마운 일이.

박선생　(남민 아버지에게) 그리고 댁에서는 남민이를 잘 단속해서 그 애는 무엇보다도 학교에 재미를 붙이게 하십시오. 남민이 그 애는 까딱 잘못하면 생각이 비뚤어지기 쉬운 애니까요.

남민　(숨었다가 대문으로 나오며) 선생님 용서하세요.

남민 아버지　(기분이 좋지 않아서) 내 손해배상은 어찌되는 거야? 남민아 넌 학교고 뭐고 다 그만둬라.

남민　아버지 난 이제부턴 학교에도 잘 가고 공부도 부지런히 하겠어요.

남민 아버지   안 된다. 나는 너를 학교에 보내지 않을 테야. 네가 학교에 다니느라고 내 돈을 얼마나 썼단 말이냐? 내 돈을 그렇게 쓰고도 내 망신은 이게 뭐냐? 공부고 뭐고 다 집어치우고 나와 같이 시장에나 다니자.

남민   싫어요. 싫어요. 난 장사는 안 해요. 오늘 하루 구두닦이를 해보고 난 알았어요. 나 같은 아이는 학교에를 다녀야 해요.

남민 아버지   안 된다니까. 너 같은 자식은 장사나 해먹어야 돼. (장수를 보면서) 거지 같은 저 자식이 그래 학교에를 간단 말이지? 우리 남민이가 다니는 학교에를—. (남민이에게) 이 자식 너는 학교에를 못 간다 못 가. (화가 나서 대문으로 들어갑니다. 남민이는 울기만 합니다)

남민   (울면서) 우리 아버지 고집쟁이, 우리 아버지 구두쇠.

박선생   (남민이를 보고) 남민아 그게 무슨 말이냐?

남민   선생님. (울기만 합니다)

박선생   남민아 네 아버지의 고집 주머니가 왜 저렇게 터졌는지* 아니?

남민   ……. (울기만 합니다)

박선생   네가 학교를 잘 안 가고 공부를 싫어했기 때문이다.

남민   우리 아버지도 나빠요. 우리가 장난으로 그런 걸 가지고 손해배상이 뭐예요.

박선생   화가 나니깐 그러시지. 남민아 네 말대로 너의 아버지가 고집을 쓰시고 돈만 아는 구두쇠 아버지라고 하자. 그런 아버진 줄 알면 너는 공부를 더 잘해야 되지 않겠니? 네가 공부를 잘하면 아버지의 마음을 돌게 할 수도 있어.

| * '고집이 지나치게 커져서 걷잡을 수 없게 되었다'는 의미로 풀이됨.

남민	…….
박선생	너 공부를 잘하겠니? 너 학교엘 잘 다니겠니?
남민	(울면서) 예. 난 알았어요. 오늘 하루 거리에를 나가보고 똑똑히 알았어요. 세상에 어딜 가도 학교같이 좋은 곳은 없어요. 학교에 다니는 애들같이 좋은 애들은 없어요. 난 학교가 좋아졌어요.
박선생	알았다.

박 선생은 남민이 아버지가 들어간 대문으로 들어갑니다.

장수	(아버지에게) 아버지 인젠 아버지도 남민이 아버지하고 쌈을 하지 마세요. 이웃끼리 뭐예요.
장수 아버지	쌈을 하지 않겠다. 나도 생각이 좁아서. (남민이의 집 대문으로 들어갑니다)

남민이의 반 아이들이 찾아옵니다.

참새	(남민이를 보고) 남민아.
남민	(울다가 반 동무들을 보고) 너희들 오니?
사자	(어쩔 줄 모르는 남민이를 보고) 너 어쩌니? 공부는 접어놓고, 학교는 내빼기만 할 작정이냐?
종달새	너 무슨 일이 있었니?
남민	아니야.
호랑이	우리는 다 알어.
사자	(남민에게) 너 그러지 마.
남민	나도 알았어.

곰	(장수를 보고 남민에게) 그런데 얘가 장수지? 옷을 바꿔 입어서 잘 모르겠는걸.
장수	(아이들에게) 학교에서 난 너희들을 봤다.
곰	(장수를 보고) 그래. (책가방에서 돈 싼 뭉치를 꺼내들고) 장수야. (내줍니다)
장수	뭔데?
곰	돈이야.
장수	돈?
곰	네 학비야.
사자	우린 네 딱한 처지를 알고 이 돈을 모았어. 너 학교에 다니게 하려고.
남민	(아이들에게) 모두 돈을 냈니? 난 학교에도 안 갔는데, 너희들은 좋은 일을 했구나! 나도 돈을 내야지.
참새	(남민이에게) 돈이 없으면 그만둬.
남민	아니야. 인젠 나도 우리 아버지보고 얌전하게 돈 청구를 할 테야.
사자	(장수에게) 이 돈으로 너 입학금을 내고 우리와 같이 학교에 다녀.
장수	고맙다. 그러나 그 돈은.
곰	반 아이들이 주머니를 털었어. 우린 이 돈이 없어도 괜찮아.
사자	우리가 선생님께 말씀드리면 보결생으로 입학할 수 있을 게야.
남민	박 선생님이 우리 집에 오셨다.
사자	박 선생님이? 그럼 박 선생님께 말씀을 드리자.

박 선생, 장수 아버지, 남민이 아버지가 남민이의 집에서 나옵니다.

남민 아버지   (나오며 박 선생에게) 선생님 앞에서는 어떻게 부끄러운지. (장수 아버지에게) 그리고 댁에도 미안한 말은. (남민이에게) 남민아, 너도 학교에 가거라.

남민   (좋아서) 아버지.

참새   (박 선생님을 보고) 선생님 오셨습니까?

박선생   오, 너희들이 어떻게 왔니?

사자   선생님 우리는 선생님께 청이 한 가지 있습니다.

박선생   청은 무슨 청이란 말이냐?

사자   (장수를 가리키며) 선생님 이 애를 우리 학교에 붙여주세요. 입학금은 문제없습니다. (돈뭉치를 보이며) 여기 돈이 있습니다.

박선생   그 돈이 웬 돈이냐?

곰   (장수를 가리키며) 이 애를 학교에 입학시키려고 저희들이 주머니를 턴 것입니다.

박선생   너희들은 언제 돈을 거뒀니?

사자   선생님 용서하세요. 학교에서 (장수를 가리키며) 쟤 때문에 장난을 하다가 벌을 서는 시간에 저희들은 얘기를 들었어요. 그런 말을 듣고 저희들은 가만있을 수가 없었어요.

남민 아버지   (무엇을 생각하고 있다가) 나는 이 어린 학생들만도 못한 놈이야. 장수야 나는 네 일 년분 월사금을 내겠다. (대문으로 들어갑니다)

남민   (기분이 좋아서) 우리 아버지도 돈을 쓰는 때가 있어?

곰   (장수에게 돈을 주며) 장수야 이 돈을 받아라.

박선생   (장수에게) 우정의 선물이다. 받아라.

장수   고맙다. (돈을 받으며) 선생님 고맙습니다. (박 선생님에게도 인사를 합니다)

남민이는 박수를 합니다.

장수 아버지　(아이들에게) 고맙다. 좋은 학생들이다. 장수야 너는 공부를
　　　　　잘해야 한다. 이 애들과 같이.

남민이 아버지가 돈을 들고 나옵니다.

남민 아버지　자. 장수야 이 돈을 받아라.
남민　　　우리 아버지가 돌았어.
남민 아버지　(장수에게) 돈을 받아라.
박선생　　(장수에게) 인정의 선물이다. 받아라.
남민 아버지　(돈을 주며) 장수야. 너 우리 남민이하고 사이좋게 공부를 잘
　　　　　해야 한다.
장수　　　고맙습니다. (인사를 하고 돈을 받습니다)

아이들은 박수를 합니다.

장수 아버지　나는 무어라 말을 할 수가 없소. 그저 고맙고 미안할 뿐이
　　　　　오.
남민 아버지　(장수 아버지에게) 천만에. 이게 재미가 아니오? 그런 걸 옆
　　　　　집에서 살면서 내가 고집이 세서.
장수 아버지　천만에. 서로 알지를 못한 탓도 있겠지만 내가 옹졸해서.
남민 아버지　(장수 아버지에게) 우리가 서로 웃고 말하는 것이 이게 처음
　　　　　이 아니오? (웃습니다)
남민　　　(장수에게) 재미있지?

장수   난 기쁘기만 해.

사자   장수야 너 한 번 더 웃어봐라. 작문 시간에 교실에서 웃던 웃음
        을.

장수가 하하하하 웃는데 막이 내립니다.

― 1952년 作

제2부 연극 평론

연극운동의 당면 과제
—정부 수립과 제반 정책

　해방이 됐으니 좋은 연극을 할 수 있고 마음대로 글을 쓸 수 있고 하고 싶은 예술 행동을 할 수 있으리라고—해방의 8·15를 맞이하는 순간 이 땅의 작가·예술가는 누구나 감격과 흥분을 금치 못했던 것이다. 신문지가 날고 출판물이 쏟아져나오고 연극단이 징을 울리고—해방 직후의 우리 문화계는 문자 그대로 다채로웠다. 글줄이나 쓸 줄 안다면 누구나 꺾었던 붓을 다시 들고 나섰고 극장 출입을 몇 번 했다면 지웠던 분을 다시 바르고 무대로 뛰어나왔다. 그렇듯 해방 8·15는 36년 동안이나 위축되었던 이 땅의 문화를 소생케 하고 새 기운이 나게 했다. 그중에도 가장 활기를 띠고 일어난 것이 연극운동이었다. 우후죽순같이 족출簇出하는 연극단은 극장마다 막을 열었고 막을 열기만 하면 극장마다 관중이 터질 듯 운집하였다. 그 당시 의기와 기개를 보아서는 조선 극계에 해방이 무엇을 가져올 것 같았고 8·15를 계기로 무슨 연극운동이 일어날 것만 같았다. 네 번째의 8·15를 맞이하는 오늘같이 연극계가 이렇게 추락할 줄은 몰랐고 연극운동이 오늘같이 이렇게 위축될 줄은 우리가 상상도 하지 못했던 상태일 것이다.

여기서 돌이켜 금일 극계의 현상을 살펴보기로 하자.

* * *

연극사를 들추지 않고라도 고대 희랍 연극을 예외로 하고는 라마(로마) 연극에서부터 시작된 비속하고도 통속적인(지금 우리가 소위 상업주의 연극 혹은 신파연극) 연극이 어느 시대나 어느 국가를 물론하고 존재했고 또한 필연적으로 존재한 사실을 부인할 수는 없을 것이다. 그러므로 신극新劇* 운동이 그 발아기를 거쳐 개화되고 결실하기까지에는 적지 않은 투쟁이 있었다는 사실도 우리는 잘 알고 있다. 투쟁의 대상은 물론 상업주의 연극 신파新派**였다. 비속과 순수와의 투쟁, 상업주의와 문화주의와의 투쟁 등등……. 가까운 예로 영리를 목적으로 하여 흥행만을 노리고 오락만을 고취하는 대극장의 무대를 독점하고 있는 구극舊劇***에 반항하여 영리를 무시하고 진정한 신극 수립을 위하여 제창된 아메리카의 소극장 운동과 한 걸음 더 나아가 연극의 세계에 근대적 세계관을 주입하기 위하여 상업주의의 탈을 벗고 순수예술로서 종래의 봉건 인습에 젖은 수법을 버리고 자유로운 표현으로 연극의 본질을 찾으려고 구류舊流 연극과 투쟁을 한 구라파(유럽)의 신극운동도 들 수 있다.

구라파의 근대극운동이나 아메리카의 신극운동이 위에서 말한 바 투쟁의 결정이라는 것은 중언할 필요가 없지만 투쟁이란 결국 실력이나 지위가 대등한 경우거나 신흥 세력이 밀고 나오는 새로운 힘이 넘칠 때의

---

* 구극·신파극 등 기성 연극에 대하여, 서양극·근대극의 영향을 받아 일어난 새로운 연극을 일컫는다.
** 현대 세상 풍속과 인정 비화를 제재로 하는 통속적인 연극을 일컫는다. '신파극'이라고도 한다.
*** 조선 순조 때부터 한말까지 상연된 연극을 일컫는다. 주로 〈춘향전〉·〈심청전〉 등을 극으로 만들어 상연하고, 광대놀이·관기의 가무 등을 연출했던 데서 비롯되었다고 한다. 창극과 비슷하여 여러 명의 배우가 나와 소리唱를 하면서 극적인 분위기를 조성했다.

현상일 터인데 금일 조선 극계의 예로 볼 때 투쟁은커녕 신극운동을 표방해나가는 연극인으로 상업주의 연극을 당할 자 누구며 신파연극과 맞씨름하려는 연극인도 있는 것 같지 않은 연극계 아닌 연극계라고 볼 수 있다. 그렇다면 조선에 있어서는 연극계에 상업주의 세력이 위대하다느니보다 신극의 세력이 미약한 것이 아닐까. 그렇듯 신극이 극계에 존재까지도 의심하게 된 원인은 어디에 있는가.

그 원인은 구구할 것이다. 왈 극장 문제, 왈 관객 문제, 왈 홍행주 문제, 왈 당국의 처사 등등을 들 수 있을 것이다.

순수연극을 표방하는 신극단이라면 극장주 측에서는 좋아하지 않는다. 그 이유는 그런 연극을 하면 시중視衆이 먹어주지를 않는다는 것이다. 그도 그럴 것이 좋은 연극을 하면 손님이 없다는 사실은 극계의 상식으로 되어 있다. 그래서 극단을 운영하여 집을 사고 배우의 월급을 다달이 지불하는 각 홍행주는 그런 관중의 비위를 맞추려고 어떤 것이 좀더 통속적이고 어떻게 하면 좀더 비속하게 할 수 있을까? 그들은 밤잠을 자지 않고 '×× 없는 신랑'이나 '××이 웁니다'니 하는 괴상한 신파를 만들어낸다. 그런 것만 하면 무당이 춤추는 굿터의 굿 구경꾼같이 관중이 모여든다고 한다.

극장이 없어서 공연을 못 가지고 어쩌다가 막을 열면 빚더미에 올라앉아서 뒷수습을 할 수 없는 극단이 있는가 하면 그들 각 홍행주들은 공연에서 나오는 이득금으로 집을 사고 배우의 월급을 지불하는 낙관적인 기업을 하고 있다.

"울리는 것이 아니면 탐정 활극이나―울리는 것을 하나 써주시오. 그런 것만 써주신다면 각본료는 얼마든지 드리지요. 돈을 먼저 쓰셔도 좋습니다." 그들은 돈 뭉텅이를 가지고 극작가를 추락케 하고 배우를 매수한다. 그들은 10할의 홍행세를 지불하고도 극단 운영을 할 수 있을 것이다.

***

　이상 극계 동향으로 보아 먼 장래에는 몰라도 당장 조선 극계에서 돈을 산더미같이 쌓아놓고 연극운동을 하기 전에는 절대로 신극운동은 불가능하다는 결론으로 돌아가지 않을 수가 없는 현상이다. 그렇다면 조선 연극운동의 길은? 그 타개책은? 무슨 방도가 없고 희망이 없을까? 거기에는 문화를 보장하는 당국의 이해와 연극인의 투쟁만이 있을 뿐이다.

***

　위에서도 말한 바와 같이 연극인의 투쟁도 정도 문제지 그렇듯 막다른 골목에 직면하고서는 투쟁이 전개되지도 못할 것이다. 배급 탈 돈이 없는 줄 뻔히 알면서도 밤을 새워가며 쓴 희곡 작품을 아무리 들고 다녀도 신파가 아니면 상품 가치가 없다고 검정 개 한 마리 거들떠보지도 않는다. 무대를 잃은 배우는 가족을 먹여 살릴 저녁 쌀이 없는데도 '무슨 좋은 일이나 있을까?' 하며 거리를 방황한다. 그들에게 좋은·일이란 가다오다 흥행주를 만나 선금이라도 얻어 쓸 수 있었으면 하는 가소로운 욕망이다. 투쟁이란 어린애 같은 얘기다. 문제도 되지 않는다.

　오직 남은 문제는 국가의 예술문화의 옹호와 정부의 문화 정책의 ○○* 있을 뿐이다.

　멀리는 국가에서 관리하고 경영하고 감독하고 장려한 희랍 시대의 비극 경연의 대제전을 비롯하여 가깝게는 제1차 대전 후 국가기관에서 연극예술가를 양성하여 극예술을 국가적으로 장려한 독일, 소련, 불란서

　| * 원문에 글자가 빠져 있다.

의 예를 인용할 것도 없이 정부에서 전폭적으로 예술문화 운동을 관리 장려하지 않으면 이 땅의 극예술문화는 아주 시들어버릴 운명을 지니고 있다는 사실을 잊어서는 안 될 것이다.

여기서 우리는 다시 한번 일본 제국주의의 가혹한 문화 정책을 뼈아 프게 회상하지 않을 수가 없다. 본래 편협된 문화 정책이었지만 일본 위정자들의 연극예술에 대한 무식과 몰이해를 다시 한번 폭로하면 미술과 음악은 명색 국가기관으로 인재를 양성하면서 연극 부문만은 어째서 돌아보지도 않았을까? 혹자는 말하되 위정자가 음악이나 미술에 비해 연극에는 관심을 가지지 않고 따라서 연극은 알지를 못했기 때문에 아카데미로 수입을 하지 않았다는 설이 있다. 그렇듯 그들은 무식했다고 할 수 있다. 그런 일본의 36년 동안이나 식민지적 지배를 받은 조선이니 말할 것도 없을 것이다.

여기서 우리는 국가와 위정 당국에 대하여 그렇듯 문화에의 편협한 일제의 잔재를 되풀이하지 말고 해방된 정책의 실시를 바라며 그를 국가적으로 관리 운영하여 민족문화 건설에 공헌되는 새로운 극예술이 하루바삐 이 땅에 수립되기를 기대하여 마지않는 바이다.

— 《대조》, 1948. 8.

민족 연극의 갈 길

우리의 정신으로, 우리의 손으로, 우리의 말로, 큰소리 한번 외쳐보지 못하게 하던 포악한 일본이 패망을 하였을 때 우리는 자유를 얻었다고 해방이 되었다고 누구나 만세를 불렀다.

"이젠 신극운동도 뜻대로 할 수 있고 민족 연극도 살릴 수 있고 우리가 하고 싶었던 연극을 맘대로 할 수 있게 되었다"고 연극인은 연극인대로 큰소리를 했던 것이다.

아홉 번째 돌맞이를 하는 8·15! 그동안 이 짧은 듯하면서도 몇 세대를 격隔한 듯한 느낌을 갖게 함은 6·25란 장벽이 가로질렀기 때문일까?

때는 1945년, 8·15의 꿈이 새롭다. 그 감격! 그 흥분! 그 결의! 그 외침! 지금은 아무것도 남은 것이 없다. '연극'이란 말까지 잊어버린 것이 아닐까? 연극배우도 신이 아닌 사람인지라 먹어야 산다. 아무리 먹기 위한 연극이라고 해서 그렇게까지야 민중을 기만하고 대중에게 아양을 떨고 교태를 부릴 것까지야 없지 않을까? 민족 연극은커녕 우리 민족사상 미증유의 커다란 비극을 가져온 공산 도배*를 쳐부수는 멸공 연극도 어엿한 것이 없는 현상이 아닌가? 게다가 하고 싶은 연극을 하기는 하늘에서 별을 따온다는 것보다도 어렵다는 어쩔 수 없는 현실이 우리 눈앞에 가로놓여 있다.

연극은 민중의 예술이다. 보다 더 민중을 이끌고 나가는 예술이 아니어서는 안 될 것이다.

6·25동란 통에 아주 환장을 했다면 몰라도 그렇지 않다면 아홉 번째 돌맞이를 하는 8·15, 감격의 이날 아침에 우리는 다시 한번 새로운 흥분과 결의를 가지고 힘차게 외쳐보자, '우리의 앞에는 민족 연극이 있을 뿐이다'고. 너도나도 민족과 같이 살고, 민족과 같이 죽고, 민족과 같이 울고, 민족과 같이 웃고, 민족과 같이 꿈을 꾸자. 아니 보다 더 우리는 민족의 앞장에 서서 그들에게 어떻게 하는 것이 바르고 아름답게 사는 것인가를 아름다운 눈물을 통하여 고상한 웃음을 통하여 보여주어야 할 것이다.

—《서울신문》, 1954. 8.

* 함께 어울려 나쁜 짓을 하는 무리.

극문학의 후진성

　문학사조사적文學思潮史的으로 보아, 우리나라의 신문학운동의 역사는 50여 년 전으로 올라가야 한다. 문학운동뿐 아니라 극문학(연극)운동에 있어서도 50여 년 전에 이인직*이라는 작가가 『귀의 성』·『혈의 누』 등의 신소설을 발표한 것과 때를 같이하여 역시 이인직에 의하여 원각사圓覺寺** 라는 극장이 창건되고 『은세계』·『설중매』 등의 소설을 이인직 자신이 각색 상연하였다는 사실을 우리는 아는 바다. 그렇다면 우리나라에서도 신연극이 문학(신소설)과 같이 생성되었음은 사실이다.

　신문학운동과 신연극운동이 동시에 일어났다고 하면 외국의 예에 질배 아니나, 우리나라에서만 볼 수 있는 극문학의 후진성은 그후 극문학으로 하여금 다른 문학(시와 소설)하고는 메별***을 하고 제자리걸음을 하게 되었으니, 소설문학은 이인직의 신소설을 발판으로 하여 춘원의 신문학 소설이 나오게 되면서 서양의 새로운 문학사조를 받아들이는 한편 신

---

* 한국 개화기의 신소설 작가.
** 한국 최초의 서양식 극장으로, 1908년에 이인직이 세운 이후 신극운동을 활발히 전개했다.
*** '소매를 잡고 헤어진다'는 뜻으로, 섭섭하게 헤어지는 것을 이르는 말이다.

문예운동은 각양각색으로 우후의 죽순같이 일어나게 되었다. 그렇게 되어 오늘에 있어서도 우리는 시나 소설에 있어서는 빈약하나마 기억에 남을 만한 시인과 작가를 갖게 되고 인상에 남을 만한 작품도 갖게 되었다고 할 수 있다. 그럼에도 불구하고 연극에 있어서는 아니 극문학 방면에 있어서는 어떠한가?

신문학 50년 동안에 우리는 몇 사람의 극작가를 가졌고, 우리 기억에 남는 극문학 작품은 몇 편이나 되는가? 시문학이나 소설문학에 비해 빈약하다기보다 한국적 원시 상태 그대로라면 지나친 말일까?

최근 시단에 있어서는 지성파 · 모더니즘파 등등 새로운 운동이 시도되고 있고 소설문학에 있어서도 주로 신인층 작가들의 경향이지만, 내용이나 형식에 있어서 현대적 모럴(Moral)을 토대로 하여 세우려고 하는 의도를 볼 수 있다. 그렇지만 극문학에 있어서는 새로운 의도는 고사하고라도 기본적인 극문학의 위치만이라도 지켜주었으면 고마울 정도다. 그것은 작금昨今 우리나라에서 상연이 되고 지상紙上에 발표된 희곡 작품을 보면 알 만한 일이다. 한 말로 말해 우리나라의 희곡 작품은 극문학 작품이라고 하기는커녕 희곡이라고도 할 수 없는 그야말로 각본이다. (여기에서 각본이란 말은 작품에 있어서 문학성보다도 흥행성이 성하다는 말이다.)

여기서 우리나라 극문학의 운명적 성격을 별견瞥見*하면 객관적으로 외계外界 환경조건의 불리성을 들 수 있고 주관적으로 작가 자신의 문제를 들 수 있을 것이다.

우선 극문학의 불리성을 가져오는 객관적 악조건이라면 전통이 없다는 것, 민중이 받아들이지 않는다는 것, 상연할 극단이 없다는 것 등을 들 수 있을 것이다.

| * 얼른 슬쩍 봄.

전통이라고 하면 다른 문예운동에 있어서도 마찬가지로 신소설이 어느 정도 고대소설의 영향을 받았다는 것 외에는 신문학운동 이후 육당'이 발간한 잡지 《소년》과 《청춘》을 비롯하여 그후 동경 등 각지에서 문예잡지가 발간되어 새로운 문예운동의 기반이 이룩되었을 뿐 별다른 전통은 없다고 해도 과언이 아닐 것이다. 그렇다면 연극운동에 있어서는 극단이 문예운동에 있어서의 문예 잡지와 같은 역할을 할 수 있었다면 그만일 것이다. 그러나 당시의 극단이라고 하면 '토월회土月會'(1922년)** '극예술연구회'(1931년)***를 제외하고는 상연되는 것을 '각본'이라고 하지 않고 '예제藝題'라고 하여 상연을 하였다고 한다. 그러니 그 상연물들은 극문학의 곁에도 가지 못할 그야말로 '예제'들뿐이었다. 그렇지만 그후 신극 단체들이 일어나서 극문학운동을 수립하려고 했지만 '예제'의 전통에서 빠져나올 수는 없었다. 오늘날까지 '예제'의 뿌리는 누구에게나 꽉들어박혀 있어 극작가는 극작가대로 '예제'를 쓰지 않으면 돈을 벌지 못한다고 해서 그런지 '예제'밖에는 쓸 재주가 없어서 그런지 어쨌든 '예제'만을 쓰고 있고 관객은 관객대로 '예제연극'을 무엇하려고 보러 갈까하고, 의식 수준이 높은 관객은 연극이라고 하면 머리를 흔들고, 그 반면설렁탕배들이나 이발소 직공 급의 관객은 '예제연극'이 아니면 머리를흔드는 판이다. 그러니 극문학이고 뭐고—우리나라 시라면 제법 감상을할 줄 알고 소설이라면 한몫 이야기를 할 수 있는 지식층이라고 해서 몇사람이나 극문학 작품을 활자로 읽은 일이 있고 읽으려고 할지? 상상하기 쉬운 일이 아닐 것이다. 그렇듯 극문학은 외국에 비해 일반과 거리가

---

* 최초의 신체시 「해에게서 소년에게」를 쓴 최남선의 호.
** 일제강점기 때 도쿄 유학생들이 중심이 되어 결성한 신극운동 단체.
*** '극연劇研'이라고도 한다. 극예술에 대한 일반인의 이해를 높이고 진정한 의미의 우리 신극을 세우고자 결성되었다.

멀다는 것을 알아야 할 것이다.

출판사에서 팔리지 않는다고 해서 출판을 피하는 것도 당연한 일이 아닐까? 무엇보다도 일반 민중에게 극문학 보급 운동을 일으켜야 할 것이다.

다음은 극작가 자신의 문제로 무엇보다도 주제의 진부성을 들어야 할 것이다.

희곡사를 들춰보지 않더라도 외국 작가들의 희곡 작품을 보면 그들은 언제나 시대에 선행했고 따라서 시대에 선행하려고 했다. 연극이란 가장 민중의 예술이니만큼 극문학은 시대에 뒤떨어져서는 안 된다. 그럼에도 불구하고 우리나라 극작가의 작품은 시대에 선행은 고사하고라도 시대의 호흡은 있어야 할 것이 아닌가? 케케묵은 주제에다 '이래도 울지 않아' '이래도 웃지 않아' 식의 불성실한 수법일랑 버리는 날이라야 민중이 극문학의 속으로 들어갈 수도 있고 극문학의 후진성도 청산이 될 것이다.

—《신흥대학보》, 1956. 5. 20.

신인의 진출을 고대한다

— 희곡의 빈곤을 근본적으로 타개하기 위하여

우리나라에서는 연극 이야기를 하려면 희곡의 빈곤이란 말에서 시작해서 희곡의 빈곤이란 말로 끝이 나야 할 정도로 희곡이 빈곤한 것만은 사실이다.

몇 사람의 극작가가 있고 일 년에 생산되는 희곡이 몇 편이나 되고, 그보다도 우리나라에서 새로운 연극이 시작되어 오늘까지 몇 권의 희곡이 나왔고, 우리의 기억에 남아 있는 희곡이 몇 편이나 되는가. '이것이 우리의 희곡이오' 하고 내놓을 만한 작품이 있는가? 다음 시대의 연극사가들이 재료가 없어서 곤란할 정도다.

우리나라에서 희곡 빈곤의 원인을 들려면 그 조건은 많을 것이다. 그 근인近因으로 말하면 희곡은 팔리지 않는다는 것과 동시에 상연할 극단과 극장이 없다는 것들일 것이고, 그 원인遠因으로는 무엇보다도 전통의 빈곤일 것이다. 다시 말하면 근인의 결과는 양적 빈곤을 가져왔고, 원인의 결과는 질적 빈곤을 가져왔다고 할 수 있을 것이다.

양적 빈곤에 대하여서는 위에서 말한 바와 같이 극작가와 작품의 수가 다른 문학, 시나 소설에 비해 엄청나게 적을 뿐 아니라 문단에 있어서의 희곡의 위치조차 말이 아니라는 것이다. 진정한 의미에서 희곡은 문학의 대우를 받지 못하고 있다. 가소로운 일은 신문이나 잡지사 같은 데서 현상으로 문예 작품을 모집하는 데 있어서 시나 소설은 물론이요 영화 시나리오까지를 넣으면서도 희곡은 빼는 예를 볼 수 있다는 말이다. 그런 사실만 보더라도 일반의 희곡에 대한 관심이 얼마나 얕다는 것을 알 수 있을 것이다.

그렇지만 문제는 양보다도 질에 있다는 것을 말하고 싶다. 나는 위에서 전통의 빈곤에서 질적 빈곤을 가져왔다고 말했다. 여기서 전통의 빈곤이란 말은 지금으로부터 사십여 년 전에 구극의 대립으로 신극 운동이 이인직의 구舊 원각사에 의해서 일어났다는 것은 우리가 아는 바지만, 그 후의 연극계는 토월회가 있기는 있었지만 극연(극예술연구회) 이전 근 이십여 년 동안을 소위 신파연극 시대라고 할 정도로 통속 일로를 걷고 있었다. 때문에 우리나라 연극계는 운명적으로 통속화의 신세를 면치 못하게 되었다.

그간에 극연의 신극운동은 우리나라 신극운동의 선구로 그 공적은 크다고 할 수 있지만, 또 하나의 운명적인 일제식민지 정책의 탄압은 연극까지를 건실하게 성장케 하지를 못하고 통속의 막다른 골목으로 몰아넣지 않고는 두지 않았다.

국민이 자기의 의지를 제대로 펴지 못하는 데서 좋은 희곡을 기대할 수는 없을 것이다. 전통의 빈곤과 이런저런 악조건 때문에 우리나라 희곡은 통속을 면치 못하게 되었다면 나의 견해가 잘못일까? 누가 뭐라고 해도 우리나라 희곡에 통속적인 경향을 어쩔 수는 없을 것이다. 여기서 통속적이란 말은 한 말로 해서 진실성이 없고 예술성이 없다는 말이다. 진실성이 없다는 말은 너무나도 현실적이라는 말이요, 예술성이 없다는 말은 너무도 오락적이라는 말이다. 현실하고 진실하고 다르다는 것을 알아야 하고 오락하고 예술하고 다르다는 것을 알아야 할 것이다.

　그러면 당면 문제로 들어가서 어떻게 하면 우리나라 희곡에서 통속성을 제거할 것인가? 기성작가들이 아무리 재주를 부려본대도 제 버릇 개 못 준다고, 할 수 없는 일이고, 신인을 기대하는 길밖에 없을 것이다. 신인이라 해도 희곡은 다른 문학, 시나 소설과 같지 않아서 무대라는 조건이 있고 형식의 제약이 까다로운 만큼 그 수법에 있어서 기성작가를 본뜨는 예가 많고 직접 무대에서 기교를 습득하는 예가 많을 것이다. 그런 만큼 신인의 작품에서 흔히 볼 수 있는 구역나는 통속성은 우리나라 희곡에 하나의 성격화가 되었다고 할 정도인, 누구누구 식의 통속적인 수법을 본뜨는 데서 오는 것이라고 할 수 있을 것이다. 본보기로 할 만한 기성작가의 작품이 빈약하고 그에 따라 배울 만한 무대가 적은 이 나라에서 신인 극작가가 나오기란 대단히 어려운 일일 것이다. 그러면 우리나라에서 희곡을 쓰려고 하는 문학도들은 어떻게 해야 할 것인가? 그 재주를 하늘에서 배워야 할 것인가? 땅에서 배워야 할 것인가? 물론 독창적인 창작력이 절대 조건일 것이다. 신인이라면 통속적인 기성인의 모방만 일삼지 말고 가장 현대적인 감각을 가지고 새로운 형식의 무대를 구상해볼 패기가 있어야 할 것이다. 그러면 무엇보다도 외국의 우수한 희곡 작품들을 섭렵하는 길밖에 없을 것이다. 신인의 진출을 간절히 바라는 마음에서 희곡을 쓰려는 문학도들에게 외국 작품을 읽지 않고는 새로운 희곡을 쓰지 못한다는 것을 말해둔다.

—《서울신문》, 1958. 1. 22.

극적인 희곡과 문학적인 희곡

연극이 다른 예술에 비해 보다 더 대중적이요 민중의 예술이라는 말은 가장 보편화된 얘기다. 그렇듯이 뭐니뭐니해도 연극같이 인간적이요, 생활적이요, 직접적인 예술도 없을 것이다. 그런 만큼 연극은 대중과 민중을 포함한 일반의 인기를 끌 수 있는 재미있는 것이라 하지 않을 수 없음도 두말할 나위가 없다. 그렇지 않아도 연극은 옛날부터 재미있는 것으로 되어 있다. 우리나라의 예에서만 보더라도 연극하는 사람을 '굿장이'라고 했다는 사실이 그것이다. 본래부터 민간에 있어서 놀음놀이나 유희적 생활면이 적은 우리나라에서는 어쨌든 무당의 '굿놀이'가 둘도 없는 재미있는 놀음거리였다. 굿 구경만큼 재미있는 구경거리는 없다고 해도 과언이 아니었다. '굿'에다 비할 정도로 재미가 있어야 하는 것이 연극이다.

우리나라에서 연극을 '굿'에다 비한 것은 구경거리로서의 연극과 '굿'이 재미있다는 점에서보다도 그 기원설에 있어서 연극과 주술적인 것과는 상통한다는 점에서였을 것이다. 다시 말하면 무당이 어떤 귀신의 사자使者로 화신化身을 해가지고 굿놀이를 하는 것과 연극배우가 극중 인물로 화신해가지고 무대 위에서 연극 놀이를 하는 것과 같다는 데서 굿과 연극을 비하게 됐다는 것이다.

그럼 여기서 연극의 재미에 대하여 이야기해보기로 하자.

현대연극에 있어서 '재미'라고 하면 무엇보다도 희곡에 좌우된다는 것을 전제로 하지 않을 수가 없다.

시대에 따라서는 배우의 연기가 중심이 되기도 하고 무대장치의 매력이 중심이 되는가 하면 그런 수법과 경향 등은 부분적으로 연극에 있어서 약간의 혁신은 가져왔다고 할 수 있으나 일시적인 운동이나 조류임에는 틀림이 없었다.

연극의 '재미'가 희곡을 중심으로 한 것이라는 것은, 우리나라에서는 연극과 희곡이라는 말이 판이하게 구별이 되어 쓰이고 있으나, 외국에서는 드라마라는 말과 연극이라는 말을 같이 쓰는 것만 보아도 알 수 있는 일이다. 연극이 희곡이요, 희곡이 연극이라는 말이 된다. 말할 것도 없이 희곡은 시나 소설과 같이 문학의 한 '장르'다. 그렇다면 연극은 문학이라는 논리도 서게 된다. 외국의 예로 보아서는 연극을 문학이라고 할 수도 있지만 연극이란 말과 희곡이란 말이 서로 통하지 않는 우리나라에 있어서는 연극의 세계와 문학의 세계가 전연 딴 영토로 되어 있다. 거기에 우리나라 연극의 온갖 불순성과 비극성이 있다.

일찍이 앨러디스 니콜(Allardyce Nicoll)은 "희곡에 있어서 줄거리는 문제가 아니다. 희곡의 우수성은 인물의 성격과 희곡의 내용과 분위기와 양식에서 오는 것으로 줄거리는 그저 그 토대에 지나지 않는다"라고 말했다. 이 말은 희곡의 줄거리(사건)와 분위기(성격), 다시 말하면 연극적인 것과 문학적인 것이라고 할 수 있다.

A. Nicoll은 이어서 말하기를 "희곡을 감상하는 데는 두 가지 방법이 있다. 서책에 의한 것과 극장에 의한 것인데, 그 두 가지 방법에는 대단한

차이가 있다. 『햄릿』의 예를 들면 책(희곡)으로 읽을 때에는 주인공의 성격과 대사가 인상에 남는다. 그리고 눈에 띄는 장면—성벽 위의 망령이라든가 극중극劇中劇 장면이라든가 무덤 파는 장면이 인상적이다. 줄거리보다도 성격과 대사와 분위기 같은 것이 책으로서의 『햄릿』을 위대하게 만든다. 그리고 극장으로 눈을 돌리면 거기에는 줄거리가 있을 뿐이다. 관객의 주의를 끄는 것은 호기심으로 볼 수 있는 줄거리다. 그렇다면 한 편의 희곡을 문학으로 봐야 할 것인가? 연극으로 봐야 할 것인가? 하는 문제에 부딪히게 된다. 문학작품으로서의 위대한 희곡은 단순한 줄거리가 아니고 무대에서 성공한 작품은 어디까지든지 줄거리를 요구한다. 『햄릿』의 위대성은 외적인 줄거리—복수의 주제가 흥미를 끄는 한편 문학작품으로서의 내적 성질도 충분하게 파고 들어간 데 있다"라고 말했다.

그것은 한 편의 희곡 속에는 문학으로서의 우수성도 있어야 한다는 말을 강조한 것으로, 시대적으로 새로운 것이라고 할 수 있으나 우리나라의 극작가나 연극 관객에게는 가르침을 주는 바 많은 말이라고 생각한다.

두말할 것도 없이 연극의 재미는 문학적인 재미와 극적인 재미에 있다고 말할 수가 있다. 그렇지만 극단 운영자나 배우나 관객이나 연극에 참여할 수 있는 사람이면 누구나 이구동성으로 "희곡에는 사건(줄거리)이 있어야 한다. 희곡에 사건이 없으면 재미가 없다"(관객의 말), "희곡에 사건이 있어야 한다. 희곡에 사건이 없으면 흥행이 되지 않는다"(운영자의 말)라는 말을 서슴지 않고 말하는 우리나라에서는 연극의 재미를 외적인 사건—줄거리에서만 구하려고 하는 연극의 원시성原始性 때문에 무대는 타락하고만 있다.

도서관에서 읽어도 재미있고 극장에서 연극을 보아도 재미가 있는 '셰익스피어'의 작품을 이야기하는 것은 시대에 뒤떨어진 이야기라고 잡아떼면 그만인지는 모르나 '셰익스피어' 이전 원시 상태에 있다고 말할 수 있는 우리의 연극을 가지고는 큰소리할 수 없을 것이다.

우리나라의 연극사를 들춰보라. 신극 50년사를 떠들고는 있으면서도 책으로 된 희곡을 몇 권이나 가지고 있는가? 몇 권의 희곡 책을 가지고 있다고 해도 그것이 어느 정도의 문학적 재미를 책으로 읽는 독자에게 줄 수 있는 것인가? '침체니 부진이니 손님이 없느니'라는 우리나라 연극의 불모성을 탄嘆하기 전에 희곡 책을 생산해야 될 것이다. 문학의 여신女神을 무대로 모셔야 될 것이다. 사건 중심의 줄거리를 가지고 관객의 호기심을 끌려고 하는 원시적인 수법을 자랑삼아 쓰는 한 우리의 연극은 언제나 고립 상태에 있을 것이다.

연극성(사건)과 문학성(분위기 · 성격)이 무대 위에서 결투를 해서 승부를 가릴 수 없게 될 때 우리는 처음으로 연극의 매력을 느낄 수가 있을 것이다.

—《대학주보》, 1962. 10.

아동극 소고

―어린이에게 무대를 주자

　먹고사는 것이 생활의 전부가 아니요 학습의 과업 또한 생활의 전부가 아니라고 할 것 같으면 아동에게 있어서 유희의 즐거운 시간이야말로 먹고 자는 시간과 같이, 학습의 오락시간과 같이, 생활의 전부는 아니라고 해도 그와 대등의, 아니 그보다 더 아동 심신의 발육상 그 의의는 크다고 할 수 있을 것이다. 왜냐하면 먹고 자는 것과 같이 실질적이 아니면서 학습의 과업과 같이 단조하지 않으면서도 아동으로 하여금 앞날의 세상을 살아가는 데 기반이 될 만한 준비는 유희를 통하여 체득되는 것이라고 생각할 수가 있기 때문이다.

　유희가 그런 것이라고 할 것 같으면 그런 유희 정신의 가장 이상적인 것을, 가장 고상한 것을, 가장 발달된 것을, 가장 복잡한 것을 아동극이라고 할 수 있을 것이다.

　우선 아동극을 그렇게 규정한다면 아동극에는 두 개의 방향이 있다는 것을 생각하지 않을 수 없을 것이다. 그 하나는 아동들이 하는 아동극이요, 또 하나는 아동들에게 보여주는 아동극이 그것일 것이다. 전자는 학교에서 학예회나 학습시간을 이용하여 극화劇化된 교재를 가지고 아동 자신을 출연시키는 학교극이 그것이요, 후자는 극장이나 공회당 같은 데서 전문가의 아동과 예술가가 출연하여 공연을 하여 보이는 아동극이 그것일 것이다. 그런 만큼 학교극과 아동극은 구별된다고 할 수 있을 것이다.

역사적으로 아동들이 출연한 아동극의 기원은 제일 오랜 것이 14세기경 영국에서 시작된 것으로, 교회당에서 연중행사로 하는 종교극에 아동들이 출연을 했다는 기록과 아울러 한편 기억력을 돕고 능란한 말 연습의 목적으로 학교에는 연극과까지 설치했다는 기록은 아동극의 중요성을 역사적으로 설명하고도 남음이 있다고 할 수 있다. 그리고 아동들에게 보이는 아동극은 그 이전에도 불란서와 영국 등 각국에서 그 운동이 시험되었지만 가장 효과적인 운동은 미국에서 볼 수 있다. 각지에 아동을 위한 극장이 설립되고 교육을 위한 연극 단체의 결성만 보아도 알 수 있을 것이다.

역사적으로 그렇게 발전해온 학교극과 아동극이 우리나라에 있어서의 그 위치는 어떠한가?

우리나라에 있어서 아동극이라고 하면 삼일운동을 전후하여 주로 기독교와 천주교 등 종교 기관에서 종교 정신과 민족주의 사상을 상징하는 성극과 가극을 가지고 아동들의 행사를 한 데서 그 역사를 더듬어볼 수 있을 것이다.

'역사는 되풀이한다' '역사는 발전한다'라는 말이 세상에는 있지만 우리나라의 아동극 운동만은 되풀이나 발전은커녕 오늘날에 와서는 '아동들이 하고 아동들에게 보여주는 연극도 있는 것일까?' 의심할 정도로 '아동극'이라고 하면 그 '이름'조차 잊어버릴 지경이다. 서울 시내에만 해도 수십 개소의 극장이 있다지만 아동을 위한 한 편의 아동극이 상연되었다는 말은 듣지도 못했고 보지도 못했다. 외국 영화 〈톰 소여의 모험〉〈쌍아雙兒 롯데〉*를 보고 울고 웃으며 감격해서 어쩔 줄을 모르는 우리네 아동들의 표정은 우리에게 무엇을 말하고 있는가? 아동극 운동뿐 아니라 학교극에 있어서도 학교의 시설과 재료의 불충분으로 학예회극 과 교실극이 의연依然 정돈停頓 부진 상태에 있다는 것을 우리는 지적할 수 있다. 우리는 거리를 지날 때 골목길을 들여다볼 때 거리면 거리에서 골목이면 골목에서 국민학교 아동들이 여아면 손으로 돌멩이 장난을 하 고 남아면 발로 돌멩이 장난을 하는 것을 곧잘 본다. 그들 아동에게는 길 가의 돌멩이가 유일한 동무다. 따라서 그들의 생활은 돌같이 단조로울 것이다. 더욱이 육이오사변을 치른 그들이다. 장난감은 돌멩이요, 눈에 보이는 것은 양갈보·헬로·구두닦이·신문팔이—온갖 사회적 악조건 뿐이다. 그들의 인생이 거칠고 딱딱하고 무지하고 멋이 없는 돌멩이와 같이 되지 않을까가 두려운 일이다. 유희를 잃어버린 그네들! 그것은 한 국의 아동들이 아닐까.

유희는 아동들의 생활을 윤택하게 하고 아름답게 하고 씩씩하게 하 고 살지게 한다.

그런 유희 정신의 구상적 표현을 아동극이라고 위에서 말했지만 우 리들은 아동들의 심정에 참다운 유희의 정신을 북돋게 하기 위하여 그들 에게 무대(놀 장소)를 제공해야 할 것이다. 그들의 손으로 무대를 만들게 하고 우리의 손으로 무대를 만들어주어 그들로 하여금 무대 위에서 뛰놀 게 하고 무대 위에서 울고 웃게 하고 살지고 크게 해야 할 것이다.

—《조선일보》, 1954. 8. 9.

---

* 에리히 캐스트너의 동화 『로테와 루이제』를 영화화한 작품. 이혼한 부모 밑에서 따로 자란 쌍둥이 자매가 여름 캠프에서 우연히 만나 자신들이 쌍둥이라는 사실을 알게 되고, 결국 두 자매의 노력으로 부모가 화해 하는 이야기다.

제 3 부 작가 수기 및
지인들의 회고담

동부전선 풍물묘시風物描詩

우리가 탄 지프차는 달린다.

동부전선을 목적하고 서울에서 출발한 차는 청량리를 지나 양평을 거쳐 광탄리를 지났다. 일행은 5사단 정훈부장 S소령, 소설가 C씨, 운전수 B중사, 그리고 나 네 사람이다. 차가 가는 대로 해골 같은 잔해가 엉성한 불탄 자리가 눈에 띌 때마다, 얼룩덜룩한 잿더미가 보일 때마다,

"여기도, 저기도, 고루고루 부쉈는데."

누구의 입에서나 이런 말이 나올 수 있었다. 서울이 그랬고 청량리가 그렇지 않은 것이 아니었으나 양평쯤에서부터 우리의 놀람은 더 컸고 느낌은 더 깊었다. 촌이면 촌마다, 거리면 거리마다─집이 있던 곳에는 집이 섰고 사람이 살던 곳에는 사람의 그림자가 꽉 차 있었다.

"폭격도 심했지만 집들도 빨리 짓는데."

기둥을 세우고 보짱*을 지르고 서까래를 올리는 집들이 보일 때마다 우리는 감격하지 않을 수 없었다. 재목도 신재뿐이요 가옥의 규격도 제법

| * '봇장'의 사투리. 같은 말은 '들보'이다. 들보는 칸과 칸 사이의 두 기둥을 건너질러 놓은 나무를 말한다.

이었다. 우리들은 똑똑히 보았다. 제 동네는 죽어도 버리지를 못하고 어디까지나 제 집에서 살려고 하는 우리나라 농부들의 순후한* 습성을—.

그들은 마음 든든하게 잿더미를 헤치고 폐허 위에 웃으며 집을 세우고 있었다. 거기에서 우리는 승리의 신념을 체득할 수 있었고, '저따위가 무엇이냐? 오랑캐쯤 문제없다. 다시는 우리 동네에 들어오지 못하게 할걸!' 하는 그들의 기개를 엿볼 수 있었다.

신축장의 역사에는 남자(아버지)뿐이 아니었다. 부인(어머니) 새댁(며느리) 처녀(딸)—누구나 할 것 없이 총동원인 것 같았다. 여자가 더 많이 눈에 뜨인다. 그중에도 처녀가 많은 것 같았다.

"저 색시들 봐. 저렇게 많은 색시들이—저것들이 시집을 누구한테로 가누?"

낮짝은 횟박에다 입술이 빨간 계집, 빨강 바지, 파란 바지를 입은 계집, 앞가슴을 되는대로 묻은 무덤같이 돌출시킨 계집이 보이기만 하면! "똥×보!"라고 한마디 하고는 히히 웃어제끼는 운전수 중사의 한숨 섞인 말이다.

"운전이나 잘해. 저기는 너를 기다리는 처녀도 있을 테니."

S소령의 말이다.

"정말이에요? 후방 처녀들은 상이군인을 좋아한다는데 내 몸에까지 올 처녀가 있겠어요? 나는 상이군인이 될 수 없을까?"

"그렇다고 자동차 사고를 냈다가는 안 된다."

그런 말을 주고받는데 차는 어디를 달리는지 지방 주민의 그림자는 볼 수가 없다. 눈에 띄는 전답에는 종자를 뿌리기도 하고 종자를 심은 자취가 없기도 하고—곡식이 있는 전답도 낫 구경이라곤 하지 못한 듯이

| * 순수하고 인정이 두터운.

곡초가 제멋대로 썩을 뿐이다.

"38선이 얼마나 남았어요?"

"지금 인제를 지납니다. 곧 38선입니다."

S소령이 가리키는 인제는 그 옛날 동네의 모습도 알아볼 수가 없다. 그렇듯 격전이 벌어졌던 모양이다. 차는 인제를 지나 소양강을 건넌다. 벌써 38선을 넘었다고 한다. 나는 6년 전에 해주로 12일이나 걸려 숨어 다니며 넘어온 원한의 38선을 생각하면서 싱겁기 짝이 없었다. 산도 그 산이요, 나무도 그 나무다. 다만 산협이나 길거리에 타다 남은 다 쓰러져 가는 인가만이 철의 장막의 여운을 전하듯 공산 치하의 후일담을 얘기하는 듯했다.

집은 남았는데도 사람은 볼 수 없다. 나는 못 견디게 사람이 보고 싶었다. 그들은 어디로 갔을까? 이북 동포를 그리워하는 내 향수는 차와 같이 달린다. 차는 계곡을 끼고 산등을 넘으며 그냥 달린다.

"여러분 수고하십니다."

차는 달리는데 미군들이 도로 수선 작업을 하는 것을 볼 때 내 소아 병적인 민족적 향수는 우군에 대한 감사의 정성으로 변한다. 트랙터를 굴리며 곡괭이를 메고, 삽자루를 쥐고—그들은 산을 깎아내고 골짜기를 메우며 길을 넓힌다.

우리의 차가 그들의 앞을 지날 때에는 저녁도 늦은 해질 무렵이었다. 그러나 그들은 쉴 줄을 모르고 그냥 작업을 계속하고 있었다.

'평화의 사도들이시여! 감사하외다.'

그들의 앞에 나의 머리는 저절로 숙어졌다.

5사단 S소령의 차에 편승하고 온 우리는 11사단 CP*에서 내렸다. 11

---

* Command Post의 약자이다. 우리말로 지휘소를 일컫는다.

사단 예하 부대의 전투 모습을 참관하는 것이 우리의 사명이었기 때문에.

11사단은 작년 공비 토벌에 혁혁한 전과를 거두고 동부전선으로 이동한 부대다. '사격 사단'이라는 별명을 가진 만큼 국군 장성 중에서도 사격의 명수인 사단장 오 준장의 지휘하에 모든 장병은 멸공 투지에 불탔고 쾌활하고 호남자 격인 동시에 어디까지나 무인 타입의 참모장 박 대령의 지시하에 움직이고 있는 사단은 과연 동해안의 간성干城*이었다.

우리는 정훈부장 홍 소령의 안내로 전선으로 출동하기로 했다.

"의외로 적이 공세를 취해왔으므로 작전상 좀 바쁠 것입니다."

홍 소령의 말을 듣고 우리는 좋은 기회에 왔다고 생각했다. 전투 실황을 되도록 여실하게 참관하고 싶었기 때문이다.

사단 CP에서 9연대 CP까지는 상당한 거리가 되었다.

우리의 지프차는 동해안 양양-고성 간의 도로를 달린다. 솔이 있는 바다—바닷가에는 소나무가 있어야 한다는 듯이 송림과 바다. 송림을 끼고 바다를 내다보며 우리 차는 달린다. 바람은 소나무를 흔들어놓건만 바다에는 배가 한 척도 없다.

'일선이기 때문에 바다에도 배가 없겠지?'

생각은 그렇게 하면서도 어딘지 모르게 배 없는 바다는 살풍경이고 운치가 없는 것 같았다. 배 없는 바다를 끼고 차는 그냥 달리는데 삼층인가 이층인가 되어 보이는 흰 비둘기상 같은 집이 바다로 쑥 들어간 송림 사이를 통하여 보인다.

"저것이 무슨 집인가요?"

"김일성 별장이라던가요."

해방 전 그 전날에는 미국 선교사의 역시 별장이던 것을 욕심쟁이 김

| * 나라를 지키는 믿음직한 군대나 인물.

일성이가 유흥터로 만들었던 것이라고 한다. 그럴듯한 얘기다. 김일성이나 스탈린에게 있어서는 얼마든지 통하는 얘기다. 그들은 그렇다. 입으로는 근로대중과 노동자 농민을 위한다면서 혼자 배를 채우고 혼자 호강을 하고—.

그때다. 꽝! 나의 불쾌한 생각을 없이하라는 듯이 바다와 산이 진동하는 소리가 들린다.

"저기 배를 보시오."

홍 소령의 말이 아니라도 내 시야에는 하나둘 멀리 보이는 성당 같은 것, 왕관 같은 것이 나타난다. 불이 반짝한다. 순간 꽝! 터진다. 흡사 그림 같았다. 동시에 하늘에는 정찰기 한 대가 빙빙 돈다. 폭격기 네 대가 나타난다. 우리가 탄 지프차도 비행기가 날아가는 방향으로 달린다. 포성이 들린다. 가깝게. 가깝게. 우리는 포대도 지났다. 적의 고지가 멀지 않다고 한다. 달리는 지프차! 달리는 트럭! 사격하는 포병!

"저 고지에도 적이 있고 저 고지에도 적이 있습니다. 더 나가는 것은 위험하지 않을까요?"

최전선에 흥미를 가지고 온 우리는 홍 소령의 말에도 불구하고 지프차를 앞으로 앞으로 몰았다. 여기서는 금강산이 멀지 않다. 아니 눈앞에 보이는 산이 바로 금강산 줄기다. 그래서 산은 산마다 돌산이요, 봉은 봉마다 깎아세운 듯하다.

우리는 수색 중대를 찾았다. 중대 본부가 있다는 고지는 우리가 힘들이지 않고라도 올라갈 수 있었다.

"선생님들이 어떻게 이런 곳에를 다 오셨습니까?"

중대장 양 중위는 우리를 감격하면서 맞아주었다. 그는 소와 같은 인상을 주었다. 어디까지나 정중하고 침착한 느낌을 준다. 믿음직했다.

"일개 사단의 병력을 가지고 당하던 전선을 몇 개 대대, 일개 연대의 병력도 못 되는 병력을 가지고 막게 되었습니다. 그 기미를 알았는지 적의 공격은 아주 심해졌어요."

말을 하면서도 그는 태연하기 짝이 없었다. 그때는 아방*에 약간 불리한 때였다.

"저도 문학을 좋아했어요. 선생님들의 명성은 듣고 있었어요."

자신이 있기 때문에 그는 마음에 여유가 있는 것 같았다.

"선생님 우리들이 읽을 만한 좋은 작품을 많이 써주세요."

그 말에 우리는 전선의 공포심이 덜리는 것 같기도 했다. 그는 지도를 펴놓고 지형과 적정敵情에 대한 설명을 하였다.

이때다. 꽝! 날카로운 포 소리가 우리의 고막을 때린다. 적이다. 적탄이다. 병사들의 말을 들을 때 우리는 가슴이 서늘해진다.

"선생님들 호 안으로 들어가시지요."

우리는 대담하려고 했으나 적탄이라는 말에 기가 질렸던 모양이다. 우리는 양 중위의 말을 듣고야 자신으로 돌아올 수가 있었다. 산과 하늘이 맞닿은 곳에서는 비행기가 재주를 논다. 병아리를 본 독수리와 같이 산을 쪼으려는 듯이 노리고 내려온다. 비행기가 산을 스치고 갔는가 하면 산은 소돔과 고모라가 된다.

하늘에서는 비행기가, 땅에서는 포가, 바다에서는 함포가, 문자 그대로 육해공군의 합주전이 벌어진다. 무전이 쉴 새 없이 들어온다. 포성이 진동한다. 비행기는 불을 쏟는다. 무전을 받고 경비를 지시하고 작전 배치를 하는 중대장 하사관 사병들의 태연함이여! 우리는 눈앞에 보이는 적이 있다는 고지를 바라보았다. 산은 그냥 탄다. 비행기는 그냥 불을 쏟는다.

—《자유세계》, 1952. 4.

| * 우리편.

술과 예술藝術과

나는 위장을 상해가지고, 의사의 권유보다도 나 자신이 술을 좋아했던 만큼 위장에 자신을 가질 수 없기 때문에 몇 달 술을 끊지 않을 수가 없었다. 종합 진찰 결과 내 병이 술 때문이 아니라는 것은 밝혀졌지만 건강에 대하여 지극히 소심한 나는 '술과 위장병' '술과 간장병'이라는 관념 때문에 아직도 전같이 술을 마시지 못하는 신세가 되었다.

'술은 건강에 좋지 못하다' '술은 백해무익이다'라는 말은 나 자신도 많이 지껄였고 나를 생각이나 해준다는 인사는 말할 나위도 없었다. 그런만큼 술이 사람에게 좋지 못하다는 것은 이론으로 실제로 얼마든지 증명할 수는 있을 것이다. 그렇다면 사람들은 무엇이 무서워서 병정을 풀어서라도 술을 없이할 수는 없는 것일까? 이 세상에서 술을 없애지 못하는 것만 보아도 사람의 일이란 이론과 실제만으로는 되지 않는 모양이다.

나도 술을 입에 대지 않으면 보다 건강해지고 기운이 생기고 명랑해지고 행복이 찾아올 줄 알았는데 그와는 반대로 친지들로부터 얼굴이 좋지 못하다, 기운이 없다, 우울해 보인다는 말을 들을 때 내 자신이 수수께끼 같기만 해서 기분이 좋지 못했다.

세상에는 생활에 있어서 술이 쓸데없는 것 같으면서 없어서는 기운이 나질 않고 명랑하지가 않고 멋이 없는 것이다. 왈ㅂ 스포츠요, 연극이요, 음악이요, 미술이요, 영화요, 문학과 같은 것이다. 권투를 하다가 맞아 죽는 사람이 있다고 해서, 축구를 하다가 발길에 차여 죽는 사람이 있다고 해서 이 세상에서 '스포츠'를 없이하자고 싸우자는 사람이 있다면 그야말로 하나만을 알고 둘은 모르는 사람이라고 뒷손가락질감이다.

　그리고 이 세상의 모든 예술가들은 세상 살 줄을 모르고 점잖지 못하다고 문학과 연극과 음악 미술 영화의 무용론을 떠드는 사람이 있다면 그 사람이야말로 비누 세수를 하지 않아도 백두산 호랑이는 잘만 살더라는 태고 할머니와 같은 사람일 게다. 그런 사람이 있기 때문에 '사람은 빵으로만 살 수 없다'는 말이 현대에 와서도 우리 입에 오르내리는 모양이다.

—《경희대학주보》, 1963. 4. 10.

간도 시절의 추억

안수길[*]

　그 무렵 우리 셋은 자주 만나 술자리를 함께 하곤 했다. 진수 형과 J
와 나 셋이었다. 진수 형은 용정 은진중학교에서 교편을 잡고 있었고 J는
조양천朝陽川농업학교의 선생이었다. 나는 《만주일보》 본사에 있다가 특
파원으로 용정에 파견되어 집에 사무실을 차려놓고 있었다.

　조양천은 용정에서 십오 리 상거相距, 고개 하나 넘어 기차로 이십 분
이면 닿는 곳이다. 거리도 가까웠으나 J가 혼자 하숙 생활을 하고 있을
때였으므로 토요일이 되면 거의 빼지 않고 용정에 왔고 때로는 용정의
우리들이 일요일이면 조양천에 가곤 했었다.

　만나면 자연히 술을 마시게 되었고, 술을 마시면 의례건 문학 이야기
로 논쟁도 하고 기염도 토하게 됐다. 자리는 용정 일류의 관館 집이 아니
면 '사롱 모카'나 '구로네꼬' 등 모던한 카페(지금의 바)였었는데, 그것은
그 무렵 셋의 수입이 아쉬운 편들이 아닌 탓만이 아니었다. 진수 형은 거
문고 · 가야금에 창唱 듣기를 좋아하는 고전적인 아취雅趣가 풍부한 데다

---

[*] 소설가(1911~1977년). 함남 함흥 출생. 호는 남석南石. 1936년 간도일보사에 입사해 기자로 활동하면서 한
평생 소설을 썼다. 주요 작품으로 「여수」, 「밀회」, 「상매기」, 「북간도」 등이 있다.

가 고집도 어지간한 성미라, 자신이 낼 땐 의례건 명월이나 춘홍 등 가무하는 기생이 있는 관 집으로 앞장을 섰다. 그와 반대로 J는 모던한 감각의 소유자라, 진에 스카치·페퍼민트 등등 그때 벌써 칵테일의 미각을 즐기는 편이었으므로 '루비'나 '수잔나'가 기다리고 음악도 〈서니 사이드 업〉이나 〈남의 속도 모르고〉 등, 양화洋畵 주제 팝송이나 샹송이 흘러나오는 홀로 줄달음치기 일쑤였다. 나는 그 중간에 끼여 끌려 달렸다고 할까? 그랬다고 해두자.

그 무렵이라면 우리들이 삼십 전후일 때였다. 1940년 전후의 시대. 그러니까 한창 소위 '낭만'이라는 게 넘쳐흐르고 있을 때였다. 패기가 있었고, 문학에 대한 정열도 맹렬히 불탔고, 수입이 좋았으므로 '구리하라' 서점에 예약해두고 각각 전공 방면의 책을 마음대로 구독해 공부를 하고 있었다. 술만 마신 것이 아니었음을 말하려는 것인데 셋이 어울리게 되면 자연히 술자리를 마련하게 됐고 그 자리에서 그동안 읽은 작품들에 대해 토론하고 기염을 토하게 될밖에 없는 일이었다. 이미 그때 진수 형은 「길」로 극연劇研 희곡상에 당선되어 공연까지 가진 바 있기도 했지마는 그의 희곡에 대한 애착과 집념은 신앙에 가까운 것이었다. J도 현대 감각의 멋쟁이 시를 쓰고 있는 순수 시인이었고 나도 소설 나부랭이를 미미하게나마 열심히 쓰기도 하고 공부를 하고 있었으나, 문학에 대한 정열이나 전공 부문에 대한 집념과 애착엔 둘이 함께 도저히 진수 형을 따를 수 없었다. 셋이 함께 자기 전공의 좋은 점을 들어 성벽을 다룬 일이 한두 번만이 아니었다고 기억된다.

"아아! 시의 오묘한 맛!"

하고 J가 감격에 잠겨 말하면,

"그까짓 시시한 시. 희곡의 그 짜임새, 제가 쓴 이야기가 무대 위에서 살아 움직임을 볼 때의 감동! 희곡 놓고는 문학이 없어."

사뭇 연극 지상주의론이었다. 나도 잠자코 있을 수 없어 소설의 좋은 점을 늘어놓으면 진수 형은,

"발자크는 좋아. 『절대의 탐구』 같은 거! 나는 처음엔 소설을 쓰려고 했다. 그러나 희곡을 쓰기 시작한 뒤부터 소설 나부랭이도 다 시시한 것으로 판단하고 말았다."

일찍 지망했던 소설도 마구 까치우고* 마는 것이었다. 그렇게 되니 시·소설 편에서 진수 형의 희곡 지상론을 그대로 받아들일 수 없어 각각 주장을 굽히지 않고 이론을 전개해 일대 논전論戰이 벌어지고 마는 것이었다. 그러나 결국 세 개의 평행선은 합치지 못하고 그 대신 서로의 전공에 대한 신념을 굳히는 결과를 가져오게 되었는데, 그럴 때면 진수 형이 잔을 들어 "소노 이미니 오이데 잇바이(그런 뜻에서 한잔)!" 하여 셋은 잔을 짓찧어 신념의 술을 마시곤 했던 것이다.

그 무렵의 일은 나의 문학 생애에 있어 가장 아름답고 순수했던 시간의 흐름 중 하나로 기억에서 되살려지지마는, 진수 형에게 있어서도 그랬었던 모양, 해방 후 서울에서 함께 문단 생활을 하면서 용정 시절의 일을 되풀이해 향수를 달래는 것을 들은 일이 여러 번 있었다.

주벽酒癖은 그때에도 약간 있었는데 자리를 함께했던 J가 밤차를 타고 조양천으로 돌아간 뒤에 둘만이 더 마시기도 했고, 더 마시자는 그를 영국덕이의 하숙집까지 달래고 윽박지르고 때로는 상전 모시듯이 데려다가 눕혀놓은 일도 여러 차례였다.

그러다가 J가 부인을 데려온 뒤에는 J의 용정 내왕이 뜸해졌으므로 술친구는 내 사무실의 영업원 등등 문학이 전공이 아닌 사람들도 끼어 폭이 넓어져갔다. 문학도 이외의 친구들에게는 진수 형은 본래의 순진성

| * '집어치우고'의 의미로 풀이됨.

때문에 애교 있는 친우로 받아들여져, 더 폭넓은 교우 관계가 원만히 성립되어갔다.

그러나 그러다가 나도 본사에 소환되어 용정을 떠나게 되었는데 1년 남짓 뒤에 다시 돌아오니 그동안 진수 형에게는 L씨의 따님과의 약혼설이 있다가 성사되지 못하는 등의 사건이 있었던 모양이었다. 그 사건의 경위는 내가 없었던 사이의 일이라 자세히 알 수 없으나, 그 일 때문에 뭐 큰 타격은 없었던 모양, 그러나 환도 후에 보기 드물게 만혼晩婚을 하기까지 진수 형에게는 연문戀聞이나 여성 관계의 사건은 전혀 없는 것으로 알고 있다.

내가 다시 용정에 돌아와 역시 신문특파원 일을 보고 있을 때는 태평양전쟁이 터진 뒤였고 J도 간도를 떠난 뒤라 우리들의 용정 생활이 전처럼 흥겹지 못했다. 술을 마음대로 마실 수 없고 말을 마음대로 할 수 없었다. 조심조심하면서 가끔 만나 회포를 푸는 것으로 서로 위로했을 뿐이었다.

1968. 7. 23.

― 김진수, 『연극희곡논집』, 선명문화사, 1968. 8. 25.

조사弔辭

이헌구[*]

서기 1966년 9월 3일 아침 열 시, 우리들과 마지막 결별하는 고故 춘
담春潭 김진수 형 영전에 삼가 조사를 드리기 위해 여기 이헌구가 서 있습
니다.

김형! 우리가 처음 만난 것은 일본 동경이었습니다. 다같이 청운靑雲
의 꿈을 안고 이역 땅에서 젊음의 꿈을 씹어 삼키며 그래도 그 내일 그
미래를 위해 참된 삶을 살아보려던 그런 시절이었습니다. 1929년 겨울,
빛바랜 검정 사아지[**] 교복을 입은 형은 그때도 그리 화사하거나 적극적
이거나 다변多辯과는 먼 거리에 있었습니다. 검은 얼굴빛에 길게 길러진
검은 머리는 텁수룩하니 형의 모습을 더 소박하고 천진스럽게 했습니다.
그리고 그 말소리는 유난히 낮고 다사로움과 정이 함빡 담긴 음향이었습
니다. 가슴에 젖어드는 실로 매력적인 저음이었습니다.

김형! 형은 자기를 내세우려는 분이 아니었습니다. 여러 사람 속에

---

[*] 평론가(1905~1983년). 함북 명천 출생. 호는 소천宵泉. 시를 쓰다 평론가로 돌아섰다. 주로 외국의 작가와
문학을 한국에 소개했다. 주요 저서로는 『문화와 자유』, 『모색의 도정』 등이 있으며, 수상집으로 『미명을
가는 길손』 등이 있다.
[**] サージ(serge). 모직물의 한 가지.

휩싸여서도 형의 존재는 눈에 잘 띄지 않았습니다. 그러나 형은 형대로의 굳은 의지를 갖고 있었습니다. 자기의 신념 내지 소신을 호락호락 타협이나 순종으로 처리하지 않았습니다. 대쪽같이 강한 그 지개志慨는 일찍이 해방 전 만주 북간도 용정의 은진중학교 교원으로 재직하면서 겨레의 얼을 가슴 깊이 간직해가지고 있었습니다. 그리고 해방이 되자 1946년 5월 단신으로 북한 붉은 치하를 탈출하여 서울에 오셨습니다. 그리고 당시의 어려운 실정임에도 불구하고 형은 북한 문화 정세를 처음으로 지상을 통해 공표했습니다.

김형! 형은 어느 누구보담도 인간미나 인정이 두드러지게 두터운 분이었습니다. 종로 네거리거나 시내 어느 골목길이나 다방에서 형을 만난 분은 잊혀지지 않는 가지가지 정경이 있을 것입니다. 그런데 그중 공통된 인상은 형의 그 정다운 악수입니다. 형의 손길은 너무나 부드러웠습니다. 그리고 너무나 다사로웠습니다. 그 부드럽고 정답고 다사로운 손으로 우리들을 만나면 그 독특한 미소와 더불어 우리들 손을 꼭 잡고 나직나직한 얘기를 꺼내십니다. 천진스러운 형의 얼굴과 그 미소, 그 말소리, 손길을 통해 느껴지는 정이 담뿍 실린 체온에 어쩌면 이렇게 무사기無邪氣한 인간미를 어느 누구에게서 느낄 수 있겠습니까. 가식 없는 인간, 이것이 바로 김진수 형이었습니다.

김형! 춘담 형! 형을 아는 분은 누구나 다같이 술자리를 생각하게 됩니다. 형이 술을 즐기시는 격조 또한 형대로 특이했습니다. 형은 좀체로 남에게 폐를 끼치기를 원하지 않았습니다. 형의 사정이 용서하는 대로 친한 친우와 술자리를 마련하는 것이었습니다. 그렇게 이루어지는 술자리인지라, 한자리에 끼인 어느 누구도 먼저 그 자리를 뜰 수 없게 하는 것입니다. 그리고 연방, 기염을 토하면 곧잘 일본말로 '그런 뜻으로 한 잔!'이란 "소노 이미니 오이데 잇바이!"를 연호하면서 우리들에게 술잔을 권하는 것이었습니다. 모든 사람을 기쁘게 하기 위한 이러한 형의 노력은 좀체로 딴 분에게서는 찾아보기 어려운 점이었습니다. 그렇게 형은 친우들을 아끼셨습니다. 잠시나마 어린애 같은 분위기 속에서 서로서로를 이해하고 하나가 되려 하던 그 무한한 인정애, 실로 형은 누구보담 우애 속에서 살아가려고 계속 애써온 분이었습니다.

김형! 김진수 형! 형은 한평생 연극, 이 나라 연극 발전을 위해 마음을 썼습니다. 과거 극예술연구회를 통해 형의 공적은 이미 알려진 바이지만, 또한 극작가로서의 형의 위치는 의연毅然한 바가 있습니다. 그리고 해방 후 월남하여 와서는 후진 양성에 전력을 기울였습니다. 그중에서도 형이 직장에 충실한 근면가라는 것은 근속勤續 표창의 그러한 형식을 떠나서도 널리 알려져 있었습니다. 교직을 참된 천직으로 알고 봉사해오신 형의 거룩한 정신은 우리들 모두가 우러러왔던 점입니다.

김형! 김진수 형! 이 이상 더 무슨 얘기를 해야 합니까? 할 말이 없어서가 아니라, 이런 말씀을 길게 더 늘어놓을 수 없을 만큼 형과의 인간적인 36년간의 교우 중의 모든 일들이 이 가슴을 미어지게 합니다. 비교적 만혼晩婚하신 형은 슬하에 두 아들을 두었습니다. 이제 형은 가십니다. 귀여운 아기들과 부인과 그리고 더 많은 친우와 제자들을 이 세속에 남겨두시고 형은 가십니다. 형을 다시 이 세상에 붙잡아둘 길 없는 무력하고도 무능한 인간입니다.

김형! 춘담 형! 마지막으로 그 따스한 손길로 우리들 한 사람 한 사람과 결별의 정에 넘치는 악수를 남겨주십시오. 그리고 그 손을 들어 이렇게 비통해하는 우리들의 눈물을 닦아주시고, 길이길이 저 나라에서 영생의 복락福樂을 누리시옵소서.

1966. 9. 3.

― 김진수, 『연극희곡논집』, 선명문화사, 1968. 8. 25.

연극 발전에 투신한 영원한 연극계의 지성

_한영현

1. 김진수의 생애

김진수는 1909년 3월 평안남도 중화군에서 태어나 1966년 작고한 연극인으로서, 전 생애에 걸쳐 희곡 창작과 연극 평론 등을 통해 연극계에서 활발하게 활동하는 한편, 교육자로서 학생들을 가르치며 연극 발전에 일익을 담당한 인물이다. 김진수는 1935년 도쿄 릿쿄立教대학 영문학과를 졸업한 직후인 1936년에 극예술연구회 희곡 현상공모에 4막극 「길」이 당선되면서 본격적으로 등단했다.

등단 후 그의 행보는 매우 다채로운 양상을 띤다. 우선 교육자로서의 그의 면모는, 경희대학교 국어국문학과 교수를 역임하면서 대학 강단에서는 한편 경기여중 등을 거치며 중고등학교 학생들까지 가르쳤던 행보를 통해 파악할 수 있다. 또한 단체에 관여하여 해방 직후에는 조선문화건설중앙협의회 회원으로 활동하는가 하면 한국전쟁 당시에는 종군작가단에서 활동하기도 한다. 이후 한국자유문학자협회 희곡분과위원장, 한국연극협회 희곡분과위원장 등을 지낸 경력을 통해서 그가 연극계에서 중요한 일익을 담당하고 있었다는 점을 알 수 있다.

또한 그는 희곡작가로서도 꾸준한 활동을 했던 바 「길」이 당선된 이후 총 21편의 희곡 작품을 남겼다. 희곡집으로는 1959년 성문각에서 출판된 『김진수희곡선집』과, 그가 세상을 떠난 후 1968년 그의 평론과 수기 등을 모아서 펴낸 선명문화사 간행의 『연극희곡논집』이 있다. 그가 남긴 작품들 중 대부분은 1950년대에 창작된 것이며 이는 비단 창작 부문에만 국한된 것은 아니다. 연극론의 대부분도 1950년대에 가장 왕성하게 쓰여졌으며, 이는 1950년대 김진수의 활발한 활동과 연극계에서의 그의 역할 및 위치를 잘 보여주는 단서이기도 하다.

그가 남긴 21편의 희곡 중에서 7편은 아동극이며 성인극은 14편이다. 그리고 이중에서 장막극은 6편으로, 식민지 시대, 해방 직후, 동족상잔까지 세 번의 큰 시대 변화와 궤를 같이 하고 있다. 그의 희곡 작품으로는 「길」(1936), 「종달새」(1938), 「산타클로스」(1938), 「향연」(1938), 「제국 일본의 마지막 날」(1945), 「코스모스」(1947), 「유원지」(1949), 「불더미 속에서」(1950), 「광명을 찾는 사람들」(1950), 「길가에 핀 꽃」(1952), 「해 뜰 무렵」(1952), 「바람을 잡아먹은 아이들」(1952), 「버스 정류장이 있는 로터리에서 생긴 일」(1952), 「청춘」(1953), 「이 몸 조국에 바치리」(1955), 「까마귀는 까마귀」(1955), 「바다의 시」(1955), 「아들들」(1958), 「뒷골목의 예수」(1958), 「세발자전거」(발표연도 미상), 「진달래꽃이 피는 동네의 아이들」(발표연도 미상)이 있다.*

한편 그는 전 생애에 걸쳐 60여 편이 넘는 연극 평론을 써서 기성 연극계의 모순과 불합리성을 비판하고 새 시대의 연극계를 위한 대안들을 내놓으며 활발하게 비평 활동을 해나갔다. 그의 연극 평론은 주로 세 가지 경향으로 나눠볼 수 있다. 첫 번째로는 기성 연극계의 모순과 불합리를 비판하는 것, 두 번째로는 새로운 연극계의 미래를 위한 방편으로 학

---

* ( )안 연도는 『김진수희곡선집』에 근거하여 탈고한 연도임을 밝힌다. 탈고한 연도가 불분명한 경우 발표 연도로 표기했다.

생극의 활발한 전개를 주장한 것, 세 번째로는 아동극에 대한 필요성을 설파한 것으로 요약 정리할 수 있다.

또한 교육자로서 활동한 김진수의 전력에서 확인할 수 있듯이, 그는 오랫동안 젊은 청년들의 연극 활동을 독려했다. 자라나는 청년들은 미래의 연극계를 책임질 존재이다. 이런 점을 인식한 김진수는 중고등학생뿐만 아니라 대학생들의 연극 활동과 나아갈 방향을 제시하는 글을 여러 잡지와 신문, 대학 학보에 게재하기도 했다. 연극계를 짊어질 젊은 청년들에 대한 애정과 정열은 한국 연극계의 쇄신을 바라는 그의 소망에서 비롯된 것이었다. 그런 점에서 김진수는 자신의 연극 이론과 창작 기법을 교육이라는 사회적 실천으로 확장시킴으로써 연극사의 발전에 기여하려고 노력했던 인물이라고 할 수 있다.

2. 김진수의 희곡 세계

김진수가 창작한 총 21편의 희곡 작품들은 김진수의 희곡 세계를 잘 반영한 것으로서 특히 연극 평론의 방향을 구체적인 창작 작품으로 보여준 사례라고 보아도 무방하다. 다소 교훈적이고 계몽적인 대사와 장면 처리 등이 희곡으로서의 극적인 현실감을 떨어뜨리는 한계를 보여주고 있지만 그가 연극계에 투신하면서 지향했던 연극의 구체적인 상을 살펴보는 데 있어 중요한 기준이 된다.

김진수의 희곡집과 평론집이 출판되었던 것에 비하면 그에 대한 연구 성과는 그리 많은 편은 아니다. 대표적으로 서연호*는 김진수의 「길」

| * 『한국근대희곡사 연구』, 고려대학교 민족문화연구소, 1982.

을 분석하면서 등장인물들이 감동을 주지 못하고 참된 리얼리즘을 구현하지 못했다는 점을 비판적으로 검토한다. 오영미*는 본격적으로 김진수 창작 희곡 및 평론에 대한 연구를 폭넓게 전개하고 있다. 그는 김진수의 1950년대 창작 희곡과 연극 평론 등을 두루 살펴보면서 그것들이 내세우는 주장과 주제 등을 파악하고 있어 의미가 크다. 이후 그는 최근 글을 통해서 김진수의 생애와 작품 등을 개괄하면서 연극인 김진수를 재평가하는 데 큰 보탬을 주었다.** 그 외에 심상교,*** 김진기****를 비롯하여 박명진,***** 양승국****** 등이 김진수 창작 희곡에 대한 주요한 분석들을 내놓고 있다. 이들의 연구 방향은 주로 김진수의 대표 창작 희곡인 「길」의 분석, 1950년대에 집중적으로 창작된 그의 작품 분석, 『김진수희곡선집』에 실린 대표작들의 전반적인 분석 등에 초점이 맞춰져 있다. 이를 통해 김진수의 창작 희곡에 대한 논의가 어느 정도 이루어졌다고 볼 수 있지만 연구 성과가 미진하여 여전히 그의 희곡 세계가 보여주는 다채로운 모습들에 대한 파악은 미완의 과제로 남아 있는 실정이다.

위의 연구 성과들을 참조하여 김진수의 작품 세계를 크게 네 가지로 구분해볼 수 있을 것이다. 우선, 가족 관계를 통해 신구 세대의 가치관 갈등과 윤리관 재정립의 문제를 다룬 것으로 「길」과 「향연」, 「코스모스」, 「아들들」을 들 수 있으며 두 번째는 「제국 일본의 마지막 날」, 「이 몸 조국에 바치리」, 「불더미 속에서」 등의 반공과 반일 사상을 표면화한 작품군, 또한 애정 관계를 장치로 하여 시대를 풍자하는 소극인 「유원지」,

---

* 「김진수 희곡 연구」, 『한국연극학』, 한국연극학회, 1994.
** 오영미, 「김진수 전후복구기의 연극계의 지성」, 『한국현대연극 100년』, 한국연극협회, 연극과 인간, 2009.
*** 「김진수 희곡 연구─50년대를 중심으로」, 《어문논집》 35, 고려대학교 국어국문학연구회, 1996.
**** 「「길」 분석」, 《인문과학연구》 6, 서원대 인문과학연구소, 1997.
***** 「김진수 희곡의 담론 특성 고찰」, 《어문논집》 25, 중앙어문학회, 1997.
****** 『한국현대희곡론』, 연극과 인간, 2001.

「버스 정류장이 있는 로터리에서 생긴 일」 등을 들 수 있다. 마지막으로 김진수가 그 필요성을 누차 강조한 아동극으로 「바람을 잡아먹은 아이들」, 「뒷골목의 예수」, 「청춘」, 「종달새」, 「산타클로스」 등을 들 수 있다.

우선, 일제 강점기 당시 극예술연구회 현상 희곡상에 당선된 희곡 「길」의 세계를 살펴보기로 한다. 김진수는 "나의 첫 번 희곡인 「길」은 아직도 내 기억에 젊은 인텔리들의 고민을 그려보려 한 것"이라고 밝혔거니와 국보를 중심으로 한 부모들의 강압에 못 이겨 결혼을 하게 된 영식과 영자 두 남매의 갈등, 방황과 비극적인 이야기가 중심을 이루고 있다. 그런데 이 작품에 대한 평가는 매우 상반된다. 서연호를 비롯한 논자들은 "이 작품은 극적인 구성력도 있고 대사의 처리도 능숙하다. 그럼에도 불구하고 감동을 주지 못하는 것은 삶에 대한 등장인물들의 거짓스런 태도 때문이다"*라고 김진수의 희곡이 지니고 있는 양면적인 측면을 언급하고 있거나 "이 작품은 표면적으로 단순한 가정극처럼 보이지만 그 이면으로는 한 가정을 배경으로 식민지 사회의 구조적 모순을 파헤치고자 하는 의도를 아울러 지니고 있는 것이다. 그러나 이 작품은 낡은 기성세대에 대응하는 새로운 세대의 성격 창조가 미흡했고 그럼으로써 갈등 구조가 취약해진 약점을 지닌다"**는 양가적인 판단을 내리고 있는 게 대부분이다.

이를 통해 파악할 수 있듯이 「길」은 1930년대 일제강점기 당시의 사회적인 부조리를 파헤치는 일에는 성공하고 있으나 그런 주제 의식을 극적으로 구성하는 데 있어서 필수적인 인물의 형상화에는 한계를 보이고 있다. 실제로 「길」에 등장하는 주인공 영식과 영자, 명선 세 젊은이들의 행동 방식은 지나치게 소극적이고 실천적이지 못한 측면을 보여준다. 전

* 서연호, 앞의 책, 251면.
** 양승국, 앞의 책, 235면.

문대학까지 나온 인텔리 영식의 방황은 극 중에서 조혼의 폐해로 묘사된다. 그러나 실제로 조혼의 폐해와 영식의 방황에 대한 구체적인 내용 제시가 부족하여 그것이 영식의 시대적 방황을 설명해줄 만한 원인이라고 하기에는 개연성이 떨어진다. 사회운동을 하던 명선이 생활의 문제를 고민하면서 영자와의 사랑을 포기하는 과정 또한 구체적인 현실감을 상실하고 있다. 사랑하는 영자의 불행을 예견하면서도 그녀의 각성을 위해서 불행한 결혼을 수수방관하는 태도는 언뜻 이해하기 어렵다. 이렇듯 「길」은 세 주인공의 리얼한 현실적 삶을 개연성 있게 그려내지 못한 점에서 김진수가 의도하고자 했던 주제 의식을 표출하는 데 한계를 보여준다.

다만 간과하지 말아야 할 것은 등장인물들의 처리가 극적 리얼리티를 획득하지 못했다 하더라도 일제강점기 당시의 조선 인텔리의 고민과 조혼 문제, 고리대금업자들의 파행과 사회운동가의 좌절 등 사회문제를 직시하고 그것들을 희곡을 통해 극적으로 묘사하려고 시도했다는 점에서는 큰 의의가 있다는 것이다.

「향연」은 1938년에 발표된 작품으로 죽은 아들과 최씨 그리고 딸 재신이를 둘러싼 이야기이다. 재신이는 돈 많은 실업가와 결혼하라는 어머니의 강요를 거부하는 신여성이다. 여기에 죽은 오빠와 사랑했던 부덕과 낭만적 사랑을 희구하는 옥봉, 여성운동가이지만 돈 많은 실업가와 사랑에 빠진 봉이 이야기가 겹친다. 이 과정에서 여성들의 연애와 신념, 막연한 여성들의 불안한 심리 상태들이 드러난다. 이 작품은 어머니 최씨를 중심으로 한 당대 구시대적 가치관과 봉이와 옥봉, 재신을 비롯한 신시대적 가치를 지닌 여성들의 갈등을 보여주기 위한 것이라고 할 수 있다. 일제강점기에 급속하게 유입된 근대적 가치관으로 인해 젊은 여성들이 신여성을 새로운 여성 모델로 상정하던 상황에서 혼란의 중심에 선 여성들의 가치관 혼동이 잘 드러나고 있는 것이다. 특히 사회운동의 실천적

모델이라고 할 수 있는 봉이가 재신이 거절한 돈 많은 실업가와 연애한다는 사실은 그녀들의 이상과 현실의 괴리와 가치관의 혼란을 가장 대표적으로 보여주는 대목이라고 하겠다. 그러나 이 작품 역시 여성들의 인물 묘사와 대사 처리가 지나치게 설명적이고 계몽적인 측면에 머물고 있어 희곡의 극적 리얼리티가 제대로 실현되지 못하고 있다.

「코스모스」는 1949년 작품이지만 「향연」과 비슷한 맥락에 놓여 있다. 여성들의 삶을 중심으로 신구 세대의 가치관 갈등과 혼란 및 새로운 윤리관 정립의 문제를 다룬다는 측면에서 「향연」에 등장하는 재신과 봉이, 옥봉, 부덕 등의 인물들과 여러 면에서 묘한 일치를 보이고 있기 때문이다. 강씨는 가부장적 여성관을 가진 구시대적 인물로 등장하여 열렬한 사회운동가인 둘째 딸 순주에게 돈 많은 실업가와 결혼할 것을 강권한다. 그러나 순주는 사회운동을 하다 불행하게 죽은 남편을 배신하지 않은 채 사회운동에 투신하고, 자신을 돈으로 유혹하고자 하는 실업가와 외삼촌마저 개명開明시키는 현명하고 당찬 여성이다. 한편 큰딸 순임은 순종적인 구시대적 여성으로서 외도한 남편을 기다리며 아들과 친정에서 외롭게 살다가 반성하고 돌아온 남편을 따라 떠나는 인물이다. 순희는 나이 어린 막내딸로서 자유연애를 통해 자신의 사랑 찾기를 갈망하면서도 어머니 강씨의 가부장적 사고방식에 억눌려 주체적으로 행동하지 못하는 여성이다. 이들 세 자매의 이야기는 전형적으로 신구 세대의 가치관의 갈등과 새로운 윤리관 정립의 필요성을 설파하는 것으로 이전의 「향연」보다 더욱 분명한 주제 의식을 드러낸다. 순임의 구시대적 삶에 대한 비판적인 판단을 전면에 내세우지는 않지만 순주와 순희를 인정하는 강씨의 태도 변화를 통해 우회적으로 새로운 윤리관의 정립이 필요함을 역설하는 것이다.

「아들들」은 1958년에 창작된 희곡으로 1950년대 후반의 사회상을 리

얼하게 포착한 작품이라고 할 수 있다. 아버지 필호와 그의 장남 재수는 당대의 부패한 사회에서 양심적이지만 비참하게 살아가는 인간상으로 제시된다. 필호는 교장이었을 때 부정부패를 눈감아주지 못한 죄로 퇴직당한 채 대서쟁이로 살아가는 인물이며, 재수는 대학을 졸업하고서도 힘 있는 연줄이 없어 실업자로 살아가다가 결국은 아버지가 하던 대서쟁이 일을 선택하는 인물로 등장한다. 반면 재수의 동생 재형은 군인으로서 6·25 당시 우연히 평양의 실업가 가족을 구해준 게 인연이 되어 실업가의 딸과 인연을 맺을 뿐만 아니라 일자리까지 얻는 인물이다. 이외에 재수와 한때 연인이었던 혜경, 봉우와 달수를 비롯한 친구들의 삶은 모두 부패하고 타락하여 정의가 실현되지 못한 사회의 부조리상을 반영하고 있다. 인물들의 배치와 그들의 삶이 다소 이분법적으로 구분되고 있다는 점이 아쉽기는 하지만 대체적으로 전후 젊은 청년 세대의 암울한 현실을 사실적으로 포착하려 한 점은 의미 깊다.

다음으로 반일과 반공 사상을 전면에 내세운 창작 희곡 「제국 일본의 마지막 날」, 「이 몸 조국에 바치리」, 「불더미 속에서」 등을 통해 김진수의 사상적 궤적을 살펴볼 수 있다. 「제국 일본의 마지막 날」은 "8·15 기념행사를 위해서 쓴 것으로 내가 어떤 중학교에 있을 때 졸업반 근로봉사대를 인솔하고 어떤 일본 부대에 가서 실지로 경험한 바를 현지 보고 형식으로 구성해본 산 기록의 작품"*이라고 김진수 스스로 밝히고 있는 바 '수기'의 형태를 띠고 있다. 조선인 봉사대원들이 겪는 수모와 일본군의 탄압과 가혹 행위 등이 다양한 조선인과 일본인 인물들을 통해 형상화된다. 실제 경험에서 비롯된 데다가 8·15 기념행사를 위해 창작된 것인 만큼 간노를 비롯한 일본인들의 잔학성을 묘사하는 데 중심을

| * 『김진수희곡선집』, 성문각, 1959, 부록.

두고 있지만 조선인들의 치열한 저항 의식은 명료하게 드러나지 않는다. 일본인 마쯔시다의 인간적인 태도나 일본인 여자 군속 마쯔모도와 조선인 춘수의 사랑은 작품 속에서 일본 대 조선의 적대 관계보다는 좀 더 복잡한 인간관계에 기반한 휴머니즘이 엿보이는 대목이다. 이 작품이 1945년 작이라는 점을 감안하면 수기에 기반했다 하더라도 해방 직후의 일본에 대한 김진수의 태도가 상당히 복잡했을 뿐만 아니라 일제 강점기를 낭만적으로 기억하려는 욕망을 보인다고 짐작해볼 수 있다.

반면 「이 몸 조국에 바치리」의 경우 위의 작품과 달리 일본인에 대한 적대감이 극대화되어 나타난다. 작가 스스로 "나의 아버지와 형님과 삼촌이 3·1절 당시에 목침으로 찍어서 만든 태극기를 들고 다니며 만세를 불렀다는 얘기를 듣고 착상을 해서 3·1절 기념행사를 위해 쓴 것"*이라고 밝히고 있는 만큼 좀더 반일 사상과 애국 사상에 기반하여 창작한 것이라고 할 수 있다. 짧은 1막 소극으로 학근이를 비롯한 동네 사람들이 일본 경찰 나까무라와 다나까의 방해와 박해에 저항하여 그들을 죽이고 '대한독립 만세'를 외친다는 얘기이다.

「불더미 속에서」는 김진수의 반공 사상이 표면화된 대표적인 반공극이라고 할 수 있다. 1950년 탈고하여 1951년 시공관에서 상연된 이 작품은 6·25전쟁 발발과 9·28 서울 수복 사이에 벌어진 빨갱이들의 잔악무도한 행위와 착취를 견디며 생활하던 한 가족의 경험을 다룬 장막극이다. 대학교수인 학근과 대학생인 그의 아들 철인이 빨갱이들의 색출을 피해 피신한 사이 딸 애인이가 공산당의 손에 유린당할 순간에 저항하다 사살되는 사건, 애인의 죽음으로 충격을 받은 병국의 정신이상, 철인이 민청 대원들에게 잡혀 끌려가 극적으로 탈출하는 장면 등에서 이들이 주고받

| * 김진수, 앞의 책, 부록.

는 대화는 주로 공산 괴뢰들의 잔학무도함과 비인간성, 남한의 자유와 휴머니즘에 고정되어 있다. 이는 6·25전쟁 발발 이후 담론화되던 당대의 반공 의식을 그대로 전유한 결과로서 김진수 또한 철저한 반공 사상의 고취를 이 작품을 통해 말하려 했다. 결국 김진수는 당시 창작 희곡의 씨가 말랐던 연극계에 반공주의 희곡이라는 새로운 작품을 선보인 좋은 계기를 마련했다. 그러나 한편으로 극 전반을 통틀어 인물의 행동과 대사가 지나치게 계몽적이고 교훈적인 방향으로 흐르고 토론과 설득 등에 치우침으로써 극적 리얼리티를 사상死傷하고 있다는 점은 아쉬운 대목이다.

한편, 흥행과 돈벌이를 위해 통속성과 신파성을 가미한 연극만을 상연하려는 연극계의 오래된 폐단을 항상 비판하던 김진수는 남녀 관계의 멜로를 다루는 데 있어서도 사회 풍자적이고 비판적인 입장에 서 있었다. 「유원지」, 「버스 정류장이 있는 로터리에서 생긴 일」은 바로 이러한 김진수의 연극관에서 비롯된 것이다.

「버스 정류장이 있는 로터리에서 생긴 일」은 미시즈 최와 그의 남편 최천길, 미시즈 허와 그의 남편 허세풍, 그리고 최천길과 허세풍의 스승 강 선생의 행동을 통해 윤리적 부부관과 사회관을 제시하는 소극이다. '레이디 퍼스트'를 외치는 미시즈 최 때문에 버스에서 자리를 양보하게 된 강 선생이 우연히 최천길과 허세풍을 버스 정류장에서 만나면서 이야기는 전개된다. 김진수는 이 작품에서 미시즈 최의 최첨단을 걷는 듯한 외모와 사상이라는 것이 생각만큼 고귀하지도, 윤리적이지도 않다는 점을 강하게 비판한다. 허세에만 치중한 미시즈 최와 그녀의 머슴처럼 살아가는 최천길은 허세풍과 미시즈 허 부부와 대조되면서 올바른 부부관이란 무엇이며 올바른 사회적 가치관이란 무엇인지를 자문하게 만든다. 1952년도의 전쟁 중에 창작된 작품이지만 당대의 변화하는 사회 풍속이 지나치게 허세에 치중되어 본연의 올바른 윤리성을 결여하고 있음을 비판적으로 보여주는 작품이라고 할 수 있다.

「유원지」는 1950년 잡지에 발표된 작품으로서 「버스 정류장이 있는 로터리에서 생긴 일」보다 3년 앞서 창작된 희곡이지만 실제로 주제 의식 면에서는 비슷한 맥락에 있다. 이 작품은 화가인 화홍과 그의 아내 애라, 실업가인 달수와 그의 아내이자 시인인 영옥, 젊은 연인 광욱과 아미가 우연히 유원지에서 마주치며 벌어지는 에피소드를 다룬다. 두 부부는 각 각 '돈', '사랑', '예술'과 '현실' 등의 문제로 인해 갈등하고 있는 인물들 로서 부부간에 서로를 이해하기 위해 필요한 조건과 윤리적 태도 등을 설파하고 있다. 화가인 화홍과 시인인 영옥이 실제로는 부부가 아님에도 광욱과 아미의 눈에 이상적인 부부로 비치는 대목은 비슷한 예술적 가치 관을 지닌 사람들이 서로 부부가 되는 이상적인 상황도 실제로 들여다보 면 허위일 수 있다는 점, 부부 사이의 괴리감, 현실의 모순 등을 서로의 관계 속에서 어떤 식으로 풀어나가야 하는지에 대한 성찰을 보여준다. 또한 자유로운 연애와 사랑이 점차 확대되어가는 변화된 시대적 상황에 직면하여 우리가 어떻게 대처해나갈지에 대해서도 자문하게 하는 작품 이라고 할 수 있다.

마지막으로 김진수의 아동극을 들 수 있다. 학생극과 아동극의 필요 성을 강조했던 그는 「바람을 잡아먹은 아이들」, 「뒷골목의 예수」, 「청 춘」, 「종달새」, 「산타클로스」 등의 여러 창작 아동극을 남겼다.

「청춘」은 엄밀하게 말해서 "학생을 위한 작품으로"* 쓴 것이다. 이 작 품은 서커스단에서 일하는 라미와 부잣집 아들 두혁을 중심으로 이야기 가 전개된다. 김진수는 작품에서 두혁과 라미의 청순한 사랑과 라미를 구출하기 위해 돈을 훔친 두혁과 아버지의 갈등, 라미 어머니의 가출과

| * 김진수, 앞의 책, 부록.

라미의 불행한 삶, 두혁의 계모가 된 어머니와의 운명적 재회 등을 중심 사건으로 다루면서 두 인물들의 갈등과 화해의 양상을 다층적으로 보여 준다. 청소년기의 풋풋한 두 남녀의 사랑과 가족과의 갈등과 화해를 다룬다는 점에서 학생극의 새로운 모델을 제시하고 있다는 의의를 발견할 수 있다. 그러나 두혁이가 도둑질을 반성하는 의미에서 갑자기 군인이 되겠다고 하거나 라미 어머니가 갑자기 자살하는 등의 극 전개는 상당히 개연성이 떨어진다.

「바람을 잡아먹은 아이들」은 부와 가난에 대한 사회적 편견과 갈등을 어린이들의 동심을 통해 해결하는 이야기이다. 학교에 가고 싶어도 가난하여 어쩔 수 없이 포기하고 구두닦이를 하는 장수와 학교에 다녀도 흥미가 없는 남민이 하루 동안 서로 신분을 바꾼 후 겪게 되는 에피소드를 통해 장수 아버지와 남민 아버지까지도 서로 반성하고 화해하며 장수와 남민도 학교에 성실하게 다닐 수 있게 된다는 것이다.

「종달새」는 오빠 광수에게 잡혀서 새장에 갇힌 종달새를 여동생 복수가 자유롭게 풀어주는 이야기를 통해 생명의 소중함과 자유의 중요성을 강조하는 소극이다.

「산타클로스」는 옥순이가 광수와 복수에게 서울로 이사 간 은희의 편지 속에 등장하는 산타클로스 이야기를 하면서 전개된다. 광수와 복수는 산타클로스가 크리스마스이브에 선물을 가지고 온다는 이야기를 듣고 간절하게 산타클로스를 기다리며 밤을 지새운다. 1938년 12월 크리스마스에 맞춰 《동아일보》에 연재된 동화이니만큼 어린 아동들의 산타클로스 할아버지에 대한 기대와 환상을 자극한 짧은 소극이다.

전반적으로 김진수의 작품 세계는 흥미와 재미를 자극하는 것을 지양하고 교훈과 풍자, 비판 등을 시도하는 경향을 보인다고 할 수 있다. 그의 작품이 대체적으로 설명적이고 계몽적이며 갈등이 첨예화되지 않는 방향으로 흘러 자칫 지루한 감을 주는 이유도 이런 데 있을 것이다.

3. 김진수의 평론 세계

김진수는 연극계에서 활동하는 동안 60여 편이 넘는 연극 평론을 수많은 잡지와 신문에 실은 비평가이기도 하다. 1966년 작고하기 얼마 전까지도 잡지에 연극평을 실었던 것을 보면 그의 연극에 대한 정열을 새삼 확인할 수 있다. 무엇보다도 김진수는 희곡 창작과 연극 평론을 병행했기 때문에 연극 평론을 통해 좀더 확실하게 창작 희곡의 주제와 경향성을 파악해볼 수 있을 것이다.

김진수의 평론 세계는 대체적으로 세 가지 경향으로 대별할 수 있다. 우선, 그가 연극의 고질적인 병폐로 지적한 '통속성'을 극복하기 위해서 어떤 식으로 연극계를 쇄신해야 하는지를 비판적으로 고찰한 평론들을 들 수 있다. 두 번째는 학생극에 대한 관심과 학생들의 연극에 대한 열정을 독려하고 장려하기 위한 평론들로 이는 그가 교육자로서 강단에서 학생들을 직접 지도한 경험과도 밀접하게 관련 맺는다. 마지막으로 아동극에 대한 관심과 이와 관련된 평론들을 들 수 있다.

우선 연극계의 쇄신 필요성을 다룬 평론들의 세계를 살펴보기로 하자. 1936년 문단에 등단한 후 1960년대 중반 작고하기 직전까지 김진수에게는 확고한 연극관이 있었다. 그것은 바로 연극이 '예술'이자 '문학'이어야 한다는 것이다. 그는 실제 현실에서 희곡이 문학 분야에서 소외된 채 제대로 취급받지 못하는 것을 비판했으며 예술로서의 지위까지 상실하게 된 절망적인 상황을 내내 한탄했다. 그리고 이러한 원인이 다른 데 있는 게 아니라 바로 연극계 내의 모순과 부조리에 있다는 사실을 지속적으로 언급했다. 그가 등단할 당시에 이미 조선에 범람하던 일본의 신파조 연극은 통속성과 비속성을 내세웠으며 이는 연극의 예술성과 문학성을 거세하는 가장 주요한 원인으로 지적되었다. 또한 극장주의 흥행 본위의 사고와 관객몰이만 추구하는 태도까지도 모두 연극을 일종의 '통속극'으로 전락시키는 원인으로 작용했다는 것이다. 이는 다음과 같은 그의 진술을 통해 확인해볼 수 있다.

> 심한 말로는 연극에 있어서는 문학 정신은 고사하고라도 악극이 신파요, 신파가 악극이요, 신극이 신파요, 악극인데 악극은 무엇이고 신파연극은 무엇이고 신극은 무엇이냐? 그보다 비웃고 야단인 걸 어찌한단 말이오. 아무리 연극계를 비방하고 모욕한대도 그것이 연극계의 현상인 걸 입이 천 개가 있으면 입을 벌릴 수 있겠소. (중략) '사랑에 속고 돈에 울고' 따위에 박수갈채를 보내는 관중한테 노예가 되어 허덕이는 소위 연극계의 대중 선배들을 군은 어떻게 생각하오.[*]

위의 글에서는 1950년대 전후의 연극계가 침체된 가운데 신파적이고 통속적인 연극이 판치는 상황을 비판적으로 평가한다.

그리고 이러한 황량한 연극계를 쇄신하기 위해서는 무엇보다 새로운 인재의 필요성을 제기하지만 실제로 연극계를 짊어지고 나갈 인재가 눈에 띄지 않는다는 점에서 그는 또다시 절망한다. 그는 극장주의 흥행 놀음에 놀아나는 극작가는 문학가가 아니라 단지 기술자라는 점을 강조하면서 희곡을 창작하고 그것을 무대에 올리는 사람은 문학가이자 예술가의 인격을 갖춘 사람이어야 한다고 주장한다. 그가 각 신문과 잡지의 현

| [*] 김진수, 〈나의 공개상(2)—극작가가 되려는 Q군에게〉,《평화신문》, 1954. 5. 29.

상공모전 심사평을 통해 새로운 신인들에게 요청했던 것도 바로 이러한 것이다. 그는 통속성이란 진실성과 예술성이 없는 것이라고 정의 내리면서 신인들은 기성작가들의 통속성을 답습하지 말고 새로운 창작 기법을 익히고 외국의 유명한 희곡들을 많이 읽고 배워야 한다고 강조한다.*

김진수의 신인들에 대한 기대는 사실 연극계에 창작 희곡이 매우 드물었다는 사실에도 기인하는 바 크다. 주로 번역된 외국의 유명한 희곡이나 신파 희곡을 무대에 올려 흥행에만 몰두하는 연극계의 상황은 창작 희곡의 필요성을 한층 절감케 했다. 게다가 연극계는 영화라는 대중매체와도 경쟁해야 하는 난관에 부딪혀 있었으며 악극이니 국극이니 하는 흥행 위주의 극에 밀려 있는 신세였다. 특히 영화는 연극배우의 유출 문제, 극장 독점 문제, 관객 문제 등과 얽혀 연극계를 위협하는 가장 큰 요인으로 작용했다.

이러한 연극계의 총체적인 난관을 해결하기 위해서는 무엇보다 창작 희곡의 활성화가 필요했다. 김진수가 평론을 통해서 기성 연극인들의 통속성을 비판하고 희곡의 예술성과 문학성을 끊임없이 강조하면서 침체된 연극계의 쇄신을 요구했던 이유도 바로 여기에 있었다. 그 자신 또한 희곡을 창작함으로써 자신이 바라고자 했던 연극계의 쇄신에 동참하고자 했던 것이다.

다음으로 김진수의 학생극에 대한 관심과 열정을 그의 평론 세계를 통해 파악해볼 수 있다. 연극계에 투신한 이후 평생 교육자의 길을 걸었던 만큼 학생들의 연극에 대한 관심 제고와 그들의 연극적 활동에 대한 기대는 상당했을 것으로 추측할 수 있다. 그의 학생극에 대한 관심은 무엇보다 기성 문단의 침체와 문제점에 대한 회의와 비판으로부터 시작된

* 김진수, 〈신인의 진출을 고대한다 ― 희곡의 빈곤을 근본적으로 타개하기 위하여〉, 《서울신문》, 1958. 1. 22.

다. 학생들이 기성 연극인들을 답습하거나 기성 문단의 폐단을 쫓아가는 행태는 새로운 연극계의 쇄신에 가장 큰 걸림돌이 되기 때문이다. 그는 "학교 연극부는 흥행 극단이 아니다. 그리고 학생은 배우가 아니다. 학교 연극은 어디까지든지 교육면, 정서면에 있어서의 훈련적 요소가 있어야 할 것이다"라고 하면서 "그럼에도 불구하고 인기 독점을 획책하기 위하여 흥행 극단보다도 더 방대한 기획하에 각본 선택에 있어서도 직업 극단에서 흥행이 좋았다는 각본만을 선택하는 학교 당국의 대담성은 언어도단"*이라고 지적한다. 이것은 학교 연극이 기성 연극계의 폐단을 답습하는 행태를 직접적으로 비판한 것이다. 학생극은 기존의 것과 다른 새로움을 모색하기 위한 실험적이고 창조적인 움직임을 수반해야 한다. "학생 연극 단체의 우리나라 신극의 여명기를 가져오려는 준비 대작으로 발표회와 시연회를 가졌다는 사실은 금년도의 마음 든든한 현상의 하나이고 특히 고대 극회가 「에봐 스미스의 죽음」이라는 영국 작가 푸르스트리의 희곡을 원형 무대로 상연하는 것을 본 인상은 금년도의 쾌재였다"**는 그의 평가는 학생극에 대한 그의 기대를 단적으로 보여준다.

그는 기존의 연극계에 대해서는 대체적으로 부정적인 비판의 시선을 거두지 않았지만 학생극에 대해서는 조언과 격려를 아끼지 않으면서 긍정적인 시선을 보내는 데 주저하지 않는다. "이번뿐 아니라 신흥대학교의 연극은 학생 연극으로서 순수성이 있다는 점—이번 연극에 있어서 더욱 그랬다. 그러면서 연극부원들의 태도에 있어서는 부원들 자신이 열과 성의로써 실천을 했다는 점"***을 들어 학생들의 열과 성의를 높이 평가하거나 "무엇보다도 위에서 말한 그 자세는 무대에도 크게 작용을 해서 어

* 김진수, 〈활발한 학생극의 대두〉, 《조선일보》, 1954. 12. 24.
** 김진수, 〈1955년의 연극 총결산—질량質量 형편없이 흉작凶作〉, 《국제신문》, 1955. 12. 23.
*** 김진수, 〈순수성을 간직—학생들의 연기는 흡족〉, 《신흥대학보》, 1957. 10. 18.

찌 보면 난해한 작품이라고도 할 수 있는 작품임에도 불구하고 끝까지 관중을 무대에 붙잡아놓았다는 것은 이대 연극의 또 하나의 성공이 아닐 수 없었다"*고 평가함으로써 학생들의 연극 활동을 긍정적으로 평가한다.

김진수의 이러한 학생극에 대한 긍정적인 평가와 기대는 위에서 언급한 바 있는 '신인들에 대한 기대'와 밀접하게 관련 맺고 있다. 기존 연극계의 폐단이 쉽사리 수습되지 못하는 열악한 상황에서 그가 희망을 걸어볼 수 있는 대상은 새로운 신인일 수밖에 없었다. 그리고 그 신인들은 학생 때부터 연극과 함께하고 연극에 열정을 지니며 성장해온 중고등학생과 대학생으로 구체화된다. 이들 젊은 신세대들이야말로 기존 연극계의 통속성과 신파성, 파벌 등등의 폐단에 물들지 않은 채 창조적 희곡과 기법을 통해 연극계를 쇄신할 만한 존재로 표상될 수 있었다.

김진수가 스스로 '세대교체론'이라는 분명한 언술을 통해 연극계의 쇄신을 요구한 바는 없다. 그러나 그는 학생극에 대한 기대와 희망을 피력하고 학생들의 연극계의 관심과 열정을 독려함으로써 우회적으로나마 세대교체의 필요성을 역설한 셈이다.

마지막으로 김진수는 스스로 아동극단을 운영하고 싶다는 포부를 밝힌 바 있는 만큼 아동극에 대해서도 많은 관심을 가졌다. 그에 따르면 아동극을 통해서 어린아이들이 유희를 즐기는 게 당시로서는 매우 절실했다. 그는 "아동으로 하여금 앞날의 세상을 살아가는 데 기반이 될 만한 준비는 유희를 통하여 체득되는 것이라고 생각할 수가" 있으며 "그런 유희 정신의 가장 이상적인 것을, 가장 고상한 것을, 가장 발달된 것을, 가장 복잡한 것을 아동극이라고 할 수 있을 것"**이라고 주장했다. 실제로 우리나라의 경우 아동극이라고 하면 3·1운동 이후 기독교와 천주교 등

---

* 김진수, 〈처음 시도한 상징의 세계―이화여대 문리대 〈피의 결혼〉 공연평〉, 《이대학보》, 1965. 6. 14.
** 김진수, 〈아동극 소고―어린이에게 무대를 주자〉, 《조선일보》, 1954. 8. 9.

종교 기관에서 종교 정신과 민족주의 사상을 상징하는 성극과 가극을 가지고 아동들의 행사를 한 데서 비롯되었지만 이후 변변한 아동극이라고 할 만한 것은 찾아보기 어려운 실정이었다. 특히 6·25전쟁 이후 폐허가 된 남한에서 물밀 듯이 밀려드는 서구의 타락한 풍조는 아동들의 삶에 악조건을 형성할 뿐이었다. 이러한 상황에서 아동극은 자라나는 어린이들에게 즐거움을 줌과 동시에 정신적으로 윤택한 환경을 제공한다는 측면에서 매우 의미 있는 것이었다.

김진수가 7편의 아동극을 창작한 것은 그의 이러한 연극론에 기인한 것이라고 할 수 있다.

지금까지 살펴본 김진수의 평론 세계를 보자면 그는 성인과 청년, 아동을 포함한 전 세대를 두루 섭렵하면서 연극론을 펼치고 있었다. 연극계를 이끌어나가야 할 기성 연극인들의 부정적 자세와 연극계의 풍토를 신랄하게 비판하는 데서 머물지 않고 청년들이 연극계에 새로운 인재로서 자리매김하기를 갈망했다. 나아가 어린아이들의 유희와 올바른 성장을 위해 아동극의 필요성까지 역설하면서 그야말로 전방위적으로 연극계의 발전을 위해 노력했던 것이다.

게다가 김진수는 자신의 주장을 스스로 실천하는 방법으로 창작 희곡에 열정을 쏟은 연극인이었다. 그러므로 김진수의 연극에 대한 열정과 소망은 그의 창작 희곡과 평론의 유기적인 관계를 총체적으로 조망할 때 좀더 명료하게 파악할 수 있을 것이다. 그의 창작 희곡이 지닌 극적 리얼리티의 결여 또한 그가 평론을 통해 주장하고자 한 바를 실천하기 위해서 감수해야만 했던 한계라고도 볼 수 있지 않을까. 창작 희곡 작품만 놓고 보았을 때는 비판해야 할 지점이 분명히 있다. 그러나 평론에서 확인할 수 있는 그의 연극에 대한 관심과 쇄신에의 요구를 감안하면, 창작 희곡이 지닌 긍정적인 측면에 좀더 방점을 찍고 작품과 평론 세계를 재평가해보아야 할 필요성이 있을 것이다.

4. 맺음말

김진수는 그의 창작 활동과 평론 활동에 비하자면 제대로 평가되거나 연구되지 않는 인물에 속한다. 이것은 그가 창작 희곡을 통해서 크게 유명세를 떨치지 못한 데서 연유하는 바 크다. 실제로 김진수에 대한 연구 업적은 매우 적은 수에 속하고 연구의 초점도 그의 창작 희곡에만 국한되어 있다. 또한 그의 창작 희곡에 대한 평가 또한 높지 않은 편이다. 그러나 김진수의 생애를 살펴보면 그가 1930년대 중후반부터 1960년대 중반까지 쉬지 않고 연극계에서 다양한 단체를 섭렵하며 왕성하게 활동했던 인물임을 확인할 수 있다. 게다가 창작 희곡뿐만 아니라 평론까지 합하면 상당히 많은 글을 남기고 있으며 평론의 내용들은 연극계에 대한 다양한 입각점을 보여주고 있어 주목할 만하다. 희곡을 문학이자 예술이어야 한다고 일관성 있게 주장했던 김진수에게 기성 연극계의 통속성과 신파성, 파벌 등은 모두 척결해야 할 폐단이었다. 이를 위해 그가 기대를 걸었던 것은 신인들의 발굴과 학생극의 활발한 활동 등이었다. 그리고 그의 창작 희곡은 평론에서 밝힌 그의 소망에 답하기 위한 실천적인 작업이었다. 이렇듯 그의 생애와 창작 및 평론 활동은 그 스펙트럼이 넓고 깊다. 그러므로 그의 작가 세계와 작품, 평론 세계까지 좀더 세밀하게 검토하고 그의 업적에 대한 문학사적 평가를 재고해볼 필요성이 있다. 기존의 희곡 작품에만 국한된 문학적 평가에서 벗어나 그의 활동에 대한 종합적인 접근과 해석을 통해 그가 연극의 발전을 위해 투신한 지성이자, 현재적으로도 유의미한 존재라는 점을 다각도에서 규명해야 할 것이다.

본관 전주, 아호 춘담春潭.

1909년 3월 3일 평안남도 중화군 풍동면 능성리 368번지에서 김승주의 2남으로
출생.

1932년 4월 일본 도쿄 릿쿄立教대학 문학부 영문학과 입학.

1934년 7월 재在일본 도쿄유학생들을 중심으로 창설된 연극 연구단체인 극단 '학
생예술좌' 학예부에서 활동.

1935년 3월 릿쿄대학 문학부 영문학과 졸업.
홍해성, 유치진, 허남실 등 제씨와 더불어 연극 연구에 전심. '축지소극
장' 관여.

1936년 희곡 처녀작품 「길」 창작. 「길」이 '극예술연구회' 현상 희곡상에 당선되어
등단.

1937년 4월 희곡 「길」《조광》지에 발표.
'극예술연구회'에 가입.

1938년 5월 극단 '극연좌'('극예술연구회' 후신) 제1회 공연으로 〈길〉을 부민관
에서 상연.
6월에 아동극 「종달새」, 12월에 「산타클로스」를 《동아일보》에 발표.
11월 간도 은진중학교 교사 취임.

1939년 10월 단편소설 「잔해」를 《조광》지에 발표.

1940년 〈종달새〉 부민관에서 공연.

1945년 일본군 부대를 배경으로 한 희곡 「제국 일본의 마지막 날」 탈고.
8월 조선문화건설중앙협의회 회원.

1946년 3월 은진중학교 교사 사임.

1947년 여성물 「딸 삼형제」(훗날 「코스모스」로 개제改題) 탈고. 월남하여 서울에
정주定住.

1948년 4월 중앙대학교 강사 취임. 9월에 경기여자중학교 교사 취임. 12월에 민
족정신앙양전국문화인총궐기대회 준비위원.

1949년	서라벌예술학원(서라벌예술대학 전신) 교무처장 취임. 「유원지」탈고.
	3월에 「코스모스」《백민》지 3월호에 발표.
	8월에 월남 문화인 중심으로 이루어진 대한문화인협회 설립 준비위원으로 참가.
1950년	1월 경기여자중학교 교사 사임. 4월에 국학대학 강사 취임.
	8월에 「유원지」《백민》지 2월호에 발표.
	「불더미 속에서」탈고.
1951년	〈불더미 속에서〉시공관에서 상연.
1952년	육군종군작가단에 참가하여 동·중부전선에 종군. 「버스 정류장이 있는 로터리에서 생긴 일」, 「바람을 잡아먹은 아이들」등 탈고.
	3월 중앙대학교 강사 사임.
1953년	「청춘」탈고.
1954년	9월 신흥대학교 강사 취임.
1955년	「이 몸을 조국에 바치리」《학원》3월호에 발표.
	10월 신흥대학교 부교수로 승임昇任.
	4월 20일 함찬태(본관 강릉) 씨의 영애令愛 대복 양과 결혼. 안암동 104의 111에 살림 차림.
1957년	전국문화단체총연합회 중앙위원, 한국자유문학자협회 희곡분과위원에 각각 피임被任.
	4월 덕성여자대학교 강사 취임.
1958년	「아들들」《사조》11월호에 발표.
	1월 26일 장남 도향 출생.
	4월 경희대학교 교수로 승임, 국문학과장 보직.
	「뒷골목의 예수」탈고.
1959년	12월 10일 『김진수희곡선집』을 성문각에서 출판.
1960년	10월 7일 차남 도회 출생.
1962년	한국연극협회 이사 겸 희곡분과위원장 피임. 3월 덕성여자대학 강사 사임.
1966년	8월 31일 위암으로 영면(향년 58세).
1968년	8월 25일 『연극희곡논집』을 선명문화사에서 출판.

■ 희곡

1937년   「길」,《조광》, 4.

1938년   「종달새」,《동아일보》, 6월에 연재.

「산타클로스」,《동아일보》, 12월에 연재.

「향연」,《조광》, 12.

1945년   「제국 일본의 마지막 날」, 발표지 미상.

1949년   「코스모스」(1947년 작품 「딸 삼형제」 개제),《백민》, 3.

1950년   「유원지」,《백민》, 2.

「광명을 찾는 사람들」,《성인교육》

1951년   〈불더미 속에서〉, 시공관 공연.

1952년   「버스 정류장이 있는 로터리에서 생긴 일」,《문화세계》

「바람을 잡아먹은 아이들」,《학원》

「길가에 핀 꽃」,《사조》

「해 뜰 무렵」, 게재지 미상.

1953년   「청춘」,《자유문학》

1955년   「이 몸 조국에 바치리」,《학원》, 3.

「바다의 시」,《PEN》

「까마귀는 까마귀」,《소년세계》

1958년   「아들」,《사조》, 11.

「뒷골목의 예수」,《학원》

「세발자전거」(아동극), 발표연도 및 게재지 미상.

「진달래꽃이 피는 동네의 아이들」(아동극), 발표연도 및 게재지 미상.

■ 단편소설

1939년   「잔해」,《조광》, 10.

■ 평론

1937년 〈「길」 당선에 대한 소감〉, 《문예가》

〈창작 활동의 좋은 계기―「길」 당선에 제하여〉, 《문예가》, 1937. 2. 1.

1938년 〈「길」의 작자로서―김진수 극연좌 18회 공연을 앞두고〉, 《동아일보》, 5. 26.

1948년 〈작금 연극계의 인상―나의 감상과 제언〉, 《백민》, 1.

〈연극운동의 당면 과제―정부 수립과 제반 정책〉, 《대조》, 8.

1949년 〈4281년도 연극계의 회관과 전망〉, 《한중문화》 창간호, 3.

1952년 〈나의 공개상(1)―극작가 Q씨에게〉, 《평화신문》, 1. 12~16.

〈연극 담회〉, 《전선문학》 창간호, 육군종군작가단, 4.

1954년 〈연극 경연 대회에의 기대〉, 《평화신문》, 4.

〈나의 공개상(2)―극작가가 되려는 Q군에게〉, 《평화신문》, 5. 29.

〈아동극 소고―어린이에게 무대를 주자〉, 《조선일보》, 8. 9.

〈민족 연극의 갈 길〉, 《서울신문》, 8.

〈오락은 연극이 아니다―극단이 당면한 난제 해결은〉, 《중앙일보》, 9. 2.

〈희곡의 진실성과 허구성―대학연극 경연대회의 작품을 중심으로〉, 《동아일보》, 11. 25.

〈활발한 학생극의 대두〉, 《조선일보》, 12. 24.

〈극문단의 위치〉, 게재지 미상, 12. 23.

〈연극운동과 희곡―초보적 계몽을 위한 하나의 시론〉, 《평화신문》, 12. 28.

1955년 〈이 해에 지향할 바―희곡 정신의 모색〉, 《동아일보》, 1. 5.

〈극장의 독재적 모리〉, 《새벽》, 3.

〈문학과 연극〉, 《신흥대학보》, 6. 15.

〈서양연극사〉, 《세계문예사전》, 백철 편, 1955년 부록.

〈연극과 극장〉, 《조선일보》, 5. 17.

〈1955년의 연극 총결산―질량質量 형편없이 흉작凶作〉, 《국제신문》, 12. 23.

〈통속 영합의 경향―55년도 연극계 회고〉, 《조선일보》, 12. 31.

1956년 〈우리 희곡의 성격〉, 《조선일보》, 1. 29.

〈극문학의 후진성〉, 《신흥대학보》, 5. 20.

1957년 〈의외의 수확―1957년도 조선일보 신춘현상문예희곡 선후감〉, 《조선일보》, 1. 10.

〈대학연극의 지향할 길〉,《고황》, 신흥대학교 학도호국단 학예부, 10.

〈우리 문학과 통속성〉,《신흥대학보》, 6. 4.

〈생산의 빈곤과 예술성의 저조─1957년 상반기의 연극〉, 게재지 미상, 6. 27.

〈좀 숨을 돌릴 것이다─가을을 맞는 연극계〉,《서울신문》, 9. 3.

〈순수성을 간직─학생들의 연기는 흡족〉,《신흥대학보》, 10. 18.

〈탈피치 못한 통속 경향─연극계의 1년을 회고하며〉,《평화신문》, 12. 28~30.

1958년   〈연극의 해年가 될 것을─신협 · 극예술협의회 · 제작극회에 부치는 말〉, 《평화신문》, 1.

〈신인의 진출을 고대한다─희곡의 빈곤을 근본적으로 타개하기 위하여〉, 《서울신문》, 1. 22.

〈작가의 발언〉,《자유문학》, 2.

〈문학성이 높다─1958년도 서울신문 신춘현상문예희곡 선후평〉,《서울신문》, 3. 1.

〈연극계에 바라는 것〉, 게재지 미상, 6. 7~15.

〈학생극에 대하여〉,《자유문학》, 8.

〈창작 희곡의 빈곤─무풍지대 같은 무기력한 비평〉,《세계일보》, 12. 22.

1959년   〈영화와 연극〉,《신흥대학보》, 10. 31.

1960년   〈한국적 사상 등 토대─해외 문학사조의 이론화〉,《경희대학주보》, 6. 10.

〈희곡을 읽는 재미─필요한 소비시장의 개척〉,《조선일보》, 9. 14.

1961년   「연극이란 무엇인가」,『중학국어』

「희곡론」,『고등국어』

〈경희 문단의 어제와 오늘〉,《경희대학주보》, 10. 11.

〈한국 연극사략─특히 신연극 전후를 중심으로〉,《한양대학보》, 10. 10~11.

〈희곡 총평〉,《자유문학》, 12.

〈영화에 빼앗긴 연기자〉,《조선일보》, 12. 27.

1962년   〈희곡문학의 육성책─희곡은 연극운동의 모태〉, 게재지 미상.

〈새 수법의 시도─1962년도 조선일보 신춘현상문예희곡 선후평〉,《조선일보》, 1. 2.

〈한국 희곡의 불모성〉, 《자유문학》, 4.

〈대사의 묘를 얻어―국립극단 공연 〈젊음의 찬가〉〉, 게재지 미상, 4.

〈연극 부흥의 길―국립극장 개수改修와 드라마센터의 건립〉, 《한양대학
보》, 6. 1.

〈기성 극계에의 청량제―신인예술상 연극경연대회를 보고〉, 《조선일보》,
6. 27.

〈극적인 희곡과 문학적인 희곡〉, 《대학주보》, 10.

1965년 〈처음 시도한 상징의 세계―이화여대 문리대 〈피의 결혼〉 공연평〉, 《이대
학보》, 6. 14.

〈희곡 선후소감―경희대 고교 현상문예〉, 《경희대학주보》, 12. 1.

〈희곡 작법〉, 미완성고.

〈연극과 인생〉, 유고.

〈배우와 희곡과 관객과〉, 《경희대학보》, 게재연월일 미상.

〈희곡과 평론〉, 게재지 미상.

〈학생과 연극〉, 게재지 미상.

〈대학연극의 방향〉, 게재지 미상.

〈나와 희곡〉, 게재지 미상.

〈학생문단에 기함〉, 게재지 미상.

〈비연극적인 자아도취 파기〉, 게재지 미상.

〈극작에 관한 설문에 답함―우리 지식층을 주제로, 아동극단 하나쯤은 있
어야 마땅〉, 게재지 미상.

■ 수기 및 기타 글

1952년 〈서울 · 대구 · 익산―세속 정화 3제〉, 《서울신문》, 1. 12~14.

〈집 짓고 밭 갈고―전선의 봄〉, 《평화신문》, 4. 20~21.

〈동부전선 풍물묘시風物描詩〉, 《자유세계》, 4.

〈싸우는 고지―전선 스케치〉, 《평화신문》, 5. 11~13.

1953년 〈고향과 편지〉, 《연합신문》, 8. 22.

〈환도 유감2. 다시 서울에 돌아와서〉, 《신천지》, 9.

〈서울〉,《재건타임스》, 9. 20.

〈책을 주자〉,《제일신문》, 12. 5.

1957년 〈방학이 되면〉,《신흥대학주보》, 7. 11.

1958년 〈체육과 문학〉,《신흥대학주보》, 6. 10.

1963년 〈술과 예술藝術과〉,《경희대학주보》, 4. 10.

1965년 〈나의 버릇〉,《경희대학주보》, 5. 5.

1966년 〈영문잡지와 극장 간판〉,《주니어 저널리스트》, 2. 16.

〈창조와 공상력〉, 게재지 미상.

〈내일은 영원의 길〉, 게재지 미상.

〈영화 심청전 구경〉, 게재지 미상.

〈대동강의 추억－모래찜과 어죽〉, 게재지 미상.

〈간도의 풍물시〉, 게재지 미상.

〈군인과 교양〉, 게재지 미상.

〈종군 유감〉, 게재지 미상.

〈일선 점묘〉, 게재지 미상.

〈심경〉, 게재지 미상.

〈추억의 한 토막〉, 미발표 유고.

|연구 목록|

김진기, 「「길」 분석」, 《인문과학연구》 6, 서원대 인문과학연구소, 1997.

박명진, 「김진수 희곡의 담론 특성 고찰」, 《어문논집》 25, 중앙어문학회, 1997.

_____, 「김진수 희곡의 담론 특성」, 『한국희곡의 이데올로기』, 보고사, 1998.

서연호, 「1930년대의 희곡—김진수」, 『한국근대희곡사 연구』, 고려대학교 민족문화
　　　연구소, 1982.

심상교, 「김진수 희곡 연구—50년대를 중심으로」, 《어문논집》 35, 고려대학교 국어
　　　국문학연구회, 1996.

양승국, 「극예술연구회의 연극과 희곡—김진수 「길」」, 『한국현대희곡론』, 연극과 인
　　　간, 2001.

오영미, 「김진수 희곡 연구—1950년대 발표작을 중심으로」, 『한국연극학』, 한국연
　　　극학회, 1994.

_____, 「김진수 전후복구기의 연극계의 지성」, 『한국현대연극 100년』, 한국연극협
　　　회 편, 연극과 인간, 2009.

|회고담 및 기타|

김도향, 〈돌아가신 우리 아버지〉, 『연극희곡논집』, 김진수 저, 1966. 9. 14.

박노춘, 〈타계에 간 진수 형에게〉, 『연극희곡논집』, 김진수 저, 1966. 9. 3.

박연희, 〈진수의 영전에〉, 『연극희곡논집』, 김진수 저, 1968.

안수길, 〈간도 시절의 추억〉, 『연극희곡논집』, 김진수 저, 1968. 7. 23.

이원수, 〈진수 형의 추억〉, 『연극희곡논집』, 김진수 저, 1968. 7. 20.

이진순, 〈극연좌 시절의 진수 형〉, 『연극희곡논집』, 김진수 저, 1968. 7. 23.

이헌구, 〈조사弔辭〉, 『연극희곡논집』, 김진수 저, 1966. 9. 3.

임동권, 〈고 김진수 교수 회상기〉, 『연극희곡논집』, 김진수 저, 1968. 8. 1.

조병화, 「(시) 어느 날—고 김진수 형을 추도하며」, 『연극희곡논집』, 김진수 저, 1968. 8. 10. 2주기를 앞두고.

지춘수, 〈경희 시절의 김진수 선생〉, 『연극희곡논집』, 김진수 저, 1968. 8. 1.

홍승주, 「(시) 작년 오늘 낮엔—김진수 선생님 영전에 바칩니다」, 『연극희곡논집』, 김진수 저, 1967. 8. 31. 묘비 제막식에서.

한국문학의 재발견-작고문인선집

김진수 선집

지은이 | 김진수
엮은이 | 한영현
기 획 | 한국문화예술위원회
펴낸이 | 양숙진

초판 1쇄 펴낸 날 | 2012년 3월 30일

펴낸곳 | ㈜현대문학
등록번호 | 제1-452호
주소 | 137-905 서울시 서초구 잠원동 41-10
전화 | 02-2017-0280
팩스 | 02-516-5433
홈페이지 www.hdmh.co.kr

ISBN 978-89-7275-601-9 04810
ISBN 978-89-7275-513-5 (세트)